法藏知津

九編

杜潔祥 主編

第34冊

《大正藏》異文大典（第十五冊）

王閏吉、康健、魏啟君 主編

花木蘭文化事業有限公司

國家圖書館出版品預行編目資料

《大正藏》異文大典（第十五冊）／王閏吉、康健、魏啟君 著
-- 初版 -- 新北市：花木蘭文化事業有限公司，2023〔民 112〕
目 2+280 面；19×26 公分
（法藏知津九編 第 34 冊）
ISBN 978-626-344-443-0（精裝）
1.CST：大藏經 2.CST：漢語字典
802.08 112010453

ISBN-978-626-344-443-0
9786263444430

法藏知津九編
第三四冊 ISBN：978-626-344-443-0

《大正藏》異文大典（第十五冊）

編　　者　王閏吉、康健、魏啟君
主　　編　杜潔祥
副總編輯　楊嘉樂
編輯主任　許郁翎
編　　輯　張雅琳、潘玟靜　美術編輯　陳逸婷
出　　版　花木蘭文化事業有限公司
發 行 人　高小娟
聯絡地址　235 新北市中和區中安街七二號十三樓
　　　　　電話：02-2923-1455／傳真：02-2923-1452
網　　址　http://www.huamulan.tw 信箱 service@huamulans.com
印　　刷　普羅文化出版廣告事業
初　　版　2023 年 9 月
定　　價　九編 52 冊（精裝）新台幣 120,000 元

《大正藏》異文大典
（第十五冊）

王閏吉、康健、魏啟君 主編

目

次

第一冊

《大正藏》異文大典編輯委員會

編纂說明

A ……… 1

B ……… 23

第二冊

C ……… 171

第三冊

D ……… 339

第四冊

E ……… 501

F ……… 549

G ……… 653

第五冊

H ……… 755

J ……… 883

第六冊

J ……… 953

第七冊

K……1139
L……1185

第八冊

M……1339
N……1445
O……1503
P……1505

第九冊

Q……1557
R……1667
S……1737

第十冊

S……1811
T……2035

第十一冊

T……2087
W……2133
X……2281

第十二冊

X……2389
Y……2463

第十三冊

Y……2661
Z……2843

第十四冊

Z……2877

第十五冊

筆畫索引……3173

筆畫索引

一畫

一, 14, 26, 36, 42, 46, 54, 88, 128, 137, 162, 269, 272, 313, 320, 358, 399, 419, 437, 464, 491, 507, 515, 523, 539, 564, 589, 624, 667, 677, 687, 714, 784, 810, 815, 875, 901, 909, 982, 1024, 1027, 1054, 1070, 1091, 1108, 1117, 1134, 1142, 1152, 1203, 1218, 1249, 1281, 1289, 1399, 1434, 1475, 1487, 1501, 1534, 1543, 1546, 1552, 1560, 1571, 1597, 1610, 1613, 1649, 1685, 1697, 1724, 1758, 1792, 1801, 1820, 1835, 1844, 1862, 1878, 1890, 1897, 1898, 1917, 1930, 1935, 1976, 1991, 2009, 2031, 2108, 2141, 2143, 2199, 2224, 2261, 2269, 2282, 2303, 2315, 2319, 2336, 2376, 2394, 2479, 2494, 2516, 2534, 2546, 2560, 2564, 2573, 2576, 2592, 2610, 2617, 2620, 2632, 2635, 2638, 2642, 2662, 2679, 2714, 2727, 2733, 2740, 2778, 2797, 2810, 2820, 2826, 2834, 2853, 2869, 2919, 2942, 2960, 2997, 3009, 3037, 3069, 3103, 3124, 3132, 3135

丿, 1530, 1721

乙, 1581, 2397, 2555, 2573, 2645

乚, 2645

丁, 307, 451, 1150, 1201, 1370, 2089, 2313, 2547, 2726, 2736, 3156

丂, 2258

七, 24, 71, 77, 264, 271, 308, 316, 350, 414, 525, 560, 1013, 1090, 1123, 1287, 1351, 1404, 1524, 1595, 1687, 1753, 1787, 1831, 1859, 1889, 2005, 2090, 2115, 2195, 2266, 2302, 2313, 2392, 2400, 2531, 2553, 2573, 2575, 2606, 2626, 2710, 2791, 2819, 2830,

2956, 3014, 3043, 3157

乂, 191, 2605, 2725

乃, 83, 87, 104, 127, 157, 173, 271, 385, 406, 512, 518, 576, 588, 688, 783, 892, 899, 930, 977, 1012, 1151, 1155, 1163, 1202, 1222, 1279, 1337, 1447, 1451, 1454, 1471, 1489, 1500, 1521, 1607, 1619, 1621, 1636, 1652, 1655, 1695, 1707, 1831, 1869, 1873, 1913, 1997, 2017, 2028, 2141, 2195, 2229, 2304, 2313, 2474, 2477, 2531, 2553, 2588, 2613, 2710, 2761, 2781, 2819, 2830, 2868, 2915, 2956, 3007, 3039, 3123

九, 23, 87, 308, 349, 416, 525, 570, 597, 917, 1089, 1092, 1161, 1222, 1287, 1395, 1558, 1706, 1721, 1753, 1787, 1859, 2001, 2005, 2133, 2136, 2194, 2258, 2265, 2313, 2531, 2552, 2661, 2696, 2790, 2914, 2971, 2988, 3056, 3161

了, 35, 90, 100, 108, 157, 335, 341, 490, 518, 521, 604, 662, 729, 735, 782, 809, 862, 892, 927, 932, 977, 1017, 1076, 1105, 1133, 1151, 1200, 1201, 1228, 1254, 1453, 1470, 1488, 1568, 1591, 1607, 1644, 1648, 1721, 1787, 1892, 1923, 1942, 1957, 2002, 2015, 2095, 2097, 2258, 2376, 2407, 2434, 2477, 2522, 2531, 2574, 2646, 2661, 2710, 2722, 2737, 2829, 2956, 2971, 3011, 3054, 3123, 3134

二畫

二, 13, 23, 41, 74, 126, 154, 266, 270, 307, 315, 347, 384, 396, 416, 423, 505, 511, 518, 524, 556, 596, 620, 675, 686, 693, 709, 776, 803, 871, 891, 897, 949, 1040, 1090, 1096, 1107, 1206, 1224, 1238, 1248, 1287, 1393, 1459, 1557, 1564, 1566, 1600, 1647, 1659, 1687, 1721, 1741, 1786, 1799, 1830, 1859, 1876, 1891, 1910, 1928, 1999, 2004, 2026, 2078, 2094, 2096, 2114, 2142, 2144, 2207, 2246, 2257, 2264, 2313, 2338, 2391, 2475, 2499, 2515, 2531, 2543, 2547, 2573, 2587, 2607, 2618, 2624, 2630, 2661, 2708, 2727, 2732, 2751, 2790, 2828, 2849, 2900, 2913, 2939, 2954, 2995, 3002, 3060, 3062, 3074, 3123, 3128

人, 24, 83, 132, 158, 191, 199, 214, 227, 246, 249, 255, 257, 294, 308, 350, 381, 397, 406, 424, 491, 506, 513, 517, 526, 552, 560, 578, 588, 597, 604, 614, 622, 633, 644, 678, 680, 712, 740, 741, 743, 747, 759, 780, 829, 869, 894, 900, 917, 952, 961, 977, 1013, 1049, 1054, 1067, 1090, 1092, 1107, 1136, 1156, 1189, 1222, 1225, 1280, 1288, 1291, 1303, 1389, 1396, 1426, 1454, 1471, 1474, 1496, 1501, 1558, 1569, 1612, 1635, 1661, 1679, 1687, 1688, 1696, 1707, 1718, 1721, 1753, 1767, 1775, 1780, 1787, 1799, 1818, 1827, 1831, 1856, 1861, 1866, 1870, 1889,

1895, 1914, 1929, 1972, 2020, 2029, 2037, 2066, 2079, 2111, 2145, 2157, 2229, 2241, 2247, 2259, 2272, 2273, 2307, 2313, 2316, 2341, 2392, 2408, 2477, 2501, 2531, 2553, 2557, 2568, 2575, 2603, 2631, 2706, 2711, 2752, 2761, 2811, 2869, 2873, 2916, 2928, 2956, 3007, 3035, 3065, 3075, 3085, 3124, 3135, 3144, 3159, 3161

儿, 510, 570, 883

入, 20, 25, 71, 158, 191, 239, 267, 280, 308, 316, 350, 397, 437, 455, 497, 513, 522, 597, 604, 685, 751, 780, 834, 894, 900, 977, 1026, 1030, 1049, 1050, 1054, 1090, 1202, 1206, 1222, 1225, 1280, 1288, 1358, 1387, 1396, 1466, 1486, 1569, 1586, 1639, 1677, 1682, 1701, 1708, 1719, 1753, 1780, 1787, 1832, 1864, 1866, 1877, 1883, 1885, 1929, 1933, 1943, 1974, 2037, 2079, 2195, 2212, 2229, 2247, 2313, 2365, 2408, 2553, 2589, 2662, 2723, 2738, 2852, 2951, 2957, 3007, 3035, 3086, 3095, 3098, 3143, 3162

八, 23, 35, 41, 89, 140, 154, 304, 345, 453, 524, 586, 602, 619, 827, 867, 1032, 1089, 1123, 1286, 1364, 1557, 1647, 1679, 1719, 1740, 1858, 2004, 2192, 2254, 2264, 2492, 2530, 2546, 2585, 2617, 2661, 2720, 2781, 2894, 2912, 3042

冂, 1163, 2096, 2168

冖, 49, 385

冫, 1247

几, 249, 510, 570, 883, 884, 916, 1090, 2819

刀, 265, 319, 384, 389, 445, 587, 891, 991, 1220, 1451, 1611, 1689, 1690, 1817, 2264, 2937

刁, 384, 445

刂, 186

力, 349, 385, 413, 559, 576, 587, 597, 604, 688, 712, 739, 746, 892, 947, 1008, 1090, 1162, 1166, 1200, 1207, 1220, 1224, 1229, 1251, 1257, 1278, 1287, 1334, 1342, 1365, 1453, 1466, 1493, 1500, 1568, 1600, 1607, 1641, 1648, 1662, 1681, 1689, 1696, 1763, 1818, 1827, 1889, 1895, 1902, 1920, 1934, 2028, 2095, 2139, 2165, 2194, 2214, 2272, 2340, 2366, 2391, 2407, 2531, 2658, 2689, 2706, 2710, 2727, 2729, 2756, 2767, 2809, 2915, 2995, 3006, 3021, 3034, 3123, 3144

匕, 74, 77, 1932

匚, 687, 2305

十, 25, 35, 71, 102, 152, 158, 271, 309, 335, 351, 425, 437, 464, 537, 588, 592, 622, 663, 896, 1034, 1091, 1189, 1249, 1288, 1484, 1493, 1501, 1559, 1595, 1612, 1649, 1684, 1723, 1754, 1790, 1799, 1826, 1858, 1870, 1877, 1889, 1934, 1943, 1972, 2007, 2037, 2073, 2095, 2116, 2140, 2141, 2267, 2314, 2554, 2711, 2733, 2752, 2831, 2917, 2968, 3004, 3036, 3044, 3051,

3065, 3124

卜, 74, 152, 1392, 1720, 1785, 1858

卩, 1017

厂, 217

厶, 1355, 1434, 1995

又, 4, 26, 85, 163, 191, 200, 215, 240, 255, 272, 314, 318, 359, 445, 516, 546, 564, 571, 578, 615, 634, 645, 651, 677, 686, 704, 715, 808, 870, 875, 895, 918, 931, 941, 948, 1050, 1068, 1093, 1153, 1176, 1262, 1290, 1314, 1367, 1454, 1685, 1711, 1724, 1735, 1882, 1893, 1917, 1931, 1933, 1960, 1967, 2004, 2046, 2081, 2135, 2147, 2200, 2213, 2224, 2231, 2244, 2262, 2269, 2284, 2315, 2410, 2535, 2556, 2601, 2605, 2606, 2610, 2623, 2629, 2634, 2700, 2715, 2720, 2726, 2727, 2741, 2826, 2834, 2849, 2895, 2897, 2903, 2942, 2961, 2965, 3058, 3124, 3135

巜, 186

三畫

夂, 2232

万, 588, 1018, 1152, 1454, 2139, 2140, 3051

丈, 107, 165, 255, 359, 624, 634, 660, 1000, 1524, 1686, 1863, 1890, 2232, 2460, 2726, 2894, 2897, 2965

三, 25, 77, 158, 164, 180, 199, 280, 323, 344, 351, 373, 397, 425, 483, 491, 513, 526, 561, 622, 685, 713, 736, 780, 807, 851, 900, 917, 933, 1013, 1034, 1090, 1217, 1225, 1249, 1288, 1310, 1372, 1460, 1475, 1534, 1558, 1569, 1595, 1723, 1740, 1767, 1775, 1776, 1780, 1787, 1832, 1861, 1895, 1914, 1934, 1972, 2005, 2024, 2079, 2115, 2142, 2145, 2196, 2259, 2266, 2305, 2314, 2392, 2415, 2496, 2553, 2575, 2616, 2626, 2711, 2723, 2738, 2752, 2791, 2812, 2831, 2917, 2940, 2957, 3007, 3022, 3044, 3065, 3075, 3150

上, 6, 12, 60, 71, 74, 77, 101, 137, 152, 158, 183, 207, 214, 239, 258, 267, 271, 280, 287, 309, 316, 327, 351, 390, 417, 425, 451, 452, 468, 513, 537, 597, 611, 660, 687, 689, 713, 770, 834, 862, 869, 1080, 1092, 1151, 1159, 1162, 1189, 1219, 1225, 1251, 1332, 1397, 1534, 1559, 1569, 1601, 1610, 1632, 1635, 1644, 1649, 1669, 1683, 1696, 1708, 1723, 1754, 1760, 1769, 1775, 1780, 1785, 1795, 1799, 1819, 1832, 1841, 1843, 1845, 1847, 1856, 1861, 1889, 1895, 1914, 1929, 1943, 2029, 2079, 2107, 2111, 2115, 2118, 2135, 2142, 2145, 2196, 2217, 2229, 2259, 2267, 2305, 2314, 2318, 2365, 2367, 2392, 2408, 2415, 2453, 2532, 2554, 2575, 2631, 2652, 2655, 2662, 2678, 2711, 2727, 2738, 2752, 2762, 2831, 2852, 2940, 2957, 2995, 3012, 3035, 3050, 3065, 3075, 3081, 3099, 3154,

3170

下, 10, 42, 58, 72, 102, 152, 162, 165, 214, 256, 275, 317, 358, 419, 426, 433, 437, 451, 499, 523, 538, 589, 650, 667, 704, 714, 750, 808, 829, 901, 927, 964, 1027, 1049, 1067, 1073, 1152, 1202, 1208, 1289, 1437, 1454, 1532, 1534, 1560, 1646, 1673, 1685, 1758, 1781, 1791, 1799, 1841, 1849, 1857, 1862, 1903, 1905, 1916, 1935, 2009, 2030, 2081, 2135, 2141, 2147, 2230, 2312, 2315, 2376, 2393, 2409, 2533, 2592, 2668, 2714, 2753, 2772, 2832, 2918, 2941, 2949, 2975, 3009, 3032, 3036, 3040, 3069, 3124, 3132

个, 675, 678, 1028

丸, 47, 150, 571, 839, 1089, 1091, 1146, 2119, 2133, 2136, 2797

久, 156, 271, 349, 405, 458, 490, 552, 576, 604, 622, 633, 675, 806, 1090, 1092, 1187, 1234, 1287, 1453, 1626, 1655, 1680, 1721, 1823, 1850, 1865, 1883, 2045, 2134, 2229, 2281, 2574, 2588, 2709, 2722, 2790, 2804, 2955, 2994

乇, 2123

么, 869, 1355

乞, 191, 244, 433, 493, 552, 657, 668, 671, 1581, 1589, 1591, 1627, 1634, 1853, 1942, 1987, 2318, 2573, 2575, 2761, 2995, 3011

也, 26, 56, 77, 88, 91, 162, 247, 269, 272, 282, 313, 317, 409, 419, 426, 491, 515, 517, 519, 523, 539, 564, 571, 578, 598, 605, 714, 729, 734, 784, 808, 810, 831, 864, 870, 917, 931, 935, 950, 982, 1031, 1035, 1068, 1076, 1084, 1091, 1108, 1127, 1152, 1202, 1226, 1251, 1366, 1380, 1399, 1435, 1448, 1467, 1472, 1491, 1560, 1586, 1602, 1646, 1649, 1685, 1689, 1697, 1710, 1764, 1813, 1820, 1835, 1872, 1878, 1897, 1898, 1903, 1916, 1930, 1960, 1982, 2002, 2003, 2009, 2039, 2099, 2168, 2230, 2243, 2261, 2269, 2274, 2315, 2319, 2348, 2394, 2420, 2427, 2473, 2479, 2527, 2530, 2537, 2539, 2555, 2576, 2592, 2603, 2610, 2612, 2627, 2632, 2643, 2649, 2662, 2690, 2725, 2756, 2787, 2792, 2815, 2834, 2847, 2919, 2923, 2942, 2952, 2959, 3022, 3037, 3135, 3168

于, 72, 314, 359, 486, 523, 546, 625, 659, 663, 764, 798, 810, 821, 1050, 1107, 1153, 1202, 1435, 1458, 1493, 1572, 1597, 1604, 1654, 1711, 1724, 1863, 1917, 1935, 2032, 2081, 2237, 2262, 2376, 2480, 2731, 2734, 2741, 2757, 2764, 2792, 2855, 2961, 3009, 3125, 3135, 3168

亡, 538, 615, 669, 687, 917, 1170, 1225, 1350, 1387, 1430, 1649, 1757, 1761, 1773, 1851, 1890, 1896, 2085, 2117, 2142, 2146, 2159, 2161, 2163, 2230, 2260, 2319, 2426, 2479, 2532, 2555, 2575, 2678, 2831, 2941, 2997,

3008, 3012, 3040, 3132, 3147

亼, 1041

兀, 917, 1170, 1348, 2133, 2271, 2272, 2820

凡, 23, 76, 510, 570, 582, 583, 608, 613, 720, 776, 828, 883, 916, 1090, 1104, 1146, 1175, 1360, 1632, 1680, 1730, 1855, 1894, 1910, 2026, 2078, 2133, 2134, 2136, 2264, 2427, 2573, 2708, 2828, 2840, 3140

刃, 191, 265, 385, 991, 999, 1222, 1688, 1689, 1690, 2392

刄, 265, 385, 1688, 1690, 1753, 2082

勺, 122, 783, 1107, 1798, 2281

千, 35, 152, 308, 335, 350, 440, 520, 604, 622, 662, 751, 783, 1017, 1090, 1240, 1482, 1493, 1534, 1558, 1594, 1604, 1612, 1681, 1783, 1860, 1934, 2005, 2141, 2229, 2259, 2266, 2270, 2313, 2603, 2733, 2738, 3064, 3124

卩, 1017

叉, 190, 192, 196, 346, 489, 573, 776, 890, 949, 999, 1092, 1413, 1446, 1581, 1679, 1689, 1690, 1720, 1770, 1774, 1882, 1932, 2021, 2076, 2428, 2502, 2605, 2707, 2720, 2877, 2902, 2964

口, 32, 187, 256, 518, 778, 960, 1107, 1111, 1161, 1162, 1340, 1380, 1389, 1437, 1465, 1558, 1634, 1640, 1696, 1767, 1802, 1849, 1853, 1863, 1936, 2072, 2265, 2349, 2391, 2412, 2477, 2574, 2588, 2646, 2668, 2727, 2767, 2811, 2971, 3000, 3034

囗, 2168

土, 14, 222, 268, 278, 281, 358, 418, 426, 472, 476, 492, 538, 562, 588, 623, 647, 674, 687, 704, 707, 743, 829, 1013, 1035, 1113, 1172, 1225, 1230, 1383, 1397, 1454, 1476, 1560, 1563, 1594, 1649, 1684, 1688, 1757, 1790, 1799, 1833, 1889, 1896, 1978, 2030, 2057, 2114, 2118, 2142, 2146, 2268, 2314, 2532, 2706, 2759, 2762, 2771, 2831, 2853, 2879, 2918, 2941, 2958, 2997, 3012, 3036, 3076, 3162, 3167, 3170

士, 60, 171, 268, 280, 351, 425, 537, 687, 704, 743, 917, 961, 1101, 1152, 1223, 1501, 1560, 1576, 1649, 1684, 1790, 1819, 1833, 1856, 1862, 1888, 1892, 1897, 1902, 2095, 2111, 2116, 2142, 2146, 2227, 2478, 2831, 2895, 2917, 2940, 3012, 3036, 3076, 3124

夊, 1093, 2994

夕, 122, 491, 678, 1108, 1398, 1697, 1799, 2281, 2284, 2539, 2649, 2714, 3036

大, 1, 23, 30, 69, 80, 102, 138, 141, 154, 164, 171, 172, 190, 202, 206, 232, 235, 238, 247, 266, 301, 307, 341, 345, 360, 361, 416, 422, 489, 505, 524, 549, 587, 601, 613, 617, 633, 639, 675,

688, 709, 732, 742, 799, 867, 871, 891, 897, 956, 989, 993, 999, 1012, 1025, 1071, 1092, 1104, 1109, 1187, 1199, 1220, 1224, 1261, 1269, 1287, 1297, 1371, 1381, 1393, 1410, 1436, 1520, 1525, 1557, 1565, 1594, 1611, 1647, 1660, 1665, 1679, 1704, 1717, 1720, 1741, 1786, 1798, 1823, 1829, 1844, 1849, 1855, 1859, 1885, 1888, 1909, 1928, 1936, 1976, 1977, 2004, 2035, 2043, 2046, 2071, 2076, 2114, 2130, 2131, 2134, 2144, 2166, 2168, 2228, 2246, 2256, 2270, 2317, 2390, 2405, 2447, 2451, 2475, 2497, 2511, 2547, 2607, 2616, 2618, 2707, 2721, 2726, 2731, 2736, 2751, 2775, 2828, 2851, 2865, 2894, 2895, 2913, 2953, 2995, 3005, 3011, 3020, 3033, 3042, 3046, 3049, 3061, 3083, 3122, 3128, 3140, 3143, 3144, 3156

女, 13, 87, 207, 350, 435, 613, 637, 818, 894, 994, 1222, 1362, 1382, 1435, 1457, 1474, 1500, 1558, 1569, 1681, 1707, 1717, 1779, 1845, 1889, 1895, 1913, 1969, 2145, 2392, 2706, 2752, 2767, 2915, 3123, 3161

子, 12, 72, 86, 164, 186, 302, 315, 382, 427, 517, 524, 569, 571, 589, 617, 687, 702, 748, 771, 772, 808, 811, 1017, 1153, 1198, 1200, 1202, 1207, 1209, 1306, 1401, 1435, 1457, 1468, 1493, 1501, 1576, 1597, 1613, 1637, 1687, 1765, 1777, 1794, 1821, 1827, 1838, 1863, 1873, 1891, 1935, 1936, 1953, 1974, 2000, 2019, 2151, 2213, 2269, 2270, 2274, 2281, 2286, 2287, 2315, 2411, 2413, 2421, 2424, 2460, 2469, 2556, 2602, 2634, 2719, 2734, 2745, 2757, 2765, 2772, 2838, 2870, 2899, 2923, 2963, 2968, 2970, 3011, 3014, 3028, 3046, 3122, 3136

孑, 917, 1017, 1201, 3123

宀, 49

寸, 185, 254, 335, 422, 1859, 2134, 2465, 3056

小, 26, 128, 152, 162, 237, 239, 268, 313, 358, 426, 491, 517, 523, 539, 598, 645, 1039, 1101, 1202, 1257, 1289, 1437, 1501, 1530, 1685, 1723, 1775, 1799, 1834, 1846, 1862, 1892, 1979, 2053, 2074, 2117, 2135, 2163, 2314, 2381, 2393, 2555, 2592, 2609, 2847, 2997, 3029, 3037, 3135

尸, 191, 255, 425, 820, 917, 1101, 1163, 1223, 1475, 1684, 1804, 1819, 1825, 1848, 1853, 1855, 1856, 1898, 1902, 1930, 1999, 2001, 2002, 2557, 2575, 2964, 3003

屮, 224, 1039

山, 165, 186, 267, 280, 285, 291, 308, 351, 452, 664, 695, 740, 743, 783, 820, 848, 1159, 1165, 1260, 1291, 1321, 1466, 1606, 1649, 1769, 1774, 1787, 1832, 1843, 2010, 2024, 2029, 2079, 2115, 2292, 2314, 2316, 2392, 2469, 2508, 2517, 2532, 2692, 2703,

2723, 2782, 2807, 2812, 2821, 2940, 2995, 3035

巛, 285

川, 285, 786, 1181, 1364, 1774, 2114, 2461, 2586, 2606, 2688, 3053

工, 39, 511, 525, 665, 686, 687, 688, 689, 998, 1287, 1381, 1607, 1786, 2115, 2144, 2939, 3144

己, 121, 307, 334, 570, 621, 806, 909, 917, 976, 1696, 1763, 1786, 1928, 2002, 2037, 2142, 2144, 2246, 2531, 2573, 2574, 2587, 2843, 2955, 3129, 3144

已, 26, 47, 54, 77, 88, 91, 92, 93, 107, 163, 214, 227, 269, 282, 317, 369, 382, 419, 515, 551, 571, 581, 624, 634, 656, 686, 695, 714, 730, 736, 747, 752, 757, 784, 808, 830, 917, 918, 928, 931, 932, 935, 982, 1049, 1076, 1093, 1101, 1190, 1202, 1281, 1337, 1387, 1389, 1399, 1439, 1472, 1475, 1505, 1571, 1581, 1586, 1588, 1592, 1615, 1653, 1664, 1685, 1697, 1710, 1718, 1758, 1764, 1767, 1782, 1792, 1821, 1835, 1849, 1872, 1881, 1887, 1899, 1917, 1991, 2002, 2003, 2009, 2017, 2031, 2122, 2143, 2154, 2161, 2163, 2183, 2199, 2213, 2215, 2261, 2269, 2290, 2319, 2394, 2420, 2465, 2529, 2534, 2539, 2555, 2573, 2592, 2603, 2605, 2610, 2612, 2613, 2620, 2633, 2683, 2702, 2740, 2764, 2778, 2815, 2853, 2870, 2942, 2960, 2985, 2997, 3000, 3012, 3133, 3145

巳, 26, 74, 417, 523, 571, 644, 663, 664, 713, 900, 917, 918, 931, 979, 1059, 1225, 1269, 1397, 1544, 1574, 1670, 1696, 1764, 1790, 1849, 1871, 2002, 2142, 2161, 2212, 2275, 2366, 2381, 2532, 2575, 2590, 2609, 2612, 2958, 3132

巾, 164, 720, 1039, 1136, 1978, 2531, 2843, 3034

干, 16, 41, 283, 451, 659, 660, 662, 764, 809, 820, 1493, 1533, 1595, 1603, 1676, 1859, 2269, 2270, 2435, 2732, 2736, 3123

廴, 3143

廾, 692, 1150

弋, 670, 1149, 2270, 2606, 2612

弓, 385, 603, 687, 989, 1099, 2433

扌, 1437

才, 69, 171, 172, 173, 174, 204, 436, 670, 1024, 1028, 1092, 1220, 1227, 1436, 1526, 1594, 1817, 1858, 1879, 2018, 2465, 2607, 3033

氵, 1247

四畫

丒, 2903

不, 5, 23, 35, 39, 65, 69, 79, 87, 102, 120, 126, 154, 165, 172, 197, 298, 301, 306, 346, 376, 401, 422, 436, 453, 482, 489, 510, 520, 524, 551, 556, 573, 581, 587, 595, 602, 612, 617, 620, 628,

634, 639, 646, 660, 684, 709, 744, 776, 781, 794, 809, 820, 822, 834, 847, 870, 890, 896, 975, 983, 1011, 1028, 1032, 1039, 1057, 1092, 1149, 1158, 1215, 1227, 1234, 1248, 1287, 1311, 1393, 1410, 1424, 1429, 1436, 1451, 1458, 1468, 1473, 1492, 1518, 1531, 1533, 1565, 1587, 1594, 1600, 1620, 1633, 1642, 1667, 1679, 1687, 1700, 1704, 1720, 1729, 1740, 1762, 1768, 1785, 1794, 1798, 1858, 1863, 1891, 1894, 1906, 1928, 1941, 1976, 1983, 2025, 2134, 2139, 2142, 2144, 2152, 2192, 2208, 2228, 2239, 2245, 2254, 2264, 2271, 2282, 2286, 2288, 2312, 2337, 2349, 2380, 2390, 2400, 2414, 2515, 2521, 2530, 2538, 2546, 2557, 2558, 2573, 2585, 2606, 2622, 2624, 2629, 2661, 2676, 2682, 2696, 2707, 2720, 2731, 2734, 2735, 2749, 2750, 2775, 2823, 2827, 2846, 2850, 2865, 2912, 2939, 2953, 2970, 2984, 2994, 3005, 3020, 3033, 3039, 3049, 3083, 3115, 3122, 3128, 3144, 3151, 3159

丐, 657, 1150, 1634, 2760, 2811

丑, 265, 1689, 1894, 2082, 2264, 2658

中, 42, 58, 72, 85, 129, 168, 184, 207, 215, 221, 224, 227, 237, 259, 260, 262, 270, 272, 282, 297, 314, 318, 359, 399, 410, 427, 438, 467, 516, 524, 547, 565, 589, 590, 624, 716, 723, 740, 748, 753, 808, 811, 825, 856, 905, 952, 964, 983, 1010, 1014, 1035, 1039, 1068, 1081, 1153, 1161, 1163, 1170, 1191, 1218, 1219, 1223, 1290, 1321, 1367, 1401, 1428, 1437, 1465, 1467, 1473, 1483, 1492, 1493, 1532, 1534, 1573, 1602, 1654, 1687, 1714, 1724, 1768, 1776, 1794, 1801, 1808, 1816, 1821, 1836, 1857, 1863, 1867, 1873, 1878, 1883, 1886, 1897, 1898, 1904, 1918, 1932, 1935, 1936, 1964, 1979, 2010, 2014, 2032, 2039, 2081, 2083, 2107, 2117, 2135, 2148, 2164, 2191, 2202, 2213, 2215, 2232, 2249, 2263, 2281, 2315, 2320, 2350, 2376, 2396, 2411, 2420, 2437, 2442, 2451, 2465, 2473, 2485, 2503, 2536, 2558, 2585, 2621, 2629, 2634, 2651, 2668, 2701, 2719, 2745, 2753, 2765, 2826, 2838, 2891, 2922, 2930, 2932, 2963, 2980, 2999, 3011, 3033, 3038, 3040, 3046, 3052, 3053, 3072, 3080, 3092, 3095, 3125, 3134, 3136, 3139, 3146, 3165, 3168, 3171

丰, 608, 2732

丹, 186, 366, 367, 1465, 2096, 2101, 2819, 2883, 3053

之, 56, 72, 77, 85, 88, 91, 99, 121, 164, 186, 200, 215, 221, 240, 253, 255, 269, 272, 276, 282, 314, 325, 345, 359, 361, 399, 410, 419, 427, 438, 457, 461, 484, 492, 516, 520, 546, 552, 565, 589, 605, 624, 634, 677, 679, 682, 689, 695, 698, 736, 744, 760, 771, 817, 825, 853,

865, 870, 905, 918, 928, 948, 950, 964, 983, 1010, 1014, 1018, 1027, 1050, 1054, 1060, 1077, 1085, 1093, 1108, 1130, 1145, 1153, 1156, 1161, 1163, 1170, 1172, 1191, 1202, 1216, 1226, 1227, 1248, 1260, 1290, 1291, 1310, 1315, 1345, 1363, 1367, 1383, 1388, 1400, 1412, 1421, 1428, 1437, 1440, 1467, 1480, 1524, 1526, 1532, 1573, 1592, 1599, 1636, 1639, 1650, 1657, 1670, 1673, 1686, 1701, 1711, 1724, 1759, 1782, 1793, 1801, 1821, 1836, 1842, 1852, 1857, 1863, 1867, 1873, 1878, 1882, 1890, 1894, 1897, 1905, 1918, 1931, 1935, 1947, 1952, 1972, 1979, 1993, 2004, 2010, 2032, 2039, 2068, 2073, 2081, 2141, 2144, 2148, 2201, 2215, 2232, 2238, 2249, 2251, 2263, 2269, 2304, 2320, 2348, 2350, 2368, 2384, 2395, 2402, 2411, 2414, 2432, 2442, 2443, 2454, 2484, 2510, 2530, 2536, 2540, 2556, 2558, 2561, 2571, 2585, 2602, 2604, 2611, 2621, 2622, 2629, 2634, 2651, 2660, 2665, 2668, 2672, 2683, 2691, 2701, 2706, 2719, 2726, 2745, 2757, 2765, 2770, 2774, 2779, 2783, 2789, 2792, 2810, 2817, 2836, 2855, 2863, 2921, 2944, 2952, 2953, 2965, 2976, 2983, 2999, 3004, 3009, 3013, 3019, 3023, 3037, 3045, 3048, 3052, 3053, 3071, 3079, 3107, 3119, 3120, 3125, 3134, 3143, 3146, 3165

予，172, 446, 842, 1352, 1433, 2734, 2757, 2765, 3125

云，36, 72, 85, 88, 91, 120, 124, 163, 224, 230, 237, 269, 314, 345, 359, 373, 382, 427, 438, 456, 486, 516, 523, 546, 564, 589, 624, 634, 635, 646, 687, 704, 716, 728, 798, 815, 830, 858, 896, 983, 1050, 1059, 1068, 1091, 1093, 1120, 1153, 1202, 1226, 1250, 1281, 1290, 1315, 1399, 1406, 1412, 1455, 1534, 1544, 1561, 1572, 1579, 1646, 1650, 1670, 1686, 1699, 1711, 1735, 1759, 1765, 1775, 1793, 1863, 1881, 1890, 1893, 1904, 1918, 1931, 1958, 1960, 1977, 1982, 1992, 2009, 2032, 2051, 2092, 2117, 2144, 2183, 2201, 2224, 2232, 2249, 2263, 2269, 2320, 2348, 2395, 2426, 2448, 2449, 2473, 2483, 2536, 2556, 2568, 2570, 2585, 2602, 2603, 2611, 2629, 2634, 2651, 2653, 2663, 2668, 2701, 2716, 2726, 2744, 2757, 2765, 2770, 2783, 2792, 2815, 2821, 2827, 2839, 2881, 2921, 2923, 2942, 2961, 2975, 2985, 2998, 3009, 3037, 3079, 3091, 3146, 3165

互，41, 126, 140, 289, 437, 438, 448, 518, 587, 675, 682, 693, 809, 815, 820, 897, 905, 1090, 1158, 1224, 1351, 1482, 1533, 1566, 1609, 1632, 1731, 1753, 1817, 1890, 1891, 1934, 1942, 1965, 2094, 2265, 2447, 2465, 2467, 2552, 2608, 2661, 2677, 2824, 2851, 2939, 2955, 2984, 3006, 3129, 3140,

3156

五, 3, 26, 32, 36, 88, 161, 265, 313, 317, 538, 581, 598, 605, 680, 687, 747, 764, 821, 870, 1091, 1113, 1190, 1225, 1289, 1493, 1560, 1571, 1610, 1632, 1649, 1703, 1710, 1757, 1764, 1791, 1806, 1834, 1862, 2008, 2030, 2081, 2117, 2141, 2146, 2199, 2214, 2230, 2253, 2261, 2264, 2270, 2271, 2479, 2576, 2609, 2627, 2659, 2662, 2714, 2725, 2753, 2762, 2769, 2772, 2792, 2832, 2928, 2941, 2959, 2984, 2997, 3000, 3009, 3015, 3036, 3069, 3073, 3145

井, 135, 336, 463, 663, 1071, 1259, 1534, 1680, 1934, 1978, 2364, 3034, 3053

亢, 732, 885, 1146, 1591, 2271, 2696, 2791

什, 14, 635, 678, 1548, 1806, 1825, 1861, 1930, 2298, 2968, 3073

仁, 259, 267, 373, 522, 526, 622, 1144, 1382, 1389, 1490, 1681, 1687, 1688, 1690, 1718, 1723, 1889, 2214, 2392, 2401, 2408, 2852, 2925, 2957, 3161

仂, 592, 1200, 1222

仃, 1597

仄, 578, 848, 2873

仆, 497, 618, 628, 730, 1548, 1826, 2249

仇, 262, 265, 883, 1641, 3146

仉, 262

今, 70, 136, 156, 213, 308, 328, 343, 380, 424, 521, 603, 611, 644, 675, 711, 761, 772, 777, 782, 809, 857, 862, 892, 899, 994, 1020, 1039, 1050, 1053, 1065, 1092, 1151, 1162, 1207, 1224, 1271, 1402, 1410, 1470, 1484, 1567, 1588, 1598, 1643, 1654, 1680, 1695, 1706, 1721, 1731, 1787, 1807, 1818, 1865, 1912, 1942, 1986, 2027, 2047, 2139, 2194, 2209, 2229, 2247, 2253, 2258, 2283, 2313, 2334, 2391, 2407, 2447, 2476, 2574, 2588, 2657, 2702, 2722, 2733, 2734, 2737, 2749, 2751, 2757, 2761, 2829, 2868, 2914, 2940, 2955, 2971, 2984, 3039, 3050, 3156

介, 290, 603, 675, 678, 1017, 1028, 1032, 1033, 1036, 2134

仍, 87, 364, 712, 783, 1365, 1396, 1404, 1438, 1454, 1694, 1899, 1902, 2494, 2559, 2647, 2702, 2818

从, 321, 322

仐, 1051

允, 259, 571, 1091, 1146, 2263, 2497, 2604, 2792, 2840

元, 72, 272, 359, 388, 571, 734, 808, 845, 846, 902, 983, 1091, 1093, 1136, 1146, 1290, 1406, 1428, 1483, 1581, 1604, 1793, 1888, 1969, 2081, 2232, 2253, 2262, 2319, 2427, 2447, 2535, 2558, 2683, 2696, 2790, 2793, 2798, 2834, 2840, 2961, 3009, 3099

內, 1465

公, 147, 307, 557, 633, 686, 687,

703, 704, 1145, 1161, 1304, 1566, 1648, 1680, 1855, 2244, 2447, 2587, 2654, 2828, 3033, 3038

六, 24, 35, 61, 229, 267, 280, 308, 316, 349, 506, 525, 550, 576, 588, 694, 1053, 1090, 1111, 1165, 1224, 1286, 1301, 1532, 1558, 1666, 1688, 1753, 1787, 1859, 1880, 1892, 1956, 2005, 2028, 2079, 2141, 2142, 2203, 2265, 2313, 2328, 2447, 2477, 2499, 2511, 2553, 2588, 2662, 2710, 2737, 2752, 2791, 2829, 2915, 2927, 3000, 3007, 3043, 3063, 3134, 3144, 3161

兮, 772, 1017, 1269, 2281, 2287, 2305, 2787, 3124

内, 32, 133, 157, 214, 247, 350, 417, 430, 442, 481, 512, 633, 759, 869, 1034, 1039, 1098, 1100, 1182, 1188, 1217, 1219, 1222, 1248, 1345, 1403, 1438, 1449, 1450, 1465, 1471, 1489, 1617, 1633, 1644, 1681, 1703, 1717, 1721, 1775, 1787, 1869, 1978, 2005, 2097, 2135, 2151, 2157, 2195, 2241, 2259, 2273, 2340, 2365, 2559, 2647, 2689, 2697, 2727, 2759, 2797, 2995, 3034, 3095, 3098, 3131

冈, 664

冗, 739, 1702

冘, 2657

凶, 517, 896, 1108, 1172, 1775, 1781, 2009, 2282, 2426, 2427, 2503

刅, 1689

分, 13, 23, 41, 72, 121, 126, 130, 152, 155, 167, 174, 199, 238, 254, 266, 279, 321, 437, 490, 521, 557, 587, 602, 605, 606, 607, 611, 675, 678, 687, 688, 710, 776, 797, 967, 1028, 1032, 1040, 1064, 1092, 1123, 1201, 1215, 1222, 1224, 1248, 1255, 1269, 1283, 1351, 1381, 1394, 1401, 1410, 1484, 1516, 1530, 1532, 1583, 1612, 1639, 1643, 1654, 1661, 1703, 1721, 1786, 1817, 1830, 1845, 1868, 1965, 1976, 2026, 2072, 2094, 2134, 2193, 2220, 2228, 2257, 2273, 2328, 2391, 2406, 2414, 2557, 2624, 2630, 2645, 2708, 2721, 2800, 2828, 2851, 2865, 2902, 2955, 2964, 2970, 3118, 3123

切, 24, 73, 109, 196, 202, 237, 271, 316, 335, 385, 386, 417, 483, 512, 526, 560, 576, 588, 604, 622, 688, 696, 698, 712, 1017, 1167, 1259, 1389, 1396, 1474, 1486, 1562, 1595, 1607, 1611, 1614, 1653, 1681, 1707, 1770, 1831, 1870, 1880, 1895, 2005, 2029, 2125, 2141, 2214, 2259, 2272, 2273, 2289, 2341, 2355, 2365, 2392, 2415, 2477, 2553, 2662, 2697, 2738, 2971, 3022, 3047, 3056, 3135

刈, 1546, 1564, 1776, 1933, 2606, 2778, 2869

勻, 2838

勾, 385, 696, 700, 1107

勿, 161, 281, 321, 515, 784, 813, 874, 1100, 1108, 1358, 1430, 1501, 1799, 2199, 2205, 2238, 2261, 2271,

2274, 2613, 2714, 2903, 3132

匄, 657, 894, 1108, 2427

匀, 122, 1108, 2838

化, 55, 61, 76, 104, 121, 235, 247, 307, 362, 416, 558, 581, 596, 618, 621, 634, 690, 711, 782, 825, 826, 827, 841, 858, 864, 875, 892, 929, 931, 932, 976, 1007, 1036, 1064, 1127, 1219, 1222, 1271, 1470, 1558, 1581, 1584, 1598, 1643, 1786, 1817, 1830, 1865, 1879, 1911, 1948, 1984, 2001, 2002, 2005, 2027, 2036, 2214, 2271, 2289, 2316, 2331, 2339, 2400, 2407, 2461, 2485, 2559, 2574, 2587, 2677, 2682, 2702, 2709, 2851, 2914, 2936, 3021, 3082, 3115, 3144, 3160

匹, 77, 308, 525, 581, 1053, 1074, 1090, 1504, 1524, 1526, 1544, 1954, 2005, 2079, 2940, 3161

区, 1637, 1639

卅, 1753

升, 58, 256, 463, 464, 815, 927, 1034, 1039, 1071, 1141, 1827, 1839, 1845, 1955, 2135

午, 114, 227, 663, 1482, 1493, 1534, 1937, 2269, 2314, 2733, 3036

卝, 1178

卞, 102, 171

卬, 18, 896

厄, 347, 503, 504, 552, 824, 976, 1164, 1165, 1219, 1459, 1473, 1762, 1852, 2001, 2073, 2164, 3062

及, 5, 13, 23, 65, 82, 121, 135, 136, 156, 237, 254, 316, 360, 390, 424, 475, 490, 511, 525, 574, 580, 584, 597, 603, 633, 675, 678, 693, 711, 751, 777, 820, 828, 873, 890, 896, 898, 906, 908, 1012, 1015, 1017, 1033, 1041, 1053, 1064, 1087, 1092, 1165, 1201, 1224, 1271, 1287, 1346, 1357, 1385, 1395, 1452, 1454, 1470, 1521, 1522, 1566, 1643, 1664, 1668, 1680, 1703, 1706, 1721, 1731, 1772, 1817, 1895, 1911, 1942, 2095, 2112, 2134, 2193, 2220, 2233, 2246, 2258, 2282, 2391, 2407, 2429, 2442, 2472, 2476, 2531, 2538, 2587, 2646, 2671, 2689, 2706, 2721, 2737, 2761, 2851, 2858, 2865, 2889, 2955, 2964, 2971, 3006, 3016, 3034, 3039, 3063, 3123, 3129, 3144

友, 10, 27, 388, 409, 551, 578, 589, 645, 801, 895, 1000, 1099, 1191, 1517, 1594, 1685, 1782, 1881, 1890, 1982, 2262, 2511, 2512, 2539, 2663, 2670, 2705, 2706, 2715, 2725, 2741, 2964, 2969, 3164

双, 1249, 1975

反, 5, 100, 108, 120, 155, 190, 205, 217, 307, 359, 371, 475, 524, 550, 569, 570, 572, 579, 639, 684, 756, 776, 891, 999, 1092, 1174, 1341, 1344, 1437, 1451, 1512, 1521, 1566, 1611, 1695, 1805, 1859, 2078, 2140, 2152, 2228, 2313, 2331, 2377, 2472, 2531, 2538, 2706, 2721, 2873, 2891, 2955, 2964, 3002, 3043, 3105, 3128, 3150

収, 28, 153, 1442, 1635, 1645, 1813, 1864, 1932, 1937, 2191, 2238, 2442

壬, 133, 1687, 2145

天, 71, 95, 159, 191, 207, 255, 268, 281, 344, 355, 398, 425, 435, 456, 491, 562, 588, 595, 614, 618, 633, 677, 692, 732, 740, 858, 870, 894, 919, 955, 961, 1035, 1049, 1082, 1101, 1165, 1240, 1289, 1291, 1383, 1389, 1404, 1411, 1424, 1428, 1490, 1493, 1501, 1560, 1571, 1576, 1596, 1601, 1622, 1684, 1688, 1709, 1718, 1723, 1757, 1764, 1790, 1820, 1827, 1833, 1851, 1871, 1883, 1896, 1923, 1930, 1933, 1946, 1978, 2002, 2008, 2045, 2063, 2067, 2076, 2080, 2122, 2141, 2146, 2212, 2230, 2248, 2253, 2260, 2268, 2325, 2403, 2511, 2555, 2603, 2668, 2712, 2723, 2733, 2783, 2812, 2895, 2906, 2918, 2941, 2958, 2964, 3008, 3012, 3015, 3053, 3067, 3124, 3132

太, 71, 261, 351, 595, 612, 614, 1289, 1458, 1518, 1615, 1684, 1723, 1799, 2043, 2046, 2067, 2080, 2101, 2124, 2135, 2146, 2341, 2375, 2683, 3157

夫, 80, 156, 227, 347, 413, 511, 596, 613, 615, 619, 633, 637, 687, 693, 809, 869, 951, 1199, 1224, 1287, 1360, 1361, 1424, 1434, 1500, 1521, 1561, 1566, 1583, 1648, 1660, 1680, 1849, 1901, 1928, 2078, 2096, 2209, 2228, 2246, 2257, 2317, 2391, 2443, 2552, 2602, 2721, 2760, 2790, 2847, 2913, 2995, 3021, 3123

夭, 21, 27, 29, 30, 358, 615, 1661, 1851, 2081, 2503, 2511, 2847

孔, 165, 567, 800, 1159, 1161, 1219, 1307, 1437, 1715, 1719, 1986, 2956, 3034

少, 41, 87, 128, 158, 165, 207, 309, 351, 491, 552, 561, 719, 732, 818, 869, 918, 1257, 1381, 1383, 1501, 1559, 1576, 1606, 1635, 1733, 1769, 1790, 1798, 1799, 1832, 1842, 1861, 1863, 1895, 1933, 1943, 2029, 2314, 2326, 2373, 2377, 2447, 2589, 2662, 2711, 2729, 2738, 3035

尤, 72, 107, 200, 359, 734, 1091, 1093, 1467, 1536, 2136, 2680, 2694, 2696, 2701, 2703, 2730, 2792, 3151, 3157

尹, 265, 1136, 1216, 2480, 2556, 2660

尺, 254, 255, 256, 335, 346, 393, 975, 1126, 1473, 1679, 1882, 1928, 2076, 2106, 2894, 3004, 3056

屯, 252, 313, 487, 928, 2122

巴, 26, 917, 1762, 2002, 2573

帀, 1898, 2843

幻, 307, 490, 813, 828, 841, 842, 1007, 1255, 1607, 1687, 1706, 2151, 2272, 2273, 2447, 2465, 2467, 2709, 2729, 2817

廿, 1071, 1484, 1500

弔, 446

引, 114, 128, 207, 236, 546, 578, 605, 656, 780, 797, 858, 995, 1027, 1091, 1108, 1161, 1206, 1230, 1231, 1256, 1258, 1303, 1367, 1406, 1534, 1561, 1587, 1613, 1646, 1649, 1711, 1724, 1728, 1758, 1792, 1813, 1967, 2009, 2031, 2048, 2095, 2100, 2269, 2410, 2535, 2555, 2561, 2613, 2649, 2661, 2663, 2668, 2669, 2731, 2741, 2818, 2848, 2892

彑, 1102

心, 3, 9, 26, 60, 72, 85, 88, 162, 226, 252, 254, 268, 272, 281, 301, 313, 317, 358, 414, 419, 426, 456, 506, 510, 515, 539, 550, 563, 594, 605, 634, 681, 714, 808, 854, 856, 858, 863, 879, 894, 917, 935, 982, 1035, 1059, 1082, 1084, 1133, 1154, 1160, 1162, 1163, 1218, 1223, 1230, 1240, 1246, 1281, 1289, 1366, 1391, 1398, 1405, 1486, 1532, 1571, 1575, 1590, 1613, 1619, 1624, 1631, 1653, 1685, 1688, 1689, 1694, 1710, 1723, 1734, 1758, 1764, 1775, 1781, 1792, 1820, 1825, 1834, 1841, 1872, 1881, 1890, 1916, 1946, 1979, 1997, 2002, 2003, 2009, 2030, 2081, 2135, 2147, 2161, 2163, 2199, 2206, 2261, 2269, 2272, 2286, 2290, 2303, 2316, 2347, 2362, 2366, 2376, 2390, 2399, 2400, 2401, 2409, 2417, 2427, 2439, 2455, 2479, 2516, 2533, 2544, 2555, 2560, 2570, 2576, 2592, 2610, 2627, 2632, 2642, 2649, 2714, 2740, 2756, 2778, 2792, 2805, 2820, 2832, 2845, 2846, 2853, 2918, 2928, 2941, 2952, 2959, 2975, 2997, 3000, 3012, 3015, 3037, 3044, 3069, 3079, 3124, 3132, 3135, 3163

戈, 171, 404, 670, 1660, 2606, 2630

戶, 570, 587, 592, 799, 817, 819, 1364, 1632, 1848

手, 42, 98, 171, 175, 345, 351, 385, 519, 608, 713, 809, 812, 815, 821, 825, 900, 957, 994, 1124, 1204, 1223, 1249, 1351, 1360, 1409, 1432, 1534, 1586, 1596, 1635, 1657, 1790, 1819, 1862, 1866, 1933, 1935, 1937, 1954, 1956, 1958, 1978, 2067, 2248, 2270, 2314, 2393, 2397, 2557, 2668, 2727, 2733, 2757, 2894, 2908, 2958, 3003, 3036, 3057, 3076, 3124, 3135, 3157

扎, 883, 2877, 2878

支, 28, 282, 427, 477, 492, 578, 605, 615, 677, 682, 686, 702, 704, 716, 827, 895, 922, 924, 926, 1000, 1135, 1164, 1231, 1390, 1521, 1536, 1565, 1577, 1602, 1821, 1849, 1852, 1883, 1890, 1947, 2002, 2232, 2263, 2467, 2706, 2719, 2726, 2765, 2803, 2820, 2895, 2962, 2964, 2968, 2969, 2980, 2982, 2983, 3013, 3045, 3072, 3125

攴, 1536, 2229

文, 71, 114, 191, 281, 317, 358, 476, 515, 562, 578, 604, 615, 626, 633,

686, 714, 780, 858, 874, 885, 911, 1000, 1006, 1049, 1067, 1092, 1124, 1160, 1162, 1231, 1235, 1314, 1346, 1359, 1365, 1398, 1421, 1432, 1472, 1501, 1536, 1597, 1601, 1605, 1628, 1632, 1685, 1791, 1851, 1882, 1916, 1930, 1946, 1972, 1982, 1990, 2080, 2217, 2227, 2233, 2236, 2242, 2253, 2261, 2268, 2314, 2375, 2378, 2412, 2447, 2479, 2512, 2532, 2555, 2592, 2603, 2606, 2609, 2626, 2632, 2679, 2706, 2713, 2723, 2740, 2753, 2791, 2832, 2891, 2895, 2897, 2918, 2958, 2964, 3008, 3036, 3048, 3057, 3079, 3115, 3124, 3135, 3145, 3157

斗，463, 815, 908, 926, 1482, 1493, 1838, 1859, 1955

斤, 256, 603, 1039, 1528, 1690, 2284, 2407, 2663, 3117

方, 13, 61, 136, 155, 171, 270, 347, 367, 380, 384, 413, 423, 511, 524, 557, 586, 589, 590, 591, 592, 603, 648, 675, 703, 710, 725, 732, 743, 772, 803, 819, 897, 1017, 1025, 1032, 1040, 1064, 1150, 1198, 1221, 1287, 1345, 1451, 1533, 1590, 1595, 1616, 1648, 1689, 1817, 1830, 1847, 1852, 1855, 1859, 1868, 1901, 1910, 1927, 1928, 2046, 2078, 2114, 2139, 2140, 2228, 2239, 2257, 2264, 2313, 2391, 2406, 2447, 2475, 2502, 2608, 2624, 2630, 2661, 2677, 2708, 2727, 2736, 2774, 2790, 2804, 2828, 2913, 2939, 2955, 3001, 3028, 3047, 3075, 3123, 3134, 3156, 3160

无, 503, 2253

旡, 919, 2001, 2079, 2790

日, 32, 35, 37, 41, 73, 207, 222, 227, 229, 233, 341, 370, 385, 561, 622, 659, 869, 961, 1094, 1163, 1202, 1282, 1310, 1361, 1438, 1466, 1482, 1586, 1610, 1632, 1677, 1695, 1696, 1707, 1818, 1832, 1863, 1866, 1870, 1877, 1895, 1914, 2001, 2005, 2019, 2082, 2097, 2241, 2283, 2341, 2365, 2403, 2458, 2477, 2539, 2553, 2575, 2588, 2647, 2665, 2811, 2819, 2822, 2823, 2830, 2872, 2909, 2916, 3035, 3058, 3131, 3156

曰, 33, 36, 95, 110, 163, 206, 227, 233, 257, 314, 318, 335, 345, 370, 410, 617, 624, 687, 716, 808, 811, 839, 875, 918, 952, 983, 1051, 1071, 1094, 1099, 1108, 1160, 1163, 1183, 1367, 1389, 1399, 1439, 1467, 1483, 1532, 1587, 1589, 1611, 1613, 1633, 1697, 1711, 1735, 1759, 1765, 1857, 1992, 2009, 2083, 2096, 2100, 2143, 2147, 2168, 2201, 2224, 2232, 2244, 2282, 2376, 2395, 2403, 2481, 2539, 2556, 2585, 2602, 2650, 2668, 2700, 2705, 2716, 2770, 2783, 2810, 2818, 2820, 2823, 2834, 2910, 2921, 2961, 3003, 3037, 3045, 3091, 3133, 3135, 3165

月, 67, 215, 294, 385, 564, 734, 744, 800, 964, 1136, 1406, 1439, 1467,

1475, 1483, 1563, 1611, 1698, 1846, 1872, 1918, 2100, 2350, 2403, 2539, 2650, 2691, 2716, 2798, 2810, 2815, 2819, 2906, 2961, 3134, 3135

木, 41, 71, 132, 157, 171, 172, 186, 220, 349, 424, 678, 776, 853, 869, 1028, 1050, 1188, 1260, 1286, 1339, 1425, 1436, 1438, 1634, 1863, 1892, 1902, 1966, 1973, 1978, 2045, 2115, 2212, 2313, 2557, 2771, 3003, 3034, 3123

欠, 3, 316, 491, 869, 894, 975, 1092, 1532, 1651, 1662, 2229, 2956

止, 12, 74, 77, 164, 165, 256, 269, 314, 365, 477, 484, 546, 565, 728, 830, 1122, 1163, 1170, 1226, 1234, 1490, 1506, 1523, 1546, 1581, 1625, 1650, 1759, 1775, 1793, 1796, 1807, 1836, 1890, 1993, 2004, 2083, 2117, 2144, 2286, 2315, 2396, 2530, 2536, 2585, 2655, 2701, 2705, 2745, 2783, 2855, 2890, 2944, 2947, 2963, 2968, 2994, 3000, 3001, 3002, 3004, 3005, 3010, 3013, 3015, 3019, 3027, 3029, 3092, 3146

歹, 359, 573

毋, 1435, 2253

比, 51, 59, 60, 67, 74, 78, 86, 236, 256, 304, 415, 489, 556, 587, 595, 602, 943, 1011, 1055, 1158, 1250, 1261, 1465, 1518, 1520, 1522, 1524, 1526, 1531, 1533, 1615, 1632, 1785, 1825, 1888, 1898, 1906, 1954, 1970, 1975, 2001, 2140, 2331, 2585, 2697, 2803, 2808, 2953, 2994, 3033, 3107

毛, 525, 567, 732, 768, 940, 1161, 1351, 1352, 1353, 1360, 1521, 1581, 1612, 1642, 1763, 1779, 1787, 1890, 1934, 2122, 2205, 2289, 3149

氏, 362, 429, 433, 435, 771, 952, 1080, 1389, 1811, 1889, 1890, 1915, 2247, 2964, 3124

水, 132, 174, 247, 268, 285, 312, 335, 351, 417, 537, 604, 677, 718, 785, 787, 825, 869, 894, 1080, 1092, 1159, 1189, 1206, 1260, 1284, 1341, 1404, 1437, 1535, 1562, 1570, 1624, 1635, 1656, 1684, 1719, 1734, 1764, 1775, 1790, 1799, 1819, 1858, 1936, 1977, 2010, 2040, 2056, 2107, 2117, 2135, 2167, 2217, 2248, 2350, 2375, 2557, 2590, 2668, 2683, 2759, 2773, 2917, 2958, 3036, 3095

火, 23, 70, 87, 256, 258, 266, 307, 316, 347, 380, 421, 467, 621, 633, 732, 746, 847, 867, 999, 1012, 1033, 1092, 1132, 1187, 1299, 1436, 1459, 1643, 1680, 1696, 1719, 1721, 1797, 1843, 1850, 1859, 1882, 1978, 2045, 2079, 2115, 2205, 2209, 2227, 2228, 2472, 2485, 2498, 2499, 2538, 2608, 2682, 2737, 2846, 2955, 2995, 3116

爪, 605, 702, 718, 719, 814, 822, 1035, 2645, 2902, 3003, 3102

父, 347, 429, 613, 631, 632, 633, 634, 637, 687, 704, 809, 869, 892, 999,

1092, 1199, 1434, 1668, 1680, 1830, 1850, 2079, 2144, 2157, 2228, 2244, 2721, 2955

爻, 656, 2512, 2959

片, 17, 101, 135, 256, 518, 1039, 1053, 1107, 1172, 1528, 2284, 2407, 2465, 2819

牙, 335, 437, 519, 747, 776, 821, 824, 1091, 1152, 1267, 1352, 1820, 1892, 1965, 2002, 2147, 2413, 2465, 2467, 2471, 2733, 2764, 2903

牛, 41, 207, 224, 239, 464, 604, 662, 1437, 1442, 1482, 1493, 1500, 1533, 1681, 1763, 1831, 1934, 2118, 2396, 2504, 2689, 2747, 2750, 3035

犬, 350, 601, 613, 698, 814, 869, 1298, 1660, 1889, 2045, 2229, 2511, 3143

王, 26, 84, 132, 165, 178, 227, 237, 281, 358, 381, 426, 436, 467, 538, 589, 615, 623, 627, 632, 633, 663, 667, 687, 713, 723, 732, 821, 826, 829, 845, 894, 896, 1021, 1067, 1092, 1136, 1159, 1173, 1174, 1291, 1321, 1404, 1435, 1467, 1495, 1501, 1518, 1571, 1677, 1685, 1687, 1697, 1757, 1775, 1780, 1791, 1820, 1827, 1833, 1848, 1857, 1890, 1896, 1916, 1935, 2008, 2030, 2046, 2080, 2117, 2142, 2144, 2153, 2196, 2236, 2248, 2253, 2260, 2268, 2303, 2314, 2341, 2370, 2393, 2409, 2421, 2465, 2479, 2532, 2555, 2576, 2652, 2678, 2723, 2739, 2771, 2813, 2831, 2853, 2918, 2925, 2941, 2946, 2958, 3008, 3036, 3051, 3067, 3076, 3087, 3095, 3124, 3167

艹, 599

五畫

乇, 1764

㕣, 2413, 2491

叽, 2795

図, 1489

岁, 853, 896

吕, 227

且, 12, 32, 62, 137, 271, 308, 327, 367, 368, 370, 373, 509, 613, 677, 685, 712, 831, 851, 1112, 1151, 1382, 1438, 1454, 1608, 1612, 1783, 1787, 1870, 1913, 1997, 2050, 2051, 2053, 2095, 2169, 2221, 2266, 2281, 2553, 2566, 2647, 2771, 2811, 2860, 2916, 2928, 2940, 2984, 2995, 3000, 3131, 3144, 3148, 3149

丕, 157, 613, 1518

世, 14, 35, 71, 137, 239, 268, 309, 316, 351, 362, 425, 506, 514, 561, 588, 604, 622, 659, 685, 690, 743, 807, 874, 894, 896, 900, 939, 961, 1018, 1034, 1084, 1100, 1170, 1225, 1288, 1383, 1411, 1435, 1484, 1570, 1596, 1612, 1627, 1639, 1649, 1684, 1709, 1718, 1754, 1775, 1790, 1819, 1833, 1847, 1853, 1870, 1889, 1894, 1915, 1923, 1924, 2007, 2019, 2029, 2045, 2063, 2080, 2117, 2142, 2146, 2153, 2259,

2283, 2334, 2387, 2408, 2416, 2424, 2516, 2532, 2635, 2712, 2739, 2762, 2777, 2853, 2917, 2957, 3008, 3019, 3022, 3029, 3036, 3047, 3066, 3087, 3148, 3154

丘, 77, 132, 158, 308, 316, 390, 465, 694, 699, 721, 737, 1054, 1136, 1159, 1224, 1474, 1632, 1787, 1804, 1870, 2001, 2821, 2951, 2971, 2995, 3007, 3124, 3167

丙, 133, 683, 1071, 1248, 1465, 1687, 2758

丱, 729, 1178

主, 72, 164, 200, 207, 270, 436, 553, 736, 744, 918, 1069, 1156, 1173, 1226, 1290, 1335, 1401, 1483, 1501, 1598, 1611, 1687, 1794, 1827, 1836, 1852, 1857, 1890, 1918, 1932, 1953, 1961, 1972, 1975, 2081, 2117, 2148, 2154, 2213, 2215, 2349, 2448, 2485, 2558, 2585, 2629, 2719, 2772, 2838, 2922, 2946, 2963, 3011, 3014, 3046, 3052, 3075, 3092, 3095, 3125, 3139

丼, 1071

乍, 598, 2032, 2437, 2879, 3147, 3165

乎, 13, 90, 156, 176, 186, 384, 518, 662, 746, 782, 796, 809, 811, 820, 929, 1151, 1201, 1296, 1533, 1566, 1901, 1933, 1935, 2152, 2228, 2257, 2269, 2281, 2472, 2476, 2522, 2531, 2603, 2732, 2737, 2756, 2828, 2847, 2851, 2914, 2955, 3006, 3123

乏, 100, 154, 454, 511, 552, 908, 1153, 1269, 1459, 1484, 1581, 1631, 1680, 2228, 2257, 2608, 2721, 2954, 3144

仔, 3125

仕, 1690, 1889, 1897, 1903, 1905, 2153, 2214, 2270, 2559, 2853

他, 63, 84, 106, 128, 159, 173, 247, 254, 272, 274, 313, 317, 373, 417, 476, 491, 493, 523, 581, 588, 597, 623, 655, 689, 783, 807, 829, 875, 908, 917, 934, 979, 1018, 1152, 1337, 1345, 1422, 1448, 1479, 1571, 1586, 1684, 1688, 1784, 1803, 1853, 1857, 1899, 2035, 2039, 2067, 2123, 2124, 2128, 2135, 2260, 2268, 2274, 2316, 2366, 2381, 2416, 2532, 2560, 2572, 2575, 2678, 2739, 2752, 2877, 2881, 2975, 3018, 3067, 3087, 3132, 3162

仗, 28, 85, 277, 554, 618, 922, 924, 926, 2807, 2895, 2897, 2969

付, 287, 486, 628, 631, 634, 635, 638, 647, 782, 837, 936, 1096, 1478, 1561, 1578, 1580, 1826, 1905, 2406, 2558, 2766, 2817, 2895, 2968, 3080, 3081, 3160

仙, 313, 358, 374, 623, 1027, 1582, 1685, 1775, 2095, 2199, 2316, 2319, 2320, 2997, 3012, 3115

仚, 1582, 2316

仛, 197, 493, 2877

仝, 1656

仞, 1689, 1690, 1693, 1694, 1695

仟, 1597

仡, 244, 670, 671

代, 222, 257, 266, 347, 360, 361, 363, 365, 438, 553, 617, 827, 871, 1482, 1507, 1582, 1699, 1890, 1894, 2192, 2272, 2841, 2848, 3160

令, 13, 71, 83, 104, 267, 293, 316, 323, 349, 380, 405, 512, 521, 550, 604, 675, 678, 685, 712, 717, 723, 761, 778, 843, 857, 892, 899, 911, 967, 977, 994, 1008, 1012, 1034, 1041, 1050, 1111, 1151, 1188, 1207, 1216, 1222, 1248, 1266, 1267, 1269, 1281, 1312, 1410, 1470, 1485, 1568, 1581, 1594, 1606, 1655, 1681, 1706, 1721, 1804, 1865, 1869, 1885, 1892, 1986, 2028, 2047, 2159, 2161, 2194, 2298, 2391, 2407, 2412, 2477, 2553, 2574, 2588, 2704, 2710, 2737, 2752, 2761, 2767, 2809, 2829, 2904, 2915, 2956, 3011, 3039, 3063, 3083, 3143

以, 26, 77, 88, 91, 107, 135, 163, 242, 252, 263, 269, 278, 313, 317, 321, 325, 358, 362, 382, 399, 409, 481, 486, 494, 515, 546, 564, 589, 598, 612, 615, 624, 689, 690, 695, 714, 736, 739, 757, 784, 808, 810, 830, 841, 843, 875, 895, 901, 917, 918, 931, 948, 1014, 1021, 1049, 1068, 1082, 1093, 1104, 1105, 1109, 1147, 1152, 1160, 1163, 1176, 1220, 1226, 1242, 1256, 1259, 1281, 1290, 1367, 1383, 1387, 1399, 1454, 1472, 1530, 1546, 1571, 1587, 1597, 1610, 1646, 1685, 1691, 1695, 1697, 1710, 1718, 1724, 1765, 1770, 1798, 1821, 1835, 1854, 1857, 1872, 1886, 1893, 1897, 1899, 1917, 1933, 1947, 1952, 1976, 1979, 1991, 2003, 2031, 2099, 2107, 2165, 2168, 2183, 2190, 2199, 2204, 2215, 2224, 2237, 2243, 2261, 2284, 2298, 2329, 2348, 2370, 2376, 2394, 2410, 2425, 2426, 2439, 2454, 2488, 2535, 2539, 2555, 2558, 2560, 2567, 2576, 2585, 2603, 2610, 2613, 2620, 2628, 2642, 2649, 2663, 2668, 2679, 2690, 2698, 2715, 2725, 2733, 2741, 2746, 2759, 2764, 2778, 2785, 2802, 2815, 2818, 2826, 2834, 2869, 2942, 2960, 2975, 3009, 3037, 3057, 3079, 3133, 3164, 3170

仭, 1690, 1693, 1694, 2273

兄, 435, 571, 740, 1176, 1718, 2003, 2427, 2489, 2959

充, 47, 235, 259, 609, 612, 689, 732, 1109, 1154, 1424, 1468, 1762, 1894, 2103, 2136, 2137, 2256, 2316, 2491, 2797, 2840, 2939, 3049

冉, 1447, 1671, 1672, 2097, 2323, 2849, 3053

冊, 186, 187, 670, 1139, 2849

冋, 1088

册, 186, 187, 442, 2849

冬, 295, 458, 675, 763, 1050, 1092, 1633, 2721

凷, 1171

凸, 19, 1173, 2107, 2126, 2472,

2511

凹, 19, 1637, 1700, 2107

出, 23, 69, 126, 136, 164, 165, 219, 225, 235, 255, 257, 262, 266, 278, 293, 306, 322, 346, 401, 436, 468, 482, 492, 510, 524, 556, 569, 596, 602, 620, 666, 688, 692, 707, 750, 756, 827, 867, 871, 910, 975, 1011, 1158, 1215, 1224, 1255, 1282, 1287, 1357, 1384, 1465, 1468, 1551, 1583, 1587, 1590, 1638, 1647, 1679, 1717, 1720, 1729, 1774, 1786, 1805, 1843, 1849, 1865, 1888, 1891, 1894, 1977, 1983, 2004, 2051, 2053, 2093, 2114, 2117, 2142, 2152, 2192, 2250, 2264, 2286, 2313, 2327, 2331, 2379, 2390, 2404, 2414, 2475, 2495, 2514, 2521, 2530, 2546, 2573, 2641, 2645, 2661, 2676, 2692, 2697, 2707, 2721, 2735, 2760, 2771, 2790, 2828, 2850, 2913, 2939, 2953, 2970, 2994, 3005, 3011, 3033, 3061, 3075, 3083, 3094, 3115, 3126, 3159, 3166

刊, 1143, 1228, 1255, 1776, 2403, 2606

功, 61, 257, 270, 396, 413, 574, 591, 621, 629, 686, 687, 689, 690, 696, 710, 745, 822, 897, 992, 1017, 1064, 1161, 1217, 1222, 1607, 1612, 1827, 1868, 1968, 2026, 2140, 2165, 2273, 2364, 2391, 2429, 2587, 2667, 2729, 2736, 2862, 2955, 3062, 3082

加, 126, 307, 364, 424, 482, 653, 671, 685, 711, 730, 769, 782, 785, 791, 797, 873, 892, 943, 950, 951, 953, 954, 1012, 1107, 1222, 1287, 1584, 1706, 1889, 1971, 2005, 2193, 2286, 2301, 2318, 2339, 2588, 2697, 2971, 3082, 3161

匃, 657, 1581, 2032, 2427

包, 47, 48, 697, 1514, 1582, 1762, 2093, 2103, 2530, 2546, 2573, 2612

北, 60, 74, 77, 148, 304, 415, 458, 587, 595, 827, 1002, 1457, 1533, 2114, 2125, 2281, 2585, 2994

匜, 2565

匝, 110, 165, 820, 851, 1527, 1898, 2191, 2672, 2843, 3048, 3054

卉, 186, 848, 853

半, 38, 41, 42, 89, 134, 154, 223, 489, 744, 776, 1107, 1344, 1482, 1493, 1512, 1533, 1594, 1642, 1728, 1798, 1933, 1966, 2015, 2166, 2288, 2312, 2404, 2413, 2504, 2546, 2556, 2731, 3005, 3033, 3170

占, 34, 226, 443, 670, 704, 983, 1636, 1776, 2320, 2585, 2886, 2888, 2889, 3003

卭, 1631, 2668

卯, 18, 759, 899, 1306, 1353, 2574, 2668, 2720, 2940

尼, 2133

去, 165, 191, 206, 207, 267, 271, 274, 280, 308, 323, 467, 480, 512, 519, 560, 604, 613, 622, 636, 637, 668, 677, 712, 757, 807, 896, 977, 1018, 1049, 1101, 1167, 1189, 1218, 1225, 1345,

1569, 1584, 1593, 1601, 1638, 1639, 1647, 1651, 1664, 1681, 1696, 1718, 1753, 1787, 1831, 1841, 1850, 1861, 1889, 1895, 2079, 2115, 2118, 2122, 2142, 2153, 2161, 2195, 2212, 2259, 2266, 2313, 2318, 2334, 2389, 2408, 2428, 2447, 2477, 2588, 2603, 2619, 2652, 2662, 2682, 2697, 2738, 2767, 2830, 2852, 2916, 2956, 2971, 3007, 3012, 3016, 3065, 3085, 3143

犮, 27, 890

古, 70, 437, 701, 702, 703, 705, 706, 710, 814, 821, 896, 897, 1017, 1025, 1098, 1166, 1287, 1648, 1730, 1802, 1863, 2115, 2193, 2283, 2317, 2476, 2557, 2689, 2708, 2727, 2730, 2828, 2851, 2889

句, 24, 32, 41, 47, 320, 443, 512, 518, 525, 604, 657, 696, 697, 751, 778, 782, 841, 936, 969, 976, 1090, 1099, 1104, 1107, 1116, 1123, 1151, 1287, 1364, 1395, 1532, 1558, 1641, 1703, 1753, 1787, 1859, 2005, 2027, 2097, 2194, 2229, 2240, 2265, 2272, 2273, 2365, 2391, 2427, 2447, 2458, 2476, 2552, 2559, 2631, 2646, 2654, 2697, 2767, 2781, 2811, 2838, 3001, 3034, 3129, 3134

另, 1269

叨, 385, 866, 1200, 1208, 1401

叩, 899, 1005, 1163, 1164, 2661, 2935

只, 370, 374, 695, 780, 905, 1434, 1532, 1576, 1611, 1714, 1794, 1918, 1932, 2183, 2611, 2945, 2981, 2983, 2986, 2999, 3004

叫, 19, 126, 218, 772, 812, 1005, 1010, 1163, 1409, 1589

召, 34, 164, 670, 682, 704, 780, 813, 1163, 1400, 1628, 1782, 1801, 1864, 2201, 2668, 2817, 2888, 2901, 2904, 2905, 2907, 2962, 3001, 3048, 3111

可, 3, 5, 12, 35, 104, 127, 150, 156, 167, 349, 363, 380, 405, 453, 467, 486, 512, 518, 521, 559, 624, 644, 659, 674, 704, 741, 769, 774, 775, 778, 782, 787, 788, 834, 899, 977, 1041, 1092, 1096, 1147, 1148, 1149, 1188, 1201, 1293, 1453, 1459, 1470, 1544, 1568, 1574, 1581, 1588, 1644, 1655, 1668, 1721, 1818, 1830, 1865, 1902, 1942, 1997, 2027, 2161, 2194, 2220, 2235, 2258, 2265, 2313, 2340, 2365, 2400, 2407, 2438, 2443, 2444, 2467, 2472, 2493, 2531, 2538, 2552, 2566, 2588, 2612, 2646, 2678, 2709, 2829, 2956, 2995, 3001, 3006, 3034, 3115, 3123, 3129, 3144

台, 466, 704, 885, 2042, 2537, 2840, 2889, 2904, 3001, 3132

叱, 74, 256, 2117, 2152, 2305, 2870, 2877, 2879

史, 191, 933, 1127, 1227, 1882, 1885, 1887, 2229, 2502, 2735, 2964

右, 63, 165, 269, 359, 546, 677,

704, 800, 1083, 1136, 1290, 1399, 1561, 1735, 1793, 1864, 1882, 1935, 2303, 2556, 2696, 2716, 2726, 2730, 2843, 2854, 3037, 3053, 3133, 3147, 3157

叵, 664, 821, 1107, 1460, 1524, 1544, 1546, 1547, 1639, 2843

叶, 256, 2384, 2538

号, 1395, 2281

司, 318, 442, 1995, 1997, 2098, 2241, 2458, 2762, 3053, 3124

叺, 1720

叻, 1200, 1222

囘, 511, 850, 851, 2005, 2646

囚, 83, 1094, 1633, 2151, 2157, 2647

四, 3, 19, 26, 35, 71, 271, 312, 317, 320, 351, 373, 425, 456, 506, 514, 537, 578, 708, 743, 780, 812, 851, 900, 948, 979, 1054, 1091, 1108, 1152, 1218, 1249, 1288, 1341, 1365, 1380, 1383, 1389, 1466, 1524, 1532, 1560, 1637, 1696, 1709, 1754, 1767, 1862, 1871, 1896, 1903, 1915, 2000, 2004, 2012, 2030, 2082, 2098, 2196, 2212, 2236, 2248, 2267, 2282, 2298, 2305, 2314, 2341, 2366, 2393, 2401, 2427, 2454, 2474, 2555, 2591, 2647, 2662, 2689, 2698, 2712, 2727, 2752, 2812, 2831, 2839, 2903, 2918, 2940, 2958, 3001, 3004, 3022, 3036, 3051, 3132, 3145, 3152, 3162

圣, 3157

外, 71, 84, 128, 132, 159, 358, 399, 464, 491, 514, 597, 604, 618, 677, 807, 894, 901, 1026, 1163, 1281, 1306, 1387, 1466, 1472, 1601, 1605, 1635, 1649, 1734, 1771, 1871, 1903, 1916, 1946, 1956, 1978, 2030, 2039, 2134, 2248, 2268, 2274, 2298, 2335, 2375, 2560, 2620, 2657, 2662, 2683, 2712, 2727, 2753, 2762, 3036

夗, 2805

央, 124, 515, 589, 686, 956, 1851, 1882, 2502, 2503, 2504, 2727, 2964

夰, 1634

失, 165, 268, 280, 351, 449, 460, 552, 597, 614, 669, 695, 751, 821, 843, 874, 896, 908, 955, 1092, 1094, 1098, 1165, 1170, 1280, 1371, 1387, 1635, 1649, 1663, 1684, 1704, 1763, 1832, 1849, 1883, 1885, 1888, 1892, 1921, 1927, 1930, 1943, 2080, 2108, 2122, 2142, 2164, 2212, 2229, 2259, 2277, 2319, 2325, 2408, 2502, 2503, 2511, 2570, 2603, 2613, 2619, 2621, 2626, 2711, 2723, 2846, 2917, 2940, 2957, 2974, 2989, 3008, 3032, 3152

奴, 92, 594, 637, 770, 925, 1257, 1435, 1445, 1447, 1455, 1462, 1495, 1496, 1497, 1707, 2111, 2421, 2511, 2971

孕, 492, 1719, 1835, 2840, 3135

宁, 1492, 2091, 2757, 3094

它, 2038, 2039, 2881

宄, 739, 2427, 2451

尒, 517, 1039, 1269, 2283
尻, 1146
尼, 39, 157, 227, 280, 433, 503, 547, 571, 581, 740, 761, 828, 911, 977, 1030, 1100, 1116, 1199, 1261, 1360, 1388, 1418, 1447, 1465, 1473, 1475, 1476, 1478, 1481, 1513, 1736, 1849, 2001, 2037, 2128, 2153, 2157, 2164, 2205, 2251, 2292, 2318, 2477, 2574, 2852, 2877, 3050, 3144, 3147, 3157
左, 16, 125, 359, 547, 1200, 1227, 1475, 1518, 1678, 1863, 1894, 2117, 2232, 2556, 2669, 2696, 2728, 2753, 2838, 2856, 2909, 2923, 3004, 3148, 3156, 3159
巧, 172, 588, 686, 688, 780, 828, 841, 1008, 1039, 1229, 1382, 1454, 1607, 1612, 1695, 2376, 2408, 2588
巨, 35, 227, 465, 490, 1106, 1108, 1109, 1114, 1117, 1173, 1395, 1544, 1690, 2635, 2646, 3006
市, 164, 214, 435, 514, 622, 765, 874, 1030, 1341, 1632, 1889, 1890, 1898, 2010, 2029, 2142, 2683, 2712, 2843
布, 69, 153, 164, 166, 167, 287, 510, 611, 616, 647, 650, 854, 993, 1282, 1457, 1458, 1521, 1549, 1738, 1760, 1898, 2025, 2105, 2282, 2287, 2366, 2400, 2404, 2441, 2495, 2726, 2843, 2850, 3083
平, 41, 71, 157, 214, 381, 437, 525, 809, 812, 820, 841, 907, 1013, 1086, 1224, 1290, 1404, 1482, 1492, 1493, 1532, 1533, 1535, 1536, 1869, 1902, 1934, 2091, 2195, 2289, 2465, 2553, 2631, 2821, 2824, 2852, 2940, 3007, 3035, 3043, 3085, 3098, 3135, 3147
幼, 272, 491, 841, 1018, 1257, 2467, 2729, 2815, 2818
庂, 2873
弁, 102, 134, 602
弗, 156, 204, 446, 601, 602, 617, 621, 625, 743, 781, 897, 1446, 2271, 2305, 2939, 3123
弘, 213, 218, 287, 288, 347, 603, 616, 621, 693, 784, 797, 798, 943, 995, 1532, 1706, 1942, 1995, 2012, 2407, 2661, 2737, 2790, 2971, 3021
必, 86, 89, 93, 102, 149, 154, 306, 346, 400, 453, 482, 510, 595, 602, 675, 802, 812, 824, 827, 870, 928, 993, 999, 1006, 1011, 1050, 1109, 1161, 1220, 1392, 1497, 1587, 1704, 1717, 1765, 1798, 1891, 2001, 2192, 2213, 2254, 2264, 2288, 2312, 2316, 2327, 2390, 2515, 2546, 2585, 2606, 2629, 2707, 2775, 2864, 2906, 2939, 2953, 3033, 3128
忉, 384, 385, 435, 511, 1611, 1690, 2273, 3082
戉, 2820
戊, 227, 362, 554, 1966, 2272, 2820, 3096
扂, 503

扑, 1548, 1551

打, 30, 45, 234, 248, 262, 294, 332, 345, 451, 985, 1146, 1150, 1340, 1505, 1640, 2001, 2065, 2151, 2405, 2433, 2736, 2878, 2897, 2909, 3098

斥, 114, 256, 570, 596, 675, 907, 1039, 1528, 1535, 1891, 2025, 2404, 2441, 2469, 3002

旦, 196, 228, 339, 340, 369, 371, 764, 897, 1109, 1407, 1437, 1565, 1608, 1679, 1695, 1786, 2051, 2144, 2338, 2573, 2607, 2688, 2817, 2861, 3058

未, 42, 71, 124, 159, 257, 272, 324, 358, 381, 426, 437, 459, 515, 523, 598, 612, 615, 695, 747, 776, 783, 807, 829, 901, 955, 1190, 1232, 1362, 1363, 1426, 1430, 1437, 1635, 1649, 1702, 1734, 1780, 1834, 1851, 1892, 1899, 1935, 1956, 1958, 2014, 2080, 2163, 2208, 2217, 2223, 2230, 2260, 2283, 2290, 2350, 2544, 2576, 2609, 2683, 2713, 2740, 2778, 2825, 2831, 2918, 3022, 3059, 3079

末, 71, 142, 157, 239, 381, 424, 613, 825, 955, 1188, 1357, 1418, 1424, 1428, 1430, 1436, 1482, 1634, 1850, 1887, 1892, 1898, 1902, 2210, 2217, 2313, 2574, 2682, 3059, 3060, 3075, 3138, 3143, 3167

本, 1, 68, 69, 78, 145, 154, 167, 189, 208, 223, 266, 304, 315, 333, 346, 361, 376, 422, 453, 458, 489, 555, 591, 595, 602, 611, 679, 687, 703, 709, 776, 801, 820, 867, 955, 1039, 1063, 1104, 1123, 1124, 1149, 1158, 1186, 1240, 1269, 1287, 1311, 1364, 1392, 1410, 1424, 1433, 1436, 1496, 1531, 1533, 1565, 1593, 1633, 1679, 1704, 1728, 1847, 1849, 1858, 1900, 1957, 1967, 1977, 1983, 2013, 2025, 2043, 2071, 2076, 2096, 2108, 2114, 2134, 2208, 2216, 2227, 2283, 2316, 2390, 2546, 2556, 2558, 2585, 2606, 2624, 2629, 2641, 2645, 2667, 2688, 2696, 2707, 2726, 2735, 2783, 2790, 2793, 2827, 2848, 2912, 2953, 3033, 3046, 3049, 3061, 3128, 3134, 3137, 3146, 3150, 3159

札, 133, 1220, 2878

朮, 1966

正, 14, 36, 42, 72, 88, 129, 164, 207, 269, 272, 314, 359, 399, 410, 427, 457, 507, 546, 551, 565, 584, 589, 616, 624, 657, 689, 716, 728, 739, 772, 795, 821, 905, 918, 935, 983, 993, 995, 1016, 1054, 1068, 1070, 1081, 1173, 1383, 1407, 1487, 1518, 1524, 1534, 1544, 1573, 1602, 1613, 1632, 1701, 1711, 1724, 1759, 1775, 1782, 1793, 1814, 1835, 1846, 1848, 1878, 1894, 1897, 1918, 1954, 2032, 2084, 2117, 2148, 2164, 2201, 2204, 2227, 2232, 2263, 2269, 2282, 2315, 2348, 2384, 2395, 2411, 2420, 2471, 2475, 2489, 2516, 2556, 2585, 2602, 2691, 2726,

2745, 2836, 2855, 2921, 2929, 2936, 2938, 2939, 2946, 2949, 2952, 2962, 2976, 2986, 2998, 3000, 3001, 3005, 3009, 3079, 3108, 3134, 3135, 3146, 3168

母, 148, 167, 173, 366, 626, 633, 687, 770, 951, 967, 1353, 1358, 1359, 1360, 1396, 1434, 1435, 1436, 1437, 1500, 1681, 1831, 1895, 1899, 1934, 1987, 2079, 2142, 2145, 2253, 2259, 2266, 2427, 2454, 2574, 2956, 3050, 3123, 3148

氐, 429, 431, 432, 820, 1473, 1890, 2982

民, 227, 429, 490, 694, 865, 917, 1012, 1038, 1137, 1350, 1388, 1390, 1411, 1466, 1681, 1890, 1969, 2247, 2493, 2565, 2737, 2791

汞, 236

氷, 132, 1977, 1979, 2106, 2682, 2683

永, 63, 132, 207, 230, 236, 359, 484, 519, 598, 721, 958, 1000, 1055, 1093, 1191, 1430, 1472, 1636, 1656, 1893, 1898, 1917, 1979, 2000, 2046, 2073, 2135, 2213, 2262, 2558, 2682, 2715, 2725, 2778, 2792, 2805, 2942, 3051

氺, 1979

氾, 582

汀, 2089

汁, 464, 565, 764, 928, 995, 1719, 2300, 2968

犮, 27

犯, 30, 54, 73, 403, 557, 581, 583, 710, 750, 828, 917, 932, 1028, 1130, 1174, 1196, 1265, 1545, 1583, 1830, 1852, 2011, 2036, 2121, 2123, 2406, 2531, 2562, 2574, 2708, 2805, 2828, 2913, 2970, 2988, 3151, 3160, 3166

玄, 203, 257, 278, 491, 589, 687, 821, 841, 865, 1133, 1194, 1225, 1501, 1571, 1574, 1649, 1685, 1890, 2147, 2315, 2447, 2449, 2450, 2479, 2627, 2832, 2839, 3138

玉, 26, 54, 94, 821, 1759, 1793, 1864, 1956, 2081, 2117, 2147, 2269, 2270, 2447, 2669, 2771, 2821, 2925

瓜, 603, 718, 1032, 1323, 2474, 2902

瓦, 35, 571, 1437, 1475, 1533, 1535, 1734, 2133, 2136, 2244, 2271, 2272

甘, 35, 347, 518, 658, 659, 756, 760, 1465, 1566, 1605, 1695, 2083, 2758, 2811, 2819, 3126

生, 41, 71, 87, 137, 158, 173, 179, 204, 207, 214, 227, 229, 239, 242, 260, 262, 267, 274, 278, 280, 309, 323, 333, 351, 373, 406, 425, 455, 486, 491, 522, 537, 561, 597, 630, 644, 669, 695, 713, 732, 747, 821, 832, 834, 843, 854, 857, 869, 878, 894, 900, 911, 930, 939, 952, 1013, 1059, 1067, 1112, 1141, 1151, 1159, 1170, 1189, 1199, 1202, 1206, 1223, 1225, 1251, 1280, 1288, 1350,

1368, 1371, 1383, 1387, 1397, 1435, 1438, 1471, 1482, 1486, 1488, 1493, 1507, 1532, 1570, 1586, 1598, 1610, 1618, 1635, 1644, 1649, 1653, 1656, 1669, 1684, 1690, 1723, 1733, 1754, 1763, 1767, 1775, 1780, 1790, 1796, 1799, 1813, 1819, 1839, 1840, 1841, 1845, 1847, 1851, 1870, 1877, 1880, 1889, 1896, 1914, 1930, 1943, 1969, 1988, 2001, 2029, 2037, 2042, 2047, 2080, 2082, 2101, 2116, 2145, 2153, 2163, 2196, 2212, 2217, 2247, 2259, 2298, 2314, 2319, 2334, 2341, 2350, 2370, 2393, 2401, 2403, 2408, 2415, 2421, 2424, 2445, 2453, 2455, 2478, 2532, 2544, 2589, 2619, 2631, 2670, 2697, 2711, 2739, 2801, 2831, 2852, 2863, 2917, 2940, 2946, 2951, 2957, 2974, 2984, 2997, 3007, 3035, 3051, 3065, 3073, 3075, 3086, 3095, 3099, 3121, 3124, 3131, 3147, 3152, 3162, 3167, 3170

用, 14, 115, 129, 186, 204, 215, 252, 269, 382, 409, 564, 605, 615, 627, 686, 690, 708, 748, 815, 851, 858, 875, 888, 982, 995, 1003, 1105, 1120, 1142, 1153, 1223, 1367, 1406, 1439, 1454, 1467, 1517, 1611, 1646, 1697, 1701, 1702, 1816, 1835, 1867, 1872, 1917, 1965, 1968, 1979, 1994, 2015, 2039, 2082, 2095, 2100, 2113, 2119, 2147, 2152, 2224, 2237, 2244, 2248, 2348, 2366, 2410, 2439, 2545, 2585, 2600, 2621, 2629, 2649, 2663, 2688, 2698, 2715, 2778, 2797, 2815, 2820, 2869, 2895, 2919, 2961, 3037, 3054, 3056, 3074, 3091, 3116, 3133, 3164

甩, 1815

田, 203, 265, 414, 418, 442, 443, 510, 1094, 1163, 1171, 1404, 1457, 1466, 1482, 1523, 1697, 1775, 1997, 2000, 2008, 2082, 2083, 2117, 2140, 2505, 2648, 2689, 2698, 2703, 2709, 2801, 2813, 2918, 3167

由, 32, 260, 262, 269, 314, 325, 373, 382, 409, 442, 516, 546, 715, 982, 1014, 1094, 1172, 1282, 1335, 1367, 1380, 1435, 1467, 1475, 1501, 1637, 1697, 1796, 1816, 1835, 1935, 1968, 1998, 2009, 2082, 2100, 2157, 2200, 2262, 2274, 2362, 2514, 2516, 2535, 2538, 2561, 2601, 2650, 2691, 2692, 2696, 2701, 2703, 2705, 2715, 2741, 2747, 2759, 2764, 2782, 2802, 2815, 2928, 3037, 3133

甲, 58, 683, 955, 1039, 1071, 1696, 1814, 1816, 1818, 2040, 2082, 2309, 2463, 2464, 2573, 2668, 2689, 2697, 2811, 2861, 2891, 3034, 3129

申, 224, 290, 588, 1072, 1244, 1637, 1814, 1816, 1819, 1827, 1902, 2538, 2697, 2735, 3035, 3046, 3047, 3057, 3124, 3131, 3145

疋, 456, 1524, 1954, 2107, 2487, 2895, 3145

疒, 2882

白, 31, 35, 49, 55, 147, 148, 315, 343, 389, 429, 555, 633, 668, 792, 827, 838, 845, 1077, 1094, 1107, 1162, 1368, 1423, 1437, 1537, 1544, 1588, 1619, 1632, 1695, 1703, 1704, 1720, 1762, 1774, 1863, 2004, 2140, 2233, 2239, 2245, 2271, 2364, 2454, 2475, 2696, 2706, 2760, 2765, 2810, 2862, 2889, 3015, 3031, 3049, 3055, 3127, 3159

皮, 57, 83, 142, 164, 333, 476, 705, 894, 977, 1358, 1466, 1520, 1521, 1523, 1546, 1703, 2168, 2430, 2541, 2903

皿, 1224, 1389, 2005, 2454

目, 62, 73, 227, 518, 732, 899, 977, 1111, 1154, 1162, 1304, 1380, 1396, 1403, 1435, 1437, 1442, 1486, 1610, 1644, 1696, 1703, 1763, 1818, 1863, 1902, 1936, 2097, 2107, 2229, 2286, 2340, 2494, 2496, 2646, 2797, 2811, 2819, 2893, 3054, 3129, 3134, 3137, 3140

矛, 687, 1352, 1432, 1433, 1690, 1782, 2465, 2757, 2786, 3123

矢, 614, 990, 1851, 1883, 1888, 1921, 2080, 2511, 2557, 2603, 2613

石, 17, 35, 158, 385, 588, 665, 704, 800, 820, 1163, 1223, 1237, 1351, 1397, 1437, 1771, 1814, 1819, 1863, 1866, 1994, 2292, 2370, 2485, 2727, 2793, 2853, 2904, 3036

示, 87, 120, 121, 135, 158, 256, 257, 258, 268, 425, 514, 522, 537, 550, 581, 644, 669, 738, 776, 780, 809, 821, 858, 936, 978, 1009, 1013, 1163, 1189, 1202, 1288, 1426, 1486, 1589, 1649, 1658, 1684, 1718, 1723, 1754, 1813, 1870, 1891, 1896, 1898, 1902, 1915, 1923, 1930, 1948, 1989, 2029, 2212, 2214, 2221, 2229, 2290, 2314, 2328, 2334, 2341, 2393, 2478, 2559, 2589, 2613, 2678, 2682, 2767, 2824, 2831, 2875, 2917, 2940, 2957, 3003, 3008, 3138

禾, 186, 776, 784, 1424, 1436, 2209, 2511

穴, 49, 456, 466, 515, 935, 941, 1089, 1160, 1161, 1165, 1250, 1289, 1467, 1702, 1974, 2451, 2657, 3042

立, 32, 127, 137, 157, 165, 267, 343, 443, 455, 476, 480, 525, 604, 613, 626, 718, 778, 820, 899, 927, 1020, 1056, 1096, 1100, 1127, 1140, 1159, 1188, 1222, 1223, 1234, 1251, 1278, 1287, 1365, 1395, 1402, 1485, 1533, 1546, 1558, 1568, 1584, 1632, 1641, 1648, 1721, 1753, 1763, 1787, 1809, 1812, 1827, 1831, 1853, 1863, 1927, 1969, 1986, 2028, 2097, 2115, 2142, 2163, 2203, 2214, 2253, 2258, 2265, 2318, 2424, 2444, 2447, 2453, 2477, 2553, 2559, 2574, 2588, 2619, 2625, 2652, 2678, 2710, 2737, 2761, 2791, 2820, 2829, 2852, 2940, 2956, 2984, 2995, 3006, 3011, 3016, 3028, 3075,

3085, 3138, 3143, 3161, 3167, 3170

六畫

荆, 2403
轫, 1594
吼, 3140
庌, 2601
忓, 3116
㫃, 2491, 2740
巳, 2514
丞, 879, 2557, 2937
争, 1003, 1087, 2936, 2949
亘, 242, 370, 464, 682, 795, 820, 840, 1609, 1638, 2053, 2566, 2811, 2984, 3028
亙, 682, 795, 2264, 3006
交, 4, 191, 259, 271, 576, 633, 685, 955, 999, 1000, 1001, 1004, 1005, 1006, 1008, 1187, 1465, 1546, 1700, 1942, 2228, 2233, 2318, 2377, 2378, 2489, 2512, 2651, 2722, 2846, 2964
亥, 759, 1353
亦, 14, 72, 85, 88, 110, 114, 121, 128, 135, 137, 139, 163, 214, 239, 255, 257, 314, 317, 359, 370, 373, 382, 409, 426, 437, 491, 507, 515, 523, 546, 589, 598, 605, 612, 615, 645, 677, 686, 687, 692, 695, 715, 721, 728, 736, 747, 757, 813, 863, 875, 895, 901, 917, 928, 931, 938, 982, 1000, 1014, 1049, 1054, 1059, 1076, 1091, 1093, 1113, 1117, 1152, 1162, 1163, 1226, 1249, 1281, 1290, 1399, 1406, 1475, 1532, 1552, 1571, 1579, 1602, 1610, 1670, 1685, 1710, 1724, 1758, 1792, 1801, 1835, 1874, 1893, 1897, 1917, 1930, 1965, 2002, 2031, 2081, 2183, 2199, 2213, 2224, 2231, 2261, 2269, 2284, 2290, 2315, 2319, 2348, 2384, 2394, 2410, 2413, 2420, 2456, 2460, 2466, 2479, 2488, 2529, 2535, 2555, 2584, 2600, 2606, 2613, 2615, 2617, 2628, 2653, 2679, 2683, 2690, 2715, 2725, 2730, 2733, 2741, 2764, 2778, 2802, 2810, 2815, 2818, 2834, 2861, 2869, 2919, 2942, 2952, 2960, 3000, 3015, 3051, 3079, 3115, 3133, 3152, 3164
仰, 19, 162, 272, 624, 780, 901, 1487, 1613, 1664, 2031, 2153, 2237, 2398, 2432, 2439, 2508, 2510, 2612, 2668, 2672, 2783, 2919, 3046, 3094, 3163
仲, 259, 260, 1172, 1816, 1826, 3038, 3046
仳, 1524, 1899
仵, 2270
件, 42, 82, 289, 404, 782, 975, 1255, 1600, 2613, 3046
价, 607, 2228
伴, 42
任, 52, 199, 249, 318, 373, 690, 829, 840, 887, 1067, 1096, 1143, 1173, 1174, 1175, 1450, 1635, 1648, 1682, 1688, 1689, 1690, 1693, 1694, 1753, 1831, 1889, 1897, 1943, 2124, 2151, 2153, 2159, 2214, 2270, 2401, 2415,

2559, 2852, 2882, 3046, 3085, 3096, 3097, 3121, 3141, 3159, 3161

份, 130, 607

仿, 592

企, 522, 1048, 1575, 1582, 1590, 1804, 2316

伅, 296, 487, 2122

伇, 1358, 2606, 2613

伈, 2400

伉, 1146, 2451

伊, 42, 72, 443, 523, 1886, 2130, 2154, 2215, 2306, 2556, 2562, 2564, 2566, 2637

伋, 895, 896

伍, 429, 975, 2214, 2269, 2270

伎, 82, 142, 621, 706, 919, 922, 924, 936, 1125, 1574, 1577, 1905, 2452, 2606, 2613, 2651, 2695, 2824, 2895, 2897, 2964, 2968

伏, 27, 28, 80, 103, 238, 322, 347, 375, 430, 447, 449, 482, 554, 600, 601, 617, 621, 625, 627, 635, 639, 647, 648, 710, 828, 919, 989, 1057, 1173, 1339, 1423, 1545, 1583, 1634, 1668, 1717, 1927, 1941, 1980, 2001, 2046, 2072, 2134, 2286, 2372, 2400, 2428, 2499, 2558, 2783, 2848, 2872, 2895, 2897, 3016, 3049, 3062, 3105, 3109

伐, 28, 30, 152, 172, 236, 362, 366, 553, 554, 555, 617, 653, 670, 871, 1257, 2270, 2435, 2909

休, 31, 262, 277, 291, 552, 618, 800, 1246, 1260, 1437, 1523, 2046, 2073, 2153, 2205, 2428, 2433, 2434, 2440, 2560, 3091

伒, 2397

兆, 61, 221, 419, 598, 830, 1854, 2059, 2904

兇, 152, 739, 2426, 2427, 2451, 2696

先, 214, 259, 268, 272, 313, 358, 373, 563, 571, 615, 669, 695, 733, 829, 931, 956, 980, 1014, 1018, 1154, 1199, 1571, 1581, 1601, 1615, 1718, 1734, 1781, 1792, 1834, 1851, 1886, 1916, 2081, 2136, 2164, 2253, 2261, 2282, 2284, 2300, 2316, 2320, 2401, 2409, 2427, 2439, 2445, 2555, 2576, 2696, 2725, 2792, 2840, 2853, 2918, 2975, 3057

光, 51, 165, 212, 259, 288, 307, 347, 380, 416, 421, 454, 463, 517, 593, 633, 664, 665, 688, 725, 731, 735, 822, 825, 826, 847, 869, 976, 1090, 1118, 1136, 1239, 1351, 1384, 1401, 1566, 1595, 1696, 1705, 1727, 1762, 1778, 1795, 1830, 1850, 1853, 2010, 2046, 2144, 2257, 2289, 2317, 2339, 2349, 2406, 2427, 2485, 2489, 2498, 2499, 2540, 2572, 2696, 2790, 2819, 2821, 2893, 2914, 2955, 2964, 3056, 3060, 3134

全, 109, 323, 350, 522, 604, 761, 780, 930, 1049, 1050, 1066, 1249, 1280, 1654, 1656, 1657, 1658, 1681, 1807, 1853, 2145, 2448, 2588, 2711,

2734, 2752, 2830, 3007, 3039, 3141

共, 13, 54, 76, 132, 135, 136, 140, 156, 212, 266, 301, 307, 423, 448, 454, 465, 475, 557, 581, 596, 611, 613, 621, 668, 675, 690, 691, 692, 723, 776, 791, 796, 820, 1012, 1109, 1114, 1115, 1130, 1150, 1158, 1166, 1187, 1395, 1410, 1429, 1433, 1500, 1532, 1566, 1583, 1590, 1634, 1643, 1648, 1730, 1830, 1850, 1895, 1942, 2026, 2036, 2096, 2152, 2239, 2264, 2283, 2339, 2406, 2476, 2502, 2543, 2587, 2618, 2645, 2651, 2736, 2760, 2828, 2906, 2910, 2913, 3033, 3084, 3128, 3166

再, 135, 136, 240, 294, 516, 519, 524, 631, 1250, 1579, 1673, 1703, 1995, 2651, 2753, 2849, 2857, 3009, 3053

冰, 132, 1633, 1977

冲, 258, 259, 732, 2064, 3046

决, 862, 1126, 1129, 1171

刎, 2064, 2238

刑, 1061, 1143, 1230, 2403, 2404, 2412, 2740, 2820

划, 830

刓, 1155, 2136, 2271

刕, 1209, 2384

刖, 189, 547, 671, 1181, 1776, 2271, 2272, 2451, 2820, 3056

列, 127, 257, 267, 390, 576, 637, 820, 830, 1025, 1155, 1231, 1255, 1257, 1258, 1316, 1512, 1630, 1770, 1986, 2001, 2086, 2163, 2214, 2474, 2661, 2868, 3028

劣, 42, 164, 380, 424, 476, 588, 807, 864, 1034, 1107, 1135, 1198, 1256, 1337, 1600, 1612, 1706, 1799, 1842, 1924, 1952, 2273, 2666, 2729, 2889, 2915

匈, 32, 390, 517, 657, 2426, 2427

匠, 998, 1053, 2027, 2454, 2646, 2862

匡, 998, 1066, 1074, 1173, 1176, 1217, 1976, 2142, 2145, 3075, 3094

卍, 2140, 2141, 2820

卐, 2140

印, 18, 115, 135, 277, 419, 427, 436, 444, 516, 564, 608, 609, 665, 689, 705, 723, 728, 739, 772, 820, 821, 901, 1153, 1164, 1196, 1202, 1306, 1353, 1406, 1536, 1590, 1613, 1631, 1664, 1690, 1765, 1821, 1857, 1872, 1878, 1935, 2315, 2395, 2410, 2413, 2508, 2529, 2541, 2584, 2610, 2628, 2649, 2663, 2667, 2672, 2679, 2757, 2783, 2810, 2815, 2843, 2853, 2904, 2919, 2961, 3029, 3037, 3057, 3135

危, 503, 906, 1146, 1199, 1377, 1499, 1709, 1764, 2164, 2196, 2207

吁, 760, 767, 812, 1378, 1495, 2435

吃, 244, 670, 1581, 1591, 2877

各, 13, 31, 87, 126, 156, 199, 279, 343, 423, 490, 525, 603, 675, 684, 693, 704, 776, 806, 892, 897, 929, 1003, 1012, 1094, 1109, 1132, 1150, 1156,

1166, 1270, 1303, 1311, 1324, 1326, 1337, 1394, 1451, 1484, 1552, 1566, 1663, 1680, 1705, 1730, 1778, 1786, 1910, 1978, 2040, 2193, 2289, 2391, 2414, 2476, 2552, 2587, 2608, 2637, 2708, 2721, 2727, 2736, 2760, 2820, 2828, 2913, 2970, 3033, 3084

吅, 2444

吁, 3125

合, 13, 31, 70, 92, 135, 335, 339, 343, 420, 463, 521, 525, 557, 603, 626, 672, 675, 678, 700, 704, 711, 761, 769, 776, 784, 788, 790, 857, 897, 999, 1040, 1050, 1057, 1107, 1140, 1144, 1150, 1270, 1395, 1402, 1410, 1484, 1594, 1654, 1680, 1721, 1803, 1807, 2042, 2097, 2349, 2476, 2587, 2661, 2677, 2828, 2844, 2880, 3006, 3129, 3140, 3144, 3160

吉, 13, 256, 668, 703, 769, 787, 895, 910, 954, 1020, 1166, 1187, 1271, 1450, 1558, 1566, 1648, 1696, 1731, 1779, 1802, 1850, 1927, 1942, 2042, 2318, 2426, 2476, 2606, 2619, 2621, 3004

吊, 446, 2748

同, 3, 32, 92, 128, 239, 300, 318, 392, 399, 407, 426, 456, 459, 460, 514, 523, 538, 645, 695, 708, 724, 738, 743, 780, 783, 800, 819, 961, 1013, 1051, 1088, 1108, 1113, 1141, 1152, 1365, 1438, 1466, 1517, 1534, 1615, 1633, 1645, 1656, 1663, 1670, 1689, 1697, 1709, 1757, 1871, 1881, 1916, 1995, 2008, 2095, 2096, 2102, 2151, 2236, 2241, 2260, 2275, 2341, 2366, 2445, 2532, 2555, 2560, 2567, 2591, 2609, 2620, 2632, 2648, 2652, 2662, 2689, 2712, 2753, 2783, 2797, 2813, 2820, 2825, 2831, 2881, 2941, 3008, 3054, 3113, 3132

名, 71, 87, 139, 157, 232, 267, 308, 320, 344, 349, 397, 405, 424, 455, 490, 506, 525, 559, 570, 581, 588, 604, 622, 676, 687, 702, 704, 712, 770, 772, 779, 800, 874, 899, 947, 977, 1008, 1012, 1026, 1059, 1092, 1094, 1096, 1111, 1136, 1151, 1156, 1167, 1199, 1224, 1229, 1278, 1304, 1337, 1360, 1365, 1382, 1388, 1392, 1403, 1409, 1411, 1412, 1438, 1453, 1471, 1474, 1532, 1681, 1694, 1696, 1707, 1733, 1763, 1779, 1787, 1804, 1818, 1831, 1840, 1849, 1859, 1863, 1887, 1890, 1913, 1960, 1971, 1987, 2002, 2005, 2028, 2079, 2097, 2159, 2169, 2194, 2221, 2229, 2235, 2241, 2258, 2281, 2289, 2334, 2340, 2391, 2415, 2421, 2424, 2477, 2491, 2531, 2574, 2588, 2612, 2626, 2631, 2646, 2652, 2678, 2710, 2727, 2729, 2761, 2811, 2829, 2845, 2852, 2889, 2904, 2905, 2915, 2956, 2971, 3007, 3016, 3034, 3098, 3123, 3134, 3161

后, 142, 435, 594, 699, 797, 800, 845, 1500, 1680, 1933, 2476, 3123

吏, 361, 685, 999, 1227, 1882, 1885, 2735, 3147

吐, 256, 268, 375, 472, 492, 562, 687, 863, 1013, 1292, 1651, 1833, 2117, 2132, 2478, 2846, 2878, 3167

向, 3, 32, 214, 216, 272, 290, 300, 318, 344, 382, 390, 408, 515, 667, 733, 752, 760, 780, 784, 788, 850, 917, 964, 1070, 1088, 1108, 1113, 1142, 1144, 1152, 1231, 1282, 1366, 1380, 1398, 1467, 1602, 1613, 1623, 1635, 1637, 1792, 1796, 1834, 1937, 1946, 2000, 2009, 2030, 2098, 2199, 2243, 2364, 2372, 2393, 2409, 2539, 2623, 2649, 2698, 2740, 2759, 2769, 3132

吒, 196, 197, 200, 224, 244, 256, 436, 492, 812, 950, 995, 1016, 1331, 1446, 1475, 1493, 1765, 2024, 2039, 2040, 2110, 2123, 2130, 2472, 2877, 2878, 2879, 3057

吔, 2124, 2130, 2529

回, 610, 850, 851, 960, 976, 1088, 1106, 1379, 1547, 1624, 1637, 2005, 2097, 2164, 2191, 2258, 2364, 2646, 2790, 2797, 3123

因, 12, 56, 66, 72, 85, 92, 107, 269, 325, 359, 409, 510, 516, 546, 589, 624, 674, 682, 708, 715, 743, 748, 752, 819, 850, 851, 875, 901, 913, 916, 964, 982, 1010, 1102, 1113, 1142, 1153, 1160, 1163, 1170, 1182, 1191, 1223, 1281, 1282, 1376, 1389, 1399, 1406, 1411, 1439, 1467, 1479, 1611, 1633, 1665, 1685, 1697, 1711, 1782, 1801, 1835, 1841, 1872, 1886, 1917, 1998, 2009, 2017, 2031, 2082, 2099, 2147, 2152, 2224, 2237, 2244, 2261, 2348, 2376, 2398, 2420, 2460, 2497, 2535, 2545, 2561, 2573, 2600, 2610, 2634, 2645, 2649, 2654, 2655, 2679, 2690, 2698, 2705, 2715, 2741, 2753, 2764, 2781, 2782, 2797, 2802, 2810, 2815, 2820, 2834, 2843, 2846, 2853, 2869, 2919, 2961, 3022, 3037, 3054, 3070, 3133, 3138, 3164, 3168

在, 14, 66, 72, 163, 165, 174, 269, 282, 314, 318, 325, 333, 410, 499, 598, 624, 635, 646, 704, 716, 722, 738, 821, 856, 858, 949, 983, 1035, 1054, 1101, 1134, 1153, 1170, 1174, 1175, 1202, 1223, 1226, 1306, 1400, 1435, 1473, 1487, 1572, 1602, 1611, 1613, 1623, 1646, 1650, 1670, 1686, 1691, 1711, 1724, 1735, 1778, 1825, 1835, 1864, 1878, 1894, 1897, 1918, 1958, 2032, 2056, 2081, 2117, 2147, 2151, 2154, 2201, 2249, 2263, 2304, 2336, 2362, 2366, 2411, 2420, 2437, 2536, 2556, 2585, 2602, 2623, 2680, 2701, 2705, 2717, 2727, 2744, 2783, 2826, 2836, 2849, 2850, 2860, 2863, 2921, 2942, 2975, 2985, 2991, 3009, 3012, 3040, 3052, 3091, 3095, 3099, 3108, 3110, 3158, 3165, 3168

圬, 2250

圭, 736, 737

圯, 419, 1607, 2565, 3005

地, 30, 61, 100, 215, 235, 236, 247, 248, 253, 255, 270, 278, 307, 322, 347, 367, 395, 415, 423, 432, 434, 435, 436, 439, 449, 453, 487, 492, 556, 620, 698, 709, 732, 742, 824, 828, 875, 932, 960, 1017, 1032, 1063, 1083, 1084, 1144, 1157, 1158, 1165, 1325, 1364, 1434, 1436, 1457, 1469, 1489, 1522, 1531, 1583, 1611, 1651, 1671, 1704, 1738, 1768, 1775, 1786, 1797, 1803, 1817, 1842, 1852, 1855, 1859, 1868, 1894, 1901, 2001, 2026, 2035, 2040, 2065, 2082, 2106, 2114, 2123, 2127, 2130, 2131, 2192, 2213, 2246, 2313, 2338, 2349, 2390, 2406, 2414, 2506, 2521, 2530, 2538, 2547, 2565, 2586, 2736, 2766, 2785, 2851, 2879, 2904, 2939, 2953, 2986, 2995, 3016, 3020, 3042, 3056, 3061, 3073, 3084, 3128, 3134, 3151

夆, 273, 609, 998

夙, 608

多, 1, 5, 35, 120, 140, 141, 165, 199, 206, 254, 256, 307, 340, 343, 347, 371, 380, 383, 403, 432, 435, 439, 462, 463, 471, 489, 492, 495, 518, 524, 573, 603, 639, 653, 666, 675, 734, 750, 832, 841, 871, 891, 897, 1025, 1039, 1092, 1107, 1172, 1201, 1248, 1390, 1393, 1446, 1451, 1469, 1473, 1484, 1497, 1500, 1513, 1517, 1521, 1729, 1741, 1760, 1762, 1778, 1786, 1798, 1799, 1802, 1817, 1829, 1845, 1876, 1941, 1983, 2004, 2036, 2066, 2109, 2127, 2130, 2131, 2134, 2193, 2281, 2285, 2390, 2424, 2497, 2547, 2568, 2607, 2630, 2672, 2689, 2708, 2757, 2828, 2877, 2904, 2936, 2954, 3006, 3049, 3062, 3128

夷, 125, 181, 419, 451, 875, 894, 1031, 1219, 1375, 1387, 1677, 1740, 1849, 1995, 2000, 2074, 2108, 2205, 2504, 2565, 2568

夸, 70, 1171, 2964

奸, 957, 2380, 2731

奼, 197, 200, 1704, 2910

好, 5, 55, 81, 166, 254, 265, 332, 333, 511, 591, 659, 667, 698, 769, 806, 897, 994, 1078, 1115, 1344, 1381, 1497, 1620, 1705, 1763, 1768, 1771, 1779, 1829, 1845, 1887, 1911, 1955, 1956, 2094, 2246, 2273, 2295, 2301, 2328, 2339, 2376, 2406, 2414, 2421, 2485, 2515, 2552, 2557, 2659, 2708, 2824, 2895, 2914, 2927, 3047, 3123

如, 14, 52, 71, 83, 87, 158, 237, 267, 271, 274, 280, 292, 293, 308, 323, 344, 361, 381, 406, 417, 424, 437, 473, 513, 522, 561, 588, 591, 595, 597, 601, 614, 644, 655, 677, 702, 713, 770, 785, 797, 807, 829, 869, 894, 900, 933, 947, 950, 957, 977, 1013, 1018, 1026, 1049, 1054, 1067, 1116, 1151, 1189, 1217, 1222, 1247, 1257, 1326, 1358, 1365, 1382, 1387, 1396, 1438, 1445, 1447,

1471, 1488, 1496, 1498, 1501, 1523, 1569, 1601, 1612, 1644, 1648, 1657, 1669, 1682, 1694, 1696, 1704, 1715, 1723, 1763, 1780, 1798, 1799, 1832, 1866, 1870, 1877, 1887, 1895, 1899, 1914, 1956, 1972, 1987, 2005, 2029, 2097, 2125, 2159, 2185, 2195, 2212, 2221, 2235, 2247, 2259, 2266, 2316, 2341, 2349, 2392, 2421, 2430, 2436, 2460, 2477, 2508, 2516, 2524, 2532, 2553, 2559, 2567, 2575, 2589, 2659, 2678, 2686, 2693, 2697, 2702, 2711, 2723, 2730, 2738, 2750, 2752, 2754, 2761, 2767, 2782, 2801, 2821, 2830, 2869, 2916, 2928, 2940, 2957, 2972, 3007, 3022, 3035, 3047, 3050, 3057, 3065, 3113, 3131, 3162

妃, 594, 800, 1363, 1500, 1803, 2002, 3049

妄, 14, 229, 393, 506, 510, 594, 597, 831, 1015, 1133, 1159, 1175, 1225, 1260, 1350, 1355, 1361, 1397, 1563, 1589, 1613, 1635, 1709, 1810, 1851, 1866, 1878, 1969, 2030, 2142, 2158, 2162, 2163, 2170, 2205, 2207, 2298, 2356, 2381, 2393, 2436, 2516, 2609, 2620, 2777, 2863, 3012, 3036, 3048, 3067

字, 4, 14, 164, 169, 282, 300, 302, 334, 419, 428, 457, 772, 780, 821, 952, 1014, 1089, 1108, 1161, 1352, 1401, 1441, 1573, 1613, 1714, 1759, 1842, 1878, 1904, 1936, 1994, 2014, 2019, 2161, 2217, 2232, 2264, 2349, 2396, 2442, 2453, 2467, 2485, 2629, 2634, 2654, 2663, 2757, 2760, 2820, 2838, 2840, 2856, 2923, 2930, 2963, 3049, 3125, 3134, 3139, 3171

存, 164, 206, 223, 248, 266, 322, 333, 487, 549, 571, 709, 769, 984, 1025, 1092, 1150, 1224, 1281, 1384, 1573, 1600, 1642, 2192, 2376, 2405, 2451, 2538, 2558, 2688, 2707, 2850, 3011, 3039, 3083, 3153

宅, 54, 197, 445, 456, 952, 1383, 1581, 1808, 1857, 1867, 1921, 2251, 2327, 2445, 2556, 2757, 2873, 2878, 2879, 2881

宇, 186, 625, 840, 1418, 1492, 1921, 1936, 2010, 2395, 2480, 2744, 2757, 2759, 2783, 2834, 2881, 3135

守, 135, 318, 425, 591, 695, 809, 994, 1013, 1095, 1198, 1455, 1492, 1534, 1596, 1785, 1813, 1934, 1935, 1937, 1943, 1954, 2011, 2014, 2030, 2408, 2430, 2460, 2681, 2757, 2894, 2935, 3036, 3103, 3124, 3135, 3138

安, 1, 5, 13, 15, 16, 17, 86, 110, 136, 154, 234, 236, 270, 315, 447, 453, 662, 687, 722, 729, 731, 765, 798, 850, 957, 967, 975, 1145, 1158, 1165, 1198, 1220, 1223, 1246, 1264, 1500, 1533, 1667, 1688, 1704, 1785, 1844, 1849, 1855, 1874, 1935, 1941, 1970, 1998, 2004, 2021, 2025, 2053, 2091, 2114, 2125, 2140, 2158, 2161, 2205, 2206,

2337, 2390, 2497, 2515, 2573, 2585, 2606, 2688, 2823, 2850, 2926, 2953, 3028, 3075, 3083, 3134, 3137

寺, 71, 298, 425, 562, 854, 1070, 1383, 1482, 1507, 1701, 1775, 1819, 1889, 1898, 1903, 1905, 1920, 1921, 1936, 2010, 2040, 2091, 2169, 2757, 2762, 2918, 3103, 3132

尖, 869, 956, 1850, 2310, 2485, 2502, 2630, 2846

尗, 1851

屹, 244, 671, 787

屺, 821

屼, 2136

州, 45, 168, 285, 391, 463, 632, 1061, 1137, 1209, 1256, 1501, 1771, 1776, 2282, 2350, 2623, 2870, 3053, 3055

巩, 664

帆, 567, 570, 1784

年, 41, 135, 327, 435, 476, 491, 807, 820, 926, 932, 961, 1199, 1361, 1432, 1482, 1493, 1533, 1595, 1681, 1696, 1753, 1799, 1818, 1831, 1856, 1859, 1895, 1902, 2019, 2101, 2115, 2145, 2168, 2266, 2269, 2474, 2477, 2504, 2710, 2733, 2754, 2791, 2819, 2849, 2936, 3007, 3035, 3039, 3147

幵, 956

并, 31, 37, 72, 102, 114, 134, 136, 140, 167, 256, 300, 367, 422, 524, 595, 744, 776, 820, 890, 943, 957, 1061, 1071, 1099, 1223, 1495, 1528, 1551, 1565, 1592, 1600, 1622, 1728, 2025, 2606, 2612, 2667, 2849, 3005, 3033, 3098

庄, 3107, 3110

异, 2612

式, 174, 586, 874, 879, 1030, 1038, 1849, 1851, 1880, 1898, 1905, 1924, 1926, 2322, 3031

弎, 871

弛, 247, 591, 1852

彴, 3116

忓, 659, 662, 2270

忖, 248, 334, 926, 1551, 1920

忙, 63, 594, 846, 1349, 1350, 1351, 1355, 2995

戌, 362, 1031, 1700, 1815, 1962, 1966, 2272, 2434

戍, 362, 1700, 1966, 2272, 2435

戎, 670, 815, 874, 1030, 1699, 2247, 2435

成, 23, 69, 90, 102, 129, 154, 171, 183, 209, 215, 228, 234, 236, 238, 241, 243, 266, 278, 296, 306, 322, 329, 333, 346, 361, 393, 401, 411, 415, 453, 501, 581, 596, 620, 661, 662, 687, 709, 800, 870, 875, 879, 890, 969, 993, 1019, 1028, 1036, 1039, 1075, 1096, 1109, 1114, 1186, 1196, 1224, 1353, 1381, 1384, 1388, 1401, 1468, 1583, 1633, 1642, 1667, 1679, 1694, 1699, 1778, 1786, 1817, 1822, 1843, 1890, 1891, 1898, 1901, 1906, 1925, 1941, 1962,

1965, 1966, 1967, 1983, 2025, 2093, 2096, 2139, 2164, 2165, 2166, 2168, 2192, 2202, 2209, 2245, 2270, 2272, 2321, 2322, 2327, 2338, 2355, 2390, 2404, 2429, 2434, 2451, 2530, 2538, 2562, 2586, 2630, 2661, 2707, 2735, 2874, 2901, 2939, 2949, 2950, 2953, 2968, 3005, 3038, 3083, 3122, 3144, 3159, 3166

托, 488, 633, 935, 2040, 2123, 2124, 2918

扙, 922, 2385, 2895, 2897, 2899, 3110

扜, 660, 2731

扞, 660, 2731

扟, 1816

扠, 190, 192, 345, 1495, 1932, 2120, 2238, 2606, 2720, 2968

扡, 2602

扢, 704

扣, 785, 1164, 1418, 3004

收, 84, 106, 192, 221, 250, 481, 594, 597, 656, 689, 692, 713, 807, 959, 994, 1095, 1172, 1281, 1438, 1442, 1561, 1645, 1723, 1809, 1813, 1932, 2105, 2238, 2267, 2442, 2590, 2606, 2692, 2989, 3076, 3109

攷, 593

旨, 36, 443, 565, 589, 670, 821, 1014, 1153, 1157, 1350, 1368, 1412, 1573, 1654, 1699, 1765, 1932, 1937, 2298, 2445, 2485, 2623, 2629, 2634, 2653, 2719, 2773, 2921, 2963, 3001, 3004, 3027, 3048, 3134, 3139

早, 58, 91, 186, 229, 370, 677, 748, 765, 906, 1226, 1611, 1840, 2122, 2161, 2861, 3117

旬, 47, 181, 854, 1108, 1380, 2095, 2099, 2450, 2458, 2474

曲, 19, 442, 738, 850, 851, 1107, 1173, 1569, 1637, 1639, 1814, 1997, 2191, 2207, 2697, 2792, 2811, 2969

曳, 1324, 1815, 1816, 2387, 2529, 2538, 2566, 2568, 2623, 2624, 2735, 3102

有, 10, 12, 36, 72, 85, 88, 95, 101, 115, 129, 163, 165, 190, 200, 215, 226, 252, 269, 314, 317, 333, 345, 359, 399, 409, 427, 456, 472, 491, 507, 516, 546, 564, 571, 578, 589, 598, 605, 610, 624, 628, 645, 659, 667, 669, 677, 682, 686, 695, 703, 704, 715, 728, 748, 752, 771, 780, 784, 801, 808, 827, 830, 834, 854, 867, 875, 879, 895, 902, 918, 928, 952, 957, 964, 995, 998, 1003, 1014, 1035, 1049, 1068, 1073, 1091, 1093, 1105, 1108, 1113, 1143, 1144, 1153, 1157, 1160, 1191, 1192, 1220, 1223, 1226, 1249, 1290, 1296, 1302, 1334, 1342, 1399, 1406, 1428, 1454, 1458, 1467, 1472, 1501, 1504, 1514, 1517, 1552, 1561, 1572, 1579, 1587, 1590, 1602, 1619, 1636, 1646, 1663, 1666, 1670, 1685, 1697, 1711, 1734, 1765, 1777, 1782, 1792, 1801, 1814, 1821, 1835, 1842, 1863, 1872, 1878, 1881, 1886,

1897, 1903, 1917, 1931, 1937, 1947, 1964, 1977, 1991, 2002, 2031, 2081, 2100, 2126, 2141, 2147, 2164, 2183, 2200, 2213, 2218, 2224, 2237, 2244, 2248, 2251, 2262, 2269, 2274, 2284, 2288, 2298, 2303, 2308, 2315, 2330, 2336, 2348, 2362, 2371, 2374, 2377, 2384, 2403, 2410, 2425, 2432, 2480, 2494, 2511, 2516, 2545, 2556, 2561, 2568, 2585, 2601, 2610, 2621, 2629, 2650, 2663, 2680, 2691, 2694, 2700, 2704, 2706, 2725, 2727, 2730, 2741, 2753, 2754, 2764, 2773, 2778, 2792, 2802, 2810, 2820, 2834, 2849, 2853, 2869, 2908, 2919, 2928, 2949, 2961, 2965, 2985, 3001, 3003, 3009, 3017, 3023, 3037, 3045, 3055, 3070, 3091, 3099, 3106, 3133, 3146, 3149, 3164

朱, 459, 1051, 1191, 1428, 1852, 2213, 2217, 2558, 2855, 2873, 3059, 3060

朴, 1260, 1548, 1551, 1553

朶, 494, 2460

机, 883, 887, 917, 1157, 1624, 2272, 2612, 2877, 2931

杝, 77

朽, 188, 277, 345, 1164, 1294, 1370, 1607, 1703, 1806, 2433, 3094

朾, 234, 345

朿, 315

次, 13, 75, 80, 102, 154, 270, 292, 306, 315, 347, 461, 474, 488, 524, 556, 613, 633, 639, 668, 709, 739, 802, 817, 890, 897, 928, 975, 1019, 1039, 1126, 1175, 1282, 1301, 1311, 1401, 1451, 1600, 1633, 1639, 1679, 1717, 1741, 1768, 1849, 1891, 1899, 1909, 1983, 2004, 2015, 2054, 2144, 2239, 2256, 2313, 2331, 2379, 2397, 2405, 2429, 2437, 2547, 2558, 2573, 2586, 2664, 2707, 2721, 2736, 2756, 2775, 2828, 2874, 2939, 3005, 3033, 3039, 3056, 3113, 3121, 3122, 3136, 3160

此, 61, 74, 79, 87, 154, 248, 266, 270, 302, 304, 315, 347, 393, 401, 416, 420, 432, 436, 449, 495, 511, 520, 524, 556, 570, 596, 602, 620, 639, 709, 758, 765, 781, 826, 827, 853, 871, 897, 917, 926, 928, 935, 943, 975, 997, 1011, 1019, 1025, 1039, 1054, 1055, 1057, 1063, 1083, 1096, 1143, 1150, 1161, 1175, 1227, 1246, 1301, 1344, 1381, 1393, 1434, 1457, 1468, 1473, 1522, 1552, 1557, 1561, 1565, 1600, 1611, 1615, 1630, 1642, 1647, 1667, 1679, 1704, 1717, 1729, 1741, 1774, 1778, 1786, 1795, 1817, 1829, 1849, 1852, 1859, 1868, 1876, 1886, 1894, 1901, 1906, 1959, 1970, 1983, 1998, 2001, 2004, 2013, 2016, 2025, 2035, 2046, 2056, 2071, 2076, 2093, 2114, 2122, 2125, 2192, 2227, 2228, 2245, 2256, 2264, 2270, 2313, 2316, 2317, 2364, 2379, 2387, 2390, 2414, 2424, 2475, 2521, 2530, 2546, 2558, 2573, 2586, 2607, 2676, 2707, 2721, 2726, 2735,

2751, 2760, 2774, 2780, 2828, 2846, 2850, 2865, 2913, 2939, 2953, 2970, 2995, 3002, 3005, 3031, 3033, 3049, 3053, 3061, 3082, 3119, 3126, 3128, 3134, 3160

死, 71, 139, 158, 181, 259, 312, 318, 417, 456, 503, 523, 581, 599, 623, 713, 740, 829, 1130, 1170, 1189, 1199, 1202, 1358, 1387, 1411, 1586, 1635, 1645, 1670, 1719, 1773, 1819, 1833, 1849, 1853, 1855, 1887, 1956, 2001, 2008, 2030, 2080, 2133, 2137, 2138, 2142, 2260, 2467, 2544, 2575, 2662, 2683, 2712, 2791, 2805, 2807, 2809, 2847, 2853, 2918, 2975, 2997, 3008, 3152

毎, 87, 214, 373, 467, 759, 813, 859, 1360, 1390, 1432, 1434, 1733, 1865, 2258, 2539, 2722

氿, 2136

汎, 570, 582, 1175, 1828, 2121, 2136, 2460

汔, 1589

汗, 505, 764, 765, 766, 1595, 2270, 2406, 2968

汙, 20, 507, 764, 2410, 3137

汚, 256, 365, 507, 564, 605, 699, 764, 864, 1022, 1073, 1081, 1284, 1472, 1673, 1858, 2114, 2136, 2224, 2250, 2270, 2300, 2410, 2434, 2660, 2731, 2733, 2744, 2961, 2968, 3037

汛, 582, 2460, 2952

汝, 14, 83, 87, 129, 140, 144, 185, 288, 308, 316, 513, 522, 561, 1080, 1151, 1189, 1435, 1454, 1501, 1517, 1569, 1620, 1707, 1717, 1719, 1769, 1780, 1832, 1895, 1914, 1987, 2145, 2247, 2273, 2302, 2477, 2556, 2567, 2711, 2738, 2762, 2957, 3039, 3065, 3124

江, 687, 758, 764, 787, 795, 839, 992, 1053, 1283, 2027, 2142, 2407, 3002

池, 236, 246, 253, 415, 556, 758, 786, 827, 1282, 1324, 1514, 1656, 1768, 1852, 1977, 2035, 2042, 2127, 2299, 2387, 2454, 2530, 2701, 2903, 3015

污, 2250

灰, 16, 424, 675, 826, 847, 869, 892, 907, 1093, 1888, 1978, 2053, 2168, 2485, 2498, 2706, 2848, 3015

牝, 77, 1435, 1531, 1533, 3110, 3136

牟, 672, 1198, 1345, 1352, 1418, 1432, 1433, 1474, 1482, 1493, 1850, 2229, 2259, 2273, 3007, 3117

犲, 201, 813, 817

犳, 3116

犴, 16, 662

甶, 739

百, 31, 35, 36, 41, 138, 147, 154, 436, 510, 517, 646, 703, 1011, 1286, 1325, 1332, 1379, 1392, 1437, 1505, 1531, 1557, 1594, 1695, 1858, 1863, 1936, 2025, 2076, 2096, 2140, 2264,

2283, 2312, 2349, 2364, 2546, 2635, 2651, 2706, 2810, 2912, 3001, 3042, 3128

乢, 1505

竹, 554, 687, 1367, 2054, 2411, 2602, 3073, 3165

米, 32, 41, 104, 132, 349, 400, 1188, 1247, 1341, 1424, 1436, 1444, 1913, 1978, 2013, 2210, 2217, 2289, 2318

糸, 2305

缶, 612, 2820

网, 2151

羊, 42, 667, 1234, 1340, 1384, 1480, 1483, 1493, 1534, 1781, 1835, 1935, 2147, 2355, 2504

羽, 570, 815, 841, 1249, 1517, 1935, 1976, 2298, 2558, 2757, 2820, 3029

老, 139, 183, 199, 397, 637, 732, 825, 1136, 1147, 1188, 1198, 1199, 1253, 1354, 1395, 1434, 1482, 1576, 1613, 1632, 1681, 1706, 1733, 1831, 1889, 1953, 2001, 2050, 2166, 2297, 2318, 2376, 2512, 2852, 2915, 3063

考, 437, 666, 1146, 1147, 1199, 2318, 2376, 2453, 2914, 3060

而, 35, 70, 80, 87, 90, 103, 140, 154, 164, 166, 236, 270, 307, 380, 392, 403, 505, 510, 518, 520, 524, 569, 587, 593, 596, 599, 620, 639, 668, 709, 756, 772, 781, 787, 795, 803, 859, 871, 897, 907, 929, 943, 1007, 1012, 1039, 1102, 1107, 1115, 1130, 1150, 1187, 1217, 1224, 1248, 1269, 1287, 1379, 1384, 1437, 1451, 1457, 1459, 1469, 1478, 1492, 1531, 1566, 1583, 1588, 1589, 1591, 1600, 1609, 1616, 1633, 1667, 1679, 1704, 1717, 1721, 1730, 1786, 1795, 1817, 1852, 1855, 1868, 1876, 1885, 1886, 1894, 1901, 1910, 1941, 1965, 2002, 2004, 2026, 2036, 2056, 2057, 2059, 2078, 2096, 2134, 2152, 2193, 2228, 2257, 2271, 2281, 2283, 2289, 2301, 2313, 2317, 2331, 2364, 2391, 2406, 2412, 2441, 2454, 2495, 2521, 2530, 2540, 2547, 2566, 2573, 2586, 2607, 2645, 2708, 2721, 2736, 2758, 2760, 2775, 2797, 2828, 2838, 2843, 2851, 2865, 2913, 2939, 2954, 2970, 2984, 3006, 3033, 3046, 3062, 3082, 3084, 3105, 3128, 3144, 3150, 3160, 3166

耒, 124, 1204

耳, 1, 35, 90, 423, 454, 511, 517, 520, 524, 658, 809, 976, 1025, 1150, 1187, 1201, 1437, 1473, 1482, 1528, 1566, 1609, 1642, 1680, 1695, 1741, 1817, 1840, 1891, 1996, 2026, 2106, 2133, 2246, 2391, 2465, 2492, 2521, 2531, 2573, 2602, 2661, 2828, 2857, 2954, 2984, 3150

聿, 1051, 1334, 2765, 2772

肉, 181, 455, 622, 759, 884, 1149, 1182, 1300, 1301, 1466, 1471, 1521, 1682, 1703, 1866, 2136, 2157, 2427,

2454, 2498, 2553, 2697, 2820, 2846, 2940, 2957, 3035, 3131, 3138

肋, 1052, 1203, 1204, 1801, 2385

肌, 187, 600, 705, 883, 884, 1402, 1481

臣, 130, 227, 236, 505, 722, 998, 1106, 1108, 1117, 1135, 1173, 1339, 1388, 1433, 1437, 1531, 1665, 1679, 1826, 1867, 1906, 2076, 2144, 2192, 2288, 2400, 2645, 2697, 2828, 2901, 2912, 2939, 3038, 3148

自, 34, 36, 72, 107, 164, 233, 270, 273, 315, 318, 325, 399, 410, 419, 468, 492, 516, 547, 566, 657, 678, 695, 716, 784, 786, 830, 870, 905, 908, 918, 931, 937, 948, 964, 983, 1003, 1014, 1055, 1092, 1108, 1113, 1117, 1145, 1153, 1161, 1163, 1170, 1191, 1223, 1227, 1355, 1440, 1468, 1473, 1490, 1497, 1573, 1611, 1623, 1631, 1633, 1636, 1699, 1704, 1714, 1719, 1736, 1759, 1765, 1794, 1796, 1821, 1838, 1873, 1886, 1900, 1904, 1919, 1937, 1947, 1998, 2018, 2032, 2039, 2073, 2100, 2202, 2213, 2238, 2249, 2272, 2284, 2287, 2291, 2298, 2316, 2330, 2336, 2349, 2366, 2396, 2427, 2439, 2561, 2567, 2585, 2602, 2611, 2614, 2629, 2651, 2654, 2663, 2668, 2691, 2701, 2719, 2728, 2745, 2759, 2765, 2780, 2798, 2817, 2820, 2838, 2856, 2923, 2946, 2963, 3001, 3011, 3052, 3093, 3111, 3127, 3136

至, 54, 91, 136, 137, 152, 164, 207, 225, 253, 270, 282, 294, 314, 325, 382, 390, 410, 419, 427, 457, 472, 492, 516, 524, 547, 672, 686, 716, 821, 895, 931, 1051, 1056, 1060, 1068, 1113, 1145, 1153, 1161, 1191, 1216, 1226, 1315, 1345, 1400, 1454, 1473, 1475, 1573, 1592, 1618, 1632, 1650, 1656, 1664, 1687, 1714, 1724, 1736, 1759, 1794, 1836, 1848, 1852, 1867, 1873, 1897, 1918, 1921, 1960, 1993, 1998, 2002, 2081, 2096, 2148, 2154, 2161, 2164, 2202, 2204, 2219, 2251, 2269, 2291, 2305, 2315, 2336, 2348, 2366, 2396, 2485, 2545, 2602, 2611, 2614, 2623, 2629, 2701, 2705, 2719, 2745, 2772, 2838, 2855, 2907, 2921, 2945, 2952, 2963, 2968, 2976, 2987, 2999, 3004, 3005, 3013, 3015, 3018, 3019, 3027, 3029, 3037, 3048, 3072, 3079, 3092, 3134, 3165, 3168, 3171

臼, 763, 1094, 2811

舌, 255, 260, 262, 300, 433, 613, 677, 704, 800, 867, 1163, 1169, 1569, 1780, 1802, 1863, 1914, 2350, 2387, 2454, 2767, 2901

舛, 126, 289, 463, 957, 1955

舟, 186, 287, 366, 419, 759, 1435, 1736, 2850, 3052, 3055

艮, 682, 897, 1017, 1245, 1388, 2121, 2217

色, 6, 12, 26, 27, 30, 32, 84, 101, 259, 267, 280, 284, 397, 425, 455, 491,

503, 561, 597, 604, 622, 636, 677, 680, 713, 732, 780, 792, 825, 826, 845, 849, 869, 874, 917, 933, 1034, 1050, 1225, 1240, 1351, 1355, 1378, 1387, 1397, 1404, 1438, 1478, 1514, 1559, 1569, 1581, 1619, 1632, 1672, 1683, 1701, 1708, 1754, 1762, 1774, 1818, 1827, 1832, 1841, 1845, 1866, 1880, 1914, 1925, 1987, 2002, 2007, 2050, 2114, 2118, 2164, 2196, 2217, 2259, 2267, 2307, 2349, 2367, 2392, 2408, 2444, 2488, 2494, 2510, 2532, 2539, 2575, 2589, 2612, 2617, 2621, 2626, 2660, 2678, 2680, 2689, 2711, 2777, 2831, 2863, 2904, 2917, 2936, 2957, 2984, 3035, 3044, 3065, 3075, 3135

艸, 219, 692, 2397

艽, 999

艾, 4, 1031, 2378, 2964

虍, 817

虫, 182, 259, 260, 261, 266, 467, 707, 759, 1701, 1774, 1803, 1954, 2537, 2747, 2759, 3046

血, 506, 515, 705, 714, 1380, 1389, 1678, 1703, 1802, 1916, 2002, 2011, 2282, 2454

行, 14, 26, 36, 53, 56, 85, 92, 107, 128, 145, 162, 165, 168, 197, 205, 214, 237, 252, 256, 268, 281, 313, 322, 324, 333, 345, 365, 392, 399, 408, 414, 419, 420, 426, 437, 440, 484, 486, 506, 515, 554, 563, 589, 623, 635, 636, 645, 657, 681, 689, 714, 728, 757, 760, 764, 770, 784, 795, 796, 808, 819, 834, 841, 864, 875, 879, 894, 906, 909, 928, 936, 948, 949, 975, 982, 1009, 1027, 1031, 1056, 1061, 1067, 1081, 1108, 1124, 1148, 1160, 1170, 1190, 1202, 1218, 1220, 1230, 1256, 1281, 1303, 1343, 1366, 1375, 1398, 1405, 1437, 1454, 1467, 1472, 1486, 1493, 1512, 1513, 1528, 1532, 1563, 1564, 1586, 1602, 1607, 1618, 1624, 1635, 1642, 1649, 1685, 1688, 1691, 1723, 1764, 1781, 1792, 1801, 1820, 1825, 1834, 1854, 1862, 1872, 1881, 1896, 1903, 1916, 1930, 1968, 1976, 1981, 1990, 1995, 2016, 2030, 2052, 2063, 2081, 2095, 2099, 2135, 2153, 2168, 2199, 2215, 2249, 2250, 2261, 2276, 2288, 2298, 2300, 2303, 2307, 2309, 2314, 2335, 2347, 2355, 2366, 2393, 2399, 2401, 2403, 2404, 2409, 2412, 2431, 2434, 2441, 2453, 2491, 2527, 2544, 2556, 2576, 2592, 2610, 2616, 2627, 2632, 2642, 2662, 2675, 2679, 2683, 2698, 2714, 2731, 2740, 2769, 2778, 2809, 2820, 2825, 2841, 2853, 2918, 2928, 2941, 2959, 2968, 3009, 3012, 3017, 3022, 3069, 3073, 3090, 3094, 3106, 3115, 3124, 3152, 3163, 3168, 3170

衣, 66, 72, 88, 96, 125, 146, 163, 236, 259, 291, 317, 366, 507, 626, 714, 718, 723, 747, 771, 788, 827, 842, 843, 864, 870, 894, 1190, 1323, 1362, 1383, 1399, 1437, 1521, 1571, 1575, 1764,

1821, 1892, 1921, 1956, 1960, 1979, 2199, 2251, 2274, 2378, 2479, 2534, 2539, 2556, 2557, 2560, 2565, 2576, 2592, 2679, 2683, 2693, 2853, 2871, 2960, 3037, 3051, 3099, 3164, 3168

西, 61, 101, 165, 272, 459, 506, 515, 1055, 1199, 1249, 1289, 1291, 1295, 1380, 1458, 1561, 1637, 1848, 1997, 2009, 2281, 2314, 2454, 2516, 2727, 2759, 2959

迈, 757

辺, 579

込, 2163

邗, 130, 2380, 2403

邙, 1349

阡, 1597

阤, 256, 3005

七畫

㐬, 1283

伷, 3115

刜, 145, 1520, 1521

㔻, 1295

呅, 631

坳, 20

岻, 1389

弦, 2059

忛, 41, 574, 1171

忺, 19, 2511

抻, 166, 1536, 1537, 1906

抶, 2449, 2897

托, 771, 1005, 1353, 1462

疠, 1004

垂, 182, 260, 1802, 3144

串, 289, 617, 730, 842, 844, 1817, 2557, 2697, 3136

亜, 3099

亨, 133, 794, 1492, 1516, 2091, 2355

伯, 31, 35, 36, 147, 374, 800, 1106, 1429, 1537, 1690, 2364, 3002

估, 444, 701, 703, 705, 1784, 3159

佘, 232

伲, 429, 1479, 2556

伴, 41, 42, 67, 400, 620, 647, 975, 1332, 1432, 1512, 1513, 2424, 2504, 2556, 3159

伶, 1263, 1265

伷, 3056

伸, 60, 86, 622, 821, 1256, 1379, 1814, 1816, 1819, 1825, 1827, 1969, 2508, 2538, 2697, 2928

伹, 328, 373, 1116

伺, 298, 318, 401, 781, 1576, 1729, 1995, 1996, 1999, 2012, 2096, 2364, 2459, 3128, 3156

伻, 72

似, 61, 84, 250, 298, 309, 317, 323, 373, 618, 623, 690, 770, 780, 792, 978, 1076, 1322, 1450, 1546, 1709, 1733, 1862, 1892, 1898, 1915, 1930, 2011, 2012, 2029, 2097, 2370, 2401, 2559, 2575, 2589, 2620, 2777, 2831, 2975, 3131, 3162

伽, 502, 557, 603, 621, 653, 786,

935, 943, 949, 950, 991, 1014, 1023, 1315, 1401, 1503, 1575, 1638, 1705, 2036, 2110, 2128, 2429, 2475, 2489, 2522, 2559, 2983, 3033

伿, 2613

佃, 443, 2082

但, 80, 102, 147, 154, 315, 327, 328, 339, 340, 369, 370, 375, 379, 401, 511, 569, 620, 682, 709, 720, 795, 897, 931, 1012, 1063, 1074, 1103, 1109, 1114, 1216, 1337, 1468, 1489, 1527, 1609, 1679, 1690, 1729, 1842, 1855, 1899, 2035, 2051, 2053, 2093, 2130, 2169, 2192, 2213, 2220, 2246, 2327, 2331, 2338, 2400, 2444, 2475, 2566, 2586, 2607, 2613, 2708, 2775, 2953, 2984, 2986, 2999, 3083, 3148, 3160

伫, 1036, 1955, 3094, 3101, 3139

佈, 166

佉, 429, 560, 655, 694, 905, 947, 950, 1018, 1021, 1024, 1203, 1321, 1479, 1547, 1614, 1637, 1648, 1651, 1664, 2214, 2657, 2662, 2665, 2738, 3085

位, 62, 63, 137, 237, 288, 324, 327, 328, 373, 414, 419, 429, 452, 481, 562, 604, 623, 645, 690, 747, 795, 807, 825, 829, 858, 909, 1067, 1084, 1185, 1225, 1232, 1256, 1405, 1590, 1670, 1688, 1691, 1791, 1866, 1872, 2073, 2111, 2146, 2153, 2190, 2197, 2213, 2219, 2223, 2270, 2316, 2393, 2401, 2409, 2416, 2560, 2576, 2626, 2635, 2762, 2818, 2853, 2918, 2987, 2994, 3000, 3044, 3089, 3095, 3135, 3145, 3159, 3163, 3170

低, 30, 86, 429, 431, 432, 434, 632, 1575, 2070, 2109, 2213, 2982

住, 10, 42, 107, 137, 165, 240, 253, 273, 276, 282, 288, 325, 328, 334, 365, 410, 419, 429, 457, 547, 566, 624, 658, 682, 690, 720, 784, 795, 830, 836, 913, 935, 949, 995, 1010, 1027, 1031, 1060, 1069, 1074, 1075, 1098, 1101, 1113, 1148, 1153, 1161, 1173, 1174, 1175, 1227, 1231, 1281, 1282, 1334, 1651, 1688, 1689, 1691, 1694, 1699, 1724, 1736, 1827, 1837, 1878, 1897, 1898, 1904, 1947, 1973, 1993, 2010, 2014, 2032, 2039, 2092, 2142, 2151, 2152, 2154, 2183, 2215, 2282, 2316, 2374, 2396, 2402, 2411, 2420, 2432, 2441, 2453, 2512, 2537, 2561, 2629, 2636, 2666, 2719, 2745, 2765, 2783, 2803, 2817, 2826, 2838, 2855, 2952, 2963, 2987, 2989, 2999, 3011, 3017, 3031, 3038, 3046, 3048, 3055, 3080, 3083, 3092, 3095, 3097, 3101, 3134, 3136, 3139, 3159, 3165, 3168

佐, 227, 619, 655, 721, 1171, 1200, 2208, 2216, 2729, 3093, 3159, 3166

佑, 2729, 2730, 3159

体, 2428

佔, 2890

何, 2, 81, 100, 104, 126, 156, 279,

318, 347, 371, 404, 421, 482, 505, 511, 621, 632, 634, 640, 671, 711, 775, 780, 784, 786, 787, 788, 791, 809, 817, 897, 1017, 1092, 1107, 1150, 1175, 1395, 1429, 1446, 1452, 1492, 1566, 1588, 1600, 1607, 1687, 1695, 1705, 1717, 1731, 1826, 1887, 1895, 1901, 1911, 1942, 1976, 1996, 2027, 2097, 2152, 2193, 2214, 2220, 2239, 2246, 2257, 2287, 2353, 2364, 2391, 2400, 2406, 2455, 2508, 2522, 2559, 2587, 2604, 2667, 2677, 2689, 2708, 2800, 2811, 2939, 3063, 3073, 3084, 3160

佗, 197, 200, 2038, 2127, 2879

余, 179, 275, 376, 523, 610, 858, 1050, 1051, 1068, 1281, 1656, 1808, 1840, 2112, 2726, 2734, 2753, 2757

佚, 564, 1851, 1883, 2309, 2612, 2613, 2614, 2621

佛, 23, 37, 42, 51, 67, 80, 103, 156, 164, 165, 167, 189, 235, 238, 266, 278, 279, 283, 287, 307, 343, 347, 371, 396, 403, 413, 416, 437, 452, 482, 511, 557, 566, 570, 587, 592, 601, 603, 613, 617, 619, 625, 627, 634, 637, 639, 650, 653, 689, 734, 743, 769, 781, 803, 808, 814, 828, 857, 892, 897, 935, 960, 976, 997, 1017, 1025, 1057, 1064, 1077, 1082, 1096, 1132, 1187, 1215, 1219, 1224, 1295, 1334, 1344, 1346, 1364, 1383, 1394, 1470, 1474, 1526, 1527, 1531, 1532, 1548, 1549, 1558, 1566, 1612, 1619, 1680, 1705, 1730, 1753, 1767, 1770, 1786, 1817, 1823, 1826, 1847, 1852, 1855, 1859, 1865, 1868, 1876, 1895, 1910, 1928, 1941, 1956, 1958, 1973, 1976, 1984, 1995, 2002, 2036, 2051, 2054, 2079, 2140, 2144, 2184, 2193, 2214, 2233, 2239, 2246, 2257, 2273, 2316, 2370, 2391, 2400, 2412, 2429, 2435, 2462, 2475, 2492, 2495, 2508, 2552, 2558, 2574, 2587, 2618, 2630, 2635, 2689, 2708, 2736, 2808, 2811, 2824, 2849, 2851, 2913, 2927, 2939, 2955, 3021, 3033, 3043, 3049, 3062, 3084, 3153, 3160

作, 42, 44, 129, 164, 165, 215, 219, 223, 270, 277, 278, 315, 318, 326, 327, 359, 374, 382, 391, 410, 492, 494, 516, 524, 547, 566, 582, 589, 599, 624, 646, 670, 689, 690, 728, 748, 780, 784, 786, 808, 819, 830, 852, 881, 905, 914, 922, 949, 983, 998, 1014, 1021, 1027, 1035, 1069, 1153, 1198, 1227, 1257, 1281, 1380, 1388, 1401, 1468, 1473, 1479, 1487, 1548, 1573, 1587, 1597, 1636, 1647, 1693, 1714, 1724, 1736, 1768, 1810, 1838, 1843, 1855, 1873, 1886, 1904, 1919, 1932, 1947, 1967, 1977, 1994, 2011, 2032, 2039, 2073, 2112, 2122, 2135, 2151, 2152, 2156, 2191, 2202, 2216, 2227, 2232, 2238, 2244, 2249, 2264, 2306, 2336, 2349, 2402, 2411, 2421, 2426, 2432, 2454, 2457, 2485, 2508, 2561, 2567, 2585, 2602, 2612, 2629, 2660, 2691, 2701,

2720, 2726, 2746, 2753, 2780, 2838, 2856, 2863, 2870, 2871, 2873, 2879, 2880, 2899, 2923, 2936, 2964, 2980, 3011, 3046, 3072, 3073, 3080, 3081, 3093, 3101, 3116, 3117, 3156, 3159, 3168, 3170

佞, 1015, 1493, 2245

你, 2306, 3161

克, 259, 1076, 1154, 1155, 1156, 2258, 2508, 2512

兊, 485, 517, 1092, 1132, 1727

免, 472, 485, 906, 930, 1133, 1216, 1376, 1378, 1391, 1763, 2001, 2108, 2118, 2125, 2139, 2164, 2621, 2793, 2840

兎, 728, 1377, 1378, 2118, 2367, 2968

兵, 132, 384, 602, 612, 689, 692, 910, 1220, 1632, 2264, 2820, 3049

冏, 1088, 1935, 3129

冝, 682, 2984

况, 591

冶, 707, 2534, 2537, 3017

冷, 132, 559, 663, 761, 1079, 1205, 1207, 1263, 1268, 1278, 1410, 1594, 1658, 1678, 1763, 2657

刪, 1326, 1448, 1776, 2524

判, 114, 127, 320, 483, 581, 1143, 1188, 1256, 1334, 1404, 1512, 1634, 1770, 1929, 2055, 2195, 2662, 3014

别, 5, 13, 69, 100, 102, 114, 125, 129, 145, 154, 164, 172, 197, 234, 248, 315, 327, 389, 401, 422, 485, 489, 520, 524, 549, 556, 595, 602, 692, 709, 723, 734, 772, 776, 781, 820, 896, 975, 989, 1005, 1011, 1024, 1119, 1149, 1215, 1220, 1227, 1231, 1255, 1258, 1286, 1336, 1381, 1392, 1401, 1451, 1468, 1484, 1512, 1531, 1599, 1701, 1704, 1728, 1770, 1776, 1798, 1844, 1898, 1928, 1955, 1967, 1983, 2025, 2061, 2064, 2071, 2076, 2093, 2096, 2134, 2192, 2213, 2219, 2327, 2337, 2403, 2404, 2441, 2475, 2521, 2546, 2617, 2629, 2661, 2688, 2707, 2735, 2750, 2790, 2797, 2811, 2817, 2827, 2864, 2909, 2953, 2970, 3014, 3018, 3030, 3042, 3049, 3061, 3118, 3122, 3140

刨, 1514

利, 37, 127, 145, 173, 232, 241, 320, 341, 349, 390, 405, 413, 435, 487, 617, 635, 675, 698, 770, 783, 785, 985, 1143, 1148, 1185, 1193, 1208, 1209, 1212, 1213, 1214, 1216, 1217, 1222, 1227, 1229, 1233, 1235, 1255, 1257, 1283, 1316, 1334, 1402, 1474, 1504, 1593, 1632, 1633, 1675, 1770, 1804, 1831, 1856, 1902, 1956, 1978, 1979, 1986, 1995, 2037, 2066, 2247, 2273, 2340, 2353, 2403, 2522, 2616, 2661, 2689, 2824, 2868, 2874, 3014, 3021, 3043, 3123, 3134, 3161

删, 1253, 1447, 1455, 1776

助, 461, 592, 905, 1204, 1257, 1407, 1449, 1618, 2100, 2820, 3082, 3092, 3100, 3155

努, 854, 1445, 1447, 1496, 1497, 2058

劫, 35, 145, 147, 181, 271, 292, 460, 462, 558, 621, 688, 711, 743, 841, 909, 950, 988, 1017, 1020, 1022, 1227, 1238, 1584, 1594, 1612, 1613, 1614, 1664, 1770, 1830, 1869, 2018, 2037, 2141, 2142, 2428, 2612, 2635, 2841, 2955, 3050, 3059, 3150

劬, 144, 419, 619, 1100, 1222, 1612, 1641, 1887

劭, 1801, 2906

劮, 2612

匣, 1171, 2309, 2843

匥, 463

卲, 1801

即, 3, 18, 82, 104, 126, 156, 167, 187, 207, 215, 238, 271, 283, 307, 316, 349, 371, 380, 404, 420, 462, 482, 511, 597, 644, 679, 693, 711, 737, 782, 797, 820, 837, 845, 885, 887, 892, 896, 898, 907, 929, 958, 960, 976, 1012, 1022, 1041, 1058, 1075, 1092, 1123, 1127, 1161, 1163, 1196, 1201, 1222, 1245, 1253, 1271, 1312, 1353, 1360, 1402, 1453, 1470, 1474, 1526, 1532, 1584, 1588, 1609, 1619, 1643, 1664, 1680, 1696, 1706, 1721, 1731, 1786, 1812, 1817, 1827, 1855, 1869, 1902, 1911, 1928, 1959, 1975, 1984, 2005, 2016, 2027, 2097, 2121, 2125, 2144, 2152, 2193, 2220, 2228, 2246, 2249, 2281, 2289, 2301, 2318, 2328, 2331, 2339, 2355, 2364, 2380, 2424, 2460, 2476, 2487, 2508, 2516, 2522, 2531, 2574, 2587, 2613, 2622, 2630, 2646, 2667, 2671, 2677, 2689, 2709, 2722, 2757, 2761, 2772, 2819, 2828, 2851, 2865, 2900, 2904, 2914, 2939, 2955, 2999, 3006, 3021, 3034, 3054, 3082, 3084, 3123, 3129, 3140, 3146, 3156, 3161

却, 14, 104, 267, 460, 462, 483, 513, 738, 757, 807, 841, 900, 972, 994, 1004, 1018, 1123, 1164, 1447, 1546, 1569, 1594, 1614, 1638, 1639, 1648, 1663, 1772, 2122, 2153, 2365, 2387, 2508, 2777, 2783, 2818, 2852, 2869, 2972, 3000, 3098

卵, 1118, 1306, 1402, 2668

吚, 2556, 2558

君, 227, 687, 800, 1100, 1135, 1136, 1137, 1630, 1665, 1731, 1830, 2027, 2145, 2660

吝, 5, 1094, 1262, 1263, 2706

吟, 763, 1208, 1281, 1872, 2496, 2657

吠, 30, 96, 292, 363, 554, 601, 617, 869, 1371, 1660, 2166, 2205, 2216, 2271, 2315, 2377, 2968

吡, 1522

否, 86, 155, 612, 1094, 1355, 1778, 2565, 2708

吩, 2389

含, 343, 511, 521, 659, 760, 763, 767, 777, 838, 857, 1040, 1270, 1484, 1654, 1730, 1803, 1805, 1807, 1865,

1911, 2047, 2324

听, 2089, 2397

吭, 285, 1980

启, 1588

吱, 2968

吲, 2663

呐, 1449, 1465

吸, 292, 755, 762, 894, 1591, 1811, 2282, 2293, 2665

吹, 292, 315, 593, 631, 1528, 1642, 1670, 2120, 2773, 3015

吻, 2238

吼, 165, 800, 811, 1161, 1719, 1984

吽, 3, 16, 223, 492, 761, 775, 796, 811, 1005, 1071, 1327, 2414, 3034, 3140

吾, 381, 613, 615, 634, 669, 677, 687, 821, 1049, 1136, 1734, 1781, 1903, 2030, 2248, 2253, 2268, 2479, 2757, 2769, 2791, 2926, 3009, 3044

吿, 668, 2475

呀, 1491

吕, 227, 1104, 1332, 1504, 2904, 3075

杏, 1582

呈, 228, 240, 242, 1216, 2402, 2925

吴, 766, 771, 1136, 1389, 1571, 2014, 2253, 2822

告, 31, 55, 189, 343, 511, 613, 640, 666, 667, 668, 670, 675, 693, 821, 895, 1007, 1020, 1022, 1105, 1166, 1648, 1730, 1802, 1830, 1850, 1891, 1925, 1984, 2090, 2144, 2219, 2220, 2239, 2253, 2317, 2336, 2376, 2462, 2475, 2622, 2645, 2736, 2766, 2776, 2851, 2858, 2862, 2904, 2905, 2988, 3001, 3084

呌, 1011

吞, 317, 344, 2080, 2122, 2350

囤, 1665

囦, 2790

园, 2792

困, 708, 1166, 1182, 1438, 1633, 2323, 2496, 2646, 2689

圻, 17, 200, 1521, 1564, 2398, 2909

坅, 72, 607, 955, 2903

址, 938, 1088, 1794, 3002, 3005

坻, 821, 3002

坂, 41, 572, 1144

均, 447, 697, 1100, 1135, 1137, 2053, 2838

坑, 1702

坊, 46, 589, 590, 591, 841, 1293, 2026, 2040

坋, 607

坌, 42, 72, 955

坎, 316, 375, 712, 1144

坏, 58, 156, 834, 1515

坐, 14, 270, 282, 291, 294, 359, 457, 616, 619, 658, 834, 905, 916, 959, 983, 1062, 1098, 1101, 1161, 1165, 1227, 1651, 1687, 1724, 1801, 1838, 1890, 1919, 1947, 1974, 1979, 2118,

2151, 2152, 2216, 2249, 2291, 2295, 2411, 2602, 2692, 2856, 2946, 3011, 3083, 3094, 3134, 3137, 3166, 3171

坑, 1118, 1144, 1146, 1157, 1215, 1702, 1725, 1798, 1828, 2885

坘, 431

壯, 61, 139, 291, 473, 566, 600, 771, 796, 995, 1350, 1351, 1435, 1483, 1533, 1639, 1807, 1844, 2856, 2896, 2899, 3108, 3110

夾, 70, 954, 955, 999, 1187, 1634, 2309, 2310, 2384, 2464, 2540, 2565

妔, 367

妊, 1174, 1690, 1693, 2711

姸, 770, 957, 2485, 2486

妐, 687, 3038

妒, 473, 699

妓, 82, 178, 627, 920, 924, 2511, 2539, 2747, 2969

妖, 29, 598, 740, 826, 864, 922, 926, 1000, 1059, 2249, 2511, 2847

妙, 123, 165, 175, 219, 229, 308, 349, 512, 559, 770, 783, 785, 797, 826, 862, 914, 922, 925, 1026, 1050, 1079, 1224, 1257, 1354, 1381, 1383, 1395, 1403, 1495, 1590, 1607, 1707, 1768, 1787, 1799, 1811, 1845, 1899, 1955, 1956, 1987, 2012, 2063, 2072, 2167, 2306, 2326, 2421, 2430, 2488, 2493, 2516, 2710, 2761, 2804, 2824, 2852, 2956, 3021, 3043, 3064, 3075, 3144, 3154

妣, 74, 77, 594, 1522, 2011

妤, 771

妨, 11, 587, 590, 591, 592, 721, 759, 769, 1311, 1381, 2552, 2677

孚, 616, 624, 627, 1217, 1941, 2824

孛, 61, 147, 376, 3134

孜, 3119

孝, 333, 800, 810, 1009, 1147, 1199, 2230, 2376, 3124

宋, 261, 291, 351, 459, 584, 845, 1055, 1189, 1247, 1426, 1579, 1701, 2013, 2212, 3059, 3138

完, 456, 798, 842, 1113, 1353, 1355, 1478, 1703, 1704, 2136, 2137

宍, 1703, 1704, 2451, 2477

宏, 259, 383, 796, 797, 798

尨, 1350, 1351, 2313, 2696

⿸厂王, 2142

尾, 3, 592, 601, 1351, 1361, 1475, 1501, 1534, 1965, 2002, 2074, 2167, 2205, 2217, 2428, 2758, 3040, 3145

尿, 1205, 1481, 1489, 1855, 1888, 2872

局, 108, 127, 697, 932, 1088, 1100, 1102, 1107, 1123, 1638, 1965, 2097, 2194, 2240, 2272, 2330, 2365

岊, 2508

岌, 896, 905, 1608

岏, 2136

岐, 918, 922, 924, 1537, 1546, 1565, 1574, 1577, 2946, 2964, 3003

岑, 189, 609, 2657

巡, 851, 1067, 1981, 2458, 2459

巫, 826, 1925, 2250, 2298

巵, 2968

帊, 1505

帋, 363

希, 165, 166, 436, 764, 1263, 1424, 1896, 1898, 2030, 2282, 2285, 2287, 2292, 2293, 2303, 2397, 2512, 2576, 2714, 2918, 3099

庇, 88, 315, 2312

床, 154, 290, 617, 991, 1259, 1339, 1363, 1777, 2062, 2134, 2249, 2273, 2295, 2557, 2887, 3109, 3170

庌, 2442

序, 88, 214, 256, 292, 344, 437, 563, 801, 901, 935, 1560, 1589, 1955, 2016, 2091, 2230, 2295, 2351, 2353, 2441, 2442, 2443, 2620, 2840, 3138

廷, 2090, 2091, 2474, 2486

弃, 135, 1589, 2447

弄, 102, 135, 249, 424, 585, 1079, 1292, 1313, 1495, 1593, 1779, 2159, 2378

弝, 31

弟, 270, 423, 434, 436, 620, 1287, 1352, 1442, 1701, 1729, 1817, 2065, 2075, 2130, 2131, 2467, 3062, 3122, 3125

形, 85, 177, 202, 239, 242, 245, 287, 563, 609, 626, 721, 728, 770, 853, 1009, 1031, 1061, 1225, 1535, 1590, 1701, 1723, 1820, 1834, 2000, 2031, 2073, 2081, 2122, 2199, 2248, 2347, 2371, 2403, 2404, 2409, 2411, 2413, 2467, 2486, 2488, 2533, 2555, 2668, 2675, 2693, 2740, 2809, 2892, 2919, 3019, 3022, 3109, 3110, 3163

彣, 2230

彤, 1700, 2101, 2412

彷, 46, 592, 1513

役, 85, 95, 107, 325, 328, 373, 657, 808, 1137, 1281, 1358, 1359, 1546, 1691, 1810, 1886, 2106, 2238, 2613, 2615, 2775

忌, 90, 506, 820, 906, 924, 1057, 1075, 1562, 1696, 2142, 2159, 2161, 2391, 2588, 2612

忍, 6, 321, 506, 509, 513, 561, 581, 604, 813, 818, 906, 1049, 1095, 1159, 1222, 1345, 1455, 1471, 1598, 1601, 1669, 1688, 1689, 1690, 1694, 1701, 1895, 1914, 1997, 2079, 2090, 2161, 2289, 2325, 2392, 2477, 2666, 2750, 2807, 2809, 3012, 3022, 3145

忒, 547, 879, 2061

志, 60, 257, 507, 813, 834, 854, 906, 959, 1102, 1138, 1157, 1226, 1372, 1487, 1587, 1625, 1650, 1688, 1794, 1882, 1890, 1897, 1998, 2081, 2148, 2163, 2213, 2232, 2286, 2291, 2315, 2320, 2362, 2396, 2411, 2510, 2536, 2629, 2691, 2706, 2921, 2963, 2968, 2999, 3010, 3011, 3028, 3031, 3037, 3135

忘, 14, 813, 844, 924, 1336, 1486, 1593, 1689, 1757, 1851, 1997, 2143, 2159, 2161, 2162, 2163, 2205, 2248,

2290, 2571, 2679, 2941, 2997, 3012
忡, 259
忤, 659, 663, 2270, 2276, 2277
忧, 2692
忨, 2140
忪, 2012
快, 5, 13, 189, 213, 405, 449, 559, 619, 628, 712, 721, 730, 1126, 1127, 1171, 1228, 1662, 1767, 1779, 1885, 1888, 2227, 2503, 2510, 2675, 2821, 2956
忮, 41, 2970
忱, 228, 2931
忸, 1493
忺, 1930
忻, 233, 2288, 2397, 2398, 2910
忼, 228, 232, 1146
我, 28, 84, 101, 174, 190, 224, 239, 252, 293, 296, 313, 324, 362, 381, 408, 419, 426, 501, 506, 509, 515, 538, 554, 555, 562, 598, 623, 634, 645, 667, 670, 674, 714, 727, 783, 785, 808, 874, 879, 952, 979, 1009, 1031, 1049, 1082, 1084, 1152, 1163, 1170, 1190, 1230, 1257, 1387, 1411, 1428, 1472, 1486, 1488, 1571, 1575, 1586, 1613, 1620, 1622, 1635, 1649, 1685, 1710, 1718, 1734, 1773, 1791, 1810, 1820, 1834, 1851, 1881, 1892, 1896, 1906, 1916, 2000, 2030, 2039, 2073, 2107, 2165, 2198, 2245, 2253, 2261, 2308, 2322, 2376, 2381, 2387, 2479, 2544, 2555, 2557, 2570, 2572, 2576, 2592, 2612, 2632, 2679, 2698, 2713, 2740, 2762, 2802, 2822, 2847, 2848, 2890, 2918, 2959, 2989, 3044, 3048, 3106, 3124, 3154, 3163
戒, 76, 241, 249, 396, 558, 657, 711, 823, 828, 837, 873, 878, 889, 907, 932, 976, 1008, 1025, 1028, 1033, 1036, 1055, 1057, 1065, 1082, 1090, 1386, 1590, 1620, 1699, 1731, 1763, 1779, 1847, 1879, 1898, 1942, 1986, 2018, 2072, 2165, 2234, 2246, 2340, 2349, 2364, 2387, 2403, 2407, 2412, 2430, 2452, 2476, 2565, 2630, 2697, 2709, 2737, 2847, 2848, 2849, 2914, 2955, 2971, 3047, 3063, 3084, 3144, 3161
或, 1898
戾, 9, 476, 914, 1232, 1256, 1258, 1851, 2073, 2322
扮, 42, 606, 607
扱, 192
扳, 38, 1518, 2105
扴, 2903
扶, 28, 54, 248, 608, 613, 616, 619, 625, 627, 628, 787, 822, 994, 1003, 1126, 1171, 2119, 2257, 2378, 2384, 2437, 2736
抚, 19
拊, 2282
批, 1518, 3126
抵, 555, 1576
扼, 54, 503, 504, 1475, 2137
技, 919, 922, 924, 925, 1259,

1521, 1948, 2378, 2964, 2968, 2980, 3147

扗, 432, 1173, 1174, 2151, 2852, 3085, 3096

抃, 102, 1495

抄, 219, 221, 223, 266, 270, 932, 1311, 1380, 1381, 1704, 1737, 1768, 1771, 1798, 1811, 1855, 1906, 1959, 2292, 2612, 2843, 2968

抆, 1367, 1933, 1937, 2230, 2238, 2665, 2969

抉, 619, 667, 1126, 1127, 2871

把, 26, 30, 54, 133, 248, 581, 1101, 1124, 1505, 1533, 1548, 2123, 2272, 2667, 2932, 2987, 3102, 3115, 3159

抌, 2931

抑, 771, 1286, 1816, 2274, 2348, 2464, 2465, 2508, 2612, 2668, 2783, 2910, 3003

抒, 176, 251, 771, 1057, 1478, 1495, 1954, 1958, 2020, 3094

抓, 718, 1131, 2903, 3102

投, 39, 122, 252, 324, 465, 594, 619, 738, 807, 969, 995, 999, 1015, 1095, 1358, 1359, 1442, 1603, 1628, 1773, 1810, 1811, 1854, 1946, 1952, 2020, 2067, 2105, 2107, 2613, 2642, 2872, 3003, 3116

抖, 463

抗, 767, 796, 1146, 1157, 1979, 2885, 2931, 3097

折, 129, 201, 220, 224, 331, 345, 484, 1100, 1146, 1255, 1353, 1565, 1575, 1639, 1699, 1814, 1922, 1926, 1974, 2002, 2020, 2284, 2399, 2612, 2817, 2878, 2903, 2909, 2910, 2924, 3015, 3117

抛, 1387, 1513, 2085, 2087, 2137

抜, 27, 29, 148, 619, 1948, 2378, 2449, 3115

抝, 20

攸, 85, 2031, 2086, 2398, 2561, 2692, 2703

改, 232, 454, 481, 482, 550, 574, 640, 656, 689, 710, 769, 929, 943, 1007, 1025, 1095, 1224, 1359, 1390, 1391, 1643, 1654, 1899, 1910, 2166, 2618, 2939, 2946, 3018, 3094, 3128

攻, 656, 686, 688, 689, 710, 1082, 1772, 1808, 2936, 2939

旰, 663

旱, 58, 764, 820, 2861

旴, 2435

更, 5, 51, 103, 121, 237, 279, 380, 458, 505, 574, 640, 684, 820, 897, 929, 936, 943, 957, 999, 1064, 1127, 1150, 1175, 1227, 1632, 1663, 1668, 1730, 1850, 1876, 1885, 1895, 1901, 1910, 1928, 1941, 1984, 2045, 2193, 2228, 2540, 2721, 2735, 2751, 2846, 2939, 2955, 3006, 3047, 3049, 3150, 3160

曳, 2538

杇, 1776

杅, 2434, 2734, 2897

杆, 659, 660, 2151, 2734

杈, 190, 192, 1495
杉, 1776, 1995, 2012
杌, 767, 883, 2261, 2271, 2272, 2989
李, 926, 1334, 1455, 2377
杏, 444, 2350, 2413
材, 41, 171, 172, 290, 332, 1259, 1436, 2897
村, 138, 171, 172, 248, 285, 332, 608, 1118, 1259, 1803, 1807, 1973, 2881
杓, 122, 1798, 2105
杔, 2123
杖, 45, 85, 172, 200, 207, 253, 277, 291, 345, 473, 594, 619, 627, 635, 672, 785, 883, 1095, 1260, 1359, 1506, 1520, 1646, 1773, 1775, 2232, 2294, 2730, 2745, 2895, 2897, 2899, 2965, 2969, 3073, 3110
杙, 554, 1126, 1131, 2606, 2612, 2621
杚, 102, 704
杜, 471, 472, 474, 1173, 1639, 1807, 1995, 2114, 2117, 2123, 2151, 2414, 2851, 2989, 3110, 3115
杝, 3005
杞, 1582, 2011
束, 179, 181, 188, 257, 284, 315, 459, 972, 1189, 1426, 1635, 1966, 1967, 1994, 2212, 2861
来, 380
毎, 1361
求, 71, 124, 131, 158, 165, 239, 263, 274, 323, 333, 406, 424, 447, 476, 512, 550, 597, 610, 692, 717, 721, 797, 813, 823, 894, 909, 977, 1026, 1095, 1188, 1202, 1205, 1260, 1425, 1530, 1534, 1562, 1574, 1581, 1627, 1632, 1633, 1637, 1644, 1681, 1761, 1866, 1892, 1942, 1967, 1978, 2011, 2033, 2054, 2168, 2195, 2212, 2217, 2241, 2247, 2283, 2365, 2408, 2430, 2499, 2557, 2570, 2588, 2672, 2682, 2711, 2738, 2777, 2801, 2809, 2824, 2956, 3050
汞, 692
汦, 433, 1390, 1576, 3002
汩, 1537
汪, 583, 734, 993, 2142, 2146, 3095
汫, 601
汭, 1450, 1727
汰, 189, 355, 1661, 2045, 2046
汱, 1661, 2046
汲, 82, 142, 576, 678, 892, 896, 906, 1357, 1540, 2282
汴, 102
汵, 663, 1051
汶, 1389, 2238
決, 83, 87, 104, 259, 274, 316, 454, 482, 559, 613, 619, 685, 712, 726, 862, 930, 932, 1120, 1123, 1126, 1128, 1129, 1140, 1171, 1176, 1358, 1359, 1621, 1634, 1644, 1662, 1902, 1978, 2005, 2318, 2354, 2451, 2709, 2995, 3031

汽, 787

汾, 606, 1516

沁, 1619, 2054

沂, 2566

沃, 27, 549, 867, 1245, 1661, 2046, 2249, 2251, 2277, 2614, 2861

沅, 2300, 2792

沆, 767, 1828

沇, 582

沈, 48, 242, 582, 627, 767, 832, 1001, 1157, 1176, 1179, 1284, 1308, 1358, 1375, 1476, 1672, 1821, 1825, 1827, 1988, 2029, 2300, 2334, 2460, 2635, 2792, 2883, 2935, 3017, 3051

沌, 487

沐, 1095, 1428, 1441, 1442, 2046, 2299, 2428, 2773, 2861

沒, 83, 123, 142, 147, 157, 181, 225, 323, 476, 559, 616, 644, 788, 807, 836, 852, 1034, 1055, 1127, 1176, 1349, 1357, 1365, 1367, 1386, 1428, 1434, 1443, 1476, 1481, 1662, 1721, 1772, 1805, 1809, 1828, 1987, 2001, 2105, 2249, 2272, 2277, 2613, 2684, 2773, 2956, 3039

沔, 787

沖, 258, 259, 2701, 3033, 3046

沙, 3, 52, 158, 165, 191, 220, 222, 374, 473, 561, 622, 627, 783, 787, 829, 1159, 1321, 1382, 1476, 1541, 1546, 1683, 1718, 1737, 1738, 1767, 1768, 1771, 1773, 1799, 1804, 1805, 1811, 1824, 1999, 2024, 2029, 2079, 2430, 2701, 2908, 3016

沚, 2396

沛, 1515, 2684

汫, 16, 2790

泒, 1506

没, 148, 316, 807, 1326, 1353, 1359, 1428, 1434, 1809, 1828, 1987, 2105, 2277, 2289, 2451, 2613, 2956, 3039

灸, 995, 1093, 1386, 2287, 3015

炛, 2879

夹, 257

灼, 133, 222, 270, 1135, 1196, 2274, 3116, 3117

災, 139, 215, 456, 606, 686, 760, 843, 848, 870, 957, 1000, 1153, 1464, 1629, 1852, 1878, 1975, 2054, 2486, 2846, 2847, 2848, 3045

灾, 1000, 2848

牡, 1434, 1435, 1436, 1533, 3110

牢, 708, 764, 958, 1159, 1198, 1316, 1655, 1823, 1935, 3021

牣, 1690, 1693

状, 19, 27, 28, 66, 138, 253, 291, 481, 619, 646, 1172, 1260, 1661, 1666, 1670, 1982, 2088, 2249, 2349, 2388, 2413, 2500, 2704, 2896, 2899, 3109, 3110

狆, 2840

狄, 2657

狁, 2327, 2840

狂, 581, 796, 828, 1173, 1174, 1175, 1259, 1370, 1690, 2145, 2151,

2159, 2702, 2852, 3085
狄, 28, 430, 885, 2075, 2657
狘, 2428
玔, 289, 290
玖, 1093, 1359
玭, 2244
甫, 153, 307, 631, 1002, 1551, 2026, 2429, 2849
甬, 2683
男, 424, 517, 604, 740, 746, 951, 1034, 1453, 1457, 1500, 2101, 2107, 2218, 2516, 2684, 2927, 3123
甸, 443, 2458
町, 1522
疔, 451
皀, 3117
皁, 2862
皂, 1478, 2862
皃, 32, 1111, 1353, 2136, 2862
盯, 1019
矣, 14, 60, 88, 246, 477, 519, 615, 715, 810, 1000, 1290, 1361, 1428, 1483, 1571, 1851, 1883, 1903, 2004, 2081, 2230, 2254, 2287, 2473, 2529, 2535, 2584, 2602, 2620, 2715, 2756, 2834, 2847, 2960, 3145
矴, 453
秃, 1181, 2108, 2117, 2118, 2434
秀, 926, 1035, 2206, 2434, 2516, 2684, 2720, 2731, 3138
私, 318, 491, 509, 670, 767, 785, 797, 798, 858, 1230, 1575, 1614, 1856, 1995, 1997, 1999, 2007, 2013, 2196, 2290, 2566, 2838
究, 90, 454, 463, 570, 692, 739, 740, 741, 1008, 1076, 1084, 1089, 1092, 1095, 1159, 1316, 1402, 1631, 1700, 1876, 2318, 2515, 2840, 3039, 3150
糺, 203, 296, 606, 931, 1089, 2838
系, 2305, 2306, 2308
罕, 58, 285, 764, 1198, 1533, 2320
肓, 844, 1350
肖, 62, 1608, 2374, 2375, 2377, 2690
肘, 335, 635, 687, 1004, 1204, 1873, 2820, 2870, 3056
肚, 216, 473, 1464, 3110
肜, 1700, 2101
肝, 508, 601, 659, 663, 1523, 2435, 2732, 2798
育, 635, 844, 1102, 1350, 2445, 2510, 2653, 2704, 2716, 2734, 2773, 2778
良, 613, 682, 800, 899, 930, 977, 1196, 1197, 1240, 1245, 1246, 1251, 1865, 1913, 1935, 2210, 2220, 3021, 3038
芃, 999, 1517
芉, 659, 2746
芋, 42, 427, 659, 660, 661, 827, 1428, 2504, 2772
芍, 590
芒, 1349, 1350, 1351, 1352, 2091
虬, 463, 2249

見, 31, 61, 108, 136, 167, 207, 266, 279, 307, 323, 365, 396, 405, 454, 467, 471, 482, 486, 509, 517, 569, 570, 600, 618, 621, 679, 685, 726, 737, 746, 847, 892, 899, 927, 930, 932, 935, 939, 941, 960, 975, 992, 1007, 1012, 1029, 1033, 1041, 1060, 1070, 1075, 1078, 1110, 1122, 1132, 1144, 1151, 1162, 1187, 1195, 1201, 1206, 1219, 1224, 1251, 1291, 1354, 1410, 1437, 1484, 1520, 1532, 1566, 1584, 1600, 1606, 1609, 1620, 1630, 1643, 1676, 1706, 1721, 1798, 1818, 1830, 1847, 1865, 1876, 1879, 1891, 1902, 1911, 1923, 1928, 1965, 1985, 1997, 2017, 2047, 2079, 2133, 2136, 2169, 2193, 2220, 2228, 2234, 2246, 2258, 2286, 2318, 2325, 2327, 2328, 2331, 2340, 2355, 2364, 2380, 2391, 2400, 2407, 2424, 2429, 2460, 2493, 2531, 2540, 2574, 2588, 2613, 2616, 2625, 2646, 2677, 2709, 2756, 2761, 2790, 2808, 2819, 2829, 2846, 2868, 2887, 2914, 2927, 2955, 2971, 2988, 3021, 3031, 3034, 3050, 3063, 3129, 3143

角, 147, 283, 675, 678, 700, 957, 1002, 1010, 1128, 1132, 1493, 2095, 2258, 2683, 2689, 2709, 2781

言, 3, 26, 32, 36, 56, 72, 85, 121, 162, 171, 190, 233, 268, 272, 278, 300, 304, 313, 317, 345, 358, 382, 388, 390, 409, 426, 436, 448, 456, 515, 564, 567, 589, 598, 623, 646, 660, 669, 692, 695, 704, 714, 723, 743, 760, 762, 780, 808, 819, 854, 896, 936, 938, 982, 997, 1009, 1014, 1049, 1055, 1059, 1068, 1152, 1160, 1198, 1225, 1233, 1281, 1289, 1314, 1321, 1340, 1352, 1383, 1398, 1405, 1421, 1472, 1483, 1487, 1560, 1571, 1581, 1588, 1598, 1599, 1602, 1670, 1685, 1697, 1701, 1710, 1718, 1758, 1781, 1802, 1808, 1835, 1878, 1892, 1916, 1926, 1946, 1958, 1960, 1968, 1990, 2009, 2015, 2016, 2031, 2057, 2143, 2147, 2161, 2167, 2199, 2203, 2224, 2230, 2237, 2243, 2253, 2261, 2276, 2303, 2304, 2315, 2336, 2347, 2350, 2394, 2401, 2410, 2420, 2437, 2447, 2475, 2479, 2489, 2494, 2544, 2570, 2576, 2592, 2610, 2620, 2627, 2653, 2679, 2683, 2693, 2714, 2740, 2764, 2769, 2778, 2802, 2809, 2813, 2832, 2853, 2859, 2919, 2942, 2959, 2975, 3001, 3009, 3048, 3069, 3079, 3124, 3135, 3138, 3151, 3163

谷, 632, 633, 675, 704, 791, 960, 1025, 1094, 1158, 1395, 1700, 1803, 1823, 2294, 2406, 2773, 3033

豆, 464, 465, 682, 1106, 1224, 1341, 1609, 2106, 2828, 2950, 3006

豕, 660, 1883, 2123, 2367, 3028, 3073

豸, 1883, 2368, 2861, 3014

貝, 31, 61, 66, 68, 141, 957, 975, 1109, 1286, 1354, 1565, 1829, 2651,

3005

赤, 13, 254, 256, 668, 791, 792, 798, 845, 1619, 1678, 1891, 1970, 2076, 2086, 2447, 2607, 2912, 3059

走, 68, 297, 516, 553, 636, 895, 1200, 1581, 1587, 1651, 1654, 1919, 2111, 2112, 2156, 2320, 2805, 3143

足, 98, 138, 207, 255, 282, 284, 315, 326, 359, 382, 410, 457, 477, 492, 524, 553, 566, 571, 605, 624, 634, 716, 808, 895, 1004, 1031, 1060, 1113, 1125, 1153, 1163, 1223, 1250, 1389, 1401, 1407, 1475, 1524, 1588, 1592, 1603, 1611, 1646, 1687, 1765, 1782, 1821, 1897, 1919, 1935, 1937, 2032, 2071, 2081, 2091, 2096, 2107, 2151, 2254, 2264, 2411, 2475, 2485, 2530, 2585, 2602, 2612, 2672, 2719, 2826, 2838, 2863, 2923, 2963, 2968, 2999, 3038, 3055, 3072, 3101, 3116, 3139, 3143, 3166

身, 32, 55, 73, 136, 158, 171, 196, 214, 226, 249, 271, 280, 284, 290, 309, 351, 397, 406, 425, 437, 491, 517, 519, 561, 588, 604, 622, 732, 747, 829, 862, 887, 900, 908, 917, 937, 952, 978, 1034, 1049, 1056, 1096, 1112, 1169, 1189, 1198, 1222, 1230, 1245, 1251, 1257, 1411, 1438, 1482, 1488, 1569, 1601, 1612, 1640, 1644, 1683, 1696, 1703, 1719, 1763, 1802, 1806, 1815, 1817, 1822, 1824, 1827, 1832, 1839, 1841, 1845, 1847, 1866, 1870, 1877, 1880, 1885, 1896, 1902, 1914, 1926, 1934, 1943, 1953, 1988, 2001, 2056, 2072, 2104, 2107, 2116, 2122, 2135, 2196, 2214, 2241, 2247, 2253, 2286, 2315, 2341, 2350, 2370, 2381, 2392, 2408, 2412, 2460, 2465, 2467, 2544, 2557, 2575, 2626, 2631, 2647, 2655, 2668, 2674, 2678, 2682, 2711, 2727, 2762, 2801, 2820, 2824, 2852, 2917, 2928, 2932, 2957, 3007, 3035, 3051, 3053, 3065, 3106, 3131, 3150, 3154, 3167

車, 41, 69, 79, 90, 223, 224, 238, 367, 458, 632, 744, 824, 1136, 1239, 1309, 1339, 1347, 1483, 1737, 1801, 1817, 1901, 1966, 2168, 2667, 2827, 2891, 2912, 3046, 3083, 3117

辛, 320, 821, 1580, 1815, 2396, 2399, 2414, 2457, 2504, 3147

辰, 227, 228, 1826, 2402, 2888, 2902, 2934

辵, 297

迁, 1597, 1598

迂, 1598, 2091, 2461, 2731, 2765

迄, 1581, 1589, 1591, 2621, 3007, 3039

迅, 258, 1074, 1138, 1598, 1897, 2122, 2460, 2621, 2864

邑, 26, 742, 752, 787, 822, 1119, 1377, 1765, 2277, 2584, 2612, 2617, 2680

邠, 130, 602

邡, 589

邢, 2381, 2403, 2404
那, 39, 45, 130, 167, 265, 435, 462, 491, 494, 597, 622, 674, 783, 899, 1229, 1235, 1294, 1320, 1331, 1357, 1418, 1422, 1445, 1446, 1449, 1450, 1455, 1460, 1462, 1474, 1495, 1496, 1499, 1515, 1522, 1540, 1707, 1715, 1770, 1776, 1808, 1856, 2048, 2066, 2128, 2131, 2252, 2380, 2522, 2908, 2915, 2936, 2971
邦, 37, 44, 167, 608, 736, 1000, 1137, 1196, 1261, 1446, 2350
邨, 332
邪, 45, 162, 214, 255, 272, 358, 519, 581, 598, 608, 736, 901, 957, 998, 1230, 1251, 1314, 1381, 1405, 1428, 1448, 1604, 1646, 1670, 1761, 1803, 1820, 1827, 1846, 1857, 1975, 2030, 2126, 2135, 2213, 2371, 2380, 2385, 2428, 2469, 2471, 2511, 2521, 2524, 2533, 2537, 2659, 2941, 3037, 3069, 3083, 3163
酉, 1444, 1937, 2282, 2720, 3155
釆, 101, 174, 175, 176, 177, 809, 1186, 1301, 1342, 2902
里, 35, 58, 165, 397, 792, 950, 1034, 1072, 1208, 1212, 1216, 1217, 1219, 1227, 1229, 1251, 1292, 1491, 1847, 2019, 2072, 2403, 2514, 2564, 2619, 2710, 3047
阸, 503
阪, 41
阬, 16, 1157, 1282
阭, 1725
阮, 591, 1725, 2128, 2136
阯, 3002, 3005
防, 46, 155, 590, 591, 592, 822, 1215, 1222, 1905
岇, 2508
杈, 122

八畫

侹, 2142
侼, 3094
剑, 1548
咙, 30, 554, 601
呶, 1899
姑, 201, 702
姍, 2654
㝵, 400
层, 1101
皱, 151
徇, 698, 2461
怞, 332
怙, 386
怵, 635
抓, 718
拯, 89
梢, 201, 224, 2284, 2909
猷, 2730
疟, 2435
疰, 3108
邳, 484
苇, 1700
並, 37, 59, 114, 120, 134, 135, 136, 237, 300, 327, 343, 370, 393, 422,

429, 458, 510, 524, 549, 595, 657, 692, 956, 957, 966, 975, 1011, 1057, 1063, 1087, 1114, 1223, 1410, 1482, 1533, 1551, 1600, 1608, 1637, 1728, 1906, 2096, 2192, 2254, 2264, 2281, 2316, 2435, 2454, 2504, 2606, 2629, 2849, 2912, 2937, 2953, 2984, 3001, 3005, 3028, 3046, 3101, 3119, 3140, 3159

弗, 204, 205, 289

乖, 62, 126, 238, 293, 596, 720, 826, 1105, 1589, 1634, 1850, 2608, 2618, 2682, 3146

乳, 62, 204, 288, 461, 800, 1161, 1220, 1307, 1435, 1455, 1591, 1626, 1674, 1718, 1719, 1866, 2378, 2384

事, 12, 14, 68, 71, 86, 87, 91, 133, 167, 224, 250, 281, 414, 417, 425, 435, 437, 514, 519, 537, 561, 611, 630, 658, 685, 689, 703, 713, 721, 747, 752, 787, 825, 826, 937, 961, 978, 1031, 1059, 1076, 1080, 1082, 1105, 1108, 1112, 1136, 1152, 1189, 1217, 1223, 1230, 1334, 1370, 1424, 1552, 1561, 1570, 1576, 1593, 1601, 1622, 1684, 1727, 1780, 1819, 1833, 1853, 1866, 1870, 1877, 1889, 1896, 1897, 1900, 1905, 1915, 1923, 1925, 1943, 2011, 2117, 2153, 2168, 2196, 2221, 2229, 2274, 2276, 2314, 2341, 2350, 2377, 2393, 2401, 2408, 2453, 2478, 2510, 2532, 2544, 2554, 2575, 2626, 2631, 2652, 2697, 2712, 2752, 2777, 2801, 2891, 2894, 2905, 2917, 2936, 2948, 2957, 2987, 3012, 3022, 3036, 3044, 3047, 3051, 3087, 3103, 3109, 3135, 3136, 3152, 3154, 3167

些, 313, 2379

亞, 503, 506, 1571, 1637, 2108, 2471, 2472

享, 519, 794, 800, 1516, 1840, 2355, 2362, 2371, 2984

京, 1061, 1070, 1071, 1151, 1246, 2056, 2531, 2798, 3028, 3138

仳, 1524

佩, 63, 293, 611, 1229, 1515

佪, 832, 851

佫, 790

佮, 672

佯, 42, 217, 975, 2353, 2355, 2504, 2505, 2506

佰, 36, 147

佳, 416, 948, 954, 1064, 1224, 1577, 1690, 1830, 1925, 2152, 2316, 3084, 3110, 3113, 3161

併, 72, 73, 134, 136, 140, 611, 717, 1530, 1535, 2486

佶, 905, 1020, 1638, 2214

佷, 793, 794, 1245, 2397

佸, 867

佹, 739

佺, 1656

佼, 1003

佽, 2397

使, 3, 67, 84, 104, 320, 388, 407, 425, 476, 483, 604, 618, 619, 622, 644, 680, 713, 799, 922, 975, 1009, 1021,

1127, 1131, 1172, 1227, 1280, 1387, 1448, 1550, 1619, 1676, 1684, 1738, 1774, 1809, 1853, 1882, 1883, 1887, 1888, 1896, 1902, 1905, 1915, 1943, 1978, 2029, 2111, 2153, 2167, 2196, 2290, 2309, 2310, 2384, 2393, 2401, 2408, 2510, 2524, 2539, 2589, 2613, 2638, 2647, 2711, 2752, 2762, 2777, 2917, 3036, 3044, 3139, 3162

侁, 1821

侃, 1144, 1176, 1261

侄, 1075, 1400, 2986, 3092

侅, 655, 760

來, 70, 83, 124, 133, 157, 175, 176, 177, 179, 180, 190, 213, 239, 267, 290, 390, 405, 424, 437, 458, 482, 512, 518, 559, 581, 587, 622, 659, 694, 721, 732, 738, 746, 776, 807, 818, 820, 851, 857, 869, 899, 951, 954, 955, 977, 994, 999, 1041, 1058, 1133, 1140, 1157, 1186, 1191, 1215, 1278, 1386, 1424, 1436, 1453, 1568, 1579, 1593, 1600, 1632, 1634, 1648, 1668, 1706, 1717, 1721, 1807, 1827, 1831, 1847, 1892, 1895, 1902, 1912, 1942, 1966, 1971, 1978, 1986, 2001, 2013, 2028, 2057, 2111, 2145, 2153, 2209, 2247, 2258, 2289, 2313, 2407, 2522, 2543, 2574, 2622, 2625, 2682, 2706, 2737, 2752, 2781, 2804, 2840, 2846, 2847, 2852, 2861, 2927, 2971, 3006, 3038, 3050, 3060, 3129, 3143, 3147

侈, 255, 2568

例, 46, 127, 187, 390, 392, 783, 1231, 1255, 1512, 1899, 2316, 2462, 2661, 2781, 2868, 3014, 3055, 3161

侍, 149, 250, 288, 323, 362, 364, 390, 407, 611, 690, 994, 1060, 1550, 1576, 1601, 1870, 1886, 1892, 1897, 1903, 1904, 1915, 1920, 1923, 1935, 2010, 2111, 2219, 2378, 2510, 2604, 2853, 3094

侏, 3059

侓, 985, 2905

侔, 42, 136, 732, 1432, 2354

侖, 1307

侘, 197, 493, 2035, 2123, 2127, 2130

侚, 2461

供, 60, 371, 475, 557, 570, 585, 603, 618, 621, 678, 689, 690, 691, 692, 693, 696, 798, 828, 991, 1036, 1064, 1082, 1107, 1115, 1227, 1566, 1583, 1627, 1784, 1850, 1853, 1901, 2012, 2105, 2128, 2134, 2214, 2257, 2316, 2376, 2438, 2509, 2559, 2934, 3084, 3160

侜, 3053

依, 4, 14, 50, 66, 67, 85, 236, 252, 313, 317, 325, 333, 361, 366, 409, 415, 419, 433, 551, 564, 594, 618, 624, 632, 635, 645, 655, 682, 690, 718, 738, 784, 808, 829, 858, 894, 942, 948, 982, 1014, 1085, 1117, 1118, 1120, 1170, 1284, 1296, 1314, 1332, 1334, 1399, 1411, 1472, 1586, 1646, 1653, 1688,

1691, 1695, 1710, 1767, 1806, 1857, 1867, 1886, 1893, 1898, 1899, 1903, 1917, 1920, 1930, 1947, 1965, 2009, 2031, 2039, 2073, 2099, 2103, 2165, 2190, 2199, 2203, 2215, 2248, 2316, 2371, 2398, 2402, 2410, 2420, 2429, 2439, 2496, 2500, 2508, 2556, 2557, 2558, 2562, 2565, 2570, 2572, 2592, 2604, 2610, 2628, 2632, 2649, 2679, 2692, 2698, 2740, 2802, 2818, 2834, 2853, 2892, 2895, 2960, 2975, 2997, 3091, 3099, 3115, 3159, 3164

侠, 690, 1576, 1886, 2309, 2310, 2384

俟, 2159

兒, 31, 463, 511, 516, 590, 613, 739, 755, 917, 976, 1353, 1354, 1363, 1379, 1413, 1457, 1477, 1500, 1680, 1730, 1905, 1965, 2101, 2136, 2391, 2760, 2913, 3122

兔, 2118, 2164

兕, 55, 732, 2010, 2218, 3057

兩, 139, 490, 512, 525, 778, 862, 899, 936, 940, 1008, 1205, 1248, 1251, 1344, 1346, 1380, 1457, 1465, 1466, 1610, 1703, 1753, 1775, 1795, 1812, 1934, 1971, 1976, 2005, 2028, 2042, 2153, 2265, 2281, 2365, 2514, 2553, 2619, 2689, 2697, 2710, 2727, 2758, 2761, 2843, 2849, 2940, 3021, 3034, 3123

其, 14, 52, 62, 71, 83, 132, 157, 207, 226, 247, 249, 264, 267, 277, 280, 303, 308, 316, 350, 381, 390, 397, 406, 437, 476, 493, 512, 517, 518, 522, 526, 571, 597, 622, 644, 655, 659, 685, 690, 694, 712, 751, 772, 807, 809, 821, 862, 885, 899, 917, 943, 952, 977, 1013, 1048, 1050, 1056, 1107, 1111, 1129, 1143, 1151, 1167, 1224, 1248, 1280, 1308, 1313, 1396, 1408, 1429, 1433, 1453, 1460, 1471, 1530, 1552, 1562, 1565, 1578, 1580, 1584, 1606, 1610, 1634, 1638, 1641, 1644, 1648, 1681, 1707, 1728, 1763, 1767, 1775, 1787, 1799, 1823, 1829, 1847, 1850, 1856, 1870, 1877, 1895, 1902, 1913, 1934, 1974, 1978, 1997, 1999, 2028, 2037, 2091, 2133, 2145, 2169, 2195, 2207, 2212, 2221, 2247, 2259, 2266, 2289, 2328, 2392, 2424, 2430, 2447, 2477, 2553, 2566, 2588, 2619, 2626, 2647, 2652, 2689, 2710, 2733, 2738, 2761, 2791, 2818, 2824, 2830, 2852, 2868, 2887, 2908, 2915, 2925, 2927, 2940, 2956, 2971, 2984, 3007, 3032, 3035, 3064, 3131, 3144, 3161

具, 20, 61, 67, 68, 90, 136, 266, 361, 370, 454, 476, 576, 610, 682, 693, 735, 746, 761, 778, 892, 899, 911, 976, 1105, 1107, 1108, 1109, 1116, 1121, 1122, 1340, 1341, 1344, 1395, 1402, 1407, 1437, 1558, 1567, 1588, 1609, 1658, 1818, 1823, 1827, 1829, 1830, 1850, 1869, 1885, 1902, 1912, 1936, 2005, 2153, 2220, 2249, 2273, 2286,

2424, 2430, 2509, 2574, 2588, 2619, 2646, 2689, 2709, 2755, 2761, 2776, 2781, 2824, 2849, 2887, 2914, 2927, 2984, 3006, 3028, 3094, 3129, 3144

典, 20, 186, 442, 556, 689, 709, 850, 916, 1063, 1132, 1637, 1957, 2082, 2114, 2424, 2618, 2645, 2760, 2970

冃, 206, 1101, 1126, 1351, 1353, 1358, 1428, 1432, 1444, 2218, 3029

冽, 1231, 1257, 1258

冾, 1594

凭, 1534, 1536, 1690

函, 762, 763, 905, 966, 969, 1094, 1144, 1614

凾, 762, 763

初, 1, 65, 79, 126, 138, 154, 172, 199, 232, 257, 270, 298, 306, 315, 321, 322, 343, 401, 416, 422, 436, 439, 460, 489, 510, 524, 657, 688, 709, 784, 802, 896, 908, 1017, 1053, 1096, 1099, 1107, 1210, 1227, 1295, 1311, 1337, 1393, 1401, 1424, 1523, 1545, 1565, 1574, 1583, 1600, 1611, 1619, 1661, 1704, 1741, 1786, 1826, 1829, 1844, 1859, 1879, 1886, 1928, 1936, 1955, 2025, 2076, 2209, 2219, 2245, 2256, 2271, 2273, 2306, 2313, 2316, 2338, 2364, 2377, 2390, 2398, 2475, 2515, 2546, 2557, 2558, 2586, 2607, 2729, 2730, 2735, 2817, 2819, 2828, 2848, 2865, 2913, 2953, 3033, 3058, 3061, 3118, 3140, 3148, 3159

刮, 671, 719, 1164, 1183

到, 126, 187, 389, 391, 401, 474, 482, 485, 496, 737, 1022, 1054, 1089, 1143, 1155, 1187, 1227, 1231, 1255, 1455, 1642, 1647, 1663, 1811, 2152, 2283, 2622, 3005, 3018, 3166

刳, 145, 705, 1164, 2135

刵, 547, 2820

制, 125, 129, 224, 257, 391, 480, 484, 637, 671, 1010, 1209, 1226, 1473, 1512, 1974, 2012, 2074, 2090, 2118, 2413, 2462, 2905, 2910, 3014, 3030, 3032, 3100

刷, 1974

券, 1661

刹, 191, 197, 199, 320, 390, 622, 664, 743, 747, 939, 1185, 1230, 1601, 1770, 1772, 1914, 2074, 2115, 2238, 2381, 2606, 2774, 3014, 3022, 3086

刺, 145, 297, 306, 319, 608, 671, 910, 955, 1061, 1093, 1185, 1191, 1227, 1255, 1512, 1777, 2284, 2412, 3014

刻, 127, 390, 671, 788, 1154, 1155, 1156, 1614, 1695, 1777, 1869, 2136, 2661

劵, 1257, 3031

効, 592, 594, 662, 689, 714, 786, 1009, 1018, 1662, 1773, 2377, 2379, 2448, 2453, 2762, 2975

劾, 257, 786, 788, 1154, 2377

[illegible], 54

匼, 1639

卑, 58, 73, 86, 89, 92, 93, 97, 265, 283, 510, 744, 1413, 1495, 1523, 1656, 1688, 1838, 2192, 2312, 2447, 2617, 2746, 2861, 2862

卒, 57, 72, 224, 240, 321, 328, 332, 516, 625, 721, 740, 1098, 1335, 1534, 1613, 1633, 1905, 2144, 2213, 2397, 2604, 3038, 3146

卓, 368, 2926, 3117

協, 674, 2384, 2538

卦, 719, 720, 721, 2512

卷, 24, 70, 108, 167, 180, 199, 267, 280, 295, 343, 567, 604, 723, 772, 899, 911, 954, 955, 1017, 1041, 1066, 1096, 1123, 1124, 1125, 1188, 1231, 1312, 1337, 1395, 1465, 1482, 1532, 1656, 1659, 1677, 1859, 1936, 1959, 2079, 2087, 2366, 2531, 2619, 2641, 2892, 2956, 3004, 3014

卸, 2387, 2508, 2702, 2783

厓, 2469, 2470

参, 510

叔, 562, 1260, 1840, 1955, 2073, 2135, 2442

取, 6, 16, 66, 158, 255, 271, 285, 308, 323, 375, 406, 483, 512, 518, 524, 560, 588, 604, 626, 660, 712, 738, 757, 759, 774, 809, 818, 894, 899, 933, 937, 977, 1048, 1071, 1096, 1105, 1118, 1151, 1220, 1222, 1225, 1245, 1332, 1375, 1404, 1471, 1569, 1584, 1610, 1626, 1635, 1642, 1647, 1653, 1664, 1675, 1707, 1772, 1805, 1818, 1847, 1933, 1942, 1948, 1960, 1965, 1987, 2001, 2017, 2029, 2033, 2090, 2095, 2259, 2311, 2341, 2381, 2412, 2489, 2524, 2531, 2553, 2588, 2668, 2672, 2678, 2689, 2738, 2761, 2803, 2830, 2910, 2916, 2951, 2964, 2971, 2988, 3022, 3044, 3050, 3057, 3098, 3115, 3144, 3150, 3152

受, 6, 106, 121, 133, 158, 176, 197, 203, 207, 229, 250, 268, 281, 333, 344, 381, 407, 435, 456, 469, 476, 483, 491, 514, 550, 611, 618, 624, 633, 650, 680, 685, 757, 762, 807, 819, 823, 880, 894, 900, 993, 1013, 1038, 1049, 1067, 1095, 1096, 1120, 1127, 1133, 1170, 1189, 1230, 1269, 1281, 1288, 1361, 1397, 1486, 1492, 1501, 1546, 1560, 1574, 1593, 1601, 1627, 1635, 1645, 1663, 1689, 1718, 1719, 1723, 1734, 1740, 1764, 1780, 1806, 1819, 1833, 1866, 1886, 1887, 1889, 1903, 1915, 1936, 1937, 1948, 1953, 1972, 1981, 2001, 2030, 2033, 2063, 2090, 2105, 2108, 2158, 2196, 2230, 2241, 2259, 2290, 2401, 2408, 2453, 2478, 2485, 2489, 2510, 2532, 2544, 2557, 2620, 2655, 2693, 2703, 2723, 2777, 2792, 2825, 2863, 2917, 2958, 3008, 3019, 3044, 3051, 3066, 3101, 3145, 3162, 3167

呵, 1852, 2012

呟, 1123

呢, 1465, 1474, 1476, 1477, 1479,

1481, 3057

呤, 1281, 2657

呧, 432

周, 110, 263, 446, 448, 459, 571, 708, 744, 760, 851, 896, 1135, 1153, 1345, 1490, 1703, 1771, 2057, 2096, 2100, 2101, 2191, 2244, 2320, 2456, 2651, 2691, 2692, 2705, 2798, 2820, 2843, 2893, 3053, 3055

呪, 30, 231, 517, 565, 734, 740, 875, 935, 936, 1069, 1146, 1153, 1176, 1407, 1465, 1475, 1477, 1918, 1958, 1979, 1980, 1993, 2263, 2320, 2602, 2726, 2770, 2902, 2930, 2963, 3056, 3096, 3097

呫, 201, 702, 2089, 2886

呬, 1638, 2009, 2305, 2306

呱, 701

味, 128, 199, 233, 239, 268, 426, 785, 1061, 1160, 1190, 1233, 1361, 1363, 1383, 1427, 1428, 1673, 1764, 1791, 1866, 1872, 1956, 1979, 2205, 2212, 2214, 2216, 2293, 2393, 2429, 2825, 3059, 3060, 3135

呴, 697, 1006, 2441

呵, 1, 58, 292, 508, 766, 773, 774, 775, 782, 786, 788, 790, 796, 811, 858, 1147, 1150, 1315, 1327, 1340, 1540, 2128, 2132, 2239, 2249, 2324, 2766, 2871, 2908

呶, 1462, 1495

呷, 1821, 2315

呺, 767, 772

呻, 1815, 1816, 1821

呼, 126, 218, 292, 396, 627, 767, 772, 774, 796, 799, 800, 809, 811, 813, 843, 994, 1005, 1164, 1627, 1934, 2193, 2251, 2435, 2638, 2661, 2733, 2955, 3034, 3056, 3110, 3134

命, 71, 139, 214, 333, 455, 521, 559, 738, 779, 783, 809, 857, 867, 899, 932, 994, 1008, 1048, 1251, 1278, 1313, 1388, 1396, 1403, 1410, 1482, 1485, 1568, 1598, 1681, 1707, 1753, 1818, 1827, 1831, 1865, 1913, 1953, 2019, 2047, 2079, 2122, 2477, 2543, 2559, 2662, 2904, 2915, 3007, 3039, 3050, 3085

呾, 339, 340, 371, 489, 1103, 1489, 2133, 2444

呿, 1123, 1575, 1582, 1638, 1648, 1651, 2118, 2441, 2877

咀, 339, 774, 1103, 1106, 1348, 1489, 3149

咁, 547

咃, 197, 451, 2038, 2124, 2129

咄, 165, 256, 339, 492, 773, 2117, 3149, 3166

咅, 1548

咆, 1514

咇, 87, 129

咋, 1490, 2846, 3165

和, 263, 270, 653, 679, 776, 777, 782, 784, 786, 788, 797, 811, 838, 839, 929, 931, 1107, 1164, 1187, 1210, 1219, 1227, 1315, 1402, 1540, 1702,

1705, 1725, 1738, 1770, 1786, 1891, 1968, 1995, 2045, 2205, 2245, 2246, 2339, 2608, 2677, 2970, 3021, 3043

咍, 755

咎, 343, 675, 699, 704, 712, 751, 1015, 1094, 1166, 1262, 1395, 1527, 2503, 2646

咏, 755, 2217, 2683, 2685

咒, 231, 1176, 3055, 3057, 3097

呫, 2089

咜, 2038, 2039, 2124, 2129, 2877, 2879

囷, 1665

囹, 683, 1088, 1263

固, 248, 459, 689, 706, 707, 710, 717, 743, 790, 958, 1088, 1182, 1198, 1465, 1633, 1876, 2082, 2096, 2239, 2364, 2391, 2645, 2689, 2796, 3053, 3084

坡, 83, 142, 470, 1537

坤, 285, 397, 447, 1181, 1825, 1827

坥, 1638, 2053

坦, 341, 430, 682, 795, 1489, 1490, 2048, 2050, 2053, 2129, 2146, 2792

坧, 699

坪, 232

坫, 443, 444

坭, 432, 1475

坮, 443

坯, 834, 1518

坰, 1088

坳, 20

坵, 432, 1632, 2440

坶, 1442

坺, 27

坻, 429, 430, 431, 432, 433, 435, 795, 1475, 1575, 2264, 2981, 2982, 3002

坼, 16, 200, 224, 631, 1564, 2131, 2398, 2878, 2909, 2911

坿, 635

夌, 1341

夜, 10, 42, 110, 214, 325, 433, 456, 477, 539, 589, 665, 714, 728, 808, 848, 1009, 1022, 1192, 1246, 1321, 1418, 1436, 1458, 1487, 1646, 1685, 1697, 1872, 1975, 2281, 2348, 2486, 2498, 2499, 2516, 2517, 2521, 2529, 2534, 2537, 2538, 2557, 2621, 2662, 2679, 2853, 2873, 2908, 2919

奄, 14, 16, 1523, 2473, 2491, 2492, 2495

奇, 167, 424, 622, 686, 721, 936, 961, 1147, 1151, 1562, 1565, 1573, 1574, 1575, 1577, 1589, 1593, 1823, 1956, 2063, 2104, 2349, 2433, 2477, 2604, 2619, 2652, 2777, 2969, 2971, 3003

奈, 239, 1192, 1214, 1447, 1451, 1453, 1455, 1456, 1462, 1615, 1707, 2734

奉, 70, 155, 238, 295, 326, 557, 611, 612, 621, 675, 689, 690, 696, 820, 1100, 1104, 1150, 1187, 1219, 1410,

1470, 1500, 1518, 1615, 1656, 1895, 1901, 1941, 1952, 2016, 2045, 2046, 2301, 2400, 2413, 2509, 2630, 2788, 3138, 3143

奔, 68, 69, 549, 1219, 1351, 1801, 3146

妬, 245, 473, 474, 698, 699, 914, 1175, 1715, 1829, 1886, 2047, 2876, 2923, 2939

妭, 29

妲, 340, 341

妷, 375, 914, 990, 1501, 2614, 2621, 2778

妸, 501

妹, 175, 178, 1362, 1382, 1500, 1955, 1956, 2079, 3125

妻, 5, 350, 467, 613, 637, 1500, 1533, 1561, 1563, 1613, 1921, 1974, 2434, 3103

妾, 14, 1015, 1500, 1561, 1613, 1877, 2159

妿, 953

姄, 1389

姉, 415, 638, 1362, 1714, 1857, 2986, 3125

姊, 415, 1362, 3125

始, 48, 87, 106, 271, 309, 363, 460, 473, 504, 561, 699, 702, 713, 770, 780, 783, 807, 900, 906, 939, 1018, 1130, 1251, 1296, 1343, 1383, 1455, 1708, 1718, 1733, 1851, 1870, 1886, 1896, 1937, 2001, 2019, 2029, 2042, 2153, 2341, 2365, 2421, 2453, 2554, 2575, 2711, 2762, 2777, 2791, 2821, 2831, 2875, 2975, 3017, 3039

姐, 341, 1103

姑, 201, 701, 702, 906, 1886, 2421

姒, 2011

姓, 563, 702, 723, 770, 1035, 1067, 1073, 1207, 1398, 1434, 1501, 1631, 1710, 1835, 1887, 1897, 1955, 2286, 2347, 2401, 2417, 2421, 2512, 2533, 2659, 2986, 3044, 3109, 3135, 3147

委, 14, 114, 159, 926, 1952, 2084, 2108, 2160, 2165, 2205, 2206, 2207, 2290, 2350, 2560, 2853, 2975, 3080, 3136

姖, 1109

孟, 657, 659, 815, 1058, 1370, 1389, 2616, 2672, 2734, 2747

季, 926, 1432, 1482, 1591, 2434

孤, 702, 703, 724, 814, 1506, 2666, 2702

孥, 1445, 1495, 1496

宕, 383

宗, 50, 168, 176, 215, 240, 261, 326, 382, 428, 436, 457, 488, 678, 729, 748, 760, 840, 914, 938, 952, 1010, 1050, 1061, 1127, 1153, 1161, 1250, 1252, 1290, 1315, 1878, 1936, 1994, 2014, 2032, 2282, 2349, 2421, 2445, 2451, 2454, 2485, 2516, 2517, 2545, 2612, 2629, 2634, 2651, 2668, 2753, 2826, 2946, 2986, 3001, 3038, 3046,

3055, 3080, 3136, 3137, 3151

官, 227, 638, 646, 687, 691, 722, 723, 725, 729, 741, 842, 951, 1125, 1250, 1253, 1315, 1680, 2324, 2566, 2881, 2914, 3170

宙, 1468, 3057

定, 5, 13, 80, 87, 101, 108, 114, 124, 202, 212, 235, 238, 242, 278, 301, 322, 347, 366, 380, 395, 416, 437, 453, 458, 482, 511, 556, 637, 682, 684, 709, 722, 732, 817, 854, 859, 905, 937, 951, 975, 1006, 1032, 1055, 1057, 1063, 1075, 1077, 1092, 1109, 1126, 1127, 1158, 1201, 1224, 1250, 1335, 1344, 1384, 1401, 1459, 1469, 1473, 1484, 1492, 1561, 1566, 1583, 1588, 1633, 1642, 1659, 1700, 1741, 1762, 1786, 1849, 1852, 1876, 1894, 1901, 1909, 1920, 1928, 1935, 1941, 1978, 2004, 2051, 2078, 2091, 2096, 2111, 2166, 2193, 2202, 2209, 2246, 2257, 2317, 2338, 2353, 2390, 2400, 2406, 2414, 2444, 2474, 2475, 2547, 2566, 2569, 2573, 2586, 2607, 2624, 2671, 2677, 2757, 2808, 2824, 2881, 2913, 2939, 2954, 2970, 3031, 3033, 3134, 3137, 3140, 3144, 3150, 3156, 3170

宛, 259, 456, 825, 952, 1089, 1375, 1378, 2002, 2136, 2137, 2138, 2139, 2141, 2451, 2491, 2662, 2805, 2806, 2807, 2911, 3135

宜, 10, 12, 163, 451, 655, 662, 741, 1113, 1152, 1157, 1160, 1230, 1408, 1454, 1458, 1479, 1588, 1594, 1610, 1685, 1710, 1881, 1921, 2248, 2445, 2470, 2495, 2566, 2570, 2572, 2632, 2636, 2643, 2679, 2985, 3029

尚, 1788, 1794, 2703

尚, 214, 381, 406, 491, 513, 666, 697, 708, 770, 783, 974, 1249, 1458, 1784, 1788, 1794, 1832, 2116, 2241, 2365, 2703, 2940, 2996, 3039

居, 13, 180, 223, 279, 420, 444, 584, 592, 675, 692, 712, 772, 799, 800, 806, 1034, 1086, 1099, 1100, 1101, 1102, 1116, 1117, 1119, 1135, 1395, 1474, 1638, 1731, 1848, 1920, 1936, 1942, 1965, 2115, 2122, 2128, 2144, 2250, 2709, 2737, 2851, 2892, 2914, 3006, 3063, 3085

屆, 1029, 1100

屈, 267, 560, 1101, 1128, 1129, 1136, 1165, 1224, 1589, 1637, 1638, 1640, 1676, 1707, 1965, 2250, 2251, 3003

届, 1029, 1383

岠, 1108, 1109, 1117

岡, 664, 665, 743, 2151, 2157, 2820

岥, 1537, 1565

岩, 2085

岨, 1182, 1638, 2053, 2326, 3148

岩, 2485, 2490

岫, 2434, 2451, 3056

岱, 361, 363, 554, 758

岳, 132, 1632, 1775, 2704, 2820,

2826, 3143
岾, 821
岷, 1389, 2238
岸, 10, 16, 77, 224, 256, 609, 698, 1144, 1157, 1282, 1413, 1564, 2051, 2131, 2465, 2469, 2470, 2540, 2565, 2864, 3096
帑, 1496, 2058
帒, 363, 366
帓, 1388
帔, 65, 1515, 1520
帕, 1505, 2491
帖, 450, 588, 721, 822, 2087, 2088, 3004
帙, 690, 1124, 1614, 2088, 2385, 2989, 3014, 3019, 3020, 3147
帚, 1762, 3056
帛, 31, 147, 1376, 1656, 2557
幷, 79, 114, 135, 422, 1032, 1728, 1778, 2254, 2849, 2912
幸, 56, 134, 342, 612, 1004, 1173, 1458, 1597, 1903, 1969, 2010, 2397, 2409, 2413, 2424, 2848
底, 183, 290, 340, 416, 429, 431, 432, 433, 434, 435, 489, 648, 905, 908, 939, 992, 1355, 1451, 1473, 1480, 1492, 1575, 1890, 2065, 2071, 2306, 2313, 2435, 2497, 2557, 2982, 3004, 3151
庖, 1514
店, 443, 444, 939, 1100
庚, 121, 683, 871, 907, 1145, 2272, 2759
府, 431, 557, 628, 631, 632, 1730, 2026, 2138, 2708, 3053, 3156
延, 227, 374, 984, 1054, 1239, 1524, 1588, 1589, 1815, 1916, 2081, 2091, 2322, 2448, 2458, 2474, 2486, 2487, 2495, 2566, 2672, 2683, 2793, 2805, 3083
弆, 1103
弦, 2321, 2322, 3095
弧, 814
弩, 1445, 1496, 1497
彼, 1, 38, 46, 49, 55, 57, 59, 64, 66, 69, 74, 77, 86, 91, 102, 107, 133, 141, 154, 202, 208, 248, 278, 306, 315, 322, 346, 363, 400, 411, 449, 477, 504, 510, 520, 556, 572, 590, 595, 601, 617, 620, 630, 635, 638, 647, 687, 709, 742, 744, 801, 824, 834, 870, 890, 919, 924, 1011, 1017, 1114, 1120, 1126, 1149, 1215, 1219, 1245, 1269, 1295, 1311, 1359, 1384, 1401, 1433, 1468, 1519, 1521, 1523, 1526, 1538, 1545, 1547, 1565, 1599, 1642, 1665, 1667, 1679, 1703, 1704, 1717, 1720, 1728, 1762, 1776, 1785, 1805, 1808, 1844, 1867, 1883, 1890, 1894, 1899, 1904, 1906, 1983, 2025, 2035, 2089, 2110, 2134, 2152, 2166, 2219, 2233, 2245, 2253, 2299, 2364, 2397, 2404, 2411, 2429, 2459, 2519, 2558, 2585, 2613, 2692, 2697, 2702, 2707, 2720, 2735, 2750, 2766, 2775, 2874, 2912, 2939, 2953, 2970, 3020, 3042, 3059, 3061, 3083,

3117, 3125, 3136, 3142, 3159
彿, 621, 625
往, 84, 324, 390, 407, 414, 517, 538, 562, 645, 669, 757, 807, 824, 901, 936, 942, 948, 954, 1021, 1056, 1067, 1074, 1101, 1113, 1174, 1175, 1225, 1291, 1301, 1334, 1635, 1649, 1685, 1689, 1691, 1718, 1723, 1773, 1833, 1840, 1905, 1990, 2014, 2017, 2103, 2111, 2133, 2135, 2146, 2152, 2401, 2409, 2416, 2421, 2459, 2560, 2622, 2679, 2739, 2777, 2853, 2936, 3008, 3067, 3087, 3095, 3162
征, 689, 1535, 2154, 2215, 2316, 2411, 2783, 2936, 2942, 2952
徂, 328, 371, 1114, 3148
徃, 84, 324, 365, 1461, 2146, 2152, 2416, 2739, 3087
忝, 180, 615, 2084
忠, 259, 359, 510, 843, 856, 863, 1688, 1998, 2291, 3014, 3037, 3038, 3040
忩, 320, 505, 812
念, 5, 71, 214, 229, 301, 509, 512, 521, 560, 581, 604, 607, 622, 677, 678, 712, 717, 761, 779, 809, 843, 854, 857, 862, 906, 1028, 1048, 1050, 1056, 1245, 1279, 1310, 1391, 1411, 1438, 1443, 1455, 1463, 1484, 1582, 1584, 1598, 1634, 1655, 1669, 1681, 1688, 1696, 1721, 1753, 1804, 1805, 1865, 1869, 1895, 1987, 1997, 2017, 2028, 2047, 2159, 2161, 2185, 2195, 2217, 2229, 2259, 2340, 2355, 2391, 2400, 2477, 2539, 2553, 2603, 2616, 2626, 2638, 2710, 2738, 2767, 2784, 2809, 2824, 2841, 2915, 2956, 2971, 3011, 3064, 3083, 3085, 3161
忽, 87, 271, 284, 320, 321, 551, 607, 711, 812, 813, 881, 906, 958, 1360, 1463, 1502, 1593, 1688, 1765, 2161, 2217, 2271, 2289, 2440, 2574, 2608, 2806, 3140
忿, 59, 320, 365, 486, 603, 606, 607, 853, 1463, 1484, 1497, 2047, 2806, 2948
怊, 2901
怋, 865, 1389
怫, 166, 1537
怍, 3166, 3170
怏, 794, 1172, 2510
怐, 1164
怔, 2936
怕, 166, 795, 1086, 1505, 1537, 1547, 2048, 2053, 2566
怖, 166, 168, 245, 332, 376, 495, 510, 596, 721, 1121, 1161, 1179, 1180, 1262, 1357, 1463, 1481, 1536, 1551, 1582, 1613, 1826, 2184, 2217, 2282, 2287, 2288, 2292, 2293, 2380, 2414, 2558, 2569, 3159
怗, 49, 443, 822, 1605, 1614, 1920, 2083, 2087, 2088
怙, 698, 721, 821, 1920, 2063, 2087, 2088, 2274, 2730, 3153
怚, 340, 1114

怚, 166, 209, 328, 339, 340, 343, 365, 369, 371, 385, 432, 489, 492, 494, 793, 794, 1103, 1114, 1144, 1161, 1178, 1327, 1445, 1446, 1489, 1608, 2053, 2062, 2068, 2127, 2130, 2166, 2414, 2509, 2877, 2986, 3148

怜, 1238, 1240

怟, 435

怡, 702, 721, 785, 2042, 2083, 2088, 2276, 2303, 2566, 2747, 2821

怢, 449, 3014

怦, 1516

性, 10, 85, 239, 272, 313, 362, 373, 386, 414, 419, 426, 440, 563, 605, 623, 681, 714, 721, 794, 795, 808, 836, 846, 852, 887, 894, 901, 939, 964, 982, 1035, 1067, 1081, 1122, 1160, 1218, 1225, 1310, 1366, 1387, 1405, 1435, 1464, 1472, 1586, 1598, 1614, 1622, 1624, 1710, 1813, 1834, 1840, 1841, 1848, 1872, 1878, 1903, 2039, 2073, 2120, 2147, 2152, 2153, 2183, 2190, 2215, 2248, 2261, 2276, 2347, 2388, 2394, 2399, 2401, 2409, 2414, 2421, 2533, 2576, 2632, 2638, 2649, 2690, 2740, 2778, 2802, 2853, 2875, 2900, 2919, 2928, 2941, 2952, 2959, 2975, 3012, 3022, 3044, 3079, 3081, 3090, 3096, 3097, 3124, 3141, 3163

怩, 1477

怪, 166, 168, 607, 721, 738, 795, 833, 835, 848, 852, 1171, 1262, 1263, 1598, 2184, 2414, 2618, 2692, 2821, 2851, 3156, 3159

怫, 627

怯, 166, 560, 1262, 1263, 1463, 1613, 1638, 1648, 1664, 1811, 2415, 2783

怳, 845, 847, 1350, 1976, 2407, 2821

怵, 277, 619, 2013

怶, 1515

或, 82, 104, 156, 174, 232, 235, 307, 321, 424, 435, 521, 525, 596, 603, 643, 661, 711, 743, 870, 876, 892, 918, 1028, 1036, 1055, 1062, 1064, 1151, 1161, 1201, 1371, 1385, 1452, 1459, 1470, 1588, 1606, 1643, 1680, 1706, 1731, 1753, 1848, 1879, 1898, 1911, 1942, 1967, 1971, 2058, 2144, 2165, 2193, 2220, 2246, 2258, 2301, 2321, 2339, 2391, 2407, 2452, 2531, 2552, 2565, 2587, 2608, 2624, 2630, 2709, 2721, 2730, 2737, 2749, 2773, 2774, 2776, 2847, 2858, 2971, 3014, 3140, 3146

戽, 822

戾, 1232, 1235, 1258, 2615

房, 236, 587, 590, 591, 687, 820, 1061, 1100, 1146, 1364, 1535, 1641, 1724, 1767, 1777, 2106, 2205, 2250, 2838

所, 9, 17, 32, 66, 84, 101, 114, 128, 158, 199, 200, 233, 257, 271, 281, 303, 312, 317, 324, 373, 398, 407, 425, 456, 483, 491, 506, 514, 538, 562, 571,

597, 623, 645, 678, 692, 695, 713, 735, 774, 780, 783, 792, 809, 819, 820, 821, 841, 853, 874, 900, 917, 952, 961, 979, 989, 994, 1013, 1026, 1031, 1035, 1049, 1059, 1067, 1080, 1108, 1113, 1120, 1125, 1152, 1155, 1163, 1170, 1176, 1190, 1245, 1332, 1397, 1404, 1436, 1454, 1472, 1480, 1486, 1512, 1532, 1552, 1571, 1574, 1575, 1579, 1589, 1601, 1645, 1653, 1684, 1701, 1709, 1734, 1757, 1760, 1764, 1780, 1790, 1799, 1815, 1819, 1827, 1833, 1841, 1856, 1871, 1880, 1886, 1892, 1896, 1903, 1915, 1936, 1946, 1972, 1989, 1995, 1997, 2000, 2002, 2008, 2010, 2025, 2048, 2090, 2098, 2107, 2117, 2151, 2196, 2241, 2248, 2260, 2284, 2290, 2298, 2314, 2319, 2335, 2341, 2356, 2366, 2381, 2393, 2397, 2399, 2401, 2408, 2412, 2439, 2472, 2478, 2491, 2524, 2555, 2560, 2570, 2575, 2591, 2609, 2616, 2626, 2632, 2647, 2668, 2678, 2689, 2692, 2698, 2712, 2739, 2773, 2777, 2821, 2825, 2849, 2853, 2869, 2874, 2900, 2909, 2918, 2941, 2958, 2975, 2984, 2989, 3008, 3017, 3022, 3032, 3036, 3051, 3067, 3073, 3087, 3108, 3117, 3132, 3138, 3154, 3162

承, 133, 227, 231, 238, 241, 293, 379, 611, 763, 905, 1081, 1187, 1219, 1368, 1518, 1606, 1633, 1642, 1656, 1729, 1843, 1898, 1901, 1924, 1977, 2192, 2459, 2509, 2565, 2586, 2661, 2682, 2901, 2937, 2938, 3137

抦, 133, 1597

抧, 1814, 3000, 3002, 3004

抨, 1516, 1530

披, 28, 65, 83, 142, 220, 712, 844, 977, 1006, 1095, 1120, 1413, 1515, 1518, 1521, 1523, 1537, 1541, 1546, 1588, 1948, 1974, 2195, 2895, 2969

抬, 2042

抰, 2385

抱, 30, 47, 48, 54, 504, 581, 975, 1070, 1514, 1548, 1590, 1804, 1852, 2123, 2130, 2615, 2617, 2901, 2953, 2987

抲, 192, 773, 1148

抳, 774, 1128, 1474, 1475, 1476, 1478, 1805, 2063

抴, 473, 2538

抵, 28, 30, 432, 433, 434, 839, 1108, 1147, 1185, 1575, 2982, 3002, 3096

抹, 1424, 1425, 3060

押, 36, 73, 262, 765, 1006, 1827, 2120, 2309, 2347, 2463, 2464, 2499, 2556, 2612, 3003, 3163

抽, 262, 430, 1351, 1505, 2338, 2463, 2934, 2937, 3002, 3055

抾, 1597

拂, 156, 601, 617, 621, 625, 628, 719, 1762, 2064, 2123, 2587

拄, 101, 262, 336, 719, 720, 786, 2151, 3004, 3080, 3092, 3095, 3096,

3100, 3101, 3102

担, 367, 1489

拆, 16, 200, 224, 256, 345, 1525, 2120, 2284, 2909

拇, 852, 1360, 1435, 1438

拈, 1164, 1183, 1482, 1625, 2066, 2087, 2886, 2901

拉, 1185

拊, 287, 631, 633, 635, 2284

拌, 42, 1507, 1509

拍, 36, 147, 152, 345, 631, 1505, 1544, 1546, 1547, 1702, 2020, 2302, 2738, 3003

拐, 721

拒, 227, 432, 433, 465, 480, 700, 740, 1106, 1108, 1109, 1117, 1119, 1128, 2612, 2932

拓, 1482, 1864, 2040, 2123, 2124, 2901, 2923, 3116

拔, 27, 29, 145, 147, 175, 234, 248, 330, 336, 430, 473, 482, 593, 601, 617, 619, 922, 941, 1006, 1077, 1094, 1120, 1235, 1258, 1357, 1518, 1676, 1932, 1948, 2092, 2105, 2125, 2137, 2378, 2384, 2449, 2568, 2795, 2895, 2897, 2964, 2968, 2987, 3018, 3109, 3110

拕, 30, 418, 2123, 2129, 2130, 2911

拖, 54, 1148, 1854, 2123, 2130, 2602

拗, 20, 1099

拘, 20, 36, 54, 122, 249, 262, 696, 698, 834, 950, 1001, 1089, 1099, 1102, 1107, 1116, 1135, 1147, 1641, 2273, 2293, 2438, 3002

拙, 270, 473, 1129, 1295, 1814, 1974, 2151, 3115

招, 221, 662, 682, 738, 1164, 1597, 1801, 2040, 2123, 2475, 2901, 2902, 2904, 2905, 3003, 3141

拜, 36

放, 54, 65, 266, 550, 557, 587, 591, 592, 593, 607, 710, 803, 817, 1081, 1095, 1175, 1359, 1442, 1760, 1805, 1808, 1852, 1868, 1894, 1932, 2090, 2123, 2377, 2378, 2379, 2424, 2448, 2659, 2736, 2766, 3074, 3098, 3147

斧, 384, 631, 2088, 2663, 2897

於, 14, 39, 54, 72, 85, 129, 163, 190, 240, 252, 269, 272, 275, 314, 318, 322, 325, 342, 345, 382, 390, 409, 427, 438, 484, 486, 492, 499, 516, 523, 564, 571, 589, 592, 594, 598, 608, 624, 635, 646, 663, 682, 686, 695, 698, 715, 738, 744, 785, 796, 798, 808, 811, 824, 875, 888, 895, 902, 908, 909, 948, 949, 983, 1027, 1031, 1050, 1052, 1059, 1062, 1091, 1101, 1120, 1153, 1160, 1170, 1199, 1208, 1281, 1290, 1314, 1334, 1399, 1406, 1430, 1472, 1480, 1483, 1487, 1501, 1506, 1561, 1572, 1587, 1598, 1602, 1620, 1623, 1636, 1646, 1664, 1670, 1678, 1686, 1711, 1718, 1724, 1735, 1759, 1776, 1806, 1814,

1835, 1848, 1854, 1864, 1867, 1872, 1878, 1886, 1890, 1893, 1917, 1931, 1947, 1982, 1991, 2000, 2002, 2012, 2014, 2032, 2068, 2081, 2085, 2090, 2135, 2183, 2200, 2213, 2224, 2248, 2262, 2274, 2325, 2329, 2336, 2348, 2362, 2366, 2376, 2387, 2395, 2402, 2410, 2413, 2420, 2432, 2434, 2448, 2491, 2508, 2513, 2556, 2561, 2601, 2611, 2621, 2623, 2639, 2663, 2680, 2683, 2692, 2704, 2716, 2730, 2731, 2733, 2734, 2735, 2748, 2753, 2764, 2778, 2818, 2822, 2834, 2855, 2869, 2921, 2942, 2952, 2961, 2975, 2989, 2997, 3003, 3009, 3017, 3023, 3029, 3037, 3040, 3045, 3070, 3079, 3080, 3091, 3095, 3099, 3106, 3125, 3133, 3141, 3147, 3149, 3164, 3170

旺, 2146

旻, 771, 1389, 1913

昂, 18, 1838, 2508, 2861

昃, 2254, 2873

昆, 76, 1181, 1522

昇, 12, 19, 58, 229, 239, 390, 900, 1471, 1838, 1840, 1845, 1955, 2114, 2135, 2153, 2519, 2739, 3008

昉, 587, 591, 592, 1003, 1197, 1868

昊, 347, 508, 670, 771, 976, 1389, 2253

昌, 205, 206, 218, 666, 787, 1359, 1428, 1647, 2035, 2295, 2437

明, 12, 16, 18, 51, 67, 109, 114, 123, 127, 137, 139, 214, 218, 226, 246, 267, 271, 288, 316, 344, 370, 397, 405, 419, 450, 452, 481, 486, 512, 525, 559, 597, 604, 664, 688, 705, 712, 732, 770, 815, 816, 862, 899, 909, 936, 961, 977, 994, 1024, 1026, 1034, 1066, 1079, 1087, 1090, 1093, 1102, 1105, 1114, 1120, 1141, 1164, 1197, 1202, 1224, 1229, 1245, 1296, 1313, 1337, 1345, 1362, 1365, 1368, 1375, 1378, 1382, 1386, 1390, 1395, 1401, 1407, 1409, 1411, 1466, 1471, 1485, 1492, 1507, 1517, 1558, 1562, 1595, 1600, 1621, 1671, 1696, 1763, 1863, 1869, 1892, 1895, 1913, 1929, 1967, 1987, 1994, 2017, 2095, 2164, 2169, 2195, 2221, 2235, 2241, 2258, 2281, 2318, 2328, 2334, 2340, 2353, 2355, 2376, 2380, 2391, 2424, 2430, 2442, 2477, 2493, 2499, 2506, 2519, 2522, 2553, 2559, 2588, 2646, 2662, 2668, 2670, 2675, 2689, 2702, 2710, 2737, 2791, 2797, 2809, 2818, 2819, 2868, 2906, 2915, 2937, 2940, 2971, 3003, 3007, 3034, 3043, 3053, 3055, 3057, 3064, 3083, 3153, 3161

昏, 864, 865, 866, 1375, 1388, 2349, 2446, 2458

易, 362, 578, 1135, 1153, 1461, 1785, 1903, 1917, 1947, 1958, 2272, 2610, 2613, 2615, 2620, 2869, 3054, 3145

昔, 72, 190, 324, 523, 695, 704,

845, 1013, 1071, 1095, 1098, 1170, 1552, 1601, 1649, 1697, 1734, 1761, 1872, 1927, 1937, 2076, 2153, 2281, 2283, 2290, 2292, 2439, 2533, 2652, 2714, 2832, 2853, 2918, 3099, 3168

昕, 1052

昗, 1113

朋, 42, 884, 1245, 1368, 1404, 1411, 1517, 2097, 2235, 2272, 2494, 2689, 2757, 2840

服, 5, 55, 65, 135, 172, 287, 423, 467, 552, 557, 600, 617, 621, 625, 626, 640, 647, 689, 705, 769, 784, 793, 1118, 1270, 1332, 1347, 1375, 1446, 1478, 1643, 1797, 1845, 1865, 1868, 2125, 2228, 2273, 2330, 2429, 2471, 2492, 2557, 2568, 2660, 2663, 2665, 2783, 2828, 2984, 2988

杪, 219, 1380

杭, 739, 767, 883, 887, 1146, 2271, 2272, 2931

杯, 57, 58, 834, 1514, 1518

東, 61, 124, 187, 223, 228, 322, 458, 684, 734, 854, 943, 1061, 1187, 1239, 1451, 1457, 1966, 2013, 2281, 2350, 2475, 2954, 3033, 3156

杲, 667, 745, 1003

杳, 339, 937, 1408, 1614, 2350, 2413, 2514, 2515

杴, 1135

杵, 277, 345, 659, 1050, 1131, 1267, 1975, 2085, 2131, 2405, 2508, 2667, 2734, 2897, 2909, 3040, 3111

杷, 30, 680, 1582

杻, 265

杼, 1955, 3094, 3101

松, 36, 290, 333, 785, 1100, 1185, 1260, 1790, 1995, 2012

板, 38, 41, 77, 290, 461, 572, 593, 2378, 2433

枸, 696, 698

枅, 885

枇, 76, 94, 1518, 1521

枉, 102, 434, 1094, 1173, 1174, 1175, 1504, 1691, 1979, 2151, 2153, 2245, 2853, 3096

枊, 19

枋, 590

枌, 606

枎, 619, 625

析, 128, 153, 201, 224, 431, 1520, 1546, 1575, 1758, 2131, 2284, 2291, 2434, 2506, 2612, 2909, 2931

枓, 463, 660, 1178

枕, 66, 767, 883, 1146, 1376, 1828, 1970, 2060, 2137, 2139, 2887, 2931

林, 49, 58, 135, 172, 237, 290, 332, 455, 472, 584, 588, 679, 746, 826, 960, 969, 1057, 1203, 1259, 1260, 1261, 1283, 1309, 1339, 1362, 1430, 1436, 1441, 1633, 1775, 1831, 1973, 1978, 2072, 2134, 2323, 2340, 2428, 2434, 2537, 2559, 2646, 2730, 2737, 2796, 2897, 2903, 2969, 3060, 3109

枘, 1449

柜, 503, 504
枚, 667, 1095, 1359, 1442, 1644, 1932, 1933, 2378, 2747, 2897, 2964, 2969
枛, 703
果, 11, 51, 55, 58, 81, 90, 93, 126, 134, 136, 185, 235, 238, 247, 347, 396, 416, 424, 439, 509, 517, 521, 557, 629, 667, 679, 685, 707, 710, 744, 749, 751, 765, 792, 820, 825, 826, 828, 859, 897, 910, 938, 939, 955, 1007, 1019, 1020, 1025, 1032, 1061, 1096,1110, 1118, 1127, 1136, 1148, 1149, 1187, 1205, 1217, 1232, 1250, 1323, 1370, 1380, 1381, 1384, 1395, 1457, 1532, 1533, 1584, 1593, 1671, 1817, 1838, 1847, 1853, 1865, 1876, 1901, 1910, 1927, 1942, 1971, 1982, 1984, 1996, 2027, 2141, 2158, 2209, 2217, 2257, 2328, 2349, 2406, 2421, 2429, 2452, 2516, 2531, 2540, 2543, 2552, 2587, 2613, 2616, 2618, 2630, 2646, 2689, 2708, 2751, 2861, 2904, 2914, 2939, 2950, 3006, 3021, 3043, 3049, 3084, 3123, 3138, 3150, 3151
枝, 27, 28, 30, 85, 145, 619, 682, 788, 827, 922, 924, 1260, 1286, 1359, 1442, 1520, 1521, 1565, 1574, 1761, 1932, 1933, 1974, 1993, 2086, 2315, 2378, 2605, 2622, 2745, 2896, 2899, 2962, 2965, 2968, 2981, 2983, 2984, 3072, 3110, 3125
枡, 463
枬, 2882
欣, 85, 728, 838, 1054, 1629, 1670, 2089, 2284, 2294, 2303, 2397, 2425, 2508, 2660, 2665, 2692, 2778, 2821, 2825, 2910
武, 272, 313, 358, 817, 1061, 1247, 1844, 1882, 1890, 2270, 2941
歧, 1574
步, 153, 165, 166, 167, 254, 266, 489, 631, 731, 1224, 1256, 1493, 1647, 1768, 1811, 2018, 2775, 2894, 3059, 3144
歿, 328, 1358, 1359, 1425, 1428, 1956, 2001, 2085, 2840, 3039
殀, 2511
氓, 1350, 1368, 1388, 1390
氛, 605, 1591, 2472
沓, 339, 341, 360, 756, 1582, 2039, 2040, 2041, 2515, 2692, 2856
沫, 559, 911, 1357, 1362, 1425, 1428, 1514, 1563, 1634, 1671, 2212, 2773, 3059
沬, 1362, 1428
沭, 1442
沮, 327, 371, 405, 1103, 2090, 3148
沱, 1284, 2129, 2130
河, 3, 100, 142, 247, 285, 413, 416, 557, 653, 758, 774, 775, 782, 784, 786, 788, 992, 1148, 1151, 1154, 1259, 1283, 1364, 1379, 1768, 1775, 1978, 1984, 1999, 2056, 2214, 2239, 2364, 2531, 2537, 2995, 3034

沴, 1231, 1233, 2639
浂, 549, 2249
沸, 601, 617, 621, 625, 2056, 2445
油, 247, 516, 564, 1345, 1637, 2252, 2387, 2601, 2699, 2701, 2704, 2715, 2748, 2983, 3121
治, 139, 253, 276, 345, 419, 444, 484, 486, 516, 565, 589, 702, 716, 758, 798, 867, 928, 935, 1021, 1081, 1095, 1218, 1226, 1326, 1349, 1407, 1467, 1477, 1492, 1537, 1594, 1622, 1670, 1687, 1782, 1888, 2032, 2042, 2225, 2250, 2432, 2486, 2537, 2561, 2566, 2745, 2753, 2774, 2784, 2883, 2887, 2904, 2934, 2963, 2976, 2987, 3002, 3010, 3013, 3015, 3072, 3092, 3165
沼, 19, 247, 1081, 1477, 2486, 2774, 2883, 2902, 2903, 2907, 3017
沽, 701, 702, 703, 2082, 2883, 2887
沾, 443, 702, 703, 822, 1218, 1473, 1888, 2083, 2882, 2886, 2887, 3017
沿, 1332, 2486, 2802, 3017
況, 50, 316, 323, 570, 582, 712, 782, 930, 977, 1162, 1175, 1177, 1283, 1312, 1358, 1470, 1476, 1733, 1828, 1986, 2105, 2258, 2365, 2427, 2588, 2737, 2781, 3056, 3057
泄, 247, 594, 1296, 1896, 2118, 2387, 2538, 3028
泗, 1284, 2012
泆, 914, 2613, 2614, 2621, 2986
泇, 653
泊, 49, 376, 928, 1327, 1505, 1537, 2306, 2903
泎, 2089
泒, 582, 606, 702, 1028, 1283, 1506, 2705, 3113
泓, 798
泔, 659, 663, 1768
法, 51, 55, 61, 70, 76, 80, 87, 103, 126, 136, 141, 146, 154, 172, 183, 202, 206, 229, 235, 238, 247, 264, 266, 270, 279, 287, 307, 316, 343, 347, 362, 375, 396, 403, 412, 416, 423, 439, 442, 454, 482, 496, 511, 524, 549, 555, 569, 581, 582, 587, 596, 603, 613, 617, 620, 629, 639, 653, 679, 689, 693, 709, 725, 730, 732, 739, 743, 745, 750, 758, 765, 769, 771, 772, 776, 781, 784, 798, 803, 820, 825, 828, 838, 841, 842, 853, 859, 864, 867, 891, 926, 935, 948, 976, 991, 992, 1000, 1007, 1012, 1017, 1019, 1022, 1028, 1032, 1063, 1077, 1107, 1118, 1125, 1127, 1150, 1158, 1166, 1175, 1187, 1206, 1217, 1219, 1224, 1232, 1250, 1262, 1269, 1282, 1295, 1311, 1334, 1344, 1357, 1364, 1381, 1384, 1393, 1428, 1441, 1459, 1469, 1484, 1532, 1544, 1545, 1552, 1558, 1566, 1583, 1600, 1605, 1611, 1613, 1620, 1634, 1637, 1639, 1648, 1651, 1668, 1671, 1680, 1688, 1695, 1705, 1717, 1730, 1738, 1753, 1762, 1766, 1768,

1778, 1817, 1823, 1830, 1842, 1847, 1849, 1855, 1863, 1864, 1865, 1868, 1876, 1888, 1894, 1898, 1899, 1901, 1910, 1933, 1941, 1948, 1955, 1970, 1980, 1983, 2012, 2026, 2040, 2061, 2071, 2078, 2112, 2118, 2134, 2144, 2152, 2158, 2193, 2213, 2216, 2217, 2220, 2228, 2233, 2246, 2257, 2264, 2273, 2289, 2299, 2313, 2317, 2330, 2331, 2338, 2355, 2370, 2380, 2391, 2400, 2406, 2414, 2421, 2427, 2428, 2429, 2437, 2447, 2473, 2475, 2516, 2521, 2531, 2543, 2552, 2558, 2569, 2572, 2573, 2587, 2608, 2618, 2624, 2630, 2645, 2651, 2654, 2657, 2667, 2677, 2684, 2697, 2701, 2708, 2736, 2766, 2775, 2781, 2783, 2804, 2828, 2841, 2913, 2927, 2939, 2950, 2955, 2970, 2988, 3006, 3016, 3021, 3033, 3039, 3043, 3047, 3049, 3056, 3062, 3084, 3094, 3101, 3109, 3113, 3128, 3144, 3153, 3160, 3166

泗, 851, 1205, 1590, 2011, 2012, 2300, 2442

泙, 1535

泛, 322, 582, 734, 2213

泜, 429, 1390, 1575, 2981, 3002

泝, 1480, 2284, 2566

泟, 231

泠, 1052, 1232, 1263

泡, 48, 1428, 1503, 1514, 1763

波, 1, 38, 57, 58, 61, 65, 79, 90, 140, 145, 146, 148, 151, 152, 183, 246, 315, 466, 477, 520, 556, 593, 627, 635, 701, 731, 765, 784, 896, 1089, 1197, 1282, 1357, 1359, 1373, 1384, 1413, 1421, 1475, 1520, 1521, 1522, 1523, 1537, 1538, 1545, 1565, 1717, 1768, 1822, 1882, 1932, 2021, 2105, 2127, 2299, 2454, 2538, 2565, 2680, 2693, 2759

泣, 628, 1164, 1205, 1224, 1246, 1589, 1632, 1769, 2075, 2214, 3095, 3161

泥, 433, 839, 1176, 1296, 1350, 1358, 1378, 1390, 1465, 1474, 1475, 1477, 1479, 1480, 1490, 1858, 2066, 2113, 2115, 2128, 2250, 2299, 2331, 2811, 3113, 3144

注, 86, 137, 288, 566, 637, 856, 935, 949, 1062, 1069, 1304, 1518, 1590, 1689, 1719, 1838, 1894, 1967, 1973, 2142, 2151, 2156, 2250, 2264, 2389, 2420, 2658, 2856, 2904, 2946, 3031, 3080, 3092, 3094, 3101, 3102, 3104, 3166

泪, 767, 1204, 1205

泫, 564, 1590, 2450, 2451

泭, 635

泮, 29, 42, 550, 597, 1512, 1541

泯, 131, 1375, 1386, 1388, 1389, 1407, 1476, 1980, 2493, 2566, 2774, 3002, 3004

泱, 2503, 2701

泳, 132, 1284, 2336, 2683

泴, 1589

炅, 1088
炊, 292
炎, 374, 606, 733, 848, 870, 888, 956, 1093, 1405, 1408, 1777, 2049, 2485, 2488, 2490, 2494, 2498, 2499, 2500, 2501, 2502, 2539, 2603, 2673, 2846
炒, 223, 1773
炕, 1146
炘, 224, 2398
炙, 375, 848, 1093, 2054, 2081, 2254, 2611, 3015, 3081
爬, 30, 1505, 2465
爭, 410, 734, 1081, 1904, 2936, 2937, 2949
牀, 290, 291, 1259, 1341, 3109
版, 41, 449, 572
牧, 83, 192, 291, 593, 1008, 1359, 1442, 1493, 1932, 1933, 2105, 2195, 2238, 2273, 2704, 2990
物, 12, 53, 139, 172, 173, 252, 272, 281, 291, 408, 460, 562, 592, 623, 626, 680, 698, 721, 747, 829, 995, 1018, 1100, 1108, 1164, 1341, 1359, 1366, 1389, 1428, 1432, 1442, 1450, 1594, 1612, 1640, 1646, 1664, 1685, 1718, 1761, 1764, 1767, 1785, 1820, 1834, 1854, 1867, 1872, 1903, 1977, 2039, 2059, 2073, 2102, 2141, 2217, 2248, 2261, 2272, 2341, 2381, 2416, 2463, 2489, 2506, 2557, 2690, 2740, 2818, 2918, 3036, 3083, 3112, 3141, 3163
狀, 619, 1933, 3110
狌, 1840
狎, 1235, 1816, 1827, 2206, 2309, 2463
狐, 201, 253, 698, 702, 813, 814, 815, 2569, 2903
狑, 1052
狔, 581
狖, 2730
狗, 54, 467, 618, 696, 697, 1093, 1099, 1232, 1661, 2123
狙, 318, 2040
狛, 697
玞, 615
玠, 130, 955, 1032, 1093
玢, 130, 1032
玦, 1128
玧, 2136
玩, 520, 2136, 2141, 2821
玫, 1093, 1359, 1360
玭, 298, 1522, 1530
瓨, 613, 665, 1535, 1536, 2245, 2352, 2539
疌, 1015
疙, 670, 671
疚, 1094, 3015
的, 270, 419, 431, 432, 1926, 2817, 3116, 3117
盂, 31, 659, 2734, 2747
盰, 663
盱, 663, 2435
盲, 705, 844, 1350, 1368, 1369, 1378, 1408, 1438, 1619, 2159, 2652,

2710, 2773

直, 125, 207, 269, 284, 370, 373, 382, 399, 410, 637, 686, 696, 717, 863, 905, 956, 1113, 1223, 1534, 1573, 1605, 1611, 1736, 1782, 1937, 2096, 2117, 2154, 2348, 2445, 2485, 2567, 2623, 2680, 2719, 2798, 2929, 2934, 2944, 2984, 2987, 2990, 3029

知, 28, 77, 88, 107, 129, 207, 240, 246, 253, 254, 269, 272, 282, 314, 318, 410, 419, 427, 481, 492, 516, 524, 565, 598, 646, 716, 728, 771, 785, 798, 863, 895, 905, 948, 983, 1027, 1104, 1135, 1162, 1170, 1202, 1207, 1213, 1223, 1231, 1383, 1400, 1407, 1430, 1440, 1473, 1487, 1496, 1561, 1563, 1587, 1632, 1636, 1650, 1656, 1662, 1664, 1670, 1677, 1687, 1711, 1811, 1827, 1828, 1836, 1846, 1852, 1882, 1918, 1947, 1968, 1993, 1996, 1998, 2002, 2010, 2032, 2202, 2206, 2225, 2238, 2263, 2269, 2276, 2291, 2304, 2320, 2324, 2330, 2348, 2396, 2398, 2402, 2411, 2453, 2485, 2530, 2556, 2561, 2585, 2602, 2604, 2611, 2639, 2719, 2745, 2765, 2779, 2803, 2838, 2855, 2869, 2907, 2909, 2921, 2962, 2966, 2970, 2982, 2999, 3009, 3017, 3019, 3023, 3029, 3040, 3072, 3146, 3165

矶, 2272

矸, 2130, 2910

社, 472, 473, 1483, 1639, 1776, 1807, 1921, 1995, 3002, 3170

祊, 2827

祀, 299, 581, 934, 1220, 1564, 1827, 1979, 2001, 2010, 2012, 2730, 2853, 3057, 3097, 3148

祁, 431, 462, 1229, 1564, 1575, 1892, 1995, 2011, 2524

秆, 660

秉, 133, 237, 458, 957, 1145, 1186

秊, 1483

穸, 2285

穹, 692, 1631, 1632

空, 13, 51, 267, 280, 285, 424, 454, 467, 506, 559, 666, 688, 692, 693, 705, 712, 720, 723, 726, 738, 759, 764, 841, 937, 958, 1025, 1058, 1086, 1089, 1107, 1114, 1116, 1133, 1156, 1158, 1161, 1162, 1165, 1166, 1198, 1307, 1316, 1362, 1373, 1386, 1546, 1568,1588, 1631, 1655, 1700, 1703, 1721, 1763, 1828, 1830, 1847, 1865, 1877, 1912, 1920, 1942, 2005, 2028, 2051, 2056, 2057, 2079, 2095, 2108, 2159, 2194, 2207, 2216, 2235, 2247, 2251, 2258, 2282, 2340, 2365, 2415, 2436, 2444, 2451, 2477, 2566, 2625, 2646, 2710, 2839, 2851, 2881, 2887, 2915, 2927, 2956, 3006, 3020, 3047, 3085, 3134, 3138, 3161, 3167, 3170

竺, 467, 660, 1055, 1232, 1836, 1932, 2051, 2821, 3073, 3102

籴, 430

紡, 1589, 2729

糾, 1089

紉, 2729

罔, 592, 664, 665, 1308, 1467, 1633, 2082, 2098, 2151, 2156, 2157, 2158, 2212, 2649, 2889

羌, 199, 708, 1224

者, 4, 36, 54, 56, 107, 125, 129, 164, 200, 207, 215, 227, 240, 246, 269, 282, 314, 343, 345, 382, 383, 399, 427, 435, 443, 457, 463, 466, 492, 494, 516, 517, 546, 552, 565, 589, 598, 615, 646, 677, 682, 704, 716, 728, 741, 758, 772, 780, 811, 815, 824, 825, 854, 863, 875, 895, 896, 905, 937, 952, 983, 1014, 1031, 1035, 1050, 1060, 1068, 1077, 1119, 1136, 1145, 1147, 1160, 1170, 1191, 1198, 1199, 1207, 1218, 1223, 1257, 1263, 1290, 1310, 1315, 1321, 1332, 1359, 1367, 1388, 1400, 1407, 1412, 1440, 1444, 1454, 1461, 1467, 1473, 1475, 1483, 1530, 1552, 1561, 1572, 1575, 1576, 1587, 1602, 1613, 1636, 1650, 1686, 1689, 1699, 1718, 1735, 1775, 1782, 1793, 1802, 1804, 1808, 1816, 1821, 1835, 1842, 1852, 1854, 1857, 1863, 1873, 1878, 1881, 1886, 1890, 1897, 1904, 1918, 1937, 1947, 1958, 1965, 1974, 1979, 1992, 2000, 2002, 2004, 2009, 2010, 2032, 2033, 2073, 2117, 2147, 2154, 2201, 2213, 2215, 2225, 2232, 2249, 2263, 2274, 2283, 2284, 2298, 2315, 2320, 2348, 2350, 2362, 2377, 2395, 2411, 2420, 2433, 2442, 2484, 2530, 2536, 2545, 2556, 2558, 2561, 2585, 2602, 2604, 2611, 2617, 2621, 2629, 2634, 2642, 2644, 2653, 2680, 2717, 2726, 2745, 2757, 2765, 2770, 2817, 2820, 2836, 2838, 2848, 2855, 2869, 2876, 2908, 2912, 2923, 2924, 2925, 2928, 2930, 2942, 2962, 2965, 2976, 3001, 3012, 3023, 3037, 3045, 3052, 3071, 3081, 3083, 3092, 3099, 3125, 3134, 3135, 3152, 3159, 3165

耵, 451

股, 37, 39, 97, 626, 690, 703, 705, 706, 814, 1375, 1391, 2909, 2980, 2982, 3056, 3144

肢, 85, 705, 1846, 2966, 2970, 2980, 2982

肥, 331, 600, 617, 625, 883, 1446, 1523, 1817, 2216, 2901

胖, 647, 1513, 2899

肩, 97, 100, 296, 820, 951, 957, 958, 1360, 1363, 1527, 1576, 1778, 1818, 2511, 2541, 2709

肪, 591, 2450

肫, 3113

肬, 2701

肯, 1151, 1157, 1470, 1588, 1700, 2377, 2460, 2710, 3001

肰, 291, 1666, 1669

肱, 286, 690, 2701

肴, 918, 2283, 2512, 2514, 2919

肵, 1052

朓, 1521

肹, 2285, 2305, 2435

肺, 473, 601, 602, 659, 3125
臥, 281, 390, 616, 901, 959, 1113, 1182, 1261, 1375, 1486, 1548, 1586, 1593, 1638, 1645, 1678, 2135, 2249, 2592, 2959, 3132, 3163, 3168
舀, 2514
臾, 686, 2735, 2759
舍, 182, 466, 471, 592, 761, 780, 857, 952, 1049, 1050, 1104, 1298, 1455, 1486, 1632, 1733, 1767, 1777, 1801, 1802, 1803, 1805, 1809, 1853, 1857, 1864, 1866, 1921, 1924, 2524, 2603, 2762, 2796, 2852, 2881, 2908, 3099
舎, 466, 760, 762, 780, 857, 952, 1049, 1051, 1299, 1333, 1617, 1802, 1806, 1807, 1864, 1921, 1930, 2908
芘, 94
芺, 619, 2053
芝, 721, 1263, 1349, 1857, 2467, 2962, 2968, 2983
芰, 276, 492, 1776, 2669
芥, 605, 1028, 1031, 1341, 1351, 1436, 1615
芧, 3082
芨, 892
芩, 192, 1615, 2110
芬, 68, 72, 89, 590, 603, 605, 606, 1031, 1135, 1257, 2968
芭, 26, 1762, 2612
芮, 133
芯, 2396
芰, 924
花, 51, 135, 183, 186, 424, 746, 749, 824, 825, 828, 845, 847, 1107, 1239, 1302, 1353, 1505, 1763, 1876, 1911, 1973, 1984, 2164, 2257, 2349, 2540, 2543, 2559, 2677, 2737, 2796, 2805, 2893, 2968, 3123
芳, 89, 587, 590, 605, 767, 1198, 1256, 1394, 1730, 2349
芸, 695, 1349, 2836, 2838
芹, 1615
芺, 19
芼, 1349
芽, 186, 390, 426, 437, 519, 681, 821, 1061, 1352, 1820, 1835, 2465, 2467, 2541, 2772
芾, 435
虎, 122, 213, 383, 475, 732, 814, 817, 819, 820, 844, 1165, 1302, 1499, 2270, 2295, 2436, 2749, 2890, 2931
虱, 608, 1765, 1852, 2380
表, 51, 79, 124, 197, 206, 853, 1075, 1104, 1186, 1219, 1223, 1341, 1379, 1619, 1762, 1770, 1778, 1906, 1974, 2110, 2245, 2301, 2327, 2542, 2556, 2793, 2803, 2850, 2912, 2964, 3011, 3061, 3121, 3143
軋, 739, 1604
迊, 2843
迍, 2122
迎, 342, 446, 998, 1015, 1054, 1480, 1646, 2014, 2475, 2508, 2671, 2805, 2843, 3051
近, 100, 254, 256, 278, 361, 371,

396, 416, 480, 524, 751, 976, 989, 998, 1039, 1053, 1055, 1060, 1479, 1524, 1544, 1558, 1632, 1677, 1721, 1763, 1787, 1847, 1891, 1921, 1973, 2027, 2095, 2152, 2209, 2407, 2474, 2671, 2702, 2731, 2737, 2804, 2844, 2851, 2864, 2914, 2940, 2984, 2995, 3084, 3129, 3156

迓, 1480, 2472

返, 108, 121, 396, 569, 573, 579, 639, 756, 850, 892, 928, 1231, 1512, 1524, 1665, 2094, 2202, 2406, 2474, 2567, 2706, 2843

迕, 1371, 2270

还, 755

郃, 130

邱, 1632

邲, 88

邵, 1801

邸, 289, 431, 433, 771, 1564, 3014

采, 101, 174, 175, 176, 177, 178, 594, 1203, 1702, 1932, 1955, 2013, 2054, 2384, 3059

金, 23, 167, 521, 524, 587, 761, 778, 792, 857, 950, 958, 994, 1039, 1041, 1050, 1096, 1224, 1278, 1410, 1418, 1436, 1485, 1582, 1654, 1738, 1759, 1803, 1807, 1830, 1865, 2010, 2079, 2111, 2166, 2265, 2588, 2660, 2734, 2751, 2925, 2955, 3047

長, 31, 65, 124, 206, 207, 208, 254, 266, 291, 322, 346, 422, 451, 556, 566, 734, 937, 969, 975, 1011, 1055, 1090, 1109, 1118, 1165, 1183, 1245, 1339, 1364, 1401, 1482, 1495, 1576, 1600, 1633, 1740, 1766, 1785, 1798, 1843, 1844, 1852, 1884, 1906, 1941, 2122, 2144, 2217, 2288, 2325, 2429, 2538, 2607, 2616, 2750, 2806, 2874, 2891, 2893, 2894, 2899, 2926, 2970, 3033, 3061, 3083, 3144, 3153

門, 3, 16, 92, 101, 127, 167, 183, 237, 283, 344, 397, 405, 440, 497, 509, 518, 559, 584, 588, 604, 611, 674, 712, 724, 743, 759, 783, 820, 866, 951, 960, 972, 1006, 1008, 1140, 1182, 1222, 1256, 1283, 1303, 1310, 1320, 1345, 1348, 1364, 1367, 1395, 1402, 1465, 1466, 1532, 1600, 1607, 1612, 1663, 1831, 1856, 1869, 2028, 2072, 2084, 2096, 2097, 2115, 2125, 2134, 2145, 2216, 2229, 2235, 2240, 2334, 2340, 2391, 2407, 2415, 2444, 2488, 2493, 2531, 2553, 2565, 2689, 2868, 2964, 3034

阜, 168, 485, 635, 698

阻, 318, 374, 419, 1057, 1103, 1490, 1611, 1638, 2016, 3148

阼, 3170

阽, 2330

阿, 1, 4, 18, 38, 219, 228, 273, 389, 400, 496, 501, 504, 508, 590, 602, 653, 674, 773, 775, 780, 786, 787, 896, 949, 1099, 1147, 1148, 1149, 1315, 1364, 1413, 1423, 1446, 1449, 1458,

1537, 1679, 1728, 1738, 2065, 2096, 2127, 2238, 2245, 2337, 2364, 2437, 2475, 2546, 2556, 2605, 2735, 2749, 3018, 3083

陀, 3, 17, 196, 247, 256, 296, 341, 342, 390, 414, 418, 491, 493, 499, 627, 655, 774, 829, 839, 995, 1024, 1130, 1131, 1203, 1206, 1321, 1448, 1451, 1475, 1495, 1740, 1770, 1803, 1854, 1857, 1916, 2038, 2039, 2052, 2063, 2068, 2107, 2110, 2111, 2123, 2124, 2127, 2130, 2131, 2142, 2448, 2524, 2544, 2807, 2825, 2878, 2982, 3124

陁, 825, 2002

陂, 1, 57, 141, 237, 815, 1515, 1518, 1537, 1538, 1545, 2127

附, 1, 287, 364, 619, 625, 631, 632, 634, 635, 636, 782, 1053, 1630, 1973, 2026, 2463, 2558, 2641, 2797, 2807

隹, 949, 2183, 3110

雨, 516, 564, 659, 998, 1142, 1203, 1249, 1252, 1305, 1345, 1979, 2100, 2200, 2282, 2307, 2337, 2454, 2516, 2700, 2716, 2758, 2839

靑, 2318

青, 185, 257, 506, 597, 600, 783, 792, 845, 1062, 1080, 1335, 1619, 1621, 1843, 1877, 2159, 2392, 2652, 2711, 2870, 2916, 3126, 3147

非, 23, 47, 59, 61, 67, 70, 76, 80, 87, 135, 136, 155, 172, 183, 199, 241, 266, 283, 296, 307, 316, 322, 333, 347, 423, 505, 511, 525, 557, 595, 599, 600, 601, 603, 608, 629, 639, 679, 693, 721, 739, 803, 828, 871, 892, 939, 957, 1012, 1071, 1090, 1108, 1173, 1240, 1401, 1446, 1459, 1469, 1492, 1526, 1566, 1634, 1648, 1661, 1668, 1705, 1721, 1730, 1786, 1811, 1830, 1847, 1868, 1910, 1982, 2026, 2072, 2096, 2134, 2152, 2169, 2193, 2209, 2220, 2246, 2257, 2264, 2282, 2338, 2391, 2406, 2429, 2475, 2521, 2531, 2558, 2569, 2587, 2608, 2618, 2682, 2708, 2721, 2736, 2760, 2800, 2817, 2851, 2865, 2904, 2968, 3062, 3084, 3113, 3137, 3151, 3160

廻, 751, 2808

抾, 759, 1783

柢, 2981

芁, 718, 1032

皀, 948

九畫

㑚, 1499

刺, 319, 1143, 1512

呭, 2538, 2879, 3102

佮, 2040

怨, 671, 1968

㤁, 200

恀, 760

𢪐, 3126

㧡, 759

㧣, 3059

𢫊, 1816

掏, 1100
疢, 908
茷, 363, 1353
卹, 86, 2442
軏, 889
乗, 133, 237, 293, 744, 1844, 2491, 3049
亟, 762, 905, 909, 910, 1118, 1772, 2937, 2938
亭, 1516, 2091, 2092, 2441
亮, 380, 628, 666, 768, 977, 1172, 1250, 1251, 3138
侮, 14, 759, 852, 1388, 2270
侯, 465, 799, 809, 910, 1576, 2428, 2613, 2983
侳, 3170
侵, 46, 83, 104, 483, 650, 1055, 1154, 1464, 1535, 1614, 1619, 1948, 2460
侶, 383, 1144, 1208, 1256, 1332, 1899
侹, 2091, 2092
侽, 1457, 1458
便, 65, 66, 79, 87, 99, 102, 115, 120, 171, 253, 278, 287, 306, 322, 370, 376, 401, 422, 505, 510, 610, 620, 628, 638, 683, 684, 737, 755, 781, 802, 812, 870, 896, 1011, 1024, 1114, 1131, 1223, 1268, 1381, 1392, 1451, 1468, 1528, 1565, 1599, 1614, 1622, 1642, 1663, 1695, 1728, 1766, 1778, 1826, 1852, 1867, 1883, 1884, 1888, 1900, 1906, 1932, 1941, 1968, 2001, 2002, 2025, 2035, 2065, 2192, 2207, 2309, 2384, 2400, 2404, 2437, 2459, 2515, 2538, 2558, 2613, 2676, 2775, 2798, 2827, 2864, 2910, 2912, 2953, 2994, 3015, 3104, 3128
俁, 671, 2759
係, 50, 905, 942, 1479, 1773, 2305, 2306, 2308, 2538
促, 50, 322, 328, 371, 453, 480, 552, 1611, 1690, 2013, 2065, 2144, 2464, 2613, 3083, 3115, 3117
俄, 392, 501, 554, 2246, 2349, 2630, 2682
俆, 2441
俉, 429, 799
俊, 806, 895, 922, 1003, 1137, 1138, 1453, 2386, 2462
俍, 1245
俎, 1103
俓, 1065, 1073, 1074, 1085, 2428, 3084
俗, 53, 63, 67, 106, 373, 398, 440, 562, 626, 705, 790, 807, 952, 961, 971, 1082, 1303, 1325, 1332, 1438, 1701, 1716, 1767, 1806, 1878, 1887, 1896, 2111, 2214, 2248, 2603, 2773, 2777, 2784, 2902, 2906, 3017, 3132, 3147, 3154
俘, 627
俙, 2283, 2285, 2292
俚, 1216, 1217
俛, 739, 1378, 1379, 2508
保, 47, 50, 55, 130, 370, 400, 620,

653, 967, 1053, 1822, 2091, 2400, 2823, 2901
俞, 2753
俟, 799, 809, 1479, 1576, 1809, 1902, 2852, 3147
俠, 2309, 2384, 2897
信, 37, 46, 63, 106, 187, 252, 313, 373, 408, 563, 612, 623, 630, 728, 784, 808, 819, 824, 853, 935, 949, 1031, 1056, 1080, 1117, 1220, 1245, 1281, 1314, 1486, 1618, 1691, 1767, 1781, 1806, 1846, 1886, 1923, 1946, 1981, 1990, 2153, 2183, 2214, 2278, 2290, 2303, 2393, 2400, 2409, 2417, 2431, 2461, 2462, 2479, 2560, 2592, 2604, 2620, 2627, 2635, 2640, 2679, 2703, 2825, 2941, 2952, 2975, 2984, 2987, 3038, 3044, 3090, 3163
俣, 50, 1117, 2759
兗, 734, 2491
侴, 201, 523, 1307, 1970, 2032, 2700, 2746, 2748, 2782, 2784
冑, 185, 2218, 2871, 3057
冒, 206, 1353, 1354, 2218
冠, 289, 722, 723, 725, 729, 730, 1155, 1164, 1343, 2157, 2955
剃, 102, 128, 437, 1230, 1922, 1974, 2038, 2064, 2074, 2076, 2441
剄, 1071
剅, 1292
則, 37, 67, 107, 129, 137, 164, 173, 174, 187, 188, 189, 240, 292, 314, 373, 390, 392, 410, 477, 516, 519, 565, 589, 598, 605, 665, 716, 736, 739, 780, 808, 902, 905, 924, 931, 932, 983, 989, 990, 1050, 1070, 1113, 1117, 1119, 1142, 1155, 1230, 1231, 1367, 1400, 1406, 1440, 1454, 1473, 1512, 1517, 1563, 1572, 1602, 1686, 1711, 1735, 1776, 1844, 1872, 1918, 1947, 1969, 2000, 2032, 2154, 2201, 2225, 2238, 2291, 2348, 2411, 2462, 2530, 2602, 2611, 2663, 2691, 2717, 2726, 2779, 2810, 2864, 2874, 2921, 2928, 2962, 3015, 3055, 3071, 3083, 3134, 3146, 3151, 3165
剉, 336
削, 320, 547, 719, 1608, 1776, 2074, 2451, 2690, 2820, 2907, 3015
剋, 405, 671, 1069, 1147, 1154, 1155, 1378, 1512, 1608, 1612, 2438, 2516
剌, 319, 320, 1185, 1191, 1327, 1512, 2785
前, 71, 83, 101, 127, 135, 137, 140, 157, 165, 174, 185, 187, 214, 249, 271, 301, 308, 323, 381, 397, 417, 424, 437, 512, 560, 704, 772, 783, 807, 825, 961, 966, 968, 974, 990, 1030, 1034, 1080, 1116, 1188, 1231, 1249, 1256, 1337, 1368, 1466, 1471, 1480, 1512, 1581, 1584, 1599, 1605, 1626, 1655, 1669, 1681, 1702, 1753, 1780, 1787, 1795, 1823, 1840, 1856, 1870, 1913, 1936, 1965, 1987, 2014, 2028, 2097, 2135, 2141, 2195, 2247, 2259, 2302,

2318, 2334, 2341, 2365, 2377, 2407, 2441, 2477, 2588, 2631, 2647, 2652, 2668, 2674, 2710, 2727, 2738, 2747, 2752, 2761, 2782, 2818, 2852, 2869, 2916, 2956, 2971, 2984, 3035, 3124, 3138

剙, 292, 2411

勁, 460, 1054, 1074, 2376, 3098

勃, 63, 147, 149, 150, 620, 1357, 1359, 1479

勅, 257, 270, 319, 1007, 1095, 1143, 1203, 1269, 1611, 1616, 1661, 1925, 2273, 2377, 2442, 2905, 2938, 2953, 3033

勇, 190, 284, 551, 605, 772, 940, 1035, 1056, 1098, 1136, 1457, 2095, 2303, 2453, 2683, 2685, 2686, 2688

勉, 1155, 1346, 1376, 1378, 1379, 1617, 2118, 2137, 2139, 2194

匽, 1614, 2310

南, 51, 61, 124, 164, 435, 459, 512, 1003, 1034, 1248, 1380, 1450, 1457, 1458, 1460, 1462, 1600, 1784, 1787, 1795, 1898, 2282, 2474, 2652, 2759, 2841, 3034

单, 367

卽, 512, 738, 905, 936, 1033, 1911, 2761, 2868

厖, 1350

厘, 58, 1209, 1215

厚, 404, 769, 800, 806, 1478, 1719, 2441, 2693, 2706, 2793, 3153

叙, 201, 256, 988, 1027, 1095, 1105, 1892, 1930, 1932, 2385, 2441, 2442, 2443, 2753

叚, 481, 656, 706, 1546, 2311

叛, 41, 706, 1509, 1512, 2734

呰, 315, 853, 1014, 1926, 3126, 3127

咡, 547

咢, 504

咤, 200, 256, 1016, 1514, 2039, 2124, 2130, 2878, 2879

咥, 432, 1927, 2305, 2986, 3009, 3020

咨, 345, 2322, 3001, 3119, 3122, 3136

咩, 812, 1383, 2068

咪, 2217

咫, 165, 3004

咬, 2233, 2514, 2515

咭, 896

咮, 2217, 3059

咯, 671, 1303, 1337

咲, 844, 2054, 2377, 2379, 2846

咳, 755, 1143, 1264

咶, 834, 2083

咷, 1006, 2059, 2441, 2638

咸, 242, 660, 662, 762, 834, 874, 879, 971, 1014, 1368, 1387, 1589, 1841, 1844, 2046, 2165, 2248, 2321, 2778, 2918, 3048

咺, 341, 2444

咻, 2429

咼, 671, 2134

咽, 269, 292, 502, 683, 1740,

2472, 2496, 2500, 2501, 2521, 2649

咿, 2558, 2562

哀, 4, 5, 58, 125, 206, 293, 509, 849, 1051, 1094, 1186, 1218, 1240, 1376, 1390, 1484, 1589, 1974, 2032, 2192, 2645, 2984, 3033, 3038

品, 71, 109, 127, 183, 218, 308, 417, 560, 604, 622, 680, 692, 746, 936, 947, 1026, 1034, 1066, 1163, 1282, 1287, 1313, 1365, 1380, 1396, 1404, 1531, 1593, 1707, 1763, 1775, 1831, 1902, 1929, 2028, 2169, 2195, 2214, 2313, 2349, 2531, 2553, 2631, 2767, 2782, 3000, 3021, 3035, 3043, 3047, 3050

哂, 1233, 2305, 2473

哃, 2496

哄, 2315

哆, 151, 255, 383, 416, 489, 492, 494, 495, 773, 891, 1161, 2036, 2124

哇, 2134

哈, 755, 763, 2293, 2486

哉, 172, 282, 399, 519, 594, 612, 716, 784, 811, 875, 879, 1000, 1031, 1068, 1191, 1387, 1782, 2249, 2529, 2536, 2604, 2757, 2847, 2848, 2849, 2921, 2962, 3023

哊, 2775

咃, 451

响, 2355

囿, 744, 1551, 2730, 2796

垂, 59, 90, 192, 238, 260, 293, 294, 494, 496, 657, 720, 993, 1343, 1468, 1592, 1619, 1786, 1847, 1868, 1932, 2184, 2205, 2256, 2288, 2447, 2516, 2688, 2775, 2808, 2849, 2939, 3046, 3049, 3153

型, 2413

垎, 790

垐, 298

垓, 655, 656, 2808

垍, 484, 834

垜, 494, 496, 2204

垠, 682, 1565, 2330, 2470, 2657

垢, 4, 16, 51, 416, 473, 486, 557, 571, 608, 697, 698, 699, 710, 769, 800, 820, 864, 867, 1020, 1078, 1094, 1144, 1262, 1295, 1475, 1671, 1762, 1829, 1886, 2026, 2040, 2083, 2115, 2257, 2339, 2470, 2543, 2760, 2970

垣, 432, 590, 795, 839, 840, 846, 1572, 2053, 2792, 2796, 2808

垤, 449

垧, 1135

垪, 1535

垳, 1564

城, 172, 183, 209, 227, 234, 236, 241, 306, 415, 461, 553, 620, 698, 742, 834, 871, 886, 1036, 1083, 1364, 1384, 1393, 1575, 1651, 1905, 2114, 2530, 2774, 2775, 2787, 2881, 3004, 3053

奎, 1050, 1178, 2625, 3096

奏, 326, 612, 1615, 1654, 1958, 3137, 3143

奐, 842, 844

契, 93, 124, 244, 628, 759, 862,

1082, 1247, 1584, 1588, 1590, 1614, 1678, 1924, 1994, 2430, 2460, 2538, 2668, 2846
奕, 791, 1495, 2613, 2615, 2847
姙, 1694
姚, 808, 1383, 2060, 2270, 2512, 2892
姜, 993, 1779
姝, 1362, 1383, 1955, 1956, 2167
姞, 906, 1020
姟, 655, 755, 914, 1381, 2138
姡, 473, 826
姣, 1003
姤, 471, 473, 698, 699, 702, 800, 1886
姥, 1200, 1434, 3096
姦, 327, 957
姧, 957
姨, 1886, 2566, 2568
姪, 339, 449, 2424, 2986
姫, 370, 1104, 1109, 2292
姮, 795
姵, 1515
姶, 504
姹, 197, 200, 2035, 2877, 2879, 2881
姻, 227, 546, 1524, 1533, 2654
姽, 331
姿, 502, 922, 1544, 1573, 2206, 3032, 3119, 3121, 3136
威, 184, 281, 358, 607, 609, 662, 733, 829, 874, 1031, 1038, 1387, 1475, 1562, 1571, 1709, 1827, 1844, 1924, 2134, 2164, 2166, 2197, 2322, 2489, 2557, 2572, 2684, 2958
孩, 517, 655, 702, 755, 2019, 2669
客, 675, 720, 759, 1156, 1373, 1424, 1680, 1700, 1731, 1830, 2776, 3138
宣, 121, 228, 288, 456, 682, 692, 733, 736, 795, 845, 856, 1051, 1059, 1082, 1136, 1160, 1163, 1408, 1571, 1659, 1781, 1892, 1990, 2230, 2276, 2444, 2445, 2454, 2479, 2495, 2567, 2643, 2658, 2928, 2984, 3138
室, 53, 383, 417, 429, 456, 561, 692, 739, 760, 937, 952, 1159, 1165, 1404, 1588, 1804, 1808, 1851, 1856, 1877, 1920, 2042, 2057, 2113, 2251, 2445, 2478, 2567, 2757, 2853, 2881, 3008, 3020, 3138
宥, 2730, 2731
宧, 692, 722, 842
封, 55, 332, 485, 599, 608, 719, 1245, 2122, 2988
専, 1618, 3103
尛, 1413, 1419
屋, 445, 592, 674, 1160, 1165, 1477, 1639, 1804, 1921, 2057, 2250, 3008, 3170
屍, 52, 266, 755, 848, 1112, 1684, 1761, 1798, 1819, 1833, 1849, 1853, 1855, 1888, 2001, 2059, 2575
屎, 229, 266, 608, 1489, 1535, 1855, 1888, 2074, 2638

屏, 73, 96, 136, 140, 1474, 1535, 1855, 2251

峕, 2283

峗, 2164

峙, 702, 1577, 1873, 2063, 3005, 3017, 3028

峞, 3147

峡, 2309

巷, 666, 1016, 1292, 1857, 2366

卷, 167, 604, 687, 1124, 1125, 1661, 1934

帝, 1, 212, 217, 258, 380, 423, 432, 433, 434, 435, 437, 438, 439, 470, 489, 723, 800, 1075, 1389, 1410, 1573, 1786, 1898, 1928, 2065, 2068, 2144, 2270, 2732, 2840, 2848, 2891, 3020, 3160

帢, 1594

帥, 1856, 1975, 3147

幽, 130, 255, 762, 1408, 1625, 1775, 2486, 2507, 2515, 2692, 2693, 2695, 2699

庠, 17, 440, 2352, 2353, 2354, 2441, 2510

庢, 3020

度, 5, 28, 120, 229, 245, 255, 279, 322, 390, 395, 403, 416, 433, 464, 472, 473, 477, 482, 508, 551, 584, 629, 639, 734, 749, 750, 773, 803, 822, 828, 891, 907, 941, 1025, 1095, 1150, 1227, 1311, 1333, 1355, 1357, 1361, 1372, 1413, 1469, 1523, 1540, 1603, 1629, 1633, 1719, 1855, 1894, 1901, 1910, 1941, 1948, 1959, 1969, 2104, 2110, 2113, 2114, 2125, 2127, 2228, 2274, 2330, 2435, 2538, 2573, 2615, 2630, 2677, 2736, 2759, 2775, 2888, 2907, 3062, 3170

庰, 1535

建, 13, 341, 360, 454, 757, 964, 975, 976, 983, 984, 987, 1055, 1058, 1224, 1334, 1414, 1584, 1603, 1606, 1912, 1957, 1967, 1969, 2203, 2571, 2588, 2625, 2804, 2862, 2906, 2908, 3073

廻, 18, 104, 751, 850, 851, 1088, 1609, 1651, 2634

廼, 512, 1453, 1454, 2095

弇, 2491

弈, 2615

弭, 433, 520, 699, 1371, 1478, 2662

彖, 2120, 3014

彥, 328

彦, 204, 760, 988, 2208, 2497, 2499

待, 148, 248, 287, 318, 347, 363, 375, 401, 485, 634, 648, 803, 993, 1150, 1627, 1808, 1868, 1891, 1905, 1920, 1922, 2062, 2110, 2152, 2405, 2412, 2437, 2558, 2562, 2760, 2887, 3005, 3020

徇, 698, 819, 2433, 2459, 2460, 2461, 3116

很, 793, 794, 1354

徉, 846, 2504

徊, 832, 851, 1088

律, 42, 83, 146, 288, 369, 405, 559, 622, 625, 911, 985, 988, 1030, 1051, 1066, 1124, 1206, 1229, 1313, 1333, 1334, 1668, 1753, 1767, 1799, 1999, 2017, 2086, 2153, 2165, 2206, 2320, 2556, 2737, 2772, 2801, 3034, 3083

後, 17, 46, 65, 81, 104, 142, 271, 279, 316, 322, 323, 343, 362, 404, 413, 437, 454, 458, 475, 481, 525, 558, 566, 587, 630, 640, 647, 656, 711, 782, 799, 800, 801, 809, 841, 857, 880, 892, 958, 994, 1007, 1025, 1040, 1064, 1075, 1116, 1137, 1138, 1222, 1248, 1283, 1357, 1402, 1452, 1562, 1566, 1584, 1600, 1648, 1664, 1668, 1696, 1706, 1823, 1830, 1845, 1869, 1876, 1879, 1887, 1901, 1911, 1928, 1932, 1942, 1948, 1971, 2027, 2111, 2134, 2139, 2152, 2166, 2193, 2214, 2246, 2265, 2281, 2301, 2313, 2377, 2391, 2400, 2407, 2429, 2496, 2538, 2552, 2559, 2568, 2574, 2587, 2603, 2613, 2619, 2638, 2642, 2709, 2721, 2731, 2751, 2776, 2790, 2795, 2800, 2804, 2822, 2955, 3021, 3034, 3039, 3049

怒, 506, 509, 607, 785, 854, 906, 1162, 1355, 1370, 1445, 1463, 1496, 1497, 1688, 1924, 1968, 2289, 2291, 2461, 2777, 2807

思, 18, 60, 146, 233, 301, 303, 318, 381, 456, 506, 509, 610, 662, 740, 747, 792, 797, 843, 854, 856, 862, 924, 927, 979, 1035, 1152, 1162, 1249, 1251, 1336, 1337, 1457, 1486, 1523, 1562, 1588, 1610, 1670, 1689, 1825, 1995, 1996, 1999, 2008, 2055, 2082, 2169, 2218, 2286, 2298, 2335, 2355, 2393, 2408, 2430, 2438, 2609, 2620, 2626, 2647, 2678, 2712, 2750, 2807, 2958, 2975, 3012, 3019, 3038, 3103, 3113, 3132

怠, 360, 363, 365, 366, 473, 812, 905, 1125, 1348, 1484, 1657, 1996, 2042, 2121, 2161, 2286, 2388, 2390

忧, 616

急, 3, 279, 320, 328, 349, 503, 506, 678, 813, 862, 905, 909, 958, 1166, 1180, 1591, 1763, 1766, 1779, 1934, 2366, 2452, 2552, 2666, 2747, 2936, 3011, 3167

怨, 226, 263, 265, 301, 507, 794, 825, 843, 906, 948, 1126, 1162, 1282, 1359, 1379, 1496, 1498, 1670, 1678, 2002, 2135, 2138, 2789, 2790, 2803, 2806, 2810, 3152, 3164

忽, 320, 812, 905, 1765, 1766, 2271

恀, 494, 1920

恂, 2458

恃, 250, 334, 365, 407, 822, 994, 1120, 1871, 1905, 1919, 2063, 2949, 3017

恆, 2414

恇, 847, 1173

恉, 3001
恊, 386, 2384, 2385, 2386
恌, 446, 2085
恍, 845, 847, 2821
恎, 2986
恑, 740
恒, 3, 61, 76, 133, 156, 212, 216, 288, 339, 340, 370, 371, 375, 380, 413, 454, 496, 511, 678, 682, 685, 784, 786, 794, 797, 828, 833, 838, 839, 842, 852, 908, 993, 1062, 1103, 1114, 1115, 1171, 1349, 1354, 1360, 1463, 1470, 1489, 1547, 1612, 1624, 1696, 1797, 1817, 1830, 1869, 1895, 1980, 2053, 2169, 2214, 2257, 2339, 2406, 2414, 2429, 2438, 2460, 2731, 2737, 2792, 2808, 2989, 3084, 3105, 3129
恓, 1561, 2285
恛, 851
恠, 166, 722, 852, 2287
怯, 1001, 1262
恢, 721, 848, 2048
恤, 2442, 2443
恨, 55, 219, 307, 340, 679, 767, 793, 795, 835, 853, 1006, 1389, 1463, 2138, 2330, 2391, 2492, 2870
恪, 672, 1082, 1125, 1155, 1263, 2047
恫, 460
恬, 84, 374, 376, 699, 822, 867, 2048, 2083, 2084, 2087, 2088, 2275, 2566
恰, 1483, 1594, 1669
扁, 99, 101
扂, 444, 819
扃, 1088, 2371
拏, 192, 1418, 1445, 1446, 1462, 1465, 1492, 1495, 1496, 1497, 1598, 1715, 1902, 2110, 2308, 2443, 2877
拜, 37, 44, 134, 136, 619, 890, 1081, 1219, 1446, 1565, 1883, 2254, 2433, 3102, 3143
拪, 1561, 1597, 2285
拫, 240
括, 28, 671, 719, 742, 867, 972, 1164, 1183, 1887, 2275, 3161
拭, 149, 205, 1387, 1880, 1898, 1905, 1925, 1926, 2018, 2775, 3115
拮, 1018
拯, 58, 192, 633, 910, 1095, 2808, 2934, 2937, 2938
拱, 689, 691, 692, 693
拸, 220, 2843, 2910, 3158
拷, 791, 1146, 1147, 2376
拼, 72, 135, 1516, 1530, 1534, 2374, 3104
拽, 887, 2039, 2492, 2538, 2622, 3102
拾, 339, 345, 493, 678, 780, 972, 1483, 1518, 1806, 1826, 1864, 2739, 2869, 2871
持, 30, 45, 62, 102, 123, 164, 166, 238, 248, 253, 254, 256, 265, 273, 277, 283, 301, 306, 332, 343, 345, 363, 368, 401, 416, 520, 556, 602, 610, 616, 619, 620, 628, 634, 636, 679, 729, 744, 781,

787, 822, 889, 916, 958, 993, 1007, 1028, 1032, 1057, 1063, 1077, 1109, 1120, 1259, 1269, 1311, 1332, 1334, 1381, 1393, 1413, 1450, 1451, 1462, 1484, 1495, 1518, 1520, 1530, 1583, 1607, 1633, 1642, 1805, 1811, 1843, 1852, 1857, 1867, 1879, 1904, 1919, 1935, 1941, 1948, 1954, 1962, 1970, 2010, 2016, 2020, 2061, 2065, 2105, 2120, 2127, 2144, 2165, 2192, 2245, 2256, 2400, 2404, 2451, 2471, 2475, 2506, 2537, 2586, 2661, 2667, 2681, 2707, 2735, 2865, 2882, 2892, 2897, 2909, 2953, 2970, 2984, 2988, 2989, 3002, 3005, 3014, 3015, 3020, 3046, 3059, 3061, 3080, 3082, 3083, 3104, 3115, 3128, 3159

挂, 719, 720, 2987, 3096

挃, 2250, 2513, 3018, 3096

挄, 734

挆, 494

指, 36, 124, 233, 253, 314, 335, 336, 432, 812, 819, 886, 1021, 1022, 1023, 1100, 1109, 1122, 1139, 1145, 1281, 1380, 1400, 1440, 1506, 1528, 1625, 1628, 1759, 1894, 1935, 1995, 2020, 2121, 2202, 2205, 2348, 2374, 2384, 2464, 2513, 2602, 2623, 2668, 2704, 2745, 2803, 2894, 2901, 2903, 2910, 2983, 3000, 3001, 3002, 3010, 3072, 3165

按, 13, 14, 17, 18, 555, 943, 971, 1015, 1120, 1505, 2827

拤, 102, 1495

挋, 2932

挌, 672, 1200

挍, 28, 192, 972, 999, 1003, 1004, 1005, 1006, 1008, 1367, 1885, 1932, 1948, 2238, 2378, 2463, 2489

挎, 1171

挑, 220, 221, 446, 1506, 1513, 2060, 2085, 2087, 2513, 3032

挒, 1258

挓, 879, 2878, 2911

挗, 1128

挟, 2309, 2378, 2384

攱, 1561

政, 30, 657, 689, 716, 1010, 1083, 1565, 1718, 2939, 2942, 2946, 3019

敂, 2441

敀, 1390

故, 1, 11, 13, 19, 37, 41, 55, 65, 70, 81, 100, 104, 126, 156, 164, 166, 206, 212, 232, 235, 236, 246, 266, 270, 283, 301, 307, 316, 323, 347, 371, 380, 396, 404, 416, 421, 423, 431, 454, 460, 481, 482, 486, 487, 511, 550, 557, 581, 583, 591, 593, 596, 603, 621, 640, 656, 660, 679, 685, 688, 693, 703, 707, 708, 709, 717, 738, 745, 751, 755, 759, 769, 776, 782, 784, 806, 814, 817, 822, 828, 835, 869, 871, 892, 897, 905, 917, 929, 937, 1000, 1007, 1012, 1017, 1025, 1032, 1040, 1082, 1084, 1095, 1098, 1105, 1110, 1135, 1145, 1150, 1158, 1162, 1166, 1171, 1175, 1217, 1222,

1227, 1307, 1311, 1357, 1359, 1364, 1381, 1395, 1452, 1470, 1535, 1545, 1583, 1600, 1605, 1623, 1643, 1648, 1668, 1705, 1717, 1730, 1760, 1767, 1778, 1786, 1803, 1809, 1830, 1845, 1850, 1855, 1868, 1879, 1885, 1901, 1910, 1924, 1928, 1932, 1948, 1959, 1968, 1971, 1984, 2015, 2026, 2062, 2066, 2106, 2166, 2193, 2209, 2214, 2228, 2233, 2238, 2239, 2246, 2257, 2295, 2317, 2339, 2355, 2391, 2400, 2406, 2412, 2414, 2424, 2435, 2438, 2447, 2476, 2509, 2522, 2531, 2557, 2559, 2569, 2574, 2587, 2603, 2608, 2613, 2630, 2645, 2651, 2667, 2682, 2689, 2697, 2702, 2706, 2736, 2756, 2760, 2766, 2776, 2785, 2800, 2828, 2851, 2865, 2904, 2914, 2939, 2946, 2955, 2964, 2968, 2970, 2988, 3002, 3018, 3021, 3033, 3047, 3049, 3062, 3105, 3109, 3123, 3128, 3140, 3160

斫, 484, 631, 1039, 1547, 2018, 2032, 2285, 2411, 2486, 2663, 2889, 2910, 3061, 3117, 3118

施, 50, 52, 54, 158, 247, 257, 298, 320, 351, 362, 417, 455, 476, 497, 550, 561, 584, 593, 611, 616, 630, 678, 690, 713, 825, 829, 858, 941, 1009, 1062, 1095, 1130, 1230, 1244, 1284, 1370, 1411, 1514, 1515, 1607, 1635, 1664, 1676, 1719, 1733, 1739, 1760, 1763, 1780, 1790, 1802, 1804, 1806, 1809, 1849, 1852, 1866, 1896, 1902, 1914, 1923, 1924, 1933, 1988, 2011, 2014, 2015, 2029, 2037, 2047, 2095, 2103, 2123, 2128, 2130, 2138, 2196, 2247, 2259, 2274, 2334, 2365, 2377, 2408, 2424, 2430, 2438, 2448, 2509, 2567, 2571, 2589, 2663, 2689, 2704, 2739, 2762, 2807, 2824, 2878, 2883, 2885, 2990, 3022, 3044, 3065, 3141, 3147, 3162

斿, 2701, 2885

㢲, 496

既, 70, 82, 87, 104, 190, 266, 316, 323, 437, 481, 656, 658, 679, 685, 711, 726, 738, 782, 794, 806, 898, 917, 918, 927, 928, 932, 976, 1041, 1075, 1096, 1142, 1157, 1175, 1360, 1376, 1470, 1584, 1588, 1609, 1731, 1763, 1787, 1828, 1911, 1924, 1959, 1962, 1984, 2002, 2027, 2079, 2125, 2141, 2166, 2193, 2258, 2318, 2331, 2574, 2776, 2955, 3047, 3049

昝, 2856

昞, 133, 2207, 2327

星, 292, 692, 740, 845, 846, 982, 1072, 1216, 1438, 1501, 1554, 1697, 1834, 1844, 1916, 2251, 2347, 2402, 2802, 3048

映, 10, 221, 1003, 1363, 1406, 1413, 1431, 1846, 1888, 2054, 2329, 2503, 2669, 2673, 2675, 2676, 2679, 2869, 2906

昢, 600, 1515

昣, 2931

春，259, 295, 611, 1125, 1615, 1633, 1679, 2349, 3109, 3143

昧, 16, 18, 167, 746, 1034, 1222, 1351, 1355, 1362, 1363, 1369, 1402, 1407, 1415, 1443, 1532, 1869, 1955, 1956, 1962, 2125, 2210, 2216, 2522, 2543

昨, 1050, 1407, 2184, 2530, 3156, 3166

昩, 1403, 1429

昬, 865

昭, 1004, 2042, 2520, 2568, 2745, 2901, 2905, 2906, 2934

是, 6, 12, 62, 71, 77, 84, 93, 101, 128, 130, 137, 158, 199, 207, 214, 224, 229, 250, 264, 266, 268, 281, 301, 309, 323, 344, 351, 365, 381, 397, 407, 425, 455, 482, 491, 506, 514, 517, 519, 523, 537, 561, 584, 597, 614, 623, 644, 685, 692, 705, 713, 727, 732, 747, 752, 757, 783, 807, 841, 874, 880, 894, 900, 908, 917, 937, 978, 1013, 1034, 1049, 1054, 1056, 1059, 1091, 1112, 1141, 1161, 1189, 1202, 1206, 1218, 1223, 1232, 1245, 1251, 1281, 1371, 1389, 1397, 1434, 1442, 1454, 1457, 1471, 1480, 1486, 1492, 1496, 1501, 1530, 1570, 1581, 1586, 1588, 1601, 1610, 1656, 1684, 1696, 1709, 1718, 1723, 1733, 1764, 1767, 1780, 1790, 1796, 1813, 1819, 1833, 1840, 1847, 1853, 1866, 1870, 1874, 1877, 1889, 1890, 1892, 1896, 1899, 1903, 1905, 1906, 1923, 1926, 1927, 1943, 1948, 1965, 1982, 1989, 1997, 1999, 2001, 2007, 2029, 2037, 2051, 2067, 2080, 2098, 2122, 2135, 2165, 2169, 2196, 2218, 2221, 2229, 2241, 2247, 2259, 2267, 2290, 2319, 2325, 2328, 2335, 2393, 2403, 2408, 2430, 2478, 2516, 2532, 2554, 2557, 2559, 2570, 2590, 2609, 2620, 2626, 2631, 2647, 2678, 2689, 2693, 2697, 2712, 2723, 2739, 2752, 2762, 2777, 2792, 2804, 2812, 2831, 2839, 2853, 2863, 2869, 2889, 2892, 2917, 2925, 2928, 2940, 2958, 2975, 3008, 3022, 3036, 3051, 3057, 3066, 3099, 3119, 3131, 3135, 3143, 3145, 3150, 3159, 3162

昱, 1226, 2773, 2783, 2784

昳, 448, 2675

昴, 1353

昵, 1451, 1465, 1476, 1479, 1480, 1481, 2518, 2982

袒, 28, 218

昺, 133, 670, 2746

昻, 19, 2508

曷, 18, 206, 508, 697, 774, 787, 1014, 1346, 2613

朏, 600, 1515

朐, 1102, 1642

枯, 1164, 2730, 2925

枯, 672, 674, 702, 712, 719, 822, 1102, 1164, 1166, 1183, 1259, 1482, 2040, 2434, 2488, 2889, 2923, 2925

枰, 1516, 1517, 1534

枱, 2925
枲, 363, 1761, 2301
枳, 34, 502, 896, 1216, 1407, 2254, 2305, 2568, 2923, 3000, 3002, 3004
枴, 721
架, 494, 951, 953, 956, 1019, 1246, 1247, 2443
枷, 944, 950
枸, 696, 698, 1099, 1148
枻, 2538, 2615
柀, 65, 1520
柁, 419, 1854, 2123, 2129, 2130, 2434, 2532, 2878
柂, 1854, 2123, 2567
柄, 122, 133, 432, 463
柅, 1475, 1478
柆, 472, 1185
柈, 42, 1509
柎, 636, 638
柏, 36, 255, 1099, 1505, 1582, 2051, 2337, 2909
某, 83, 667, 694, 863, 911, 1141, 1396, 1433, 1438, 1562, 1568, 1681, 1829, 1995, 2270, 3103
柑, 659
染, 128, 152, 229, 274, 460, 560, 842, 864, 936, 1073, 1080, 1092, 1247, 1284, 1296, 1305, 1345, 1362, 1387, 1486, 1563, 1621, 1671, 1702, 1780, 1823, 1845, 2047, 2086, 2203, 2250, 2489, 2495, 2553, 2557, 2711, 2777, 2801, 2824, 2845, 2856, 2916, 3098
柔, 207, 332, 447, 618, 785, 952, 1080, 1672, 1702, 1715, 1725, 1964, 2158, 2573, 2861, 2864
柕, 1955
柘, 201, 1864, 2040, 2123, 2923
柙, 2309
柜, 740, 1108, 2355
柝, 2131, 2284, 2909
柞, 196, 2871, 2879, 3170
柢, 432, 433, 554, 627, 1061, 1475, 1575, 2981, 2982
柣, 619
柤, 327
柦, 374
柧, 702
柩, 1094, 2001
柬, 458, 856, 973
柭, 28, 147
柮, 3115
柯, 3, 773, 775, 787, 1148, 2789, 2909
柰, 1447, 1451, 1455, 1456, 2752
柱, 124, 277, 291, 473, 719, 740, 819, 1087, 1174, 1175, 1176, 1227, 1974, 1975, 2151, 2156, 2349, 2420, 2890, 3046, 3080, 3093, 3096, 3097, 3101, 3108, 3112
柲, 93
柳, 19, 186, 1286, 1335, 1973, 2085, 2506, 2508, 2612, 2909, 3094
柵, 1724
柷, 883, 887, 3096
柸, 1514

查, 196, 2109

柾, 1094

柿, 1906

栂, 1359, 1435

岠, 1117

殂, 328, 340, 371, 1103, 2142, 2840, 3148

殃, 879, 910, 2426, 2502, 2503, 2504, 2675, 2847

殄, 199, 274, 363, 442, 2085, 2399, 2840, 2925, 2997, 3040

殆, 287, 363, 365, 556, 678, 879, 1801, 1886

段, 1, 126, 219, 481, 482, 639, 656, 709, 803, 821, 853, 1401, 1428, 1512, 1578, 1786, 1932, 1970, 1980, 1983, 2050, 2087, 2106, 2119, 2125, 2213, 2310, 2338, 2569, 2586, 2664, 2937, 2968, 3144

毒, 65, 273, 278, 467, 505, 758, 853, 1032, 1161, 1165, 1341, 1360, 1437, 1500, 1561, 1592, 1772, 1974, 2104, 2693, 2795, 2870, 2954, 3046

毗, 76, 97, 1337, 1522

毘, 58, 73, 76, 77, 89, 91, 97, 308, 433, 600, 601, 655, 787, 1181, 1337, 1374, 1474, 1513, 1515, 1520, 1521, 1522, 1524, 1530, 1541, 1577, 2066, 2168, 2204, 2205, 2523, 3031, 3054

泉, 247, 667, 788, 1489, 1656, 1978, 2046, 2301, 2790, 2862, 3050

泿, 1197

洄, 851, 866

洇, 1728

洊, 334

洋, 1081, 1666, 1825, 2142, 2294, 2353, 2355, 2375, 2504, 2505, 2506, 2507

洌, 1258

洎, 928, 1204, 1537, 1656, 3129

洏, 1379

洑, 630, 640

洒, 1387, 1737, 1738, 1769, 1772, 1774, 2299, 3153

洗, 290, 431, 734, 842, 847, 941, 1001, 1080, 1093, 1284, 1462, 1477, 1718, 1737, 1828, 1844, 1970, 1990, 2142, 2299, 2319, 2326, 2376, 2614, 2679, 2773, 2778, 2862, 3057, 3119

洙, 1429, 3059

洛, 676, 678, 759, 1303, 1324, 1325, 1326, 1407, 1594, 1733, 1801, 1825, 2218, 2773, 2824

洞, 445, 447, 459, 460, 788, 851, 991, 1069, 1089, 1728, 2096, 2101, 2323

洟, 2065, 2074, 2075

洢, 2556, 2562

津, 288, 787, 866, 968, 1051, 1334, 1551, 1827, 2011, 2424

洧, 2206

洩, 2387, 2538

洪, 557, 690, 693, 763, 797, 798, 799, 1828, 2790, 2797

洫, 2227, 2442

洮, 599, 1842, 2059, 2061, 2085, 2087

洲, 168, 459, 1006, 1687, 2758, 3053, 3055

洴, 1534, 1535, 2790

洶, 763, 2427

洸, 734

洹, 558, 761, 795, 838, 839, 993, 1489, 1696, 1827, 2019, 2066, 2128, 2798, 2811

洺, 1325, 1407, 2903, 3016

活, 39, 182, 480, 558, 701, 703, 867, 941, 1100, 1324, 1410, 1808, 2566, 2683, 2701, 2773, 2851, 3016

洼, 2133

洽, 67, 249, 582, 672, 678, 761, 780, 1207, 1280, 1594, 1655, 2042, 2309, 3016

派, 702, 1284, 1341, 1506

洿, 149, 506, 2250

流, 57, 142, 183, 247, 285, 460, 480, 559, 582, 586, 606, 611, 613, 627, 656, 702, 732, 787, 796, 814, 844, 848, 928, 1062, 1066, 1079, 1084, 1162, 1239, 1251, 1282, 1284, 1285, 1286, 1290, 1294, 1295, 1302, 1305, 1307, 1344, 1358, 1386, 1485, 1506, 1534, 1579, 1590, 1648, 1671, 1738, 1798, 1823, 1828, 1958, 1959, 1978, 1986, 2103, 2130, 2153, 2376, 2388, 2415, 2424, 2473, 2495, 2559, 2684, 2752, 2773, 2784, 2793, 2801, 2807, 2889, 3034, 3094, 3098, 3120, 3137

浄, 213, 405, 439, 864, 937, 1073, 1085, 1246, 1316, 1620, 1671, 1767, 1779

浅, 316

炟, 367, 2449

炤, 2904, 2907

炫, 2450

炬, 186, 421, 823, 881, 1104, 1107, 1114, 2399, 2428, 2472, 3074, 3104

炭, 201, 476, 848, 870, 1614, 2053, 2793, 2846, 3015

炮, 463, 1514, 2788, 2879

炯, 459, 1089, 2101, 2818, 3053, 3116

炳, 133, 1983, 2375, 2497

炶, 2087

炷, 2420, 3097

為, 14, 514, 757, 852, 1709, 2168, 2260, 2958, 3017, 3167

炰, 1514

爰, 10, 716, 1660, 1917, 1947, 2287, 2291, 2511, 2792, 2793

爼, 328, 481, 1104, 3143, 3148

牉, 1512, 1513

牭, 1604

牯, 706

牲, 1832, 1840, 2273, 2416, 2421

牴, 432, 433, 434, 1173

狠, 793, 794, 1196, 1354

狡, 1003, 2310, 2378, 3020

狥, 2461

狩, 262, 1947, 1954

狹, 1003, 1295, 1777, 2164, 2291, 2309, 2310, 3044
玲, 1263, 1267
玷, 443, 444, 2059, 2882
玻, 145, 1547
珣, 696
珀, 1544, 1547
瓰, 2352
珂, 3, 774, 787, 840, 1147, 1148, 1577, 1594
珈, 654, 950
珉, 737, 1389
珊, 1776
珍, 54, 130, 173, 825, 1659, 1727, 1854, 1956, 2085, 2158, 2274, 2611, 2925, 2928, 3052, 3060, 3121
瓮, 1516, 1535, 2244
瓫, 485, 1516, 1535, 2244, 2245, 2352, 2427
甚, 16, 293, 351, 455, 491, 659, 672, 900, 948, 954, 978, 1013, 1112, 1143, 1170, 1280, 1355, 1361, 1434, 1562, 1569, 1656, 1694, 1718, 1825, 1826, 1829, 1844, 1847, 1873, 1877, 1914, 1943, 1953, 2045, 2212, 2267, 2283, 2290, 2326, 2350, 2616, 2890, 2928, 2974, 3051, 3086
畆, 1436
畋, 2082, 2083, 2084, 2158
界, 12, 58, 90, 100, 108, 187, 202, 237, 239, 241, 249, 279, 349, 380, 396, 416, 452, 506, 512, 521, 558, 587, 603, 608, 621, 664, 675, 699, 711, 732, 739, 743, 746, 757, 758, 760, 772, 806, 899, 937, 939, 951, 960, 999, 1008, 1012, 1016, 1020, 1025, 1029, 1032, 1036, 1078, 1084, 1105, 1187, 1205, 1257, 1337, 1346, 1407, 1436, 1457, 1465, 1532, 1584, 1590, 1600, 1607, 1656, 1763, 1770, 1818, 1879, 1895, 1912, 1971, 1997, 2027, 2072, 2079, 2082, 2115, 2218, 2258, 2328, 2340, 2407, 2415, 2476, 2493, 2543, 2619, 2630, 2646, 2651, 2683, 2689, 2709, 2722, 2737, 2776, 2838, 2903, 2914, 2955, 3021, 3034, 3042, 3043, 3047, 3050, 3153
畎, 2083
畏, 4, 9, 31, 84, 97, 166, 207, 381, 407, 515, 714, 740, 747, 1035, 1113, 1162, 1179, 1219, 1251, 1547, 1775, 1974, 1997, 2089, 2166, 2197, 2217, 2223, 2227, 2356, 2620, 2690, 2693, 2713, 2750, 2853, 2889, 2975, 3038, 3051, 3152
畐, 73
畒, 1436
疣, 915, 2696, 2701, 2731
疥, 139, 1032, 1035, 2931
疫, 139, 467, 477, 908, 1236, 1499, 1953, 2606, 2613, 2615
癸, 740
癹, 29, 549
皆, 13, 35, 62, 63, 67, 76, 87, 108, 121, 135, 136, 156, 213, 226, 267, 307, 380, 405, 416, 424, 462, 466, 490, 512,

558, 597, 644, 656, 668, 675, 693, 711, 738, 865, 873, 892, 899, 907, 947, 954, 976, 1011, 1016, 1025, 1029, 1041, 1058, 1116, 1140, 1143, 1187, 1222, 1271, 1344, 1395, 1429, 1453, 1470, 1552, 1588, 1590, 1620, 1634, 1706, 1731, 1753, 1818, 1829, 1830, 1869, 1885, 1902, 1912, 1935, 2027, 2097, 2169, 2214, 2234, 2240, 2258, 2283, 2289, 2297, 2318, 2320, 2322, 2349, 2385, 2386, 2429, 2460, 2476, 2559, 2574, 2588, 2640, 2651, 2677, 2702, 2709, 2758, 2818, 2868, 2914, 2955, 2971, 3021, 3063, 3121, 3126, 3127, 3140, 3156

皇, 435, 612, 667, 845, 846, 1071, 1158, 1656, 1847, 2013, 2045, 2144, 2402

皈, 736

欧, 2397

盃, 57, 1516, 2137

盆, 467, 607, 658, 1178, 1516, 1535, 1593, 2005, 2244, 2245, 2565, 2616, 2670, 2734

盈, 146, 752, 1059, 1806, 2413, 2570, 2635, 2658, 2672, 2679, 2840, 2926

相, 30, 36, 56, 66, 72, 110, 122, 152, 162, 184, 188, 214, 216, 252, 265, 272, 277, 281, 288, 292, 299, 300, 327, 358, 373, 382, 408, 414, 426, 440, 460, 473, 481, 487, 488, 563, 589, 607, 637, 645, 664, 680, 695, 699, 714, 728, 747, 770, 785, 815, 905, 909, 964, 982, 995, 1009, 1027, 1031, 1035, 1049, 1088, 1091, 1098, 1100, 1117, 1129, 1133, 1135, 1148, 1164, 1190, 1206, 1218, 1220, 1230, 1249, 1251, 1260, 1266, 1302, 1314, 1355, 1360, 1366, 1398, 1405, 1411, 1438, 1472, 1561, 1571, 1586, 1608, 1612, 1631, 1635, 1710, 1727, 1758, 1764, 1767, 1792, 1798, 1806, 1813, 1820, 1834, 1841, 1844, 1846, 1872, 1881, 1916, 1923, 1974, 1976, 1979, 1990, 1997, 2030, 2073, 2098, 2107, 2153, 2199, 2214, 2217, 2223, 2237, 2243, 2248, 2261, 2274, 2286, 2307, 2335, 2337, 2341, 2351, 2356, 2367, 2370, 2376, 2393, 2401, 2403, 2409, 2412, 2417, 2431, 2434, 2439, 2441, 2472, 2473, 2479, 2494, 2592, 2603, 2609, 2632, 2640, 2649, 2668, 2675, 2679, 2683, 2690, 2703, 2714, 2727, 2740, 2758, 2797, 2807, 2809, 2853, 2869, 2872, 2901, 2918, 2923, 2975, 2989, 2997, 3003, 3017, 3022, 3037, 3044, 3048, 3069, 3080, 3090, 3099, 3106, 3108, 3132, 3138, 3141, 3148, 3152, 3154

盻, 1378, 1872, 2305

盼, 1378, 1923, 2285, 2305

盾, 487, 488, 1360, 2459

省, 487, 915, 974, 1144, 1257, 1665, 1799, 1841, 1842, 1937, 2020, 2403, 2413, 2711, 2917, 2974

眂, 1919

眄, 471, 1377, 1382, 1923, 2305, 3083
眅, 40, 3142
眇, 1381, 1382, 1522, 1768
眉, 100, 296, 433, 696, 957, 1360, 1363, 1438, 1535
眊, 520, 1353
看, 199, 207, 278, 295, 471, 487, 657, 726, 941, 977, 1100, 1105, 1144, 1576, 1579, 1842, 1923, 2349, 2365, 2407, 2512, 2709, 2914, 2925, 3047, 3081, 3098, 3102
矜, 259, 1051, 1052, 1062, 1238, 1312, 2276, 2737
矦, 799
矧, 809
砂, 996, 1769, 1771, 1773, 1775
砊, 1157
砌, 298, 1590
砍, 3117
砑, 2472
研, 332, 655, 938, 1421, 1478, 1546, 2018, 2284, 2479, 2485, 2486, 3117
砙, 2272
祄, 2387
祅, 627, 2511
祇, 429, 432, 433, 434, 554, 655, 918, 939, 950, 1343, 1503, 1564, 1565, 1574, 1575, 1576, 1577, 1582, 1922, 2247, 2392, 2604, 2915, 2981, 2982, 2983, 3000, 3002
祈, 271, 483, 1256, 1562, 1564, 1569, 1574, 1575, 1576, 1634, 1812, 1827, 2017, 2028, 2072, 2284, 2397, 2398, 2407, 2462, 2909, 3170
祉, 245, 3002
禹, 1266, 1489, 2759
禺, 2746, 2748
秋, 263, 295, 430, 1229, 1260, 1632, 2430, 2819
种, 3046
秏, 771
科, 244, 463, 482, 604, 746, 751, 1041, 1148, 1149, 1228, 1254, 1512, 1551, 1929, 3043
秒, 219
秔, 1061, 1063
秕, 86, 3002
秖, 905, 1575, 1582, 1888, 2376, 2981, 2983, 3000
穽, 285, 1071, 2413
穿, 285, 290, 1198, 1491, 1631, 2515
突, 9, 30, 281, 330, 1825, 2074, 2108, 2112
窀, 285, 708, 1198, 3134
竑, 798
竽, 2746
竿, 430, 660, 662, 664, 1061, 1603, 2746, 2772
笆, 1350
籹, 3108
粂, 182
紀, 31, 487, 581, 772, 828, 918, 931, 932, 1020, 1089, 1094, 1130,

1217, 1304, 1584, 1957, 2011, 2103
紂, 606, 3057, 3058
約, 272, 282, 284, 318, 333, 359, 410, 447, 450, 486, 606, 649, 679, 697, 813, 842, 936, 948, 968, 1014, 1021, 1024, 1068, 1089, 1108, 1135, 1314, 1406, 1439, 1450, 1454, 1494, 1527, 1641, 1646, 1664, 1670, 1735, 1890, 1904, 1992, 2096, 2158, 2164, 2201, 2274, 2307, 2315, 2460, 2516, 2561, 2617, 2663, 2716, 2729, 2744, 2803, 2817, 2836, 2855, 2961, 2989, 2997, 3009, 3040
紅, 31, 550, 599, 663, 769, 798, 993, 1064, 1301, 2587
紆, 1597, 2731
紇, 244, 670, 787, 1591, 1696, 2021, 2103, 2287, 2305, 2386
紈, 2136
紉, 1494, 1694
缸, 664, 2352
罘, 627
美, 199, 349, 657, 683, 746, 770, 845, 1016, 1079, 1353, 1361, 1402, 1779, 1956, 2122, 2216, 2336, 2349, 2378, 2603, 2631, 2643, 2652, 3144
羑, 2720
耎, 685, 1715, 1725, 1726, 2313, 2928, 3050
耐, 1447, 1453, 1455, 1471, 1776
盇, 146
耑, 480
耶, 16, 37, 39, 91, 128, 146, 162, 168, 255, 373, 419, 463, 466, 519, 547, 564, 598, 626, 679, 682, 714, 721, 784, 810, 901, 1004, 1068, 1084, 1196, 1202, 1253, 1306, 1321, 1363, 1381, 1406, 1446, 1448, 1472, 1543, 1646, 1803, 1804, 1807, 1808, 1813, 1848, 1857, 1872, 1903, 1991, 2000, 2002, 2031, 2073, 2129, 2205, 2315, 2329, 2336, 2348, 2381, 2385, 2471, 2494, 2521, 2530, 2533, 2537, 2538, 2539, 2566, 2570, 2603, 2610, 2668, 2714, 2753, 2756, 2783, 2809, 2847, 2869, 2900, 2919, 2942, 2959, 3044, 3069
耷, 367
胃, 609, 1126, 1353, 1428, 1432, 1457, 1523, 2218, 2427, 2511, 3057
胄, 185, 204, 3057
胅, 448
胆, 368, 369, 1639
胈, 151
胊, 1641
背, 41, 58, 60, 62, 66, 67, 74, 97, 595, 636, 720, 918, 1011, 1022, 1157, 1379, 1522, 1805, 1817, 1842, 2202, 2283, 2295, 2312, 2377, 2390, 2569, 2651, 2912, 3098, 3128
胎, 48, 184, 331, 481, 517, 647, 699, 742, 755, 1472, 1514, 1757, 1887, 2041, 2042, 2385, 2568, 2674, 2902, 2983, 3017
胇, 3125
胑, 2968, 2982
胒, 331, 1479

胖, 1512, 1513
胗, 2926
胘, 2322, 2450, 2982
胙, 3170
胛, 1523, 2463
胝, 429, 431, 432, 776, 1213, 1430, 1435, 1449, 1533, 1919, 2938, 2976, 2982, 3019
胞, 45, 48, 331, 600, 1514, 2041, 3083
胡, 82, 222, 583, 703, 705, 707, 711, 782, 814, 816, 817, 820, 1050, 1166, 1402, 1827, 2701
胤, 875, 2012, 2286, 2624, 2663, 2669
胥, 1157, 2435, 2443
胦, 2503
脉, 1204, 1341, 2465
致, 37, 66, 85, 107, 245, 255, 343, 391, 392, 410, 661, 690, 706, 716, 758, 853, 1010, 1083, 1231, 1428, 1461, 1546, 1587, 1761, 1773, 1810, 1836, 1972, 2168, 2202, 2442, 2500, 2605, 2901, 2946, 2947, 2970, 2976, 2982, 2987, 3010, 3013, 3018, 3028, 3029
臿, 192
舡, 285, 286, 592, 3052
苐, 186, 1352, 2065
苑, 583, 728, 729, 825, 1352, 2137, 2138, 2139, 2263, 2292, 2653, 2796, 2805
苓, 1263, 1267, 1278, 1615
苔, 668, 704, 1326, 2042, 2086
苕, 1798, 2042, 2086
苗, 321, 735, 746, 1282, 1380, 2082
苛, 3, 660, 788, 1147
苜, 659, 1438, 1442
苞, 26, 47, 48, 973, 2192
苟, 640, 697, 698, 973, 1017, 1102, 1730, 2019, 2458, 2736
苡, 2215, 2602
苣, 1107, 1109
若, 83, 128, 135, 158, 183, 199, 207, 214, 239, 249, 267, 280, 290, 301, 308, 344, 351, 361, 373, 397, 406, 425, 437, 449, 458, 460, 491, 497, 506, 513, 517, 561, 590, 597, 614, 626, 644, 668, 677, 694, 713, 740, 743, 757, 759, 783, 796, 821, 826, 874, 894, 900, 908, 930, 1013, 1034, 1049, 1067, 1080, 1092, 1101, 1114, 1124, 1133, 1136, 1147, 1151, 1167, 1174, 1176, 1182, 1199, 1225, 1233, 1262, 1263, 1292, 1381, 1396, 1407, 1430, 1454, 1460, 1474, 1481, 1490, 1492, 1493, 1499, 1500, 1523, 1569, 1601, 1649, 1669, 1672, 1677, 1683, 1708, 1718, 1723, 1728, 1736, 1780, 1805, 1809, 1818, 1832, 1870, 1885, 1899, 1914, 1960, 1972, 1977, 1987, 2014, 2029, 2033, 2075, 2090, 2095, 2125, 2153, 2169, 2195, 2221, 2247, 2259, 2272, 2273, 2283, 2290, 2313, 2341, 2349, 2408, 2478, 2492, 2499, 2516, 2517, 2532, 2539, 2544, 2589, 2603, 2626, 2631, 2678,

2682, 2689, 2711, 2723, 2727, 2738, 2762, 2777, 2809, 2812, 2818, 2831, 2847, 2852, 2908, 2916, 2957, 3007, 3016, 3035, 3053, 3065, 3098, 3115, 3124, 3131, 3162, 3167

苦, 55, 60, 100, 139, 140, 166, 199, 244, 263, 277, 290, 308, 327, 397, 424, 462, 472, 504, 506, 550, 552, 559, 571, 597, 657, 666, 668, 675, 694, 697, 699, 702, 704, 712, 721, 726, 746, 759, 843, 874, 879, 896, 911, 960, 977, 1094, 1147, 1159, 1165, 1182, 1188, 1198, 1199, 1215, 1224, 1295, 1395, 1463, 1549, 1552, 1558, 1590, 1592, 1658, 1678, 1681, 1696, 1731, 1753, 1776, 1779, 1802, 1831, 1895, 1942, 1974, 2001, 2028, 2037, 2079, 2104, 2118, 2218, 2253, 2258, 2265, 2283, 2291, 2297, 2302, 2340, 2407, 2430, 2477, 2531, 2543, 2631, 2693, 2710, 2727, 2824, 2852, 2862, 2900, 2915, 2956, 2971, 3006, 3016, 3034, 3075, 3098, 3140, 3152, 3161

苧, 1492, 3101

苪, 133, 742, 1248

苫, 1169, 1194, 1326, 1776, 1798, 2886, 2889, 3017

英, 240, 634, 1430, 1535, 1798, 2055, 2428, 2669, 2670, 2675, 3133

茶, 472, 1257

苜, 658, 659

苹, 1534

苻, 248, 625, 628, 787

苽, 718, 2903

苾, 86, 89, 94, 276, 590, 853, 1524, 2396, 2546

茂, 183, 460, 554, 555, 826, 1353, 1355, 1373, 1607, 1843, 2631

范, 49, 583, 1350, 1475, 2164

茄, 128, 953, 1164, 1715

茅, 48, 186, 435, 437, 590, 592, 1352, 1380, 2157, 2465, 2467, 3082

茆, 1352, 2467

茇, 29, 2848

茎, 2540

虐, 759, 817, 1499, 1603, 1829, 2056, 2436

虵, 254, 848, 1827, 2529

虹, 287, 691, 798, 1874

虺, 767, 848, 853, 1803, 2795

虻, 260, 1350, 1367

衍, 47, 313, 564, 1017, 1598, 1740, 1848, 1968, 2410, 2450, 2491, 2495

衦, 277, 660, 2072

衫, 130, 177, 1776, 1995

要, 14, 18, 53, 72, 88, 121, 134, 282, 399, 442, 504, 506, 564, 686, 695, 1035, 1108, 1142, 1370, 1561, 1571, 1689, 1872, 1878, 2002, 2161, 2164, 2183, 2282, 2299, 2437, 2503, 2512, 2515, 2539, 2541, 2632, 2643, 2679, 2919

觔, 482, 1003, 1039, 1052

訂, 458

訃, 635, 637, 817, 926

訇, 797

計, 213, 307, 323, 371, 404, 435, 439, 458, 486, 558, 601, 608, 635, 637, 817, 886, 887, 926, 932, 940, 942, 976, 1020, 1025, 1271, 1459, 1643, 1855, 1859, 1923, 1971, 1984, 2014, 2061, 2270, 2306, 2308, 2400, 2476, 2849, 2858, 2880, 2926, 2930, 2968, 3004, 3063

貞, 2925, 2928, 2930, 2985, 3117, 3134

負, 606, 633, 636, 640, 696, 787, 1003, 1012, 1096, 1530, 1565, 1865, 1936, 1980, 2047, 2094, 2202, 2387, 2566, 2795, 2797, 2925, 2927, 2984

赴, 230, 345, 624, 635, 637, 650, 717, 926, 1583, 1640, 1651, 2152, 2364, 2671, 2822, 3143

軌, 293, 316, 416, 442, 504, 557, 586, 739, 883, 932, 1064, 1096, 1157, 1224, 1309, 1412, 1651, 2460, 2552, 2572, 2911, 2988, 3103, 3105

軍, 67, 90, 223, 349, 367, 646, 692, 723, 732, 1105, 1135, 1136, 1137, 1634, 2005, 2048, 2110, 2444, 2827, 2840, 2900

迢, 221, 448, 2085, 2086

迤, 2566

迥, 851, 1088, 2364

迦, 142, 190, 430, 471, 501, 502, 621, 653, 670, 674, 751, 782, 791, 943, 949, 951, 953, 1024, 1053, 1116, 1148, 1316, 1445, 1638, 1706, 1775, 1855, 2458, 2522, 2531, 2661, 2671, 2704, 2730, 2747, 2877, 2908, 3043, 3153

迧, 430

迶, 363

迹, 520

迪, 430

迫, 32, 35, 73, 397, 751, 813, 851, 1053, 1056, 1088, 1282, 1505, 1506, 1544, 1606, 2864, 3110

迬, 1173, 3094

迭, 438, 448, 682, 820, 1371, 1479, 2014, 2613, 2621, 2748, 2862, 3105

迮, 1524, 1544, 2864, 2871, 2873, 2880, 2881

迯, 2059, 2474

述, 262, 268, 333, 342, 361, 618, 713, 911, 927, 928, 933, 950, 1059, 1256, 1371, 1524, 1635, 1691, 1815, 1961, 1967, 1968, 1989, 2196, 2260, 2290, 2386, 2408, 2441, 2442, 2642, 2705, 2731, 2804, 2831, 2958, 3073, 3104, 3162

邽, 736

郁, 463, 1439, 1622, 2772, 2775

郄, 1613, 2285, 2307

郅, 3014

郊, 45, 999, 1000, 2377

郍, 1446, 1776

郎, 167, 442, 885, 899, 1137, 1196, 1197, 1446, 1487, 2380, 2522, 2530

酋, 1636, 1936

重, 14, 54, 110, 190, 224, 240, 261, 359, 368, 382, 457, 461, 492, 605, 612, 646, 651, 662, 686, 741, 748, 750, 793, 836, 845, 846, 856, 858, 958, 1056, 1060, 1083, 1108, 1216, 1218, 1219, 1245, 1252, 1340, 1435, 1461, 1573, 1589, 1618, 1625, 1768, 1836, 1842, 1848, 1878, 1904, 1947, 1993, 2016, 2101, 2102, 2164, 2218, 2292, 2307, 2350, 2402, 2411, 2414, 2445, 2456, 2457, 2458, 2485, 2629, 2654, 2680, 2726, 2849, 2860, 2986, 3011, 3038, 3041, 3045, 3046, 3052, 3103, 3152, 3168

陋, 989, 1216, 1295, 2310, 3148

陌, 35, 147, 1017, 1345, 1429, 1432, 2331

降, 89, 273, 331, 939, 976, 998, 999, 1078, 1261, 1290, 1828, 1845, 2313, 2334, 2377, 2473, 2559, 2654, 2751, 2758, 2872, 2881

限, 429, 481, 680, 790, 794, 796, 901, 1022, 1102, 1182, 1197, 1251, 1345, 1366, 1390, 1646, 1972, 2095, 2122, 2199, 2223, 2330, 2335, 2494, 3017

陔, 655

面, 35, 83, 104, 149, 452, 512, 588, 717, 1022, 1162, 1248, 1365, 1378, 1379, 1411, 1438, 1457, 1681, 1795, 1936, 2107, 2114, 2282, 2365, 2385, 2391, 2407, 2454, 2488, 2496, 2797, 2807, 2819, 2893

革, 135, 185, 672, 673, 825, 826, 1533, 2168

韋, 186, 224, 672, 1163, 1293, 1561, 1903, 2168, 2191, 2203, 2772, 2891

韭, 1093, 1094

音, 16, 18, 63, 68, 564, 667, 800, 812, 896, 1014, 1062, 1068, 1077, 1160, 1170, 1310, 1383, 1487, 1548, 1552, 1574, 1613, 1767, 1841, 1842, 1872, 1937, 2042, 2100, 2101, 2237, 2271, 2284, 2350, 2364, 2366, 2372, 2447, 2480, 2628, 2649, 2651, 2655, 2656, 2657, 2663, 2770, 2773, 2834, 2839, 2891, 2919, 3001, 3023, 3104, 3133, 3135, 3164

頁, 637, 857, 2540, 2925

風, 80, 258, 292, 396, 403, 460, 518, 557, 569, 570, 587, 599, 608, 609, 610, 612, 743, 1158, 1218, 1591, 1852, 2005, 2246, 2473, 2514, 2758, 2939, 3156

飛, 59, 596, 599, 600, 1591, 2106, 2246, 2271, 2489, 2704

食, 57, 86, 124, 139, 180, 181, 182, 190, 207, 226, 244, 271, 280, 375, 397, 406, 455, 522, 585, 604, 626, 657, 703, 747, 762, 780, 858, 869, 900, 911, 1049, 1051, 1112, 1154, 1170, 1245, 1269, 1280, 1342, 1355, 1365, 1411, 1486, 1514, 1516, 1530, 1578, 1581, 1627, 1635, 1684, 1688, 1696, 1703, 1719, 1733, 1763, 1809, 1819, 1833,

1864, 1866, 1870, 1874, 1877, 1880, 1914, 1921, 1943, 2007, 2011, 2012, 2047, 2217, 2247, 2286, 2393, 2478, 2496, 2509, 2539, 2557, 2568, 2616, 2626, 2659, 2663, 2665, 2711, 2752, 2777, 2824, 2845, 2869, 2881, 2917, 2957, 2990, 3047, 3065, 3087, 3118

首, 32, 71, 190, 227, 271, 398, 414, 519, 697, 705, 718, 810, 821, 858, 957, 1144, 1380, 1528, 1552, 1601, 1636, 1700, 1761, 1790, 1851, 1887, 1934, 1935, 1936, 2107, 2196, 2284, 2403, 2478, 2496, 2647, 2697, 2712, 2842, 2869, 2891, 2904, 2917, 3001, 3054, 3099, 3132, 3154

香, 36, 72, 74, 94, 162, 196, 239, 293, 426, 466, 569, 570, 623, 655, 667, 825, 826, 1014, 1084, 1172, 1361, 1398, 1428, 1437, 1535, 1622, 1685, 1802, 1828, 1841, 1878, 1925, 1937, 1958, 1979, 2073, 2206, 2213, 2349, 2399, 2455, 2457, 2514, 2627, 2652, 2690, 2813, 2839, 2918, 3009, 3022, 3048

十畫

傷, 1785, 2614, 2615

俔, 1232, 2073

俣, 2759

哩, 339, 3073

哦, 1016, 2387

唏, 435, 2065, 2074, 2075

哻, 1384

埕, 2053

堆, 1360

娗, 637, 1762

娩, 1378

峆, 763

峬, 1577

弶, 91

掭, 1955, 1958

戠, 445, 1561

斛, 463, 815

胶, 1003

牰, 2472

秖, 1577

䊶, 1206, 1255

荳, 2928

莁, 2937

荐, 771

紊, 2540

乘, 18, 51, 100, 126, 133, 154, 183, 215, 223, 234, 237, 241, 286, 293, 393, 411, 422, 556, 679, 720, 744, 776, 908, 910, 951, 956, 975, 1006, 1032, 1063, 1178, 1187, 1248, 1264, 1311, 1580, 1592, 1611, 1679, 1761, 1811, 1842, 1844, 1879, 1891, 1901, 1959, 2004, 2202, 2219, 2245, 2256, 2390, 2404, 2414, 2451, 2491, 2540, 2542, 2558, 2586, 2607, 2618, 2630, 2645, 2676, 2688, 2823, 2840, 2848, 2891, 2912, 2988, 3020, 3042, 3046, 3049, 3137, 3170

毫, 148, 768, 1597

修, 67, 85, 242, 275, 325, 358,

373, 408, 414, 420, 431, 481, 484, 488, 499, 539, 550, 563, 605, 623, 645, 714, 728, 738, 808, 810, 829, 863, 913, 922, 952, 964, 975, 982, 1006, 1021, 1027, 1036, 1056, 1070, 1117, 1170, 1261, 1337, 1338, 1405, 1418, 1472, 1571, 1586, 1590, 1618, 1622, 1625, 1646, 1653, 1723, 1781, 1797, 1806, 1825, 1828, 1846, 1854, 1872, 1916, 1932, 1936, 1956, 1957, 1981, 1998, 2086, 2095, 2199, 2224, 2237, 2276, 2298, 2347, 2394, 2398, 2401, 2409, 2420, 2429, 2433, 2439, 2453, 2458, 2459, 2471, 2489, 2560, 2570, 2623, 2638, 2649, 2662, 2692, 2714, 2764, 2778, 2802, 2809, 2846, 2942, 2952, 2959, 3040, 3044, 3051, 3069, 3091, 3103, 3142, 3163, 3168

俯, 429, 631, 632, 787, 1973, 2163, 2765

俱, 82, 371, 693, 1114

俳, 600, 601, 622, 922, 1471, 1506

俶, 278, 1955

俸, 611, 612

俹, 429, 1637, 2472

俺, 2562

俾, 58, 86, 89, 93, 400, 1838

倀, 206

倁, 655, 2983

倅, 329

倈, 2384

倉, 182, 383, 1807, 1865, 2707

個, 521, 678, 2096

倍, 46, 50, 63, 287, 370, 638, 1011, 1019, 1117, 1515, 1728, 1844, 2213, 2400, 2421, 2604, 2635, 2775, 2925, 3104

倏, 2086, 2430

倒, 187, 363, 389, 391, 441, 875, 1231, 1786, 1829, 1968, 2865, 3018, 3128

倔, 1128

倖, 2424, 2849

倘, 2058

候, 318, 450, 697, 799, 806, 808, 809, 880, 1137, 1576, 2166, 2572, 2937, 2955, 2983

倚, 46, 63, 788, 1226, 1574, 1577, 1589, 1886, 2560, 2562, 2564, 2604, 2605, 3094

倜, 278

倝, 663

借, 67, 336, 690, 899, 916, 1035, 1767, 2291, 2400, 2604, 2702

倡, 206, 218, 935, 1504

倣, 592, 593, 828, 1513, 2377, 2379, 2736

値, 215, 227, 374, 410, 499, 610, 624, 646, 695, 948, 983, 1117, 1573, 1873, 1904, 2238, 2561, 2719, 2781, 2860, 2976, 2986, 2990, 2991, 3092

倦, 365, 909, 1005, 1123, 1124, 1125, 1263, 1523, 1657, 2320, 2388, 2499

倨, 429, 1100, 1117, 1119, 1120

倩, 1036, 1263, 1624, 1627, 2882
倪, 517, 1477, 2638
倫, 67, 971, 1307, 1308, 1309, 1312, 2105, 2754
倭, 785, 1493, 2206, 2245
倮, 1323
倰, 1263
倳, 3136
俱, 104, 136, 137, 274, 340, 371, 405, 424, 462, 490, 559, 644, 679, 690, 693, 698, 857, 930, 936, 977, 1012, 1099, 1100, 1102, 1104, 1107, 1110, 1114, 1116, 1122, 1151, 1166, 1268, 1402, 1463, 1610, 1637, 1728, 1767, 1869, 1885, 1899, 1929, 1980, 2097, 2144, 2214, 2220, 2340, 2400, 2407, 2430, 2438, 2493, 2552, 2695, 2737, 2930, 2987, 3000, 3050, 3085, 3140, 3148
倧, 1450
倹, 968
偖, 1637, 3061
兼, 46, 55, 108, 135, 136, 327, 512, 785, 892, 940, 957, 1025, 1143, 1240, 1527, 1668, 1676, 1779, 1969, 2095, 2258, 2324, 2616, 2625, 2672, 2747, 2790, 2858, 2955, 3140
冡, 951, 1367, 3042
冢, 952, 3041, 3042
冤, 2789, 2807
冥, 16, 246, 285, 719, 1133, 1172, 1371, 1396, 1403, 1407, 1408, 1409, 1444, 1568, 1873, 1877, 2084, 2195, 2444, 2515, 2566, 2730, 2747, 2749, 2927, 3030, 3118
冦, 1164
准, 140, 282, 1056, 1125, 1220, 1321, 1407, 1461, 1536, 1714, 1977, 1982, 2121, 2183, 2191, 2561, 2704, 2749, 2818, 2963, 2980, 2989, 3030, 3113, 3115
凉, 1079, 1246, 1247, 1590, 1615, 2798
凊, 1621, 1629
凋, 183, 445, 447, 2882
凌, 854, 1261, 1263, 1264, 1265, 1267, 1388, 1621
凍, 228, 460, 1243
剒, 336
剔, 128, 224, 1925, 1974, 2064, 2065, 2074
剕, 1061
剖, 127, 167, 320, 637, 671, 884, 1488, 1548, 2214, 2727, 2892
剗, 204, 205, 420, 1777, 2606
剚, 3136
剛, 167, 277, 327, 385, 664, 665, 666, 825, 897, 1050, 1150, 1309, 1401, 1446, 1770, 1776, 2102, 2157, 2338, 2660, 2865
剜, 1155, 2135, 2138, 2861
剞, 884, 918
剠, 1623
剡, 284, 1777, 2488
剣, 386
剥, 145, 150, 1227, 1255, 1304,

1521, 1797

勸, 1125

勀, 1070, 1096, 1623

勐, 1370

勑, 1898

匪, 596, 600, 871

卿, 167, 189, 687, 899, 1619, 1629, 1718, 1969, 2350, 2351, 2508, 2783

厝, 336, 1100, 1234, 1383, 2888

原, 36, 163, 453, 682, 801, 1246, 1711, 2201, 2263, 2792, 2793, 2798, 2805, 2808, 2891

叟, 685, 799, 2428

員, 444, 637, 840, 2387, 2795, 2797, 2926, 2928

唓, 1292, 1495, 2065

哤, 1980

哥, 671, 775, 1054

哦, 501, 502, 1503, 2247

哨, 1801, 2373

哩, 339, 340, 793, 1208, 1209, 1215, 1216, 1217, 1219, 1228, 1233, 1235, 1316, 1327, 1432, 1489, 1920, 2305, 2537

哪, 1446, 1462

哫, 3147

啊, 788

哭, 668, 772, 843, 1164, 1171, 1589, 2059, 2377, 2378

哮, 772, 817, 2378

哯, 2330

哱, 2378

哲, 1355, 1848, 1926, 2292, 2325, 2362, 2871, 2910

唽, 2878, 2910

哹, 627, 811

哺, 153, 169, 601, 631, 1549, 2388

哽, 683, 2496

哾, 1982

哿, 674

唄, 61, 68, 1109, 2015

唅, 231, 329, 760, 763, 796, 1207

唆, 1138

唇, 295, 296, 2427, 2492

唈, 2615

唎, 788, 1060, 1185, 1208, 1209, 1210, 1228, 1238, 1296, 1327, 1770

唏, 2285, 2428

唐, 313, 381, 584, 683, 735, 766, 845, 1082, 1145, 1247, 1421, 2056, 2057, 2058, 2111, 2254, 2436, 2478, 2678, 2680, 2683

唑, 3168

唓, 2444

唖, 503, 1848, 2471

啓, 1587

啾, 1089

圂, 866, 2097

圃, 1260, 1551

圄, 708

垸, 2136, 2139, 2808

垂, 2682

埃, 4, 698, 1198, 2114

埈, 4

埋, 1172, 1217, 1341, 2473
埒, 994, 1257
埾, 1847
夏, 36, 743, 799, 826, 1249, 1633, 1774, 1976, 2081, 2314, 2315, 2539, 2693, 2759, 2839
套, 1178
奘, 2860, 3108, 3109
奚, 121, 1125, 2287, 2473, 2603
娉, 1533
娑, 14, 144, 146, 759, 785, 879, 1321, 1520, 1541, 1718, 1737, 1738, 1739, 1757, 1769, 1771, 1773, 2000, 2002, 2021, 2067, 2290, 3117, 3119, 3156
娘, 1487, 1673
娙, 2413, 2659
娜, 3, 501, 569, 1446, 1449, 1457, 1462, 1499, 2041, 2130, 2523, 3032
娟, 206
娠, 925, 1694, 1819, 1822
娣, 434
娥, 501
娧, 2122, 2821
娩, 1378
娯, 760, 838, 922, 1421, 1504, 2294, 2303, 2747, 2781
孫, 333, 702, 755, 942, 1282, 1956, 2019, 2020, 2462, 2712, 2801, 3124
宬, 237, 1843
宮, 13, 51, 176, 227, 279, 454, 587, 613, 691, 704, 722, 735, 759, 1158, 1162, 1165, 1268, 1332, 1407, 1920, 2026, 2057, 2079, 2193, 2246, 2435, 2444, 2476, 2673, 2807, 2881, 3073, 3138
宰, 36, 723, 764, 937, 1773, 2112, 2848, 2894
害, 300, 380, 467, 505, 518, 581, 668, 671, 692, 708, 722, 759, 834, 842, 869, 896, 940, 951, 1156, 1158, 1162, 1165, 1166, 1265, 1373, 1410, 1463, 1499, 1700, 1703, 1704, 1705, 1730, 1772, 1778, 1803, 1828, 1845, 1876, 1975, 2020, 2273, 2364, 2476, 2651, 2683, 2846, 2881, 3016, 3034, 3054, 3063, 3094, 3122
宴, 14, 330, 1921, 2497, 2500, 2502
宵, 1619, 2374, 2377
家, 3, 13, 51, 82, 238, 279, 396, 454, 646, 692, 722, 738, 741, 746, 768, 769, 927, 937, 944, 950, 951, 957, 960, 1007, 1033, 1118, 1156, 1187, 1259, 1364, 1367, 1368, 1566, 1630, 1631, 1803, 1807, 1876, 1895, 1920, 1935, 1978, 2228, 2246, 2366, 2370, 2391, 2452, 2476, 2516, 2539, 2613, 2625, 2630, 2798, 2800, 2881, 2914, 3041, 3043, 3050, 3129, 3134, 3138, 3150, 3152
宸, 227, 228, 1826, 1847, 2934, 3134
容, 109, 197, 677, 759, 761, 1156, 1159, 1217, 1225, 1355, 1374, 1492,

1700, 1701, 1702, 1763, 1828, 2072, 2477, 2488, 2680, 2777, 2846

射, 173, 419, 550, 663, 691, 978, 1776, 1808, 1864, 1870, 2072, 2125, 3056

尅, 723, 1154, 1155, 1156

屐, 884, 990, 1333, 1577, 2304

屑, 1235, 2379, 2387

屓, 637, 2387

展, 477, 1284, 1389, 1443, 1494, 1535, 1639, 1966, 2888, 3106, 3118

屖, 2288

峨, 501, 502, 1544

峪, 705, 2327, 2773

峭, 1608, 1797

峯, 16, 41, 189, 609, 826, 1104, 1775

峰, 189, 609, 610, 999, 2434

島, 4, 100, 386, 750, 758, 1487, 1977, 2251

峻, 508, 666, 844, 1130, 1138, 2292, 2327, 2462, 2469

峽, 2310

差, 190, 197, 201, 335, 336, 337, 422, 473, 602, 675, 703, 750, 932, 973, 1016, 1102, 1199, 1473, 1623, 1654, 1729, 1778, 1805, 1906, 1976, 2071, 2202, 2256, 2301, 2433, 2618, 2629, 2784, 2912, 3056, 3075, 3098, 3156

帩, 1608

師, 14, 128, 166, 167, 220, 271, 303, 316, 344, 414, 440, 450, 571, 606, 622, 644, 687, 738, 772, 818, 900, 927, 930, 933, 998, 1013, 1026, 1196, 1291, 1313, 1335, 1365, 1404, 1601, 1684, 1737, 1763, 1767, 1775, 1790, 1804, 1811, 1819, 1827, 1849, 1855, 1856, 1857, 1870, 1889, 1902, 1921, 1930, 1958, 1975, 1988, 1995, 1997, 1999, 2012, 2029, 2073, 2249, 2267, 2319, 2381, 2478, 2490, 2517, 2524, 2612, 2631, 2647, 2668, 2706, 2723, 2734, 2777, 2783, 2801, 2869, 2904, 2917, 2957, 2964, 3036, 3051, 3053, 3074, 3076, 3110, 3121, 3122, 3124, 3138, 3148, 3154, 3162

帬, 1665

席, 366, 477, 826, 911, 1465, 2295, 2298, 2370, 2441, 3170

帶, 365, 439, 3028

座, 42, 215, 230, 291, 336, 616, 658, 826, 827, 858, 1027, 1098, 1165, 1260, 1282, 1344, 1380, 1768, 1794, 1796, 1838, 1974, 2041, 2043, 2057, 2249, 2250, 2251, 2295, 2437, 2680, 2746, 3080, 3094, 3168, 3170

庨, 2378

庫, 51, 133, 182, 183, 707, 1171, 1414, 1548, 2759

庬, 1351

庭, 398, 458, 2090, 2091

弆, 1670, 2860

弰, 1994

弱, 158, 649, 815, 1257, 1481, 1589, 1639, 1677, 1726, 1736, 1799, 2408

彧, 2773

徐，252, 275, 998, 1051, 2086, 2431, 2441, 2655, 2753, 2769

徑，104, 397, 610, 976, 1062, 1066, 1074, 1082, 1364, 2107, 2152, 2153, 2214, 2513, 2910, 3085, 3094

徒, 84, 106, 132, 274, 322, 324, 328, 358, 373, 414, 418, 562, 799, 807, 1067, 1475, 1666, 1684, 1905, 1946, 2008, 2057, 2110, 2111, 2112, 2113, 2114, 2214, 2301, 2401, 2613, 3051, 3142, 3143

従, 321, 802, 1983, 2110, 2301, 2558, 2885, 3039, 3141

恁, 1468, 1826, 2761, 3161

恐，60, 87, 166, 263, 316, 362, 405, 506, 512, 688, 820, 899, 924, 939, 1071, 1159, 1161, 1166, 1176, 1336, 1485, 1497, 1678, 1688, 1968, 1997, 2137, 2218, 2272, 2569, 2737, 2789, 2806, 3136

恕，281, 301, 789, 1391, 1496, 1497, 1498, 1709, 1968, 1969, 2427, 2975

恙, 843, 2510, 3012

恲, 763, 796

恚, 124, 225, 226, 246, 424, 467, 473, 505, 607, 794, 842, 853, 859, 1058, 1371, 1463, 1496, 1497, 1911, 2161, 2185, 2289, 2301, 2391, 2624, 2749, 2876

恣，318, 400, 741, 1127, 1162, 1392, 1994, 2090, 2398, 2622, 2629, 2635, 2660, 2669, 2747, 2780, 2963, 3014, 3119, 3120, 3121, 3122, 3136, 3141, 3142

恥，181, 255, 367, 1094, 1179, 1642, 1847, 2089, 2380, 2433, 2521, 3002

恧, 506, 1502

恩, 301, 412, 505, 509, 707, 854, 1187, 1250, 1688, 1852, 1901, 1996, 2054, 2286, 2457, 2645, 2749, 2806, 3128

恭, 5, 57, 180, 192, 521, 611, 687, 689, 690, 693, 1040, 1082, 1219, 1443, 1615, 2026, 2079, 2084, 2110, 2209, 2339, 2608, 2677, 3153

息, 162, 199, 226, 266, 321, 365, 473, 510, 552, 813, 856, 863, 1355, 1375, 1438, 1488, 1610, 1740, 1764, 1820, 1980, 1997, 2143, 2286, 2290, 2293, 2298, 2356, 2373, 2393, 2421, 2616, 2627, 2825, 2997, 3090, 3124, 3132

恵, 843, 854, 859

恾, 1350

悁, 496, 1122, 1125

悂, 1598

悅, 1992

悈, 1036, 2387

悋，699, 721, 852, 914, 1125, 1156, 1166, 1188, 1262, 1480, 1598, 1613, 1614, 1805, 2047, 2283, 2291, 2556, 2777

悌, 304, 324, 435, 2075

悍, 495, 760, 765, 767, 2277
悎, 2282
悑, 168
悒, 54, 2612, 2615, 2617
悓, 1179
悔, 205, 263, 558, 758, 851, 854, 858, 876, 1036, 1179, 1217, 1357, 1360, 1463, 1500, 1948, 1980, 1984, 2270, 2273, 2308, 2388, 2414, 2498
悕, 166, 181, 819, 1262, 1263, 2283, 2285, 2287, 2397
悖, 63, 147, 149, 975, 1499, 1513, 1826, 3139
悚, 166, 816, 834, 1530, 2013
悛, 1137, 1138, 1654
悝, 1178
悞, 2017, 2274, 2275, 2276, 2277, 2747
悟, 12, 114, 229, 268, 275, 342, 488, 508, 563, 686, 822, 859, 887, 990, 1009, 1027, 1263, 1325, 1371, 1571, 1806, 1842, 1982, 2083, 2190, 2248, 2269, 2270, 2274, 2276, 2277, 2278, 2280, 2409, 2416, 2656, 2747, 2769, 2825, 2952, 2975
悢, 794, 1179, 1250
悦, 456, 728, 734, 834, 847, 1122, 1172, 1387, 1673, 1727, 1828, 1844, 1893, 1927, 1962, 1992, 2122, 2126, 2303, 2320, 2821, 2823, 2826, 2998
悩, 813, 1462
扃, 1088, 1102, 1177, 2364
扇, 41, 599, 820, 957, 1777, 2092, 2773
拳, 45, 452, 609, 611, 862, 900, 1105, 1123, 1124, 1615, 1656, 1658, 1659, 1660, 1760, 1934, 2668, 2894, 3056
拿, 2894
挈, 1155, 1614
挐, 1445, 1497, 1715
挙, 1104
挨, 4, 3147
挩, 1979
挪, 1447, 1499
挫, 336, 2865, 3166
挭, 683
挮, 2064, 2075
振, 227, 233, 240, 253, 328, 461, 682, 1139, 1498, 1736, 2250, 2615, 2925, 2932, 2934, 2938
挱, 1771
挴, 1435
挵, 1495
挹, 30, 54, 192, 1955, 2564, 2615, 2617, 2818
挺, 277, 374, 458, 988, 1776, 2092, 2486
挼, 1719, 2245
挽, 54, 252, 268, 335, 1347, 1378, 1513, 2137, 2139, 2141, 2169, 3140
挾, 42, 619, 1006, 2309, 2310, 2378, 2384, 2555, 2897
捶, 153, 192, 2306, 2514
捀, 152
捃, 176, 1128, 1137

捄, 1095, 1101

捅, 1003, 1128, 2102

捈, 2108

捉, 31, 54, 153, 253, 325, 328, 330, 345, 879, 881, 1015, 1340, 1413, 1495, 1646, 1736, 1773, 1923, 1933, 2068, 2106, 2137, 2449, 2602, 2745, 2765, 2989, 3011, 3101, 3115, 3146

捊, 627, 1548

捋, 994, 1332, 2512

捌, 27, 721

捍, 660, 765, 795, 1489, 2463

捎, 1797, 2020

捏, 241, 367, 1483, 1489, 1490

捐, 1122, 1125, 1130, 1505, 1680, 1805, 1980, 2020, 2340, 2801, 3085

捒, 459, 1967

捔, 1003, 1010, 1128, 1129, 2709

捕, 153, 166, 1536, 1549, 1642, 1947, 2299, 2307

捖, 2136, 2141

捗, 167, 1811

捘, 3156

捜, 939, 1952, 2158, 2330, 2795, 2872

效, 594, 1005, 1009, 2377, 2379

敉, 1971

料, 244, 332, 447, 483, 852, 927, 1148, 1252, 1253, 1254, 1337, 1512, 1971, 2538, 2930

旁, 46, 1513

旃, 233, 446, 624, 1122, 1580, 1854, 1857, 1937, 2448, 2449, 2883, 2885, 2887, 2931

旄, 1351, 1352

旅, 593, 994, 1332, 1333, 1580, 2448, 2540

旆, 45, 1515, 2885

旯, 222

時, 18, 84, 104, 173, 190, 199, 222, 249, 280, 309, 318, 351, 362, 364, 407, 417, 483, 486, 491, 514, 519, 522, 537, 561, 588, 597, 604, 622, 635, 644, 713, 752, 770, 771, 783, 807, 813, 820, 853, 874, 894, 896, 900, 917, 930, 933, 961, 978, 994, 1013, 1018,1022, 1034, 1067, 1189, 1207, 1325, 1362, 1387, 1404, 1433, 1454, 1471, 1482, 1501, 1528, 1570, 1579, 1586, 1591, 1601, 1612, 1622, 1624, 1625, 1645, 1669, 1673, 1689, 1696, 1708, 1718, 1733, 1774, 1808, 1813, 1819, 1841, 1846, 1853, 1856, 1857, 1862, 1866, 1867, 1889, 1896, 1902, 1905, 1914, 1920, 1970, 1980, 1982, 1999, 2001, 2010, 2029, 2063, 2073, 2126, 2135, 2146, 2196, 2214, 2241, 2247, 2259, 2274, 2281, 2290, 2319, 2334, 2341, 2376, 2388, 2403, 2408, 2412, 2430, 2438, 2524, 2538, 2539, 2554, 2575, 2619, 2631, 2689, 2733, 2739, 2767, 2781, 2853, 2869, 2874, 2876, 2906, 2917, 2957, 2975, 3014, 3022, 3028, 3056, 3065, 3073, 3076, 3083, 3106, 3131, 3135, 3156

晃, 584, 732, 847, 1075, 1379,

1838, 2403, 2519, 2773
晈, 1003, 1004, 1005, 2675
晉, 308, 1055, 1615, 2013
晋, 308, 766, 1054, 1060, 1301, 1552, 1553, 1579, 1615, 1674, 2013, 2079, 2227
晏, 14, 1444, 2237, 2497, 2670
㫤, 133
晒, 1774
晟, 227, 1843
書, 171, 268, 831, 832, 896, 1009, 1059, 1098, 1123, 1288, 1796, 1903, 1957, 1958, 2196, 2303, 2401, 2441, 2478, 2652, 2712, 2917, 3058
朓, 2087
朔, 222, 1404, 1994, 2353
朕, 419, 1810, 2046, 2675, 2934
朗, 257, 930, 1183, 1196, 1197, 1316, 1327, 1402, 1767, 2622, 2804, 2906
柴, 201, 887, 1342, 1550, 2823, 3126, 3149
栓, 452, 1806, 1975
栖, 1093, 1561, 1563, 1597, 2282, 2299
栗, 122, 1208, 1232, 1233, 1529, 1561, 2861
栝, 719, 1183
栟, 1530
校, 28, 85, 252, 486, 619, 672, 788, 808, 924, 972, 1000, 1003, 1004, 1006, 1009, 1010, 1095, 1128, 1886, 1952, 1972, 2106, 2230, 2248, 2310, 2377, 2378, 2385, 2489, 2795, 2980, 3108, 3116
栢, 36, 2133
栩, 840, 2441
株, 291, 661, 1260, 1424, 3059, 3060
栈, 554, 2132, 3159
栱, 692
栲, 667, 1147
栴, 759, 1170, 1528, 2052, 2448, 2883, 2885, 2886, 2887, 2890, 2928
核, 786, 788, 2387, 2964
根, 55, 70, 81, 156, 164, 229, 248, 279, 347, 416, 487, 557, 587, 596, 679, 682, 685, 710, 742, 745, 784, 793, 833, 852, 886, 892, 908, 958, 960, 976, 1032, 1040, 1061, 1078, 1084, 1118, 1166, 1196, 1247, 1252, 1259, 1354, 1375, 1381, 1395, 1401, 1463, 1470,1478, 1612, 1623, 1643, 1659, 1680, 1721, 1778, 1805, 1812, 1817, 1830, 1879, 1886, 1901, 1910, 1928, 1941, 2066, 2072, 2090, 2094, 2166, 2246, 2257, 2273, 2330, 2331, 2338, 2355, 2377, 2391, 2467, 2492, 2522, 2543, 2559, 2616, 2660, 2736, 2800, 2897, 2901, 2932, 2968, 2970, 2989, 3002, 3021, 3096, 3123
格, 277, 672, 674, 790, 908, 1006, 1183, 1200, 1326, 1563, 1805, 2338, 2378, 2784
栽, 174, 788, 1881, 2823, 2847, 2848

栿, 618, 627
桀, 1018, 1019, 1023, 1246, 2063, 2911
桁, 767, 795
桂, 719, 720, 740, 948, 1173, 3080, 3096
桃, 446, 1506, 1518, 1549, 2059, 2060, 2085, 2111, 3032
桄, 734, 796
桅, 2169
框, 1176
案, 13, 15, 17, 196, 509, 910, 1509, 1647, 1996, 2515, 2542, 2629, 2810, 2827, 3028
桉, 14, 17
桊, 1654
桎, 1061, 1101, 1131, 3018, 3096
桐, 2254
桑, 239, 958, 1761, 2460
桓, 36, 433, 789, 795, 838, 839, 1259, 1540, 1609, 1777, 2051, 2792, 2990
桔, 914, 1018, 1102, 1164
桗, 494
桙, 1352
桛, 102
梳, 1286, 1955, 1958, 1966
欬, 755, 1143
欱, 774, 777, 2665
殉, 698, 2461
殊, 128, 167, 274, 289, 333, 486, 568, 591, 1013, 1096, 1130, 1256, 1261, 1290, 1359, 1362, 1363, 1430, 1471, 1574, 1709, 1825, 1846, 1903, 1955, 2030, 2063, 2098, 2135, 2167, 2335, 2354, 2416, 2430, 2503, 2554, 2614, 2620, 2754, 2925, 3044, 3051, 3059, 3060, 3066, 3106
残, 181
殷, 39, 261, 445, 1392, 1603, 1618, 1784, 2262, 2311, 2402, 2654, 2657
毦, 520, 1353
氣, 18, 266, 289, 506, 605, 608, 825, 952, 1056, 1059, 1105, 1404, 1552, 1581, 1590, 1593, 1818, 1964, 2000, 2084, 2259, 2286, 2307, 2385, 2427, 2442, 2446, 2517, 2541, 2616, 2626, 2654, 2684, 2747, 2791, 3012
氤, 605, 2654
泰, 192, 355, 612, 691, 1105, 1124, 1615, 2045, 2046, 2073, 2084, 2510, 3143
浙, 2291, 2924
浚, 131, 807, 1137, 1138, 1264, 1265
浞, 3117
浡, 148, 1357, 2059
浣, 273, 766, 842, 843, 1001, 1336, 1671, 2299, 2807
涿, 3074
浦, 49, 153, 1515, 1550, 1551
浩, 557, 771, 867, 896, 1020, 1132, 1350, 2684, 2862
浪, 142, 608, 1197, 1250, 1390, 2056, 2330, 3105

浬, 1216

浮, 148, 169, 297, 423, 582, 600, 619, 621, 624, 625, 627, 628, 811, 994, 1077, 1283, 1540, 1671, 1719, 1823, 1978, 2257, 2331, 2510, 2659, 2705

浲, 998

浴, 85, 146, 231, 276, 705, 730, 1192, 1284, 1325, 1326, 1442, 1477, 1737, 1821, 1992, 2300, 2691, 2716, 2772, 2773, 2778, 2862, 2921

海, 142, 247, 277, 396, 413, 430, 557, 566, 587, 640, 702, 758, 769, 786, 852, 858, 940, 1033, 1078, 1084, 1175, 1197, 1283, 1309, 1325, 1347, 1364, 1390, 1434, 1463, 1605, 1668, 1717, 1845, 1978, 2005, 2107, 2128, 2271, 2339, 2785, 3021, 3049, 3063

浸, 650, 968, 989, 1055, 1057, 1605, 1615, 3137

浼, 1376

涂, 274, 2112

涅, 339, 341, 406, 839, 853, 1103, 1217, 1359, 1451, 1474, 1476, 1478, 1483, 1489, 1858, 1929, 2221, 2227, 2403, 2619

涇, 1062, 1065

消, 263, 275, 827, 829, 995, 1122, 1154, 1164, 1246, 1314, 1608, 1622, 1624, 1662, 1761, 1797, 2034, 2085, 2122, 2286, 2372, 2374, 2377, 2439, 2451, 2725

涊, 247

涌, 269, 995, 1081, 1284, 1358, 1701, 2681, 2684, 2685, 2686, 2688, 2827

涓, 1122

涔, 1977

涕, 438, 1205, 1590, 1737, 1841, 2065, 2068, 2074, 2075, 2322

涖, 1232

涘, 2011

淚, 21, 28, 1006, 1164, 1205, 1206, 1232, 1489, 1590, 2011, 2068, 2132, 2249, 2311, 2748

涛, 2059, 2060, 2061

流, 465, 467, 1198, 1554, 2443, 2858, 3137

涓, 2780

烈, 93, 127, 1229, 1256, 1257, 1258, 1678, 2074, 2380

烊, 2505, 2507

烋, 2428, 2433

烏, 266, 637, 672, 1340, 1409, 1457, 1488, 2198, 2251, 2252, 2277, 2367, 2375, 2473, 2790, 3051, 3132

烔, 459, 1089, 2101

烕, 1386

烖, 2848

烘, 797, 1671

烙, 1200, 1994, 1995

烜, 795, 2449, 3148

烝, 236, 658, 905, 2937

烟, 870, 1299, 2081, 2101, 2472, 2473, 2497, 2498, 2500, 2649

烢, 224

烣, 848

牂, 2504
牸, 2012, 2063, 3136
特, 128, 251, 254, 333, 345, 365, 398, 407, 467, 468, 607, 713, 966, 994, 1059, 1361, 1383, 1574, 1734, 1840, 1871, 1920, 2061, 2092, 2108, 2341, 2620, 3136
狷, 1125, 1480
狸, 1209, 1210, 1351
狹, 392, 880, 909, 1003, 1006, 1633, 1886, 1952, 2309, 2310, 2384, 2864
狼, 55, 656, 679, 793, 794, 1196, 1197, 1354, 1487, 2206
狽, 63
狾, 3020
玆, 301, 2692, 3120
玼, 298, 315, 2311
珓, 1006, 2378
珙, 692
珞, 1305, 1325, 1326, 1343, 1842, 3060
珠, 54, 624, 734, 841, 1051, 1325, 1363, 1473, 1528, 1590, 1955, 1956, 1959, 1972, 1979, 2148, 2217, 2253, 2336, 2420, 2432, 2798, 2922, 2925, 2968, 3055, 3059, 3061, 3072
珢, 1389
珣, 2458
珶, 50
珥, 518, 520
珩, 2491
珪, 737, 740, 2092
班, 38, 40, 595, 1063, 1162, 1216, 1238, 2015, 2311, 2437
珮, 289, 1515
琉, 1213, 1283, 1284, 1285, 1958
瓴, 816
甡, 1825
畔, 42, 1512, 1513, 1522, 1768, 1869, 2675
留, 12, 218, 278, 343, 367, 600, 646, 697, 743, 1281, 1283, 1285, 1286, 1290, 1293, 1297, 1644, 2005, 2028, 2091, 2122, 2619, 2697, 2747, 2807, 3085, 3102, 3167
畛, 2931
畜, 278, 282, 379, 697, 1592, 1729, 1941, 1954, 2004, 2101, 2443, 2447, 2676, 2773, 2785, 3049, 3098, 3159
畝, 1436
畟, 187, 932, 1138, 1217
畠, 206
疰, 3095
疱, 48, 56, 1514, 2005, 3042
疲, 31, 66, 139, 151, 476, 551, 907, 1125, 1198, 1203, 1521, 1523, 1952, 2104, 2499, 2570, 2615, 2693
疷, 433, 2983
疸, 368, 1639
疹, 139, 908, 1657, 2847, 2926, 2931
疼, 908, 1094, 1464, 1523, 2063, 2104
疽, 290, 368, 1101, 1639, 2104

疾, 138, 183, 246, 261, 279, 326, 432, 475, 493, 551, 617, 735, 898, 906, 914, 937, 1058, 1094, 1131, 1143, 1198, 1227, 1235, 1463, 1470, 1487, 1523, 1592, 1616, 1657, 1850, 1865, 1888, 2104, 2538, 2615, 2659, 2709, 2824, 2914, 2931, 2950, 3094, 3108, 3129

痱, 601, 625

痂, 944, 951

痃, 2448, 2450

病, 73, 138, 245, 290, 842, 875, 906, 1028, 1148, 1165, 1199, 1286, 1295, 1311, 1494, 1523, 1565, 1864, 1879, 2001, 2025, 2104, 2245, 2326, 2374, 2516, 2615, 2624, 2676, 2697, 2900, 2912, 2931, 3061, 3083, 3151

痆, 1480, 2983

疱, 48, 49, 1514

益, 19, 137, 146, 207, 345, 393, 399, 400, 427, 465, 564, 598, 630, 657, 658, 695, 780, 958, 1059, 1060, 1073, 1230, 1370, 1516, 1588, 1594, 1629, 1736, 1782, 1844, 1846, 1903, 1917, 2190, 2261, 2274, 2410, 2503, 2510, 2516, 2555, 2615, 2628, 2635, 2706, 2741, 2826, 2875, 3022, 3069, 3136

盆, 1014

盉, 145

盌, 146, 2137, 2139

盍, 657, 787, 2616

盎, 1, 19

眒, 1822, 1982

眗, 699, 1642, 1982

眚, 1843

眛, 392, 1362, 1869

眜, 1430

真, 1878, 2485, 2986

眠, 226, 597, 604, 626, 680, 794, 1229, 1363, 1370, 1375, 1378, 1403, 1408, 1409, 1429, 1845, 1922, 1980, 2249, 2407, 2493, 2874, 2982, 3101

眡, 2982

眤, 1479, 1480

眨, 516, 1022, 1777

眩, 93, 841, 2322, 2448, 2450

矜, 1052

矩, 480, 737, 1104, 1107, 1108, 1114, 1116, 1117, 2982, 2983, 3021, 3029

砢, 453

砣, 2130, 2878

砥, 432, 434, 1922

砧, 1146, 1605, 2088, 2925, 2926, 2930

砭, 99

砰, 1516, 2018

破, 12, 37, 66, 77, 83, 144, 151, 274, 308, 333, 483, 484, 518, 550, 551, 554, 560, 566, 581, 712, 726, 807, 831, 836, 933, 1008, 1022, 1079, 1095, 1105, 1141, 1188, 1224, 1313, 1371, 1387, 1460, 1471, 1479, 1520, 1541, 1545, 1547, 1584, 1588, 1662, 1760, 1772, 1850, 1929, 1980, 1987, 2018, 2104, 2328, 2334, 2392, 2605, 2676,

2777, 2785, 2877, 2906, 2926, 2964, 2971, 2988, 3059, 3117, 3118, 3131

砿, 1176, 1178

祏, 630, 2040, 2730

祐, 207, 219, 477, 630, 704, 822, 824, 1098, 1164, 1996, 2040, 2125, 2706, 2729, 2730, 2784, 2923, 3002, 3148

祑, 619, 3018

祓, 627

祕, 89, 232, 271, 1337, 1516, 1765, 1865, 1995, 2194, 2553, 2568, 2612, 2897, 3056, 3097, 3140

祖, 327, 369, 634, 1022, 1220, 1458, 1687, 1715, 1768, 1923, 2053, 2349, 3080, 3143, 3147, 3148, 3166, 3170

祗, 429, 432, 1372, 1576, 1996, 2981, 2982, 2983, 3148

祩, 1363, 1430

祚, 56, 415, 630, 1564, 2730, 2746, 2879, 3147, 3170

祛, 271, 1639, 1648, 1664

祜, 703, 822, 2730

祝, 847, 1069, 1478, 1979, 2011, 2013, 3057, 3096, 3097, 3170

神, 153, 167, 180, 202, 227, 228, 233, 242, 288, 309, 397, 417, 425, 522, 622, 630, 632, 633, 740, 743, 1000, 1056, 1059, 1070, 1080, 1118, 1181, 1217, 1223, 1268, 1291, 1306, 1334, 1658, 1669, 1684, 1815, 1819, 1825, 1826, 1847, 1870, 1877, 1974, 2079, 2145, 2165, 2247, 2316, 2341, 2353, 2393, 2434, 2462, 2505, 2668, 2730, 2752, 2937, 3004, 3022, 3046, 3065, 3075, 3154

祟, 261, 3138

祠, 298, 318, 386, 936, 973, 1148, 1339, 1826, 2010, 2012, 2025, 2403

秘, 91, 1382, 1995, 2247, 2568, 3043

秝, 1962

租, 327, 3143, 3148

秡, 19, 28, 148

秣, 1260, 1363, 1424, 1425, 1430

秤, 231, 243, 461, 1148, 1516, 1533, 1534, 1536

秥, 1483

秦, 102, 227, 611, 1054, 1123, 1145, 1455, 1579, 1615, 2045, 2046, 2663, 2928, 3143

秩, 3014, 3019, 3020

秪, 373, 433, 1576, 2981, 2983, 3000, 3004

秫, 1962, 2435

窄, 187, 1524, 2864, 2871, 2881

窅, 1428, 2515

窆, 101

窃, 1632, 2086, 2514, 2515, 2692

窊, 2133

窌, 1006

竚, 3094, 3097

竛, 1263, 1265, 1266

竝, 135, 136, 140, 692, 798, 975, 1223, 1551, 1740, 2606, 2615, 2889,

3119
笈, 896, 905, 2639, 2792
笄, 425, 697, 2019
笎, 767, 795, 2931
笑, 304, 721, 798, 812, 844, 1016, 1036, 1165, 1361, 1555, 1657, 1661, 1851, 1872, 1946, 2055, 2081, 2108, 2199, 2324, 2377, 2378, 2379, 2603, 2778, 3073
笒, 189, 1616
粃, 86
粄, 1512
粆, 223, 1773
粇, 1063, 1145
粉, 72, 177, 603, 606, 607, 659, 1232
紋, 628, 1004, 2230, 2233
納, 665, 1020, 1183, 1304, 1449, 1450, 1462, 1465, 1466, 1727, 1812, 2157, 2306, 2413, 2801, 2818, 3039
紏, 43, 1089, 1307
紐, 262, 697, 1254, 1435, 1493, 1494, 1694, 2157, 2306, 2818
紓, 1958, 2731
純, 296, 297, 306, 487, 931, 1129, 1306, 1468, 1591, 1654, 1676, 1827, 1983, 2103, 2123, 2130, 2139, 2414, 2514, 2844, 3039, 3113, 3140
紕, 1520
紖, 2664
紗, 1769, 1773, 2374
紘, 798, 1268, 2103, 3139
紙, 451, 1124, 1390, 1576, 1863, 2728, 2892, 3004, 3159
級, 82, 678, 896, 906, 1017
紛, 603, 605, 606, 607, 687, 798, 1326, 2817, 2838
紜, 606, 1089, 1670, 2838
紝, 1694, 2204
素, 124, 467, 741, 821, 1024, 1205, 1297, 1593, 1757, 2030, 2033, 2042, 2207, 2416, 2447, 2544, 2777
索, 9, 61, 184, 239, 240, 301, 337, 442, 890, 937, 1059, 1461, 1533, 1581, 1597, 1635, 1645, 2024, 2032, 2319, 2377, 2870
缹, 613, 1549
缺, 581, 712, 853, 977, 1127, 1129, 1141, 1662, 1663, 1929, 2660, 2874
罛, 706
罝, 1101, 1609
罟, 706
罠, 1389
羔, 667
羖, 429, 706, 1024, 1495
羗, 199, 1361, 2720
翁, 634, 687, 2244, 3038
翅, 257, 258, 569, 1608, 2757
耄, 487, 771, 1352, 1353
耆, 199, 466, 1013, 1016, 1199, 1575, 1576, 1799, 1801, 1857, 1925, 1965, 2349, 2638, 2915, 3064, 3098
耕, 244, 625, 683, 1213
耗, 487, 771, 1353, 1462
耘, 1354, 2838

聆, 1615
耻, 255, 367
耽, 367, 368, 634, 929, 1375, 1446, 1828, 1925, 2047, 2488, 2988
耿, 683
胭, 1163, 2472, 2496, 2500
脌, 1513
膀, 151, 1149, 1171, 1818, 2141
胱, 732, 2125
胲, 755, 1149, 2141
胳, 671
脛, 3020
胷, 2928
胸, 657, 957, 1438, 1662, 1820, 2385, 2426, 2427, 2472, 2494, 2512
胼, 1528
能, 55, 83, 157, 173, 187, 190, 283, 288, 296, 308, 331, 381, 397, 406, 413, 420, 424, 455, 460, 487, 512, 525, 550, 559, 581, 597, 622, 644, 660, 685, 694, 712, 726, 770, 779, 834, 862, 894, 899, 909, 917, 930, 933, 1012, 1020, 1026, 1048, 1079, 1096, 1143,1151, 1157, 1188, 1197, 1229, 1237, 1279, 1282, 1291, 1307, 1313, 1368, 1396, 1403, 1447, 1453, 1460, 1463, 1466, 1468, 1486, 1492, 1552, 1584, 1607, 1621, 1623, 1625, 1644, 1652, 1668, 1678, 1681, 1690, 1703, 1707, 1753, 1760, 1779, 1795, 1831, 1845, 1847, 1853, 1869, 1885, 1889, 1942, 1977, 1987, 2002, 2020, 2028, 2037, 2042, 2046, 2055, 2072, 2087, 2090, 2125, 2157, 2195, 2221, 2235, 2247, 2259, 2289, 2334, 2340, 2376, 2388, 2397, 2398, 2428, 2430, 2438, 2444, 2477, 2499, 2559, 2588, 2631, 2662, 2665, 2678, 2689, 2702, 2710, 2737, 2752, 2761, 2777, 2824, 2862, 2868, 2873, 2906, 2910, 2915, 2940, 2951, 2956, 2971, 2988, 3007, 3021, 3064, 3106, 3131, 3161
脂, 600, 1139, 1482, 2042, 2568, 2909, 2944, 2968, 2983, 3001, 3004, 3056
脃, 331
脅, 2385, 2386
脆, 331, 332, 1130, 1481
脇, 217, 647, 1204, 1464, 1509, 2042, 2385, 2386
脈, 197, 1004, 1341, 1703, 1845
脊, 62, 518, 918, 973, 1580
臯, 1489, 2374
臭, 73, 259, 265, 865, 999, 1514, 1817, 1855, 1996, 2001, 2434, 3128
舀, 2514
舁, 20, 1105, 2746, 2755, 2765
舐, 253, 834, 1575, 1922, 1927, 2070, 2084, 2252
舩, 286, 2486
航, 287, 554, 767, 1146
舫, 287, 587, 592, 2492
般, 38, 130, 140, 145, 146, 256, 285, 286, 616, 705, 709, 1006, 1357, 1373, 1446, 1496, 1507, 1509, 1537, 1642, 1679, 1817, 1822, 2041, 2245,

2654, 2657, 2667, 2823, 2827, 2980, 2982, 3049, 3052

芻, 89, 270, 273, 276, 1413, 1961

茈, 298, 306

荅, 672

茗, 1407

茢, 1257

荽, 276, 492

茨, 298, 2602

茫, 1349, 1350

茯, 618, 627

茲, 77, 301, 302, 315, 808, 1573, 1873, 2323, 2793, 2963, 3119, 3120, 3121, 3136

茴, 833, 850, 851

茵, 1439, 2651, 2670

茶, 192, 1445, 1455, 1715, 2108, 2127, 2256, 2877

茷, 554, 1353

茸, 519, 1013, 1700

茹, 1707, 1715

荀, 697, 2019, 2458, 2795, 2919

荂, 616

荃, 1656, 1658

荄, 655, 2540

荅, 1368, 1734, 2040

荇, 2409

草, 79, 86, 179, 185, 186, 190, 223, 367, 444, 445, 608, 672, 744, 748, 824, 826, 845, 1109, 1302, 1352, 1410, 1429, 1436, 1492, 1533, 1771, 1852, 1973, 2273, 2387, 2516, 2540, 2585, 2891

荊, 277, 298, 319, 910, 988, 1061, 1228, 2403

荏, 984, 1689, 3108

荐, 334, 905, 984

荒, 301, 844, 845, 1053, 1350, 1619, 2500, 2540

荓, 1534

荕, 1204

荖, 199

茂, 1353

荘, 3107

虔, 280, 476, 685, 988, 1145, 1336, 1499, 1603, 1604, 1618, 3047

蚬, 254, 255

蚊, 714, 1000, 1359, 1577, 2233, 2238

蚋, 1367, 2157, 3124

蚌, 45, 46, 2507

蚑, 1577, 2233

蚳, 1575, 1922

蚖, 467, 848, 1803, 2795

蚘, 2702, 2795

蚢, 767

蚣, 691, 798

蚤, 2233, 2861

蚩, 244, 1371, 1587

蚪, 463

蚸, 834, 1515

衰, 4, 48, 139, 658, 1204, 1408, 1579, 1674, 1761, 1974, 1975, 2001, 2133, 2218, 2341, 2351, 2620, 3038

衲, 1449, 1450

衷, 4, 1219, 2396, 3038

衸, 2387
褏, 1761, 1975, 2381
衼, 2982
衽, 1639, 1694, 2151, 2450
衿, 1051, 1052
袁, 125, 2793, 2805
袂, 1363, 1478, 3014
覍, 107
訊, 263, 593, 819, 928, 1536, 1990, 2019, 2401, 2462, 2479, 2952, 2989, 3069
討, 555, 592, 927, 1858, 2061, 2462, 3067
訐, 818, 1018, 2472, 2880
訑, 204, 374
訒, 1688
訓, 263, 440, 448, 578, 1810, 1990, 2224, 2457, 2461, 2462, 2479, 2731
訕, 1777, 2462
訖, 91, 244, 296, 671, 787, 807, 818, 828, 927, 930, 933, 950, 1021, 1076, 1096, 1581, 1589, 1591, 1825, 1987, 2124, 2125, 2462, 2575, 2761, 2951, 3004, 3007, 3039
託, 200, 256, 296, 374, 502, 935, 1592, 1810, 1881, 1989, 2040, 2123, 2124, 2130, 2560, 2872, 2878, 2897
記, 55, 219, 220, 253, 271, 296, 416, 501, 581, 582, 594, 597, 613, 650, 706, 739, 775, 825, 828, 927, 930, 931, 932, 936, 960, 1064, 1127, 1129, 1219, 1295, 1304, 1307, 1312, 1402, 1459, 1515, 1553, 1584, 1591, 1643, 1809, 1879, 1887, 1959, 1984, 2016, 2037, 2124, 2130, 2220, 2328, 2331, 2414, 2461, 2462, 2476, 2630, 2641, 2905, 2988, 3011, 3031, 3063, 3104, 3161
豇, 993
豈, 186, 214, 261, 308, 330, 381, 455, 465, 597, 660, 783, 930, 1159, 1429, 1492, 1584, 1587, 1877, 1913, 2005, 2097, 2195, 2472, 2678, 2791, 2928, 2984, 3047
豹, 54, 201, 446, 697, 1196, 1354, 3116
豺, 201, 702, 814, 1196
豻, 662
財, 37, 42, 51, 55, 126, 171, 172, 173, 236, 320, 556, 584, 742, 857, 989, 990, 1109, 1605, 1633, 1637, 1817, 1844, 1852, 1867, 2071, 2209, 2273, 2327, 2337, 2390, 2437, 2557, 2629, 2847, 2865, 2873, 2881, 2925, 3082, 3101
貢, 688, 696, 741, 790, 1051, 2587, 2927, 2984
起, 55, 87, 124, 199, 218, 220, 230, 242, 267, 280, 284, 316, 323, 342, 350, 397, 406, 417, 460, 462, 512, 550, 560, 581, 599, 635, 650, 680, 712, 719, 747, 828, 894, 899, 930, 933, 950, 977, 1008, 1017, 1034, 1053, 1100, 1116, 1133, 1206, 1217, 1224, 1296, 1463, 1486, 1582, 1588, 1591, 1600, 1606, 1634, 1640, 1644, 1648, 1652, 1664,

1669, 1721, 1787, 1831, 1853, 1877, 1885, 1913, 1929, 1932, 1964, 1987, 2001, 2047, 2105, 2122, 2159, 2221, 2249, 2259, 2289, 2302, 2313, 2328, 2340, 2355, 2407, 2415, 2424, 2477, 2543, 2570, 2575, 2619, 2662, 2704, 2710, 2738, 2801, 2822, 2847, 2862, 2901, 2908, 2916, 2940, 2956, 2971, 2988, 3021, 3043, 3110, 3143, 3154, 3161, 3167

躬, 691, 1135, 1631, 1808, 1817, 2072, 2435

軌, 586

軒, 1605, 2327, 2445, 2889

軓, 739

軔, 1694

辱, 229, 296, 503, 713, 800, 864, 1222, 1418, 1689, 1719, 1724, 2041, 2652

迴, 108, 396, 447, 708, 751, 757, 832, 850, 851, 859, 871, 1088, 1140, 1379, 1609, 1927, 2121, 2191, 2364, 2407, 2448, 2474, 2634, 2797, 2843, 3105

迷, 274, 365, 448, 483, 571, 757, 841, 878, 1012, 1053, 1074, 1188, 1224, 1261, 1367, 1370, 1372, 1395, 1407, 1480, 1606, 1677, 1831, 1913, 1967, 1968, 2017, 2111, 2122, 2203, 2210, 2289, 2340, 2692, 2804, 2862, 2988, 3011

迸, 72, 134, 593, 1479, 1530

迹, 396, 524, 600, 928, 937, 938, 1053, 1283, 1598, 1928, 1959, 1967, 2474, 2513, 2671, 2674, 2804, 3004, 3144

迺, 109, 1453, 1454, 1927, 2282

迻, 2567

追, 4, 101, 361, 465, 753, 1054, 1056, 1060, 1461, 1967, 2122, 2204, 2475, 3074, 3110, 3116

迾, 1255, 1257

退, 110, 165, 358, 361, 399, 407, 486, 508, 581, 612, 737, 752, 757, 794, 851, 901, 979, 1054, 1056, 1282, 1371, 1381, 1586, 1649, 1664, 1791, 1851, 1866, 1887, 1916, 1927, 2095, 2121, 2126, 2311, 2474, 2672, 2705, 2781, 2958, 2997, 3087, 3106, 3110, 3145

送, 73, 449, 581, 757, 1056, 1480, 2014, 2017, 2571, 2621, 2672, 2762

逃, 61, 62, 97, 1162, 1371, 2059, 2087, 2129, 2458, 2474, 2621, 2904

逆, 41, 73, 254, 341, 397, 506, 610, 657, 751, 1056, 1173, 1371, 1479, 1829, 2014, 2017, 2059, 2091, 2111, 2203, 2460, 2461, 2513, 2543, 2626, 2672, 2731, 2822, 2908

迆, 2059

逥, 666, 751, 850, 851, 1088, 1137, 1544, 1636, 2240, 2365, 3110

邕, 2612, 2680

郗, 245, 1613, 2285

郝, 771, 791, 816, 1139, 1808

郡, 45, 167, 237, 462, 743, 899, 1137, 1360, 1446, 1665, 1827, 2660,

2752, 3053
郢, 2674
郤, 1664, 2306
酌, 263, 284, 1132, 1200, 3116, 3117
配, 265, 551, 602, 933, 1471, 1515, 1584, 1763, 2403
酒, 400, 1093, 1220, 1737, 1738, 1865, 2299, 2369, 2663, 2665, 2702, 2956, 3153
釖, 386, 991
釗, 1230, 1286, 2902
釘, 345, 451, 458, 1760, 2324, 2926
釜, 632, 1050, 1516, 2665
針, 146, 222, 320, 452, 609, 928, 2089, 2385, 2467, 2926, 2931, 3112
閃, 1777
陗, 1608
陘, 2413
陛, 89, 91, 97, 846, 1016, 1838, 2386
陜, 1266, 2048, 2309, 2310
陝, 1777, 2310, 2384
陞, 27, 677, 1016, 1839, 1840, 3167
陟, 464, 1266, 1811, 3018
陡, 463
院, 129, 842, 858, 1085, 1992, 2138, 2498, 2668, 2798, 2807, 2808
陣, 215, 228, 866, 939, 1136, 1331, 2932
除, 1, 197, 199, 228, 273, 277, 401, 430, 439, 449, 482, 496, 556, 639, 769, 817, 938, 998, 1025, 1057, 1077, 1129, 1215, 1258, 1261, 1384, 1393, 1450, 1484, 1536, 1545, 1647, 1729, 1802, 1805, 1822, 1891, 1941, 2035, 2074, 2106, 2110, 2113, 2120, 2169, 2219, 2256, 2286, 2326, 2355, 2372, 2441, 2530, 2654, 2676, 2707, 2750, 2864, 2900, 3016, 3061, 3083, 3151
陥, 765, 2330
隻, 107, 137, 799, 881, 1976, 2983
隼, 911
隽, 1138, 2385
飢, 50, 509, 884, 889, 1053, 1297, 1675, 2663, 2665, 3111
飣, 458
馬, 239, 472, 646, 666, 899, 956, 1003, 1248, 1332, 1339, 1340, 1409, 1488, 1580, 2131, 2194, 2251, 2367, 2472, 2537, 2761, 2780, 2915
骨, 617, 628, 703, 705, 751, 827, 857, 1126, 1222, 1424, 1703, 1876, 1936, 1996, 2377, 2412, 2435, 2454, 2708
高, 31, 206, 260, 347, 472, 525, 646, 666, 667, 668, 671, 673, 684, 732, 735, 739, 768, 976, 1001, 1061, 1137, 1199, 1250, 1359, 1379, 1457, 1465, 1573, 1578, 1784, 1786, 1795, 2013, 2042, 2091, 2144, 2168, 2307, 2313, 2328, 2349, 2364, 2444, 2447, 2475, 2840, 3047

啚, 218

咼, 672, 673, 674, 742, 1701

鬼, 245, 505, 517, 698, 739, 740, 866, 897, 1032, 1084, 1090, 1115, 1179, 1222, 1291, 1364, 1423, 1457, 1474, 1487, 1566, 1827, 1910, 1996, 2217, 2257, 2435, 2538, 3146

十一畫

像, 1304

剮, 205

啰, 1946, 2795

啛, 1499

啵, 2539

啑, 459

唛, 1265, 1266

埐, 3041

寘, 2566

嵬, 1377, 2118

帽, 2218

庢, 2678

徛, 3028

惀, 2491

挦, 407, 765

揞, 2040

掾, 3156

捴, 3140

捒, 968

摢, 3115

教, 147

斞, 463, 815, 1254

旃, 3, 788, 1854, 2605

旆, 2884, 2886, 2928

腘, 2496

椓, 287, 2808, 3117

瓷, 1631

磬, 1336

粘, 1483

豝, 50

舐, 253, 1922

乾, 144, 618, 660, 959, 966, 985, 988, 1023, 1534, 1591, 1603, 1933, 2733, 2863, 2956, 3117

倏, 813, 930, 1957, 2086, 2692

偁, 231

偃, 650, 1019, 2432, 2494, 2498, 2499, 2604

偅, 2102

假, 82, 104, 126, 156, 481, 558, 621, 656, 782, 806, 828, 852, 927, 955, 1025, 1036, 1102, 1175, 1491, 1614, 1624, 1695, 1809, 1876, 1899, 1971, 2105, 2166, 2193, 2207, 2246, 2311, 2331, 2429, 2437, 2438, 2508, 2559, 2569, 2692, 2709, 2800, 2940, 2955, 3018, 3142

偈, 68, 108, 218, 371, 404, 424, 467, 558, 653, 828, 935, 1015, 1016, 1025, 1064, 1107, 1154, 1312, 1504, 2015, 2339, 2407, 2498, 2506, 2615, 2766, 2858, 3043, 3118

偉, 739, 2168, 2206, 2207, 2413

偊, 2759

偍, 2065

偎, 2165

偏, 42, 46, 67, 86, 99, 101, 102,

104, 107, 109, 373, 741, 958, 1188, 1296, 1308, 1313, 1517, 1526, 1527, 1664, 1767, 2058, 2559, 2818

偓, 2249

偕, 62, 66, 1014, 1016, 1139, 2385, 2386

偘, 1144

偙, 438

做, 2377

停, 46, 297, 407, 414, 623, 673, 800, 1092, 1511, 1516, 1589, 1964, 2091, 2092, 2604, 2605, 2997, 3087, 3094

偝, 62, 66, 2385

偟, 846

健, 341, 361, 796, 964, 975, 984, 987, 988, 991, 1018, 1055, 1334, 1603, 2496, 2630

偪, 73

偫, 3020

偱, 2431, 2458, 2459

側, 100, 187, 188, 259, 283, 315, 391, 932, 984, 1231, 1407, 1600, 1622, 1879, 2865, 2873, 3159

偵, 2930

偶, 406, 630, 879, 936, 1504, 2058, 2264, 2747, 2781

偸, 392, 400, 623, 995, 1018, 1308, 1674, 1962, 2105, 2747, 2748, 2749, 2754, 2784

偽, 2168, 2197, 2206

兜, 463, 470, 516, 517, 743, 847, 2424

冕, 1379, 2789, 2807

昪, 453

凰, 612, 845, 846, 1487

剪, 968, 971, 990, 1591

剬, 480, 1598, 2451, 3014

剮, 719

副, 629, 631, 637, 2012, 3014

勒, 142, 191, 257, 435, 1200, 1203, 1204, 1207, 1222, 1316, 1617, 1618, 1661, 3083

勔, 1370

動, 212, 257, 270, 307, 384, 403, 451, 460, 613, 834, 887, 966, 1017, 1018, 1054, 1150, 1165, 1198, 1203, 1215, 1250, 1282, 1307, 1463, 1616, 1661, 1662, 1844, 1910, 1962, 1979, 2096, 2104, 2454, 2456, 2457, 2512, 2677, 2775, 2900, 2934, 3042, 3082, 3105

勗, 1618, 2442

勘, 1143, 1999, 2326, 2930

務, 128, 468, 853, 1052, 1354, 1355, 1443, 1662, 1846, 2165, 2261, 2276, 2277, 2280, 2730, 2784, 2786

匐, 152, 628, 797

匙, 74, 1932, 2071

匾, 102, 1526

匿, 618, 1447, 1474, 1480, 1544, 1639, 1913, 2063, 2636

區, 73, 101, 1224, 1503, 1544, 1639, 1640, 2114

厠, 186, 187, 229, 337, 1011, 1535, 1998, 2350

參, 180, 182, 422, 690, 910, 1368, 1740, 1766, 1825, 2239, 2784, 2861
啞, 2322, 2486
唬, 817, 1298
售, 717, 911, 1952
唯, 42, 128, 219, 229, 297, 313, 368, 373, 407, 468, 597, 669, 714, 795, 799, 809, 832, 834, 836, 844, 901, 1013, 1116, 1321, 1409, 1461, 1523, 1575, 1606, 1709, 1757, 1977, 1981, 1990, 2016, 2017, 2039, 2095, 2120, 2163, 2167, 2169, 2184, 2185, 2197, 2203, 2204, 2222, 2260, 2330, 2381, 2413, 2416, 2471, 2479, 2571, 2591, 2609, 2620, 2649, 2679, 2681, 2698, 2703, 2712, 2754, 2782, 2879, 3000, 3008, 3079, 3089, 3111, 3113, 3115, 3156, 3167
唱, 92, 205, 218, 231, 401, 774, 827, 935, 1153, 1432, 2065, 2133, 2134, 2295, 2338, 2766, 2811, 2874
唲, 517, 2330
唳, 1205, 1232, 2073
唵, 1, 14, 16, 140, 796, 1208, 1296, 2491, 2492, 2495, 2657
唻, 1191
唼, 284, 1015, 1022, 1773, 3098
啀, 4
啁, 2086, 2902
啄, 375, 857, 1867, 3118
啅, 3118
商, 438, 666, 1080, 1088, 1778, 1784, 1785, 1927, 2097, 2254, 2506
啇, 438, 666, 1784
啉, 1296
啊, 1, 4, 2127
啋, 811, 2216
問, 3, 16, 32, 92, 124, 128, 281, 300, 344, 399, 408, 459, 484, 592, 604, 623, 645, 669, 674, 678, 708, 714, 724, 783, 874, 901, 936, 963, 974, 979, 984, 1027, 1082, 1108, 1124, 1142, 1163, 1182, 1314, 1366, 1367, 1405, 1461, 1465, 1467, 1526, 1536, 1628, 1663, 1734, 1740, 1857, 1903, 2008, 2016, 2098, 2198, 2223, 2230, 2236, 2238, 2243, 2324, 2366, 2393, 2472, 2479, 2592, 2643, 2649, 2690, 2713, 2768, 2813, 2818, 2832, 2869, 2918, 2959, 3015, 3036, 3051, 3054, 3090, 3122, 3167
啐, 2018
啑, 449, 1773, 2076, 2451
啒, 706, 2440
啓, 32, 120, 550, 712, 820, 886, 1008, 1071, 1082, 1141, 1584, 1588, 1778, 1798, 1863, 2298, 2322, 2365, 2951, 3119, 3122
啖, 374, 375, 1777, 2049, 2664
啗, 374, 375
啜, 285, 298, 1980, 3112
啝, 784, 788
啞, 2471
啡, 599
啣, 1638, 2324
啤, 1523

圈, 2796
圉, 2191
圊, 1086, 1620, 1621
國, 1, 31, 55, 61, 81, 236, 285, 347, 370, 404, 485, 587, 608, 621, 629, 632, 692, 708, 742, 768, 777, 799, 808, 887, 1032, 1064, 1182, 1282, 1315, 1637, 1648, 1728, 1770, 1775, 1853, 1869, 1895, 1910, 2002, 2015, 2027, 2056, 2097, 2114, 2115, 2144, 2191, 2233, 2339, 2612, 2630, 2645, 2796, 2797, 2805, 2824, 2874, 3054, 3055, 3062, 3084, 3128
埏, 1776, 2048, 2092, 2486
埜, 2537
域, 237, 554, 744, 1544, 2774, 2785
埠, 168, 294, 484, 485, 635, 636
埤, 58, 93, 1523, 1524, 1530, 2206
埳, 1144, 2330
埴, 2987
執, 31, 54, 56, 88, 101, 115, 129, 133, 184, 253, 314, 419, 584, 608, 695, 728, 739, 753, 819, 910, 913, 957, 995, 1003, 1010, 1015, 1024, 1085, 1098, 1161, 1284, 1377, 1473, 1518, 1535, 1546, 1587, 1590, 1626, 1646, 1678, 1765, 1814, 1886, 1924, 1932, 1962,1964, 1993, 2202, 2249, 2298, 2348, 2362, 2448, 2556, 2570, 2719, 2745, 2826, 2838, 2846, 2911, 2952, 2987, 2994, 3027, 3032, 3045, 3103, 3116, 3139, 3165
埸, 215
培, 57, 63, 790, 1515
基, 885, 1061, 1100, 1104, 1442, 1566, 1578, 1658, 1829, 1956, 2042
埻, 1515
堊, 1476, 1477
堀, 706, 1128, 1129, 1157, 1165, 2066
堂, 214, 215, 381, 383, 445, 666, 692, 787, 1159, 1383, 1796, 1921, 2040, 2043, 2057, 2080, 2881, 2894, 3167
堅, 51, 708, 909, 947, 957, 958, 984, 1001, 1012, 1052, 1157, 1197, 1198, 1497, 1598, 1603, 1616, 1753, 1823, 1847, 1932, 1969, 1970, 2066, 2163, 2325, 2540, 2564, 2565, 2639, 2901, 3006, 3028, 3084
堆, 168, 294, 484, 485, 494, 635, 1864, 2114, 2120, 2634, 3084, 3111, 3115
堌, 665, 1665
堊, 504, 505, 1847, 2113
堕, 396, 494, 1122, 1608, 2464, 3112
堵, 461, 470, 2040, 2923
壷, 815, 2734
奞, 493
奢, 68, 245, 414, 493, 1062, 1455, 1576, 1801, 1802, 1804, 1805, 1807, 2917, 3017, 3099, 3136
婌, 1101

娶, 280, 865, 1118, 1450, 1644, 1647, 1653
娼, 206
婴, 501
婀, 1, 501, 1449
婁, 1282, 1292, 1293, 1294, 1297, 1333, 1561, 2066, 2168, 2497, 2571, 3059
婆, 30, 39, 49, 57, 83, 142, 146, 149, 157, 569, 627, 628, 649, 776, 785, 1212, 1321, 1357, 1418, 1421, 1422, 1447, 1449, 1462, 1507, 1513, 1520, 1522, 1537, 1541, 1544, 1549, 1634, 1718, 1738, 1768, 1771, 1787, 2021, 2066, 2128, 2139, 2206, 2277, 2397, 2524, 2539, 2774, 3119, 3136
婇, 101, 175, 176, 177, 179, 637, 1004, 2658
婉, 656, 2137, 2138, 2139, 2805
婕, 1019
婚, 865
婝, 1019
婢, 86, 92, 94, 637, 1334, 1495, 1550, 1883, 2925
婥, 298
婦, 92, 178, 525, 594, 613, 637, 693, 699, 738, 822, 924, 1362, 1389, 1434, 1500, 1561, 1762, 2324, 2421, 2913, 3125
婪, 1192
婫, 1181, 1525
婬, 178, 400, 473, 564, 594, 637, 915, 1068, 1496, 1535, 1694, 1765, 1867, 2164, 2292, 2410, 2512, 2615, 2658, 2747, 2778, 2986, 3091, 3120
娙, 2472
孰, 487, 1962, 1964, 2989
宿, 53, 139, 227, 281, 456, 628, 692, 842, 937, 1159, 1203, 1408, 1411, 1492, 1576, 1697, 1866, 2024, 2249, 2284, 2403, 2430, 2445, 2478, 2539, 2555, 2673, 2918, 3003, 3167
寀, 179
寁, 2856
寂, 13, 51, 70, 197, 396, 454, 475, 711, 764, 907, 910, 936, 937, 942, 951, 1033, 1058, 1078, 1085, 1130, 1138, 1158, 1344, 1385, 1407, 1418, 1432, 1492, 1558, 1648, 1772, 1818, 1876, 1935, 1954, 1958, 1982, 2137, 2286, 2323, 2415, 2444, 2552, 2625, 2654, 2682, 2890, 3129, 3138, 3150
寃, 1379, 2445, 2789, 2790, 2807
寄, 130, 262, 285, 738, 782, 932, 936, 1105, 1574, 1876, 2848, 3146
寅, 2307, 2445, 2566, 2658
密, 51, 165, 183, 197, 676, 791, 798, 823, 826, 1008, 1156, 1159, 1305, 1372, 1373, 1375, 1382, 1390, 1403, 1455, 1700, 1828, 1920, 1935, 2019, 2516, 2543, 2625, 2668, 2685, 2839, 2927, 2938
寇, 51, 723, 1164, 1770
寉, 790
將, 87, 176, 241, 249, 323, 362, 364, 380, 405, 450, 521, 558, 629, 675,

700, 777, 806, 812, 899, 993, 995, 996, 997, 1015, 1075, 1078, 1187, 1257, 1261, 1332, 1435, 1446, 1465, 1812, 1869, 1905, 1920, 1932, 1942, 1948, 1969, 2063, 2081, 2097, 2193, 2433, 2588, 2625, 2684, 2689, 2737, 2761, 2776, 2818, 2822, 2860, 2940, 3016, 3063, 3105, 3109, 3136, 3161, 3167

專, 49, 149, 224, 288, 427, 459, 817, 856, 863, 1056, 1782, 1904, 1936, 1953, 2629, 3103, 3104, 3107, 3134, 3154

尉, 632, 2218, 2219

屙, 1, 501

屝, 600

屠, 659, 2111, 2112, 2113, 2114

屢, 1121, 1205, 1293, 1332, 1334, 1965, 3103

崇, 187, 197, 260, 1071, 2013, 2043, 2542, 2876, 3137

崎, 46, 885, 1565, 1577, 2605, 2617, 3017

崐, 1181

崑, 1181

崒, 3147

崔, 330, 556, 729, 879, 1664

崕, 17, 2469

崖, 12, 17, 330, 433, 1129, 1138, 1160, 1251, 2248, 2251, 2437, 2469, 2470, 2471, 2490

崗, 664, 665

崘, 1307, 1308

崙, 1307, 1308, 1309, 1312, 2520

崛, 706, 1128, 1129, 1165, 1638

崟, 2657

崡, 762

崩, 62, 68, 72, 797, 1350, 1761, 2827, 3038

巢, 222

巣, 222, 290, 744, 749, 1148, 1164

帳, 206, 219, 240, 2250, 2675, 2892, 2893, 2899

帶, 164, 209, 278, 340, 365, 366, 439, 441, 1811, 1926, 2271, 2295, 2429, 2708, 3031

帷, 1321, 2170, 2184, 2190, 2191

常, 10, 69, 92, 102, 154, 164, 189, 206, 208, 216, 217, 234, 260, 365, 376, 393, 435, 436, 461, 482, 489, 510, 732, 794, 798, 817, 928, 1063, 1077, 1109, 1126, 1295, 1334, 1360, 1533, 1582, 1616, 1623, 1704, 1729, 1778, 1784, 1785, 1786, 1794, 1796, 1822, 1867, 1876, 1901, 1925, 1998, 2057, 2061, 2093, 2192, 2219, 2233, 2245, 2282, 2337, 2353, 2364, 2390, 2475, 2542, 2607, 2624, 2676, 2681, 2707, 2735, 2823, 2893, 2911, 2912, 2953, 3005, 3018, 3031, 3122, 3137, 3166

庴, 336

庵, 14, 1423, 2492

庶, 327, 476, 735, 908, 1148, 1302, 1389, 1599, 1968, 2337, 2678, 2791, 2908, 2924, 3119

康, 13, 133, 213, 239, 683, 735, 1145, 1146, 1492, 1830, 2680, 2791,

2793
庸, 215, 617, 1371, 1701, 2680
庾, 683, 820, 2538, 2700, 2735, 2749, 2759
張, 206, 207, 240, 410, 480, 1142, 1359, 1622, 1854, 2464, 2655, 2680, 2745, 2891, 2894, 2899, 2911, 3004
弴, 999, 1062, 2490
強, 480, 560, 797, 848, 995, 996, 999, 1062, 1066, 1137, 1174, 1217, 1736, 1853, 1929, 2048, 2104, 2247, 2328, 2588, 2738, 3039, 3043, 3147
彗, 854, 859, 864
彩, 101, 122, 174, 176, 178, 179, 1186, 1371, 1591, 1701, 1762, 2602, 3059
彪, 122, 817
彫, 445, 446, 447
彬, 130, 1260, 2024
得, 1, 10, 13, 35, 39, 51, 55, 80, 86, 102, 131, 154, 172, 189, 206, 212, 235, 248, 266, 273, 283, 287, 307, 320, 322, 332, 343, 360, 364, 371, 379, 390, 395, 400, 402, 411, 415, 416, 423, 453, 467, 472, 474, 485, 489, 505, 524, 549, 556, 581, 587, 593, 596, 602, 619, 620, 628, 629, 634, 638, 639, 648, 657, 661, 666, 668, 674, 684, 692, 709, 720, 745, 776, 781, 786, 803, 817, 827, 879, 891, 897, 910, 926, 935, 958, 960, 975, 993, 1012, 1025, 1035, 1039, 1055, 1057, 1075, 1077, 1096, 1109, 1115, 1139, 1143, 1150, 1153, 1157, 1187, 1215, 1217, 1224, 1231, 1250, 1269, 1306, 1311, 1344, 1378, 1393, 1401, 1450, 1465, 1468, 1489, 1529, 1533, 1565, 1583, 1600, 1614, 1619, 1620, 1627, 1633, 1661, 1671, 1675, 1704, 1721, 1729, 1766, 1778, 1812, 1817, 1829, 1849, 1865, 1868, 1879, 1885, 1905, 1909, 1920, 1941, 1980, 1983, 1999, 2020, 2026, 2062, 2065, 2071, 2089, 2094, 2096, 2121, 2166, 2192, 2220, 2233, 2239, 2246, 2256, 2273, 2274, 2289, 2295, 2301, 2327, 2331, 2338, 2364, 2376, 2390, 2400, 2405, 2429, 2437, 2441, 2452, 2459, 2475, 2530, 2542, 2558, 2573, 2586, 2607, 2613, 2624, 2638, 2645, 2661, 2677, 2702, 2708, 2736, 2751, 2760, 2775, 2800, 2803, 2808, 2817, 2828, 2841, 2847, 2865, 2871, 2913, 2927, 2950, 2970, 2987, 2988, 3006, 3018, 3020, 3039, 3042, 3061, 3083, 3105, 3118, 3128, 3144, 3160
徘, 1506
徙, 147, 324, 328, 1162, 2111, 2294, 2301, 2304
徛, 936, 2562
從, 28, 80, 102, 189, 236, 260, 297, 322, 328, 370, 401, 422, 582, 617, 639, 647, 709, 737, 802, 827, 897, 993, 1063, 1261, 1302, 1308, 1357, 1443, 1458, 1468, 1495, 1500, 1534, 1565, 1583, 1591, 1600, 1603, 1627, 1642, 1658, 1663, 1704, 1720, 1811, 1852,

1885, 1899, 1905, 1909, 1941, 1959, 1968, 1976, 1980, 1983, 2014, 2035, 2110, 2111, 2113, 2152, 2192, 2213, 2220, 2245, 2256, 2301, 2355, 2400, 2405, 2429, 2448, 2558, 2569, 2622, 2697, 2702, 2707, 2726, 2736, 2760, 2790, 2817, 2850, 2906, 2936, 2950, 3039, 3046, 3049, 3083, 3115, 3128, 3141, 3142, 3144, 3160

徠, 1191

御, 86, 288, 1004, 1083, 1638, 1664, 1857, 1968, 2219, 2324, 2351, 2387, 2491, 2508, 2612, 2668, 2770, 2780, 2783, 2788, 3164

悆, 1487, 2775, 2784, 2787

貭, 3031

悉, 31, 60, 110, 162, 268, 293, 301, 358, 381, 408, 468, 506, 563, 645, 658, 677, 733, 810, 824, 843, 854, 856, 863, 901, 906, 908, 911, 984, 1013, 1059, 1117, 1160, 1162, 1190, 1225, 1281, 1371, 1472, 1546, 1552, 1560, 1635, 1677, 1734, 1740, 1777, 1781, 1810, 1828, 1851, 1886, 1916, 2000, 2002, 2009, 2017, 2024, 2030, 2046, 2161, 2199, 2206, 2213, 2261, 2284, 2286, 2288, 2292, 2304, 2319, 2356, 2373, 2393, 2401, 2442, 2516, 2576, 2609, 2627, 2666, 2679, 2793, 2832, 2869, 2918, 2975, 3012, 3051, 3132, 3136

悊, 2910

悠, 1932, 1957, 2433, 2669, 2692

患, 138, 301, 505, 581, 746, 751, 758, 759, 842, 844, 854, 969, 1125, 1166, 1254, 1335, 1371, 1423, 1830, 1850, 2104, 2202, 2216, 2289, 2294, 2301, 2355, 2391, 2543, 2749, 2806, 2824, 3073, 3144

悪, 59, 504, 508, 1459, 2515, 2543, 2775, 2806

悰, 326

悱, 600

悴, 63, 331, 332, 936, 2018, 2396, 3146

悵, 219, 292, 793, 2156, 2618, 2891, 2899

悷, 1232, 2073

悸, 63, 166, 332, 936

悼, 375, 393, 446, 447, 765, 2104, 2861, 2891

悽, 2285

悾, 1161

情, 18, 55, 171, 189, 330, 336, 455, 494, 495, 607, 680, 888, 1070, 1087, 1464, 1619, 1621, 1623, 1627, 1763, 1767, 1814, 1818, 1870, 1974, 1981, 2185, 2291, 2355, 2392, 2400, 2415, 2421, 2430, 2588, 2711, 2777, 2801, 2809, 2870, 2882, 3106, 3152

惆, 263, 3053

惇, 297, 2355

惈, 745, 749

惋, 200, 1162, 2137, 2138, 2789, 2807

惓, 1104, 1123, 1124, 1125, 1657,

1658, 3144

惔, 374, 376, 721, 2048, 2083, 2498, 2821

惕, 219, 2075, 2384, 2505

惘, 508, 2151, 2156, 2158

惙, 297, 298, 2384, 3112

惚, 812, 813, 847, 906, 1462, 1463, 1766

惛, 18, 832, 864, 865, 866, 1375

惜, 336, 633, 721, 1036, 1263, 1429, 1624, 2284, 2291, 2638, 2860

惟, 166, 334, 393, 562, 795, 824, 832, 838, 1173, 1251, 1461, 1486, 1606, 1660, 1916, 1977, 1981, 1997, 2055, 2120, 2167, 2170, 2184, 2197, 2204, 2260, 2356, 2416, 2425, 2431, 2498, 2571, 2576, 2638, 2643, 2753, 2778, 2809, 2845, 2875, 2984, 3029, 3114, 3115, 3162

惤, 2321

惾, 182, 2863

戚, 99, 329, 878, 1561, 1563, 1564, 2165

扈, 821, 822

挲, 1737, 2023

挻, 1776, 2092, 2486

捥, 2135, 2139, 2141

捡, 1616

捧, 30, 45, 249, 611, 625, 692, 831, 1518, 1657, 1658, 1762, 1805, 2054, 2761

捨, 249, 267, 274, 345, 455, 593, 622, 678, 762, 780, 823, 834, 863, 894, 941, 972, 978, 994, 1067, 1120, 1122, 1342, 1460, 1483, 1486, 1589, 1593, 1644, 1719, 1754, 1769, 1780, 1802, 1804, 1808, 1809, 1812, 1819, 1832, 1853, 1861, 1864, 1866, 1877, 1948, 1961, 1987, 2020, 2029, 2067, 2120, 2122, 2259, 2275, 2277, 2341, 2401, 2430, 2532, 2616, 2693, 2738, 2804, 2824, 2875, 2908, 2951, 2957, 3162

捩, 28, 1128, 1232, 1233, 1235, 1258

捫, 1367, 1933, 2238

捭, 36, 1523

据, 1102

捲, 30, 1123, 1124, 1125, 1656, 1657, 1660

捷, 966, 985, 988, 989, 1018, 1021, 1677, 2436

捺, 249, 1057, 1179, 1235, 1237, 1324, 1447, 1449, 1450, 1455, 1456, 1489, 1805, 1812, 2128, 2131

捻, 249, 262, 779, 909, 972, 1451, 1482, 1483, 1486, 1489, 1491, 1689, 1805, 1812, 1864, 2059, 2250, 2340, 2463, 2738

捼, 2245

捽, 329, 3156

掕, 1019, 1561, 1597

掁, 229, 234, 240, 2058

掃, 249, 438, 625, 637, 1762

掄, 1308

掇, 493, 3112, 3116

授, 9, 66, 84, 251, 257, 612, 633,

644, 680, 807, 823, 843, 859, 927, 933, 1006, 1009, 1038, 1082, 1095, 1120, 1163, 1258, 1442, 1676, 1806, 1809, 1813, 1858, 1886, 1892, 1937, 1943, 1948, 1953, 2020, 2054, 2105, 2205, 2236, 2292, 2378, 2384, 2491, 2512, 2613, 2762, 2795, 2808, 2887, 2905, 2932, 3017, 3087, 3147

掉, 166, 297, 300, 393, 446, 447, 992, 1175, 1814, 2085, 2087, 2708, 2905, 3032, 3118

掊, 57, 1506, 1514, 1548

掍, 866

掎, 918, 2604

掏, 2060

掐, 3102

排, 66, 147, 597, 697, 719, 797, 1109, 1313, 1506, 1521, 2085, 2612, 3115

掕, 1207, 1266, 2674

掖, 2385, 2448, 2521, 2539, 2541, 2622, 2994

掗, 3

掘, 294, 1103, 1126, 1128, 1129, 1131, 1165, 1520, 1568, 1638, 1640, 1975, 2040, 2250, 2272, 2486, 2932, 3115

掙, 262, 2937

掛, 289, 719, 740, 950, 1506, 2587, 3080

掞, 2931

掟, 2448

掠, 999, 1336, 1337

採, 101, 174, 175, 177, 178, 179, 185, 201, 368, 401, 993, 1015, 1102, 1548, 1702, 1973, 2054, 2512, 2704, 2871

探, 176, 185, 994, 1101, 1412, 1451, 1825, 2048, 2054, 2108, 2872

掤, 1517

接, 17, 164, 374, 1008, 1015, 1020, 1021, 1293, 1484, 1618, 1812, 1879, 2545, 2564, 2781, 2988, 3115, 3144

控, 432, 692, 1159, 1161, 1162, 1516

推, 4, 192, 292, 294, 295, 330, 331, 334, 432, 485, 649, 720, 727, 730, 937, 1181, 1461, 1506, 1607, 1660, 1806, 1933, 1977, 2120, 2170, 2185, 2471, 2612, 2681, 2739, 3003, 3029, 3044, 3111, 3113

掩, 16, 196, 369, 1252, 2473, 2474, 2491, 2492, 2495, 2666, 3003

措, 336, 1035, 1093, 2105, 2291, 2374, 3002

掫, 345

掬, 30, 176, 797, 1061, 1101, 1102, 1103, 1128, 2054

揭, 152, 215, 336, 389, 654, 774, 787, 791, 905, 935, 1014, 1023, 1024, 1491, 1575, 2066, 2494, 2506, 2540

掴, 721, 828, 1131

掻, 633, 1761, 1762, 2864

敍, 2442

教, 711, 1000, 1312, 2166, 2415,

3138

敏, 572, 828, 1157, 1390, 1391, 1392, 1403, 1436, 2377, 2785

救, 27, 28, 94, 257, 322, 405, 482, 593, 619, 712, 823, 828, 947, 992, 1008, 1082, 1089, 1094, 1101, 1102, 1172, 1354, 1359, 1391, 1520, 1546, 1634, 1772, 1808, 1809, 1853, 1932, 1948, 1971, 2105, 2125, 2276, 2442, 2531, 2681, 2897, 2908, 2932, 2938, 3019, 3083

敕, 1808

敖, 19, 20, 768

敗, 28, 37, 38, 68, 77, 172, 555, 584, 834, 852, 1101, 1109, 1118, 1506, 1545, 1715, 1760, 2864

教, 20, 37, 55, 70, 82, 104, 173, 183, 237, 238, 257, 279, 323, 388, 390, 396, 442, 459, 462, 471, 475, 486, 525, 550, 558, 593, 597, 599, 616, 660, 668, 692, 711, 726, 746, 769, 806, 828, 859, 888, 909, 916, 924, 925, 928, 951, 956, 992, 999, 1006, 1029, 1064, 1082, 1084, 1095, 1105, 1132, 1207, 1217, 1303, 1364, 1368, 1390, 1546, 1607, 1727, 1753, 1760, 1772, 1840, 1847, 1885, 1902, 1929, 1971, 1980, 1985, 2105, 2115, 2166, 2193, 2229, 2238, 2240, 2283, 2340, 2376, 2378, 2379, 2407, 2412, 2447, 2471, 2476, 2516, 2522, 2531, 2574, 2630, 2636, 2695, 2709, 2766, 2776, 2797, 2798, 2818, 2824, 2892, 2905, 2914, 2927, 2946, 2988, 3002, 3014, 3018, 3021, 3039, 3050, 3081, 3153

敝, 92, 94, 3110

斛, 463, 707, 815, 816, 822, 1025, 1612

斜, 3, 1148, 2381, 2385, 2527

斬, 484, 631, 990, 1057, 1972, 2000, 2445, 2717, 2820, 2857, 2889, 3117

断, 255

旋, 325, 594, 714, 1261, 1480, 1676, 1677, 1764, 1854, 2060, 2448, 2449, 2450, 2474, 2705, 2740, 2883, 3106, 3116, 3147

旌, 1062, 2465, 3147

旍, 1052, 1062, 2892

族, 4, 20, 329, 1062, 1285, 1332, 1444, 1562, 1576, 1631, 1807, 1855, 1966, 2049, 2216, 2424, 2449, 2604, 2746, 3046, 3147

既, 685, 782, 936, 1176, 1876, 2574

晙, 2461

晝, 831, 1060, 1098, 1699, 1918, 1958, 2376, 3058

晞, 2283, 2285, 2288, 2292, 2305

晡, 153, 1549

晢, 1848

晤, 2275, 2276, 2769

晦, 18, 852, 854, 859, 2274

晧, 771, 2276

晨, 222, 227, 228, 864, 1401, 1494, 1695, 2861, 2927, 2934, 3150

曹, 185, 376, 422, 458, 740, 1774, 1900, 2860, 2862, 3057

曼, 199, 380, 588, 892, 1207, 1342, 1343, 1345, 1347, 1348, 1349, 1351, 1492, 2005, 2133, 2229, 2684, 3150

曽, 189, 684

望, 63, 414, 589, 610, 630, 727, 901, 931, 959, 1067, 1102, 1144, 1160, 1261, 1336, 1430, 1590, 1834, 1848, 1921, 1970, 1990, 2090, 2143, 2160, 2162, 2163, 2287, 2381, 2412, 2442, 2455, 2469, 2513, 2570, 2591, 2635, 2658, 2659, 2679, 3008, 3012, 3048, 3113

栢, 58

桯, 2089

桴, 28, 627, 1548

桵, 1727

桶, 1458, 2102, 2103, 2274, 2686

桷, 1003, 1129

桸, 2292

桹, 679

梀, 461, 969

梁, 123, 746, 1245, 1246, 1247, 1252, 1378, 1823, 1994, 2013, 2543

梃, 1776, 2092

梅, 852, 1093, 1360, 2883

梏, 1102

梐, 89, 91

梓, 3125, 3126

梔, 2983

梗, 683, 685, 1528, 2572, 2676

梙, 842, 844

梚, 2169

梛, 1499

條, 84, 431, 449, 450, 1304, 1521, 1790, 1957, 2059, 2064, 2086, 2087, 2376, 2431, 2459, 2541, 2752, 3121

梟, 245, 2252, 2374

梠, 1332

梡, 1173, 2139

梢, 220, 1797, 1994

梦, 1370

梧, 822, 2254, 2275, 3096

梨, 320, 1191, 1192, 1209, 1210, 1213, 1214, 1215, 1228, 1238, 1316, 1414, 1459, 2516, 2824, 2982

梪, 465, 2448

梭, 2024, 2795, 3104, 3139

梯, 199, 428, 799, 2064, 2075, 2648

械, 162, 237, 673, 2387

梱, 1182

梲, 3118

梵, 62, 70, 277, 463, 570, 583, 585, 586, 594, 606, 621, 710, 741, 814, 876, 937, 1057, 1077, 1081, 1259, 1450, 1469, 1517, 1532, 1540, 1678, 1699, 1885, 1973, 1984, 2078, 2140, 2283, 2317, 2498, 2565, 2651, 3058, 3062, 3140

棄, 114, 135, 136, 239, 255, 259, 308, 887, 1105, 1122, 1574, 1584, 1592, 1597, 1648, 1805, 1976, 2159, 2203, 2249, 2541, 2544, 2615, 2626,

2738, 2804

欲, 10, 12, 63, 85, 88, 107, 163, 203, 226, 230, 246, 269, 284, 292, 294, 318, 325, 345, 382, 409, 456, 484, 492, 507, 516, 546, 551, 646, 649, 671, 677, 699, 705, 715, 737, 774, 780, 784, 866, 875, 879, 913, 915, 971, 990, 1010, 1014, 1021, 1035, 1083, 1098, 1153, 1157, 1218, 1303, 1399, 1411, 1473, 1487, 1496, 1498, 1544, 1546, 1587, 1589, 1628, 1636, 1640, 1664, 1673, 1703, 1718, 1719, 1735, 1765, 1767, 1773, 1783, 1887, 1917, 1947, 1958, 1972, 1992, 2016, 2032, 2033, 2048, 2055, 2061, 2161, 2164, 2167, 2190, 2201, 2213, 2215, 2232, 2237, 2253, 2291, 2315, 2319, 2329, 2366, 2368, 2377, 2398, 2420, 2439, 2453, 2481, 2500, 2503, 2516, 2573, 2585, 2601, 2622, 2629, 2660, 2664, 2665, 2680, 2683, 2685, 2691, 2716, 2726, 2744, 2753, 2757, 2765, 2774, 2775, 2785, 2788, 2810, 2815, 2822, 2826, 2834, 2942, 2961, 2975, 3017, 3019, 3023, 3029, 3040, 3051, 3071, 3099, 3117, 3164, 3168

欵, 837, 1173, 2569, 2654

欷, 2778

殍, 999, 1062, 1069, 1087, 2334

殺, 19, 84, 145, 176, 181, 226, 294, 392, 425, 483, 506, 550, 602, 616, 706, 713, 759, 1008, 1026, 1082, 1095, 1155, 1245, 1358, 1436, 1589, 1669, 1770, 1772, 1808, 1809, 1866, 1924, 2001, 2105, 2164, 2247, 2427, 2568, 2570, 2637, 2654, 2752, 2897, 3019, 3035

殼, 707, 1149, 1380

毫, 593, 666, 768, 769, 1351, 2042

毬, 1103, 1636

涎, 73, 2322, 2474, 2486, 2510

涪, 628, 3016

涬, 2424

涮, 1974

涯, 17, 1035, 1477, 2250, 2466, 2469, 2470, 2471

涱, 2893, 2894

液, 656, 1284, 1481, 2074, 2540, 2683, 2872

涵, 763, 798, 1594

涸, 459, 717, 788, 816, 1023, 2056

涼, 297, 608, 1061, 1079, 1207, 1246, 1247, 1252, 1263, 1264, 1336, 1590, 1621, 2798

淀, 444, 445, 454

淂, 402, 2089

淄, 1281, 2443, 2848, 3120, 3121

淅, 2291

淇, 1569

淈, 1128

淊, 765

淋, 130, 1260, 1261, 1339

淍, 788

淐, 1153

淑, 466, 1955, 1958, 1962, 1964

淖, 767, 1493

淘, 2059, 2060, 2061, 2300, 2427

淛, 2924

淞, 2801

淟, 2085

淡, 374, 376, 2048, 2049, 2083

淣, 1477

淤, 85, 598, 1922, 2252, 2705, 2731, 2734, 2741

淥, 1301, 1302, 1335, 2801

淨, 32, 60, 139, 169, 202, 213, 225, 239, 249, 274, 288, 301, 341, 405, 424, 439, 447, 454, 559, 584, 621, 627, 644, 648, 657, 721, 732, 764, 769, 792, 818, 842, 864, 867, 941, 994, 998, 1008, 1024, 1056, 1058, 1069, 1075, 1077, 1083, 1085, 1093, 1140, 1205,1207, 1246, 1283, 1295, 1402, 1620, 1622, 1624, 1627, 1634, 1671, 1717, 1768, 1779, 1787, 1798, 1818, 1823, 1830, 1845, 1857, 1858, 1902, 2072, 2074, 2097, 2115, 2125, 2159, 2220, 2297, 2299, 2320, 2372, 2400, 2415, 2430, 2438, 2452, 2552, 2641, 2682, 2695, 2705, 2824, 2844, 2863, 2900, 2914, 2936, 2940, 2948, 2955, 3043, 3047, 3137, 3154

淩, 807, 1266, 1267

淪, 648, 1244, 1245, 1307, 1308, 1309, 1312, 2666

淫, 178, 446, 564, 740, 763, 1068, 1081, 1590, 2132, 2164, 2413, 2513, 2615, 2657, 2659, 2660, 2715, 2778

淬, 332, 1671, 2250

淮, 809, 832, 1175, 1706, 2204, 2470, 3113

深, 20, 50, 67, 144, 176, 225, 274, 297, 316, 374, 381, 406, 550, 561, 666, 735, 909, 939, 941, 1067, 1080, 1102, 1141, 1246, 1265, 1284, 1359, 1387, 1428, 1460, 1529, 1547, 1574, 1606, 1621, 1672, 1723, 1726, 1819, 1822, 1828, 1858, 1956, 1969, 1974, 1988, 1997, 2054, 2081, 2108, 2113, 2167, 2169, 2221, 2307, 2373, 2401, 2447, 2495, 2559, 2657, 2731, 2790, 2798, 2824, 2861, 3007, 3047, 3051

淳, 49, 283, 296, 297, 422, 627, 742, 800, 865, 1153, 1182, 1246, 1823, 1980, 2091, 2092

淴, 813, 1765

淵, 27, 448, 759, 991, 1194, 1504, 1728, 1825, 1972, 2085, 2244, 2490, 2790

混, 742, 866, 876, 1181, 1858

淸, 1622

淹, 1253, 1529, 2473, 2491

淺, 181, 488, 560, 971, 989, 1296, 1605, 1621, 1823, 1880

添, 1563, 2081, 2712

渀, 68

渄, 596, 599

清, 109, 157, 207, 242, 297, 301, 406, 483, 560, 622, 699, 797, 827, 869, 937, 1062, 1066, 1070, 1073, 1080,

1087, 1122, 1179, 1202, 1208, 1334, 1345, 1404, 1471, 1619, 1620, 1624, 1625, 1627, 1629, 1728, 1767, 1780, 1823, 1929, 1942, 2033, 2299, 2372, 2398, 2408, 2415, 2430, 2494, 2588, 2951, 3016, 3064, 3131, 3137

渴, 405, 508, 863, 884, 936, 1015, 1023, 1153, 1614, 1678, 2056, 2380, 2546, 2665, 3094, 3118

済, 936, 1578

涉, 165, 169, 225, 267, 351, 420, 771, 894, 1234, 1370, 1383, 1536, 1769, 1811, 1813, 2049, 2801, 3007, 3018

渓, 2291, 2294

渚, 375, 759, 799, 3081

烱, 459, 1089, 2101

焨, 613

焂, 847

烹, 1516

烽, 609

焉, 472, 810, 956, 1340, 1488, 1536, 1574, 1670, 2199, 2252, 2281, 2325, 2368, 2386, 2472, 2479, 2516, 2533, 2603, 2764, 2813, 2959, 2975

焊, 765

烝, 909

爽, 121, 199, 327, 955, 1590, 1851, 1976, 2287, 2684, 2825

牻, 1350, 1351

牽, 214, 285, 550, 885, 1335, 1513, 1593, 1597, 1934, 1942, 2033, 2308, 2407, 2413, 2662, 2848

犁, 683, 1210, 1213, 1214, 1216, 1229, 1263, 1869, 1994, 2882

猊, 832, 1477, 2862

猖, 206, 218, 2385

猗, 1100, 1589, 2560, 2562, 2564, 2604, 2605

猘, 3020

猛, 157, 258, 413, 468, 879, 985, 1056, 1125, 1149, 1197, 1354, 1370, 1403, 1497, 1590, 1973, 2391, 2537, 2684, 2702, 2734, 2827, 2874, 3096

猜, 171, 270, 887, 1196, 1620, 2219

猝, 328, 3156

率, 1124, 1334, 1597, 1765, 1968, 1975, 3147

瑇, 1360

琄, 66

珽, 2092

現, 4, 56, 77, 110, 128, 162, 173, 201, 214, 313, 317, 342, 388, 408, 452, 472, 488, 517, 563, 626, 645, 656, 680, 727, 733, 737, 752, 829, 931, 952, 964, 980, 1049, 1059, 1060, 1084, 1190, 1218, 1251, 1532, 1571, 1586, 1624, 1626, 1630, 1649, 1723, 1734, 1777, 1825, 1834, 1854, 1881, 1892, 1896, 1923, 1946, 1970, 1972, 1981, 1990, 2020, 2122, 2125, 2136, 2142, 2167, 2319, 2325, 2329, 2330, 2331, 2336, 2370, 2393, 2409, 2425, 2434, 2439, 2444, 2494, 2495, 2576, 2592, 2616, 2649, 2679, 2853, 2904, 2925, 2997,

3009, 3051, 3069, 3163

琁, 2448

球, 1260

琅, 840, 1197, 2660

理, 70, 157, 203, 241, 280, 308, 397, 483, 559, 622, 737, 746, 836, 840, 867, 909, 1008, 1066, 1076, 1082, 1159, 1208, 1216, 1219, 1220, 1229, 1251, 1269, 1303, 1333, 1341, 1365, 1432, 1489, 1706, 1823, 1847, 1902, 1929, 1968, 1969, 1997, 2053, 2072, 2216, 2220, 2229, 2265, 2277, 2298, 2328, 2334, 2340, 2415, 2570, 2631, 2767, 2773, 3016, 3021, 3043, 3047, 3085, 3152

琊, 1197, 2469, 2471

琓, 2138

瓠, 822

瓶, 134, 444, 594, 712, 739, 1157, 1503, 1516, 1522, 1534, 1535, 1593, 2133, 2352, 2412, 2782, 2830, 2988

瓷, 299, 302, 583, 3122, 3136

甛, 2083

甜, 223, 304, 659, 760, 766, 832, 2082, 2083

產, 204, 1760, 1920, 2497

畢, 58, 74, 86, 89, 93, 141, 151, 185, 367, 517, 744, 781, 809, 1032, 1075, 1089, 1126, 1149, 1200, 1443, 1522, 1565, 1591, 1900, 1906, 1933, 2217, 2530, 2545, 2573, 2615, 2617, 2760, 2827, 2861, 2949, 2953, 3049

畤, 1873

略, 67, 218, 308, 316, 676, 691, 735, 746, 755, 779, 866, 1034, 1111, 1156, 1200, 1206, 1267, 1269, 1303, 1305, 1313, 1325, 1326, 1336, 1402, 1522, 1733, 1823, 1967, 1980, 1987, 2328, 2553, 2619, 2767, 3140

畦, 1577

畧, 67, 76, 1336, 1337, 1522

異, 10, 12, 57, 58, 91, 121, 128, 200, 365, 442, 491, 507, 519, 546, 571, 608, 677, 686, 695, 724, 747, 749, 792, 808, 836, 901, 940, 1035, 1059, 1081, 1113, 1170, 1216, 1218, 1249, 1252, 1337, 1338, 1361, 1387, 1532, 1572, 1594, 1622, 1767, 1782, 1851, 1878, 1881, 1903, 1917, 1947, 1956, 1998, 2051, 2063, 2099, 2105, 2122, 2125, 2200, 2204, 2215, 2218, 2224, 2254, 2261, 2288, 2298, 2305, 2348, 2425, 2447, 2462, 2538, 2560, 2568, 2584, 2600, 2614, 2617, 2628, 2633, 2640, 2715, 2750, 2753, 2764, 2778, 2782, 2822, 2827, 2834, 2846, 2961, 3069, 3104, 3106, 3109, 3145

疏, 32, 220, 228, 281, 284, 323, 327, 421, 437, 450, 713, 930, 933, 938, 1026, 1067, 1091, 1129, 1282, 1284, 1313, 1337, 1601, 1673, 1958, 1959, 1961, 1972, 1982, 1989, 2013, 2137, 2230, 2259, 2632, 2647, 2857, 2891, 2917, 3008, 3076, 3141, 3150

疵, 88, 298, 306, 315, 602, 794, 864

痓, 1657, 1658, 2473, 2931
痍, 290, 2568
痏, 915, 2701, 2731
痒, 858, 2104, 2353, 2355, 2504, 2507, 2508, 2509, 2510
痕, 793, 2104
皎, 771, 1003, 1005, 2086, 2233, 2675
皐, 667, 3151
盒, 777, 788
盔, 1178
盖, 657, 1370, 2509, 2616, 2889
盗, 73, 315, 392, 395, 1614, 1642, 1772, 2105, 2616, 2634, 2658, 2873, 3119, 3121, 3136
盛, 20, 146, 237, 258, 280, 433, 550, 662, 971, 1059, 1298, 1353, 1370, 1387, 1629, 1669, 1790, 1832, 1843, 1845, 1943, 2165, 2300, 2322, 2541, 2889, 2994, 2997, 3029, 3047
眞, 34, 36, 226, 230, 399, 427, 443, 457, 565, 696, 821, 850, 858, 890, 909, 959, 1014, 1060, 1068, 1081, 1113, 1134, 1161, 1170, 1218, 1315, 1400, 1408, 1430, 1473, 1572, 1611, 1631, 1656, 1711, 1727, 1821, 1828, 1835, 1846, 1854, 1863, 1878, 1918, 2053, 2073, 2085, 2101, 2117, 2201, 2368, 2395, 2402, 2411, 2437, 2445, 2614, 2621, 2719, 2745, 2795, 2798, 2884, 2886, 2925, 2926, 2930, 2942, 2962, 2976, 2985, 3001, 3009, 3013, 3037, 3125, 3134, 3154
眥, 3137
眅, 465
眫, 329
眦, 1523
眴, 1982, 2450
眵, 244, 495, 1377, 2980
眶, 1173, 1176
眷, 295, 587, 722, 729, 918, 1123, 1125, 1665, 1727, 1965, 1968, 2111, 2340, 2433, 2509, 2806, 3098
眸, 1284, 1433, 1513
眹, 2934
眺, 2087
眼, 12, 68, 74, 135, 226, 244, 392, 453, 519, 567, 624, 626, 681, 705, 800, 982, 1004, 1197, 1223, 1268, 1341, 1355, 1363, 1366, 1375, 1378, 1405, 1435, 1438, 1472, 1563, 1646, 1703, 1764, 1872, 1881, 1923, 1935, 1980, 2284, 2325, 2330, 2336, 2348, 2410, 2492, 2494, 2649, 2660, 2668, 2809, 2815, 2834, 2892, 3079, 3083
着, 200, 1145, 1552, 1650, 1735, 2206, 2433, 2921, 2925, 2989
砦, 2881
硃, 3060
硫, 1285, 1286
祥, 14, 56, 86, 102, 202, 233, 241, 896, 1230, 1629, 1781, 1979, 2320, 2352, 2353, 2354, 2355, 2505, 2642, 3170
祧, 2085
祴, 2884, 2886, 2887

補, 153
票, 1232, 1529, 2863
祭, 179, 182, 273, 420, 611, 936, 939, 1057, 1455
离, 1209, 1215
秷, 1303
秸, 1015
移, 252, 255, 409, 468, 491, 496, 738, 785, 808, 888, 1230, 1517, 1593, 1622, 1773, 1920, 1952, 1979, 1996, 2120, 2529, 2568, 2613, 2740, 2748, 3121, 3135
秼, 1430, 3059
秮, 767
舲, 3102
窒, 2060
窖, 2514
窐, 1921, 2305, 3020
窓, 290, 1253, 1608, 1959
窕, 2086, 2515
竟, 90, 454, 476, 711, 909, 976, 1058, 1069, 1072, 1075, 1084, 1087, 1089, 1172, 1195, 1201, 1344, 1410, 1591, 1902, 2159, 2205, 2302, 2313, 2516, 2531, 2552, 2574, 2619, 2625, 2635, 2652, 3047
章, 91, 186, 215, 240, 368, 427, 612, 748, 952, 1077, 1198, 1294, 1315, 1904, 1931, 1960, 2397, 2484, 2629, 2653, 2891, 2892, 2893, 2900, 2962, 3045, 3135, 3139
笙, 1840, 3167
笛, 430, 1928
笞, 244, 672
笠, 1232, 3073
笥, 2011
符, 248, 332, 403, 619, 625, 628, 631, 632, 634, 787, 1115, 1552, 1600, 2353, 2512, 2708
笨, 72
笩, 554
笪, 341
第, 23, 135, 212, 270, 307, 343, 347, 416, 423, 434, 436, 438, 489, 511, 596, 617, 693, 709, 871, 897, 957, 1022, 1025, 1143, 1352, 1527, 1549, 1600, 1638, 1817, 1826, 1859, 1879, 1901, 1909, 1959, 2264, 2283, 2313, 2467, 2542, 2547, 2618, 2630, 2751, 2913, 2953
笮, 2465, 2864, 2870, 2871, 2879, 2880
筊, 1496
笱, 698, 2011
笳, 953, 3101
笴, 660, 662, 698
笫, 1631
粒, 1224, 1232, 1818
粔, 1117
粖, 1424, 1425, 1430, 3055
粗, 327, 328, 370, 1109, 2338, 3143, 3148
粘, 1482, 1483, 2886
紩, 3014, 3020
紬, 262, 1450, 1494, 2306, 2701, 3121

累, 91, 180, 451, 694, 746, 792, 960, 1024, 1034, 1118, 1204, 1205, 1206, 1463, 1579, 1969, 2543, 2619, 3126, 3152
細, 203, 262, 272, 320, 327, 486, 605, 736, 991, 1021, 1067, 1098, 1130, 1218, 1291, 1338, 1379, 1383, 1450, 1490, 1494, 1506, 1637, 1799, 1825, 2158, 2167, 2306, 2341, 2356, 2375, 2632, 2701, 2818, 2849, 2959, 3141
紱, 628
紲, 2387
紳, 1825
紵, 1492, 3094, 3101
紹, 221, 406, 1021, 1067, 1130, 1801, 2902, 2905, 2906
紺, 663, 1064, 1381, 2306, 3058
紼, 628
紿, 366, 678
絀, 282, 283
絁, 1130, 1857
終, 91, 174, 203, 272, 325, 421, 481, 488, 492, 499, 594, 606, 679, 753, 808, 830, 998, 999, 1060, 1062, 1068, 1075, 1077, 1130, 1208, 1303, 1315, 1326, 1359, 1388, 1412, 1428, 1454, 1650, 1670, 1773, 1888, 1918, 1957, 2002, 2014, 2330, 2336, 2349, 2432, 2611, 2745, 2803, 2805, 2818, 2963, 3011, 3038, 3040, 3052, 3055, 3119, 3142, 3147
絃, 798, 2321, 2322, 2447, 2838
組, 374, 1494, 3148
絆, 42, 43
絇, 696, 1641
紘, 798
経, 1062
統, 381, 656, 766, 1269, 1284, 1677, 1989, 2095, 2103, 2126, 2138, 2139, 2376, 2544, 2801, 3139, 3141
缾, 613, 2352
缽, 145
罣, 627, 720, 830, 1250, 2900
羚, 1052, 1267
羝, 429, 433, 435, 706, 1024, 1512, 1909, 2504
羞, 181, 199, 255, 1179, 1781, 2199, 2433, 2439, 2925, 3099
翊, 258, 2622, 2640, 3053
翌, 2622, 2640
翎, 1267
翏, 1412
習, 190, 219, 399, 414, 481, 689, 729, 863, 879, 911, 1013, 1056, 1093, 1098, 1472, 1642, 1872, 1946, 1990, 2142, 2227, 2295, 2299, 2307, 2375, 2409, 2431, 2453, 2460, 2640, 2758, 2900, 2918, 2952, 3001, 3022, 3044, 3069, 3099, 3139
耝, 1204
聃, 1533
聆, 1266, 1615, 2090
聊, 262, 462, 660, 899, 1252, 1253, 1255, 1623, 1676, 2380, 3140
脘, 729, 2138, 2141
脚, 97, 1004, 1648, 1664, 2125,

2141, 2293, 2306, 2385, 2511, 3144
脛, 97, 150, 283, 600, 1004, 1072, 1075, 1085, 2293, 3020
脡, 2092
脣, 295, 296, 957, 1069, 1162, 1232, 1360
脩, 67, 85, 207, 601, 623, 1472, 1806, 1813, 1854, 2086, 2399, 2409, 2431, 2433, 2439, 2459, 2462, 2512, 2692, 2714, 3044, 3069
脪, 2288
脫, 1982
脬, 48, 1514, 1719
脯, 153, 169, 601, 1549, 2937
脰, 465
脱, 48, 268, 274, 342, 407, 467, 472, 476, 484, 488, 493, 499, 600, 626, 649, 767, 931, 941, 1026, 1130, 1170, 1296, 1363, 1377, 1592, 1645, 1734, 1760, 1808, 1820, 1828, 1846, 1871, 1960, 1979, 1989, 2038, 2059, 2125, 2139, 2141, 2275, 2300, 2335, 2341, 2387, 2739, 2821, 2925, 2931, 2934, 3022, 3099, 3162
舂, 259, 295, 3110
舳, 286, 3074
舶, 148, 285, 286, 592, 1537
舷, 2322
舸, 674
船, 39, 148, 185, 285, 286, 508, 592, 767, 798, 1094, 1344, 1468, 1565, 1811, 1977, 2041, 2800, 2925, 2953, 3052
莀, 2388
荳, 464, 465, 1109
荵, 1689
荷, 13, 345, 619, 628, 774, 782, 787, 791, 825, 826, 1147, 1151, 1573, 2097, 2353, 2364, 2458, 2604, 2932
荻, 430, 1633
荼, 192, 418, 491, 691, 1446, 1803, 2039, 2108, 2113, 2129, 2878
莀, 1353
莁, 332, 1061
莂, 37, 125, 129, 772, 1600
莅, 825
莆, 206, 1550
莇, 1052, 3097
莊, 185, 480, 504, 627, 736, 881, 908, 1006, 1081, 1345, 1350, 1407, 1418, 1622, 1689, 1894, 2399, 2490, 2602, 2803, 2842, 2856, 2860, 3107, 3108, 3109, 3110
莎, 673, 1541, 1739, 1769, 1771, 2024, 2033
莒, 1104
莓, 1360
莖, 179, 199, 336, 424, 679, 796, 825, 826, 1061, 1763, 1925, 2540, 2798, 3148
莘, 826, 1822, 2397
莛, 2091
莜, 2702
莞, 722, 728, 732, 841, 2330
莟, 765, 777
莠, 2434, 2720

莢, 2669, 2862

莧, 728, 2330

莪, 501

莫, 157, 186, 397, 649, 672, 694, 749, 796, 845, 1012, 1076, 1133, 1342, 1357, 1388, 1413, 1418, 1421, 1429, 1431, 1442, 1443, 1850, 2055, 2141, 2212, 2259, 2272, 2485, 2669, 2675, 2678, 2710, 2747, 2927

莽, 845, 1351, 1429, 2110

處, 5, 13, 79, 87, 100, 108, 120, 124, 126, 164, 247, 278, 283, 315, 322, 326, 393, 416, 422, 445, 453, 474, 505, 556, 570, 587, 591, 602, 617, 620, 639, 650, 679, 684, 709, 724, 734, 742, 768, 802, 817, 841, 937, 951, 959, 1007, 1032, 1053, 1083, 1100, 1107, 1119, 1120, 1121, 1123, 1145, 1158, 1171, 1248, 1300, 1305, 1335, 1359, 1364, 1384, 1484, 1521, 1528, 1565, 1583, 1600, 1603, 1629, 1642, 1651, 1667, 1679, 1695, 1704, 1720, 1729, 1762, 1774, 1786, 1829, 1865, 1868, 1876, 1879, 1901, 1906, 1922, 1941, 1948, 1968, 1970, 1983, 2025, 2035, 2105, 2111, 2114, 2163, 2165, 2192, 2213, 2228, 2256, 2307, 2308, 2338, 2390, 2435, 2515, 2538, 2542, 2558, 2630, 2676, 2688, 2693, 2707, 2735, 2796, 2800, 2841, 2850, 2889, 2913, 2950, 2953, 2964, 2995, 3005, 3033, 3042, 3049, 3061, 3083, 3137, 3153, 3159, 3166, 3170

虖, 813

虗, 204, 817, 1268, 2057

虛, 110, 200, 230, 281, 325, 399, 456, 598, 599, 714, 736, 760, 937, 1059, 1070, 1145, 1160, 1171, 1251, 1268, 1298, 1303, 1336, 1597, 1603, 1675, 1710, 1764, 1878, 1903, 1916, 2057, 2111, 2137, 2161, 2207, 2309, 2435, 2440, 2479, 2544, 2673, 2740, 2749, 2764, 2839, 2919, 3037, 3150, 3168, 3170

蚯, 1633, 1641

蚳, 253, 1922

蚶, 760, 2083

蚹, 635

蚾, 151

蛄, 702, 707

蛆, 368, 1101, 1639, 1928, 2040, 2380, 2907

蛇, 16, 260, 262, 323, 417, 466, 680, 755, 848, 1523, 1802, 1928, 2010, 2037, 2063, 2128, 2131, 2381, 2524, 2674, 2795

蛍, 2674

蛎, 3075

衒, 969, 1126, 1764, 2409, 2450, 2840

術, 84, 841, 924, 1249, 1292, 1335, 1642, 1871, 1967, 1968, 2017, 2030, 2219, 2291, 2408, 2450, 2491, 2641, 2783, 3057, 3150

袈, 953, 1773

袋, 363, 366

袍, 30, 54, 1514, 1827
袓, 373, 1305, 2052, 2053, 2227, 3148
祖, 3148
袖, 791, 1827, 2434, 2701
祓, 145
袜, 1424, 1430, 2133
袞, 741, 1761, 3019
袟, 1363, 1636, 3014, 3018, 3020
袠, 3020
袢, 1148
衮, 2251, 2380
袥, 2125
袨, 1575, 2450
袪, 472, 560, 1021, 1639, 1648, 1664, 2783
被, 64, 66, 67, 68, 77, 93, 94, 96, 141, 146, 202, 206, 270, 322, 485, 593, 600, 601, 625, 822, 849, 890, 971, 1015, 1023, 1095, 1306, 1357, 1515, 1518, 1522, 1545, 1575, 1671, 1796, 1826, 1906, 1941, 2192, 2254, 2301, 2388, 2501, 2537, 2707, 2775, 2817, 2887, 2895, 2964, 2968, 3018
規, 471, 717, 737, 739, 886, 1178, 1179, 1307, 1923, 2137, 2331, 2682, 2784, 2808
覓, 107, 626, 726, 977, 1076, 1144, 1530, 1627, 1634, 2513, 3030
觕, 1128
訛, 501, 503, 740, 1175, 1589, 1983, 2206
訝, 819, 2471, 2472
訟, 131, 1314, 1989, 2014, 2015, 2768, 2948, 3022
訡, 1659
訢, 484, 2030, 2398
訣, 1127, 1129, 1363, 2641
訥, 1450, 1465
訦, 1098, 1991, 2696, 2702
訪, 439, 587, 591, 592, 593, 926, 2061, 2622, 2905
設, 39, 87, 242, 277, 406, 440, 447, 550, 552, 644, 707, 713, 818, 823, 880, 886, 933, 1021, 1022, 1059, 1082, 1141, 1164, 1176, 1198, 1358, 1359, 1500, 1589, 1621, 1627, 1733, 1761, 1773, 1804, 1806, 1808, 1812, 1850, 1853, 1880, 1885, 1895, 1921, 1972, 1982, 1987, 1988, 2049, 2105, 2125, 2221, 2272, 2277, 2460, 2570, 2606, 2622, 2626, 2643, 3019, 3065, 3162
許, 37, 76, 126, 220, 235, 307, 404, 439, 463, 521, 593, 643, 656, 817, 822, 826, 897, 926, 932, 1004, 1018, 1151, 1182, 1231, 1311, 1533, 1536, 1658, 1799, 1809, 1942, 1984, 2027, 2049, 2072, 2090, 2202, 2220, 2270, 2273, 2353, 2400, 2407, 2462, 2472, 2622, 2731, 2751, 2880, 2948, 2955, 3063, 3101
豉, 255, 3018
豚, 2123, 3113
貦, 367
貧, 367, 636, 644, 719, 857, 1280, 1429, 1530, 1550, 1632, 1865, 2047,

2313, 2750, 2882, 3032
貨, 51, 366, 828, 875, 1263, 1354, 2870, 3120, 3121
販, 37, 584, 736
貪, 9, 53, 181, 225, 226, 246, 278, 367, 523, 609, 636, 741, 762, 783, 858, 914, 918, 1049, 1051, 1088, 1263, 1281, 1486, 1516, 1530, 1598, 1616, 1635, 1819, 1825, 1866, 1878, 1925, 2047, 2059, 2122, 2292, 2544, 2659, 2739, 2752, 2777
貫, 51, 289, 723, 725, 729, 731, 741, 769, 1205, 1812, 1876, 1895, 1923, 2141, 2325, 3098
責, 189, 217, 607, 696, 741, 846, 854, 888, 971, 992, 1002, 1061, 1077, 1340, 1342, 1588, 1619, 1625, 1628, 1972, 1992, 2033, 2244, 2304, 2484, 2810, 2836, 2857, 2864, 2870, 2871, 2882, 2928, 3045, 3116
貳, 1481
赦, 55, 593, 771, 1095, 1461, 1773, 1806, 1808, 1928, 1968
赧, 55, 1461, 1808
赻, 223
赼, 3122
趺, 30, 277, 448, 613, 615, 616, 943, 953
趼, 2486
趾, 218, 231, 938, 2999, 3002, 3004
跂, 30, 884, 1565, 1577, 1582, 2508
躭, 80, 367, 1828
躯, 1102, 1293, 1632, 1637, 1639, 1640, 1641, 1818, 1822, 2029, 2072, 3032
軗, 1958
軛, 503, 504, 673, 739, 1215, 1478
軟, 292, 480, 488, 618, 827, 1465, 1468, 1498, 1499, 1500, 1553, 1623, 1689, 1702, 1715, 1716, 1725, 1728, 1877, 2313, 2438, 2446, 2516, 2665, 3106
逋, 153, 1239, 2093
逍, 2372, 2373, 2863
逎, 1454, 1636, 2017
透, 752, 2087
逐, 318, 361, 366, 605, 758, 1054, 1154, 1454, 1480, 1982, 2017, 2204, 2219, 2651, 2731, 2805, 3073, 3092, 3111, 3112
途, 274, 342, 361, 399, 610, 928, 1074, 1371, 2111, 2113, 2114, 2513, 2748
逕, 190, 363, 751, 1065, 1073, 1074, 1173, 2122, 2486, 2513, 2731
逖, 2075, 2705
逗, 454, 465, 1055, 1614, 1927, 2014, 2127, 2513
這, 819, 1927, 2908, 2921, 2923
通, 35, 73, 109, 121, 159, 164, 259, 284, 288, 398, 407, 414, 459, 581, 680, 682, 735, 752, 757, 817, 851, 958, 998, 1018, 1051, 1054, 1056, 1067,

1113, 1159, 1202, 1223, 1284, 1314, 1323, 1404, 1527, 1590, 1619, 1637, 1701, 1702, 1815, 1827, 1833, 1846, 1848, 1916, 1927, 2093, 2098, 2103, 2104, 2122, 2196, 2203, 2323, 2330, 2373, 2433, 2567, 2572, 2575, 2613, 2626, 2684, 2797, 2805, 2841, 2843, 2863, 2908, 2987, 3022, 3145

逝, 328, 398, 483, 514, 950, 1054, 1921, 1926, 2311, 2704, 2809, 2909

逞, 243

速, 254, 328, 342, 361, 398, 514, 757, 900, 908, 1013, 1019, 1054, 1239, 1371, 1471, 1844, 1886, 1967, 2033, 2095, 2111, 2169, 2203, 2461, 2804, 2841, 3109

造, 101, 185, 186, 343, 363, 399, 427, 449, 456, 551, 565, 610, 668, 669, 686, 736, 753, 831, 895, 913, 959, 984, 1021, 1119, 1170, 1226, 1372, 1587, 1589, 1796, 1802, 1816, 1835, 1927, 1967, 2014, 2204, 2320, 2453, 2513, 2571, 2673, 2717, 2745, 2779, 2805, 2836, 2862, 2863, 3009, 3017, 3045, 3099, 3104, 3111, 3152, 3165

逡, 1665, 2461

逢, 100, 341, 610, 611, 1479, 1517, 1927, 2202, 2413, 2460, 2513, 2780, 2804, 2862, 2987

連, 1239

連, 104, 223, 341, 459, 885, 1050, 1053, 1066, 1193, 1239, 1240, 1604, 1902, 1966, 2203, 2702, 2804, 2840, 2860, 3047

部, 1, 49, 63, 86, 126, 165, 167, 183, 415, 439, 461, 485, 591, 602, 620, 671, 926, 936, 972, 975, 1006, 1063, 1123, 1137, 1183, 1196, 1304, 1311, 1332, 1334, 1437, 1458, 1495, 1527, 1531, 1548, 1573, 1630, 1663, 1798, 1855, 2501, 2521, 2667, 2750, 2800, 2807, 2900, 2912, 2988, 3020, 3046, 3049, 3061, 3137

郫, 1137

郭, 236, 486, 742, 1183, 1980, 2522, 2949, 3142

郯, 1777, 2048, 2494

鄉, 1620, 1857, 2350, 2362, 2371, 2508, 3142

都, 167, 236, 458, 461, 463, 466, 467, 470, 472, 474, 489, 593, 725, 742, 929, 1007, 1061, 1115, 1130, 1137, 1183, 1203, 1215, 1393, 1492, 1575, 1583, 1651, 1663, 1665, 1855, 2271, 2285, 2289, 2323, 2380, 2505, 2521, 2772, 2923, 3032, 3062, 3140

酖, 327, 367, 1828, 2935

酙, 2930

野, 262, 707, 889, 1014, 1199, 1303, 1354, 1448, 1523, 1758, 1775, 1857, 1897, 1958, 2386, 2529, 2534, 2537, 2538, 2539, 2750

釣, 122, 447, 696, 967, 988, 1135, 1137, 1659

釤, 1760, 1776

釧, 289, 290

釪, 2735, 2747
釬, 2734
釭, 665
釰, 444, 655, 697
釳, 2306
釴, 2621
釵, 190, 197, 201, 705, 988, 1803, 2442, 2489
釼, 696, 988, 991, 1304, 1494, 2442
閅, 92
閈, 765
閉, 15, 91, 94, 174, 466, 707, 723, 1139, 1182, 1364, 1375, 1401, 1526, 1633, 1777, 2096, 2233, 2323
陪, 63, 497, 1515
陬, 1647, 3142
陭, 2617
陰, 230, 246, 275, 399, 564, 939, 998, 1016, 1208, 1340, 1625, 1881, 2060, 2073, 2113, 2348, 2506, 2641, 2649, 2653, 2654, 2656, 2657, 2666, 2669, 2802, 2842, 2892, 2900, 2906, 3045, 3051, 3053
陳, 102, 114, 124, 188, 228, 229, 273, 458, 459, 556, 709, 817, 938, 968, 992, 998, 1243, 1246, 1261, 1626, 1704, 1817, 1959, 1961, 1968, 1983, 2054, 2307, 2495, 2932, 3061
陵, 57, 222, 237, 488, 807, 1137, 1138, 1207, 1246, 1261, 1262, 1264, 1265, 1266, 1267, 1282, 1492, 1775, 1818, 2111, 2128, 2407, 2796
陶, 153, 858, 1549, 2060, 2061, 2514
陷, 374, 389, 400, 460, 495, 1094, 1144, 1477, 2330
陸, 89, 939, 958, 1266, 1283, 1287, 1290, 1301, 1443, 3085, 3147
陼, 1840
険, 2326
雀, 330, 597, 1321, 1664, 1842, 1843
雩, 610, 813
雪, 382, 444, 1160, 1203, 1268, 1792, 1975, 2350, 2454, 2759, 2839
頂, 37, 100, 135, 138, 345, 441, 452, 488, 502, 566, 620, 675, 1032, 1063, 1072, 1085, 1429, 1583, 1600, 1622, 1626, 1738, 1786, 1980, 1983, 2015, 2106, 2327, 2338, 2355, 2368, 2385, 2437, 2586, 2784, 2786, 2808, 2931
頃, 316, 452, 488, 644, 957, 961, 1072, 1622, 1626, 1981, 2015, 2107, 2137, 2369, 2438, 2675, 3039
飡, 146, 179, 180, 181, 329, 1207, 1864
飤, 1866, 2011, 2012
魚, 813, 1408, 1937, 2262, 2287, 2747, 2750
鳥, 68, 101, 386, 502, 612, 628, 672, 1099, 1202, 1340, 1361, 1404, 1409, 1487, 1488, 1616, 1664, 1818, 1831, 2195, 2244, 2251, 2286, 2367, 2370, 2374, 2464, 2472, 2498, 2500,

2671, 2747, 3050

鹵, 1300, 1301

鹿, 229, 327, 476, 1048, 1301, 1304, 1305, 1339, 1954, 2107, 2118, 2366, 2500, 2504, 2889, 2908

麥, 68, 459, 465, 585, 1341, 1976

麻, 327, 815, 1260, 1339, 1355, 1372, 1414, 1521, 2141

黄, 256, 693, 749, 792, 845, 846, 958, 1050, 1380, 1429, 1578, 1619, 2042, 2047, 2457, 2507

黒, 15, 31, 57, 505, 672, 708, 743, 792, 845, 1050, 1205, 1335, 1350, 1370, 1431, 1432, 2101, 2209, 2402, 2455, 2457, 2618, 2749, 2862, 3047

堀, 3096

秮, 683

羖, 706

辜, 702

蔨, 1137

傩, 1472

儁, 1137, 1138

喱, 2473

啑, 1873, 2067, 2085, 3150

唧, 1446, 2527

嘐, 508

嘮, 1207

喹, 3020

唔, 2880

墰, 2206

媫, 1528

寓, 858, 1072, 2757, 2759, 2783

崐, 2166

幢, 291

徲, 841

愜, 905

憫, 627, 2218

搢, 1389

擠, 2206

攖, 3116, 3139, 3141

撳, 3028

朞, 885

棠, 3149

椩, 1252

楷, 2040

棉, 19

榉, 152

榡, 1212, 1451, 1455, 1575

猗, 698

覞, 737

裎, 240

艙, 287, 508

葱, 321

遑, 438

傀, 737, 1179

傳, 49, 148, 156, 287, 631, 632, 635, 638, 647, 648, 935, 2119, 2293, 3105

傍, 45, 46, 99, 278, 781, 846, 1011, 1207, 1231, 1305, 1513, 1537, 1665, 1784, 1904, 1919, 2207, 2370, 2604, 2635, 2874

傎, 441

傏, 2057

傑, 182, 654, 1018, 1019, 1257, 1956

傒, 1564

傔, 958

傖, 2105

傗, 278, 282

傘, 1050, 1280, 1310, 1759, 1760

備, 43, 64, 66, 68, 153, 411, 620, 629, 638, 971, 1035, 1109, 1114, 1307, 1336, 1344, 1565, 1822, 1983, 2016, 2058, 2192, 2429, 2433, 2489, 2702, 3005

傚, 2377, 2379, 2560

傜, 2512, 2513

傞, 2024

凱, 940, 1142

剩, 239, 294, 1448, 1844, 1848, 2869, 2917, 3036

剰, 239, 1844, 2869

割, 126, 145, 167, 319, 671, 672, 719, 759, 884, 941, 1023, 1183, 1548, 1643, 2064, 2372, 2451, 2606, 2820

剳, 2877

剴, 1142

創, 228, 290, 292, 990, 1143, 1886, 2902, 3042

勛, 2454

勜, 2244

勝, 84, 233, 271, 274, 309, 320, 351, 425, 450, 465, 483, 581, 618, 626, 630, 751, 769, 770, 807, 911, 937, 1021, 1026, 1049, 1070, 1080, 1096, 1130, 1206, 1230, 1313, 1335, 1339, 1362, 1383, 1404, 1471, 1509, 1612, 1618, 1624, 1654, 1708, 1780, 1783, 1790, 1832, 1840, 1841, 1844, 1847, 1853, 1870, 1924, 1925, 1956, 1972, 2029, 2042, 2063, 2064, 2126, 2146, 2196, 2293, 2328, 2381, 2385, 2494, 2575, 2619, 2626, 2676, 2678, 2739, 2752, 2784, 2801, 2809, 2873, 2875, 2892, 2894, 2951, 2982, 3150, 3154

勞, 187, 460, 590, 729, 864, 1197, 1198, 1199, 1200, 1368, 1641, 1701, 1818, 2068, 2477, 2673, 2674, 2731, 2776

博, 49, 57, 63, 74, 141, 148, 149, 150, 169, 287, 291, 401, 647, 1243, 1311, 1421, 1540, 1554, 1994, 2119, 2120, 2378, 2573, 2817, 3103, 3104

厥, 1129, 1131, 1132, 1568, 1663, 1818, 2988, 3063

厦, 1774, 2315

厨, 276, 2899

唾, 494, 1124, 1375, 1980, 2113, 2118, 2132, 2878

啻, 258, 1057, 2068

啼, 289, 355, 436, 772, 812, 1821, 1857, 2067, 2068, 2071, 2074, 2075, 2285, 2652

啾, 1089

喀, 1139

喁, 2748

喃, 1457, 1458, 1461, 1500, 1808

善, 6, 84, 137, 158, 166, 190, 199, 227, 267, 301, 335, 344, 381, 397, 406, 417, 425, 455, 483, 506, 561, 567, 630, 657, 658, 695, 713, 735, 740, 747, 760,

763, 770, 780, 862, 896, 906, 911, 954, 1022, 1026, 1059, 1070, 1080, 1087, 1169, 1172, 1245, 1334, 1345, 1361, 1382, 1387, 1397, 1430, 1434, 1495, 1496, 1541, 1549, 1552, 1569, 1574, 1601, 1669, 1672, 1689, 1754, 1778, 1782, 1783, 1784, 1788, 1802, 1804, 1824, 1832, 1847, 1877, 1895, 1914, 1921, 1926, 1937, 1958, 2056, 2095, 2111, 2185, 2196, 2253, 2259, 2290, 2293, 2298, 2302, 2304, 2308, 2318, 2325, 2334, 2341, 2350, 2401, 2408, 2430, 2478, 2509, 2516, 2544, 2545, 2554, 2616, 2619, 2626, 2631, 2636, 2647, 2652, 2711, 2727, 2738, 2767, 2804, 2820, 2824, 2904, 2917, 2940, 2957, 2989, 3022, 3065, 3083, 3099, 3131, 3162

喆, 2910

喇, 319, 1185, 1209, 1233, 1327

喈, 1016, 2565

喉, 799, 800, 1051, 1232, 2169, 2496, 3081, 3113

喋, 450

喎, 2134

喏, 339, 1445, 1499, 1677

嘟, 2773, 2775

喑, 2656

喘, 285, 289, 857, 957

喙, 857, 2799, 3059, 3118

喚, 20, 601, 812, 843, 844, 971, 994, 1005, 1132, 1164, 1395, 1498, 1589, 1942, 2054, 2169, 2318, 2377, 2378, 2445, 2502, 2766

喜, 301, 382, 608, 760, 770, 838, 843, 854, 856, 896, 954, 980, 1059, 1170, 1240, 1361, 1564, 1586, 1593, 1594, 1629, 1660, 1670, 1734, 1781, 1872, 1903, 1953, 1958, 2043, 2055, 2283, 2293, 2294, 2301, 2304, 2308, 2379, 2397, 2425, 2510, 2627, 2632, 2638, 2679, 2693, 2747, 2787, 2821, 2825, 2853, 2918, 2975, 3069, 3099

喝, 218, 774, 787, 790, 795, 1154, 2379, 2521

喞, 885, 897, 1196, 2995, 3020, 3031

喟, 206, 1179

喡, 2207

喤, 846

喧, 865, 2445, 2636

喩, 77, 486, 523, 564, 1003, 1010, 1176, 1207, 1282, 1314, 1412, 1526, 1532, 1602, 1711, 1904, 1962, 2073, 2183, 2201, 2219, 2232, 2329, 2388, 2634, 2704, 2716, 2731, 2747, 2748, 2749, 2750, 2754, 2759, 2765, 2775, 2781, 2784, 2787, 2789, 2961, 3045, 3060, 3082, 3141, 3164

喪, 4, 185, 836, 890, 1480, 1499, 1622, 1761, 1974, 2001, 2142, 2161, 2218, 2351, 2557, 2860, 2870, 2940

喫, 244, 375, 449, 885, 1490, 1491, 1518, 1590

喬, 666, 1001, 1606

喭, 2496, 2499, 2846

單, 58, 185, 202, 365, 366, 367, 368, 371, 489, 587, 672, 1136, 1281, 1315, 1368, 1545, 1679, 1778, 2452, 2890
啼, 1351
喰, 180
唸, 906
圖, 287, 1131, 2114
圍, 850, 851, 1141, 1677, 1723, 2114, 2119, 2168, 2190, 2191, 2203, 2205, 2796, 2797, 2841, 2843, 3054
圈, 1654
埵, 96, 192, 293, 336, 340, 490, 494, 496, 1246, 1549, 1980, 2132, 3156
堠, 2108
堙, 2473, 2474, 2656, 2657
塭, 2490
堠, 809
堡, 50
堤, 429, 431, 1738, 2065, 3115
堦, 89, 885, 1012, 1016, 2874
堨, 1015, 2540
堪, 207, 494, 660, 661, 712, 772, 1143, 1144, 1295, 1470, 1690, 1829, 1912, 2326, 2874, 2890, 2930
堬, 2749
堯, 1076, 1154, 1602, 2300, 2512, 2514, 2959, 3143
堰, 2494, 2498, 2666
報, 31, 45, 50, 51, 55, 124, 164, 172, 218, 273, 302, 343, 391, 411, 422, 485, 555, 625, 628, 632, 634, 635, 638, 668, 679, 709, 744, 834, 908, 922, 973, 1006, 1032, 1057, 1205, 1410, 1458, 1463, 1468, 1479, 1484, 1582, 1642, 1651, 1772, 1817, 1840, 1843, 1867, 1876, 1928, 1941, 1983, 2054, 2082, 2219, 2239, 2337, 2353, 2398, 2404, 2413, 2489, 2492, 2542, 2629, 2676, 2735, 2799, 2823, 2901, 2939, 2987, 3005, 3020, 3049, 3151, 3159
場, 206, 215, 219, 1083, 1784, 1867, 1973, 2050, 2295, 2506, 2613, 2844
堷, 2669
堺, 1034, 1036, 1084
塀, 1535
壹, 2043, 2555, 2564
壺, 815, 1461, 2042
奠, 444, 2864, 2927
奧, 20, 739, 940, 2424, 2823
婺, 2276, 2277
婿, 615, 1841, 2443, 2975, 3022
媞, 368
媖, 1726, 1727
媒, 700, 1360, 1433, 1568
媔, 1379
媖, 2669
媚, 1363, 1364, 1700
媛, 2446, 2511, 2808
媟, 1533, 2387, 2389, 2644
孱, 201, 1100
孳, 3120
富, 73, 156, 173, 380, 383, 609, 629, 634, 640, 646, 647, 672, 734, 740,

768, 906, 1282, 1901, 2250, 2273, 2301, 2386, 2444, 2673, 2824

寐, 1261, 1363, 1375, 1409, 1619, 2278, 2644

寒, 5, 458, 460, 763, 764, 951, 1057, 1154, 1207, 1253, 1566, 1599, 1631, 1740, 1974, 1976, 2021, 2072, 2758, 3166

寓, 382, 2757, 2760, 2783

寔, 455, 1172, 1408, 1873, 1877, 2451

尊, 54, 185, 190, 207, 240, 270, 273, 334, 359, 388, 400, 415, 428, 435, 444, 494, 566, 624, 678, 741, 773, 858, 950, 958, 964, 1035, 1057, 1340, 1368, 1407, 1629, 1636, 1725, 1821, 1848, 1873, 1891, 1897, 1898, 1904, 2081, 2151, 2202, 2264, 2320, 2325, 2460, 2510, 2720, 2765, 2860, 2930, 2953, 3119, 3151, 3153, 3155

尋, 12, 101, 107, 239, 277, 318, 325, 361, 388, 399, 409, 426, 486, 612, 765, 901, 1635, 1710, 1719, 1820, 1846, 1872, 1998, 2010, 2120, 2237, 2298, 2459, 2460, 2573, 2679, 3074, 3103, 3111, 3132, 3154

尞, 1253

就, 44, 82, 114, 115, 263, 271, 296, 308, 322, 343, 367, 413, 424, 512, 521, 555, 634, 712, 726, 746, 806, 836, 899, 930, 932, 994, 1020, 1053, 1086, 1096, 1098, 1120, 1187, 1231, 1278, 1291, 1309, 1344, 1465, 1470, 1546, 1584, 1604, 1609, 1652, 1668, 1678, 1772, 1779, 1845, 1929, 1962, 1986, 2015, 2037, 2079, 2258, 2334, 2355, 2456, 2559, 2622, 2674, 2696, 2737, 2808, 2818, 2956, 2988, 3043, 3060, 3063, 3105, 3167

崳, 1308

崴, 2134

崿, 508

嵆, 2281

崾, 844

嵋, 1360

嵎, 939, 1504, 2748

嵐, 608, 1192

巽, 2261, 2462, 2640

帽, 340, 1354

幀, 2371, 2947, 2953

幃, 2167, 2191

幄, 2250

幅, 569, 628, 629, 630, 1250, 2330

幾, 181, 293, 482, 873, 886, 887, 889, 918, 928, 931, 1566, 1574, 2318, 2574, 2603, 2630, 2824

廌, 1236

廁, 188, 2676

廂, 101, 1197, 1383, 2341, 2350, 2351, 3003

廊, 1197

廊, 742, 1183, 1196, 1197

弒, 554, 1203, 1773, 1924, 1926

弼, 91, 93, 734, 2707

弽, 1813

弹, 2048

彘, 3028

彭, 1517

徤, 985, 987, 988

徦, 1809

徧, 66, 99, 107, 108, 1527, 2093, 2152, 2538, 2843

徨, 846

復, 4, 35, 63, 80, 93, 103, 121, 126, 156, 204, 212, 226, 235, 288, 316, 322, 343, 371, 380, 403, 413, 423, 435, 437, 460, 471, 490, 494, 511, 525, 552, 574, 592, 618, 621, 626, 630, 631, 638, 647, 650, 651, 684, 710, 756, 758, 776, 795, 803, 822, 871, 880, 897, 929, 1012, 1040, 1100, 1115, 1150, 1201, 1219, 1333, 1357, 1379, 1451, 1470, 1550, 1583, 1600, 1622, 1663, 1680, 1705, 1717, 1730, 1784, 1808, 1812, 1823, 1830, 1845, 1868, 1876, 1885, 1910, 1941, 1976, 2026, 2041, 2079, 2091, 2152, 2169, 2193, 2220, 2239, 2246, 2257, 2271, 2387, 2406, 2428, 2437, 2460, 2494, 2495, 2498, 2502, 2552, 2559, 2587, 2608, 2677, 2693, 2695, 2702, 2708, 2721, 2736, 2766, 2775, 2800, 2865, 2913, 2987, 3016, 3033, 3043, 3047, 3098, 3113, 3128, 3160, 3170

循, 110, 488, 499, 1261, 1310, 1981, 2431, 2433, 2458, 2459, 2461, 2462, 3137

悲, 58, 181, 237, 263, 300, 504, 509, 595, 772, 826, 859, 975, 1104, 1161, 1165, 1390, 1484, 1563, 1565, 1688, 1805, 1996, 2068, 2288, 2301, 2388, 2390, 2442, 2657, 2661, 2693, 3020, 3151, 3153

悳, 226

悶, 16, 93, 961, 1141, 1358, 1367, 1368, 1369, 1465, 1591, 2241, 2553

惌, 507, 2137, 2790

惑, 15, 183, 203, 205, 213, 465, 467, 482, 488, 505, 558, 618, 661, 679, 725, 751, 813, 844, 852, 856, 871, 875, 878, 1029, 1371, 1385, 1463, 1484, 1493, 1564, 1566, 1643, 1671, 1898, 1984, 1997, 2157, 2193, 2246, 2429, 2569, 2630, 2749, 2774

惒, 784, 788, 1968

惠, 60, 189, 279, 301, 347, 404, 413, 458, 505, 509, 732, 746, 758, 828, 854, 859, 863, 864, 869, 929, 958, 1245, 1248, 1336, 1484, 1581, 1765, 1996, 2027, 2185, 2289, 2301, 2552, 2624, 2727, 2838, 2914, 2923, 2927, 3021, 3103

惡, 1, 5, 31, 55, 80, 124, 186, 205, 229, 257, 262, 265, 273, 279, 301, 307, 320, 327, 332, 365, 403, 412, 467, 503, 504, 508, 524, 556, 650, 657, 722, 734, 739, 745, 750, 759, 792, 812, 834, 842, 853, 854, 859, 864, 876, 879, 895, 905, 924, 989, 1166, 1248,1303, 1309, 1363, 1381, 1390, 1393, 1423, 1473, 1499, 1500, 1502, 1545, 1566, 1637,

1651, 1671, 1688, 1765, 1778, 1829, 1830, 1876, 1894, 1901, 1996, 2004, 2021, 2104, 2108, 2137, 2158, 2193, 2217, 2220, 2249, 2257, 2289, 2324, 2355, 2390, 2402, 2403, 2406, 2452, 2472, 2503, 2515, 2543, 2573, 2607, 2624, 2651, 2661, 2677, 2749, 2751, 2766, 2780, 2844, 2851, 2876, 2939, 2954, 3011, 3033, 3038, 3046, 3084, 3098, 3140, 3148, 3151

惣, 910, 1464, 2274, 2362

惰, 494, 495, 496, 499, 793, 850, 1623, 2870

惱, 166, 229, 263, 277, 571, 600, 607, 699, 759, 794, 836, 852, 878, 894, 909, 1103, 1147, 1167, 1179, 1198, 1236, 1296, 1307, 1348, 1371, 1460, 1462, 1464, 1494, 1598, 1652, 1675, 1676, 1678, 1766, 1785, 1797, 1831, 1845, 1902, 1942, 1964, 2013, 2041, 2276, 2302, 2324, 2355, 2400, 2415, 2531, 2655, 2693, 2824, 2956, 3140

惲, 849, 2840

惶, 166, 837, 846, 1161, 2403, 2413

惸, 1631

惺, 846, 1133, 1303, 1619, 2403, 2413

惻, 187, 188, 292

惽, 865

愀, 1608

愄, 2166, 2218

愉, 2749, 2754

愊, 93

愋, 2446

愎, 93, 2696

愐, 1379, 3056

愒, 1593

愓, 2507

愔, 2292, 2656, 2669

愕, 166, 182, 508, 1240, 1348

愖, 229

愜, 813, 822, 1614, 1777, 2310

愞, 1498, 1726, 1727

愠, 2840

愡, 2013

慨, 189, 728, 794, 1142, 2138

戟, 366, 918, 1603, 2890

扉, 599, 960, 1777

捶, 192, 293, 294, 295, 494, 2512, 3032, 3110

掌, 215, 217, 382, 434, 516, 612, 616, 858, 863, 1572, 1597, 1626, 1657, 1785, 1793, 1796, 1797, 1904, 1935, 2057, 2107, 2545, 2893, 2907, 3003, 3146

掔, 1445, 1597

掣, 223, 224, 480, 1258, 1597, 1614, 2538, 3014, 3020, 3030

掾, 287, 2803, 2808

揀, 458, 461, 656, 968, 973, 992, 1243, 1812, 1959, 2871

揁, 2020, 2930, 2937

揃, 968

揄, 972, 1284, 2748, 2749, 2784

揆, 972, 1179

掏, 797

揉, 147, 185, 1462, 1702, 1704, 2054, 2824

揌, 1740, 3115, 3141

揎, 2445

描, 1351, 1380

提, 252, 254, 322, 324, 328, 418, 429, 430, 432, 433, 435, 438, 439, 448, 491, 665, 1051, 1230, 1321, 1418, 1476, 1479, 1482, 1518, 1520, 1575, 1645, 1739, 1806, 1813, 1846, 1873, 1915, 1933, 2020, 2052, 2065, 2068, 2070, 2071, 2075, 2105, 2123, 2129, 2506, 2656, 2739, 2983, 3055, 3116

揑, 1489

插, 153, 192

揖, 54, 361, 719, 910, 915, 1813, 2437, 2564, 2612, 2615, 2635

揗, 488, 2059

揚, 165, 197, 215, 219, 667, 1009, 1015, 1257, 1367, 1571, 1813, 2061, 2120, 2274, 2504, 2505, 2506, 2507, 2508, 2748, 2859, 3069

換, 28, 843, 864, 1120, 1412, 1634, 1948

揜, 2492, 2495

揞, 16

揟, 1660, 2437

握, 331, 1101, 1128, 1450, 1477, 1639, 2250, 2463, 2901, 3115

揣, 149, 284, 620, 2119, 2206

揥, 285, 438, 2066, 2070

揨, 229

揩, 329, 336, 1012, 1016, 1017, 1139, 1142, 1181, 2066, 2386, 3003

揬, 2108, 2112

揭, 654, 1016, 1023, 1024, 2506

揮, 149, 202, 368, 848, 849, 1136, 2205, 3002

揷, 262, 294

揲, 449, 450, 625, 700

揳, 1590

援, 28, 808, 972, 1952, 2137, 2323, 2793, 2795, 2808, 2938

揵, 654, 964, 984, 985, 987, 989, 991, 1018, 1120, 1239, 1483, 1603, 2203, 2562

揺, 2512, 2990

揙, 140

撝, 848, 2205, 2932

敁, 885, 2604

敞, 92, 94, 95, 218, 431, 2442

敢, 321, 375, 454, 462, 640, 660, 661, 710, 833, 1007, 1082, 1150, 1253, 1401, 1470, 1643, 1760, 1808, 2090, 2708, 2775, 3062, 3142, 3150

散, 37, 39, 61, 166, 207, 375, 445, 455, 519, 550, 588, 593, 611, 616, 656, 660, 727, 738, 762, 825, 853, 1008, 1082, 1240, 1291, 1307, 1387, 1471, 1518, 1546, 1665, 1728, 1753, 1759, 1760, 1787, 1808, 1845, 1964, 1972, 2018, 2029, 2167, 2284, 2307, 2379, 2381, 2440, 2489, 2499, 2509, 2643, 2845, 2859, 3065, 3150

敦, 147, 297, 480, 486, 616, 1007,

1333, 1390, 1962, 2654

敧, 885, 918, 2472

斌, 130, 241, 2378, 2827

斐, 599, 600, 1515

斑, 38, 40, 2311

斮, 336

斯, 14, 221, 312, 318, 320, 483, 623, 979, 989, 1067, 1189, 1448, 1562, 1563, 1571, 1580, 1601, 1709, 1825, 1915, 1995, 1997, 1998, 2000, 2030, 2260, 2326, 2335, 2381, 2393, 2398, 2399, 2427, 2438, 2566, 3067, 3119

旐, 1283, 1285, 1580

晚, 56, 367, 468, 807, 1377, 1872, 2126, 2137, 2139, 2376, 2621

普, 52, 109, 135, 137, 140, 157, 166, 267, 301, 350, 381, 424, 560, 616, 644, 668, 677, 766, 1013, 1054, 1084, 1111, 1369, 1471, 1549, 1551, 1553, 1591, 1619, 1652, 1669, 1690, 1779, 1895, 1902, 1936, 2028, 2075, 2195, 2283, 2289, 2302, 2322, 2349, 2392, 2652, 2830, 2906, 2915, 3035, 3050, 3098, 3154

景, 133, 326, 683, 1071, 1072, 1073, 1082, 1251, 1268, 1964, 2674, 3028

晰, 1926

晱, 1777, 2494

晲, 728, 1480

晢, 2292

晴, 16, 18, 1063, 1070, 1621, 1624, 1625

晶, 1069

晷, 1436

晹, 2622

智, 39, 120, 203, 204, 221, 270, 321, 359, 382, 391, 399, 410, 415, 419, 421, 440, 443, 480, 547, 565, 598, 624, 630, 667, 682, 690, 748, 863, 913, 935, 938, 939, 983, 990, 1014, 1027, 1055, 1081, 1085, 1135, 1161, 1170, 1202, 1218, 1223, 1231, 1257, 1296, 1354, 1360, 1363, 1367, 1372, 1383, 1407, 1440, 1473, 1532, 1552, 1573, 1587, 1664, 1687, 1689, 1699, 1714, 1768, 1782, 1801, 1827, 1836, 1848, 1863, 1882, 1904, 1918, 1974, 1993, 2073, 2076, 2096, 2225, 2263, 2298, 2304, 2348, 2374, 2384, 2396, 2411, 2413, 2420, 2443, 2453, 2516, 2536, 2545, 2556, 2561, 2570, 2634, 2651, 2653, 2668, 2719, 2810, 2876, 2922, 2930, 2952, 2976, 2999, 3001, 3010, 3013, 3017, 3019, 3020, 3032, 3045, 3058, 3072, 3092, 3154

晻, 16

晓, 2376

暑, 1072, 1678, 1964, 1965, 3081

曾, 185, 189, 208, 216, 217, 376, 401, 684, 857, 1011, 1063, 1301, 1600, 1654, 1766, 1778, 1828, 1867, 2047, 2283, 2295, 2502, 2573, 2682, 2683, 2874, 2876, 2877, 3039, 3057, 3083, 3146

替, 224, 365, 854, 2075, 2088,

2196, 2857, 2874, 3022
最, 54, 215, 233, 410, 465, 566, 661, 667, 716, 728, 910, 938, 1018, 1252, 1573, 1632, 1646, 1654, 1687, 1846, 1878, 1919, 1935, 2136, 2168, 2442, 2545, 2696, 2963, 3029, 3052, 3107, 3136, 3150, 3154, 3156
朝, 222, 283, 369, 389, 766, 814, 1197, 1383, 1401, 1562, 1583, 1603, 1695, 1994, 2013, 2353, 2721, 2808
朞, 1444, 1562
期, 222, 303, 308, 333, 406, 608, 712, 783, 815, 1197, 1404, 1442, 1562, 1563, 1569, 1574, 1580, 1630, 1869, 1987, 1997, 1999
棃, 1214
棆, 1308
棊, 885, 1429, 1577, 1578
棋, 1578
棍, 97, 742
棏, 410, 430
棑, 1506, 2060
棒, 45, 294, 611, 1259, 1518, 1656, 2245, 2930
棓, 45, 1548
棕, 3139
棖, 240, 244, 2057, 2058, 2899, 3096
棗, 631, 910, 1967, 2861
棘, 257, 319, 910, 915, 1191, 1431, 1563, 1966, 2861, 3049
棙, 1233
棚, 186, 1517, 1534
棟, 459, 461, 968, 1243, 1812
棠, 233, 240, 381, 1383, 2057, 2058
棣, 438
棤, 2283
棧, 966, 2890
棬, 1124, 1654
棭, 2622
森, 180, 853, 1260, 1766
棱, 1207
棲, 1015, 1293, 1294, 1561, 1563, 1597, 1953
棳, 3116, 3118
棷, 3142
棹, 393, 446, 2060, 2905, 3053
棺, 722, 723, 731, 749
棼, 606
椀, 1173, 2136, 2138, 2139, 2141, 2789
椂, 1302
椅, 1577, 2564, 2605
椊, 3147
椋, 909
植, 840, 888, 1226, 1867, 1974, 2063, 2068, 2439, 2987, 2989, 2991, 3045, 3111
椎, 294, 295, 432, 988, 2121, 2982, 3030, 3032, 3111
椐, 1102
椑, 58, 91, 94, 169
椥, 2983
楮, 277, 2923, 3061
欹, 671, 885, 890, 1589, 2562,

2564
欺, 157, 1562, 1563, 1574, 1615, 1725, 1999
欻, 284, 292, 812, 837, 1766, 2397, 2440, 2688
欽, 201, 585, 691, 838, 1242, 1543, 1776, 2398, 2399, 2660, 2665
款, 1173
殕, 633
殖, 1269, 1874, 2987, 2990
殘, 181, 236, 278, 363, 990, 1384, 1428, 1605, 1677, 1955, 2750, 2873
殼, 816, 1608
殽, 1761, 2512
毯, 941, 1350, 2053, 2084, 2887
毱, 187, 1101, 1103, 1128, 1636
毳, 332
湩, 293, 2132
淼, 1766
渙, 843, 844
減, 183, 237, 460, 661, 751, 873, 969, 994, 1159, 1385, 1648, 1662, 1797, 1823, 1843, 2020, 2165, 2249, 2322, 2559, 2874, 3171
湮, 1498, 1500, 1725
渝, 2105, 2278, 2748, 2749, 2754
渟, 2092
渠, 144, 247, 1107, 1641, 1823
渡, 5, 80, 141, 474, 477, 627, 941, 1694, 1721
渤, 147, 148, 149, 758
渥, 1477, 2250, 2470
渧, 430, 436, 440, 1622, 2068, 2118
温, 1154, 1246, 1490, 1678, 1858, 1921, 1965, 2133, 2227, 2431, 2827, 2841, 2842
渫, 2387
測, 187, 188, 453, 1879, 2437, 2865
渭, 2218, 2685, 3120
港, 666, 2366
渰, 68
渲, 2450, 2495
渴, 3118
游, 627, 1285, 2705, 2910
渺, 1381, 1382
渾, 866
湃, 1535
湊, 187, 326, 611, 1615, 1651, 3143
湌, 180
湍, 284, 480, 1345, 1716, 1727, 2118
湎, 1379, 1409
湏, 857, 2369, 2488
湑, 2443
湔, 966
湕, 968
湖, 223, 702, 786, 815, 816, 1344
湘, 816, 2341, 2351
湛, 230, 374, 565, 816, 1143, 1335, 2049, 2890
湞, 2439
湟, 2903
湤, 2448

湧, 2684, 2685, 2688
湩, 461, 1719, 2102, 3046
潒, 1335
湮, 720, 1529, 1761, 2473
湯, 384, 1197, 1202, 1344, 1785, 2056, 2058, 2075, 2505, 2565, 3118
湲, 2249
満, 50, 341, 1295, 1344
滊, 1512, 1536, 1537
滋, 297, 301, 302, 492, 2076, 2084, 2656, 3119, 3120
滞, 430, 3028
焰, 400, 421, 606, 734, 826, 870, 1196, 1552, 2049, 2472, 2473, 2485, 2488, 2490, 2495, 2497, 2499, 2501, 2537, 2539
焚, 572, 583, 606, 607, 1370, 1797, 2485, 2672, 2780
焞, 487
無, 27, 32, 72, 85, 101, 124, 137, 159, 180, 199, 207, 214, 224, 252, 275, 276, 293, 313, 335, 342, 358, 373, 381, 408, 426, 442, 456, 477, 481, 491, 506, 515, 517, 523, 538, 550, 562, 584, 598, 605, 615, 618, 619, 623, 645, 677, 686, 714, 733, 747, 774, 783, 821, 829, 848, 874, 894, 901, 931, 935, 937, 958, 979, 1027, 1059, 1067, 1076, 1080, 1091, 1098, 1113, 1117, 1130, 1133, 1146, 1152, 1160, 1170, 1176, 1190, 1199, 1223, 1230, 1231, 1251, 1281, 1296, 1321, 1349, 1351, 1357, 1358, 1361, 1398, 1405, 1413, 1421, 1430, 1432, 1434, 1435, 1438, 1458, 1461, 1467, 1472, 1530, 1571, 1581, 1582, 1588, 1591, 1663, 1670, 1685, 1689, 1691, 1701, 1702, 1710, 1734, 1757, 1764, 1781, 1791, 1799, 1813, 1834, 1851, 1872, 1886, 1892, 1896, 1916, 1930, 1946, 1981, 1990, 2000, 2002, 2003, 2030, 2039, 2080, 2095, 2098, 2122, 2143, 2152, 2160, 2163, 2164, 2168, 2190, 2198, 2212, 2223, 2237, 2248, 2253, 2254, 2264, 2269, 2271, 2272, 2274, 2319, 2366, 2393, 2409, 2412, 2427, 2431, 2437, 2479, 2516, 2544, 2570, 2576, 2592, 2609, 2620, 2632, 2635, 2649, 2679, 2690, 2696, 2713, 2725, 2733, 2740, 2762, 2778, 2791, 2793, 2798, 2802, 2813, 2820, 2825, 2832, 2840, 2853, 2879, 2906, 2918, 2928, 2941, 2959, 2975, 3009, 3022, 3036, 3040, 3044, 3051, 3069, 3117, 3132, 3145, 3152, 3163
焦, 910, 1000, 1001, 1002, 1098, 1114, 1606, 1607, 2169, 2185, 2844
煬, 2292
焯, 222, 3116
焔, 258, 616, 1305, 2486, 2499, 2501
焱, 1766, 2486, 2495, 2498, 2499
焳, 1000, 1002
焨, 2783
然, 83, 135, 140, 181, 202, 258, 280, 298, 367, 381, 421, 443, 447, 455, 513, 522, 560, 571, 591, 597, 604, 613,

618, 635, 717, 807, 813, 905, 909, 937, 1021, 1049, 1066, 1096, 1116, 1130, 1176, 1230, 1256, 1258, 1284, 1326, 1369, 1387, 1404, 1431, 1432, 1471, 1483, 1492, 1586, 1601, 1667, 1671, 1678, 1687, 1707, 1772, 1780, 1787, 1798, 1841, 1843, 1845, 1853, 1914, 1943, 1967, 1987, 2017, 2029, 2046, 2072, 2090, 2153, 2168, 2169, 2195, 2247, 2259, 2289, 2302, 2312, 2408, 2415, 2474, 2498, 2499, 2524, 2570, 2588, 2616, 2678, 2692, 2697, 2711, 2756, 2791, 2801, 2809, 2824, 2838, 2840, 2852, 2901, 2906, 2916, 3015, 3019, 3039, 3050, 3065, 3085, 3109, 3141, 3161

焼, 258, 291, 1669, 1797, 2168, 2373, 2408

煮, 966, 2789, 3015, 3080, 3081

爲, 32, 71, 84, 88, 95, 110, 122, 128, 137, 159, 165, 191, 214, 233, 281, 301, 313, 317, 333, 344, 358, 373, 381, 393, 407, 426, 437, 472, 476, 486, 491, 506, 514, 562, 578, 589, 623, 645, 646, 667, 677, 680, 689, 695, 705, 714, 735, 738, 740, 780, 783, 785, 807, 813, 825, 834, 836, 848, 858, 874, 879, 894, 901, 909, 917, 935, 961, 995, 1009, 1013, 1021, 1031, 1049, 1056, 1059, 1080, 1091, 1098, 1102, 1108, 1141, 1152, 1190, 1223, 1225, 1281, 1294, 1296, 1314, 1340, 1397, 1404, 1411, 1435, 1454, 1467, 1486, 1488, 1536, 1552, 1571, 1601, 1635, 1645, 1656, 1670, 1685, 1689, 1710, 1718, 1723, 1734, 1764, 1780, 1791, 1810, 1820, 1834, 1864, 1872, 1916, 1930, 1933, 1936, 1946, 1965, 1967, 1976, 1977, 1981, 1990, 2008, 2030, 2095, 2098, 2104, 2160, 2183, 2190, 2191, 2192, 2203, 2206, 2207, 2214, 2218, 2222, 2248, 2252, 2260, 2268, 2290, 2314, 2329, 2341, 2367, 2393, 2401, 2409, 2425, 2437, 2445, 2460, 2472, 2479, 2498, 2510, 2532, 2555, 2560, 2576, 2591, 2609, 2613, 2616, 2617, 2620, 2626, 2649, 2679, 2690, 2698, 2706, 2713, 2723, 2733, 2739, 2753, 2762, 2768, 2778, 2793, 2802, 2809, 2813, 2818, 2825, 2831, 2839, 2853, 2859, 2869, 2918, 2958, 2975, 3003, 3008, 3036, 3044, 3051, 3099, 3103, 3124, 3132, 3135, 3145, 3150, 3154, 3162

牋, 966, 967, 1605, 2890

牌, 1506, 1513, 1523

牚, 244

犀, 254, 1418, 2292

犂, 1210, 1213, 1214

犇, 68

猋, 2499

猒, 2500

猢, 814

猥, 1180, 2166, 2206

猨, 799, 2796, 2798

猪, 277, 1259, 1493, 1523, 1842, 2112, 3061, 3072

十二畫

猫, 698, 1209, 1214, 1351, 1353, 1370, 2541, 2730, 3061
猱, 1462
猲, 2385
猴, 799, 880, 2796, 2798
猶, 67, 110, 136, 222, 233, 284, 382, 427, 468, 546, 567, 734, 755, 881, 888, 916, 1014, 1094, 1351, 1370, 1526, 1670, 1711, 1734, 1775, 1794, 1796, 1797, 1814, 1900, 1917, 2083, 2104, 2120, 2168, 2183, 2224, 2248, 2395, 2432, 2444, 2459, 2561, 2565, 2610, 2699, 2702, 2705, 2706, 2730, 2741, 3003, 3045, 3142
琕, 1530
琛, 182, 225, 1822, 2925
琢, 2663, 3118, 3156
琥, 817, 819
琦, 1148, 1574, 1577, 1589, 2605, 2925
琨, 866, 1181
琬, 2136, 2138, 2139
琮, 326, 3139
琯, 728
琰, 374, 615, 2485, 2494, 2498, 2499, 2501
琲, 66
琳, 1259, 1260, 1262, 3060
琴, 37, 189, 1616, 1765, 2033, 2375, 2937
琵, 1523, 1765
甤, 1727
甥, 1832, 1840
甦, 1586
番, 380, 567, 568, 569, 608, 1507, 1828
畫, 51, 100, 164, 177, 273, 720, 830, 832, 879, 1057, 1566, 1957, 2094, 2436, 2569, 2737, 3058
畯, 1138
疎, 228, 327, 461, 1958, 1959, 1960, 1961, 1970, 2013
痛, 9, 139, 246, 290, 908, 1101, 1119, 1159, 1170, 1523, 1946, 2103, 2105, 2517, 2609, 2678, 2680, 2701
痞, 613
痟, 2373, 2374, 2375
痠, 2615
痢, 1229, 1233
痤, 336, 3170
痩, 121, 139, 262, 290, 298, 707, 836, 915, 1293, 1333, 1523, 1952, 2049, 2104, 2615, 2759
登, 5, 242, 420, 421, 428, 549, 603, 760, 936, 958, 1165, 1218, 1786, 1970, 2136, 2616, 2822, 2939, 2950
發, 27, 29, 80, 94, 120, 147, 225, 266, 270, 301, 333, 403, 420, 447, 454, 458, 482, 549, 551, 556, 573, 579, 590, 593, 596, 602, 639, 693, 709, 740, 769, 776, 837, 853, 1007, 1077, 1081, 1179, 1187, 1255, 1359, 1390, 1401, 1407, 1451, 1507, 1512, 1537, 1547, 1583, 1592, 1648, 1651, 1760, 1772, 1808, 1823, 1830, 1941, 1948, 1957, 1969,

1970, 1976, 1983, 2026, 2193, 2246, 2429, 2450, 2455, 2489, 2543, 2616, 2630, 2677, 2683, 2706, 2775, 2800, 2806, 2822, 2906, 2950, 2964, 3047, 3160

皓, 771, 1344, 1544

皺, 333, 841, 1138, 3059

盜, 395, 400, 493, 1164, 1196, 2616, 2658, 3119, 3136

睅, 841

睆, 841

睇, 320, 438

睍, 2335, 2336

睎, 2283, 2288, 2292, 2293

矟, 488, 1608, 1994, 2785, 2895

矬, 336, 480, 3170

短, 206, 322, 328, 336, 432, 465, 480, 571, 908, 1104, 1108, 1332, 1786, 2661, 2970, 3021, 3115

硤, 2310

碑, 223, 224

硬, 99, 683, 909, 1057, 2675

确, 1612, 1665

硯, 1546, 1994, 2498

祝, 1979

祴, 673

祷, 386, 389, 707, 1941, 3149

禄, 629, 1229, 1302, 1304

稀, 1053, 2283, 2285, 2288, 2292

稃, 627

稇, 2340

稈, 660, 661, 2772

程, 240, 1025, 1063

稍, 233, 630, 989, 1122, 1370, 1797, 2372, 3044

税, 581, 647, 1979, 2351

竢, 2011, 3147

竣, 1138, 2808

童, 292, 435, 467, 1076, 1251, 1496, 1571, 1846, 2051, 2080, 2098, 2101, 2102, 2146, 2626, 2652, 2891, 2893, 3044, 3048, 3067, 3124

竦, 1233, 1959, 1960, 2013

筆, 86, 185, 422, 826, 845, 2504, 2629, 2905, 3004

筈, 1164, 1183

等, 11, 41, 42, 67, 70, 72, 76, 108, 124, 126, 135, 154, 171, 185, 199, 206, 212, 227, 238, 245, 248, 266, 278, 283, 287, 307, 343, 347, 364, 380, 383, 384, 388, 400, 403, 412, 422, 436, 439, 454, 470, 485, 517, 520, 556, 572, 583, 587, 590, 620, 625, 636, 658, 660, 693, 709, 723, 745, 809, 824, 826, 837, 859, 910, 1012, 1019, 1032, 1039, 1063, 1081, 1104, 1107, 1115, 1132, 1150, 1158, 1165, 1187, 1205, 1221, 1250, 1262, 1311, 1325, 1339, 1350, 1352, 1370, 1410, 1429, 1436, 1469, 1482, 1484, 1492, 1521, 1552, 1573, 1583, 1590, 1607, 1615, 1679, 1704, 1717, 1729, 1738, 1778, 1786, 1817, 1826, 1829, 1840, 1852, 1855, 1859, 1865, 1868, 1879, 1888, 1891, 1901, 1909, 1928, 1933, 1935, 1936, 1941, 1953, 1956, 1970, 1973, 1978, 1983, 2010, 2018,

2026, 2071, 2096, 2114, 2134, 2140, 2144, 2169, 2192, 2209, 2216, 2220, 2228, 2246, 2256, 2273, 2282, 2283, 2313, 2338, 2364, 2376, 2390, 2406, 2414, 2424, 2459, 2475, 2509, 2521, 2540, 2542, 2547, 2586, 2607, 2630, 2651, 2659, 2677, 2702, 2708, 2736, 2766, 2772, 2811, 2824, 2828, 2891, 2913, 2936, 2939, 2953, 2995, 3033, 3042, 3049, 3062, 3084, 3098, 3103, 3105, 3122, 3137, 3149, 3151, 3153, 3160

筊, 2274

筋, 1022, 1025, 1052, 1204, 1532, 2102, 2351, 3097, 3098, 3102

筌, 705, 992, 1599, 1656, 1658

筍, 2019

筎, 953

筏, 363, 553, 554, 1353, 2612

筐, 472, 1173, 1614

筑, 3101

筒, 73, 678, 974, 1003, 2102, 2103, 2496

答, 31, 55, 80, 235, 257, 343, 401, 411, 453, 485, 489, 639, 657, 668, 675, 678, 679, 704, 776, 857, 871, 1063, 1092, 1094, 1104, 1107, 1123, 1165, 1265, 1393, 1458, 1478, 1552, 1587, 1588, 1700, 1704, 1729, 1778, 1928, 1957, 1975, 1983, 2040, 2076, 2122, 2192, 2239, 2321, 2378, 2475, 2492, 2557, 2616, 2766, 2775, 2811, 2858, 2913, 2970, 3031, 3049, 3083, 3140

策, 86, 186, 187, 260, 264, 556, 1614, 1701, 1966, 2384, 3073, 3149

筝, 2937

筬, 1843

粠, 2886, 3137

粞, 2000

粟, 224, 433, 506, 747, 1232, 1529

粤, 20, 2823

粥, 1372, 1481, 2789, 3055

粦, 1260, 1262

粧, 3108, 3109

紫, 201, 315, 1727, 2291, 2670, 3126

絍, 1694, 2204

絏, 2387, 2538, 2622

結, 99, 140, 156, 203, 226, 274, 288, 296, 308, 413, 450, 451, 467, 558, 569, 571, 621, 648, 678, 700, 702, 705, 720, 738, 739, 746, 888, 896, 927, 940, 942, 976, 1015, 1017, 1019, 1022, 1024, 1029, 1064, 1130, 1200, 1295, 1303, 1326, 1402, 1450, 1461, 1470,1584, 1638, 1663, 1668, 1801, 1885, 1891, 1929, 1980, 1985, 2017, 2055, 2163, 2308, 2340, 2443, 2444, 2521, 2543, 2557, 2588, 2677, 2776, 2800, 2806, 2818, 2862, 2900, 2914, 2971, 2995, 3014, 3039, 3063, 3084, 3113, 3140, 3161

絑, 3020, 3061

絓, 570, 720, 942, 1064, 3084

絕, 1131

絙, 682, 683, 840, 1494
絜, 1019, 1024
絞, 955, 999, 1004, 1006, 1089, 1258, 2233, 2310, 2378, 2639, 2800
絟, 1658
絡, 672, 678, 956, 1020, 1303, 1305, 1324, 1325, 1326, 2157, 3039
絇, 1100, 1135, 1641, 2461
絣, 72, 231, 1530, 1534
給, 363, 364, 611, 678, 689, 755, 896, 906, 931, 1020, 1051, 1308, 1326, 1550, 1594, 1805, 1932, 2040, 2220, 2406, 2509, 2608, 2828, 2955, 3039
絬, 1021
絭, 1125
絮, 1024, 2443, 3101, 3126
絯, 655, 1984, 2103
絰, 449, 648, 1852, 2986, 3032
絲, 177, 179, 680, 1309, 1995, 2000, 2305
絳, 609, 798, 998, 999, 1326
絶, 174, 247, 296, 298, 364, 413, 454, 482, 582, 664, 712, 751, 813, 932, 942, 1019, 1020, 1023, 1086, 1129, 1161, 1205, 1307, 1327, 1376, 1395, 1459, 1584, 1760, 1763, 1801, 1840, 1842, 1853, 1857, 1986, 2134, 2138, 2164, 2258, 2615, 2619, 2801, 2804, 3031, 3039, 3120, 3142
缾, 134, 1534, 1535, 1536
罦, 2071
罥, 1101, 1126
羡, 1361, 2336
翔, 19, 45, 257, 1994, 2352, 2353, 2355, 2388, 2622, 2758
翕, 1144, 2053, 2282, 2293, 2639
翖, 1267
耋, 449, 1353
聒, 742, 1183
肅, 414, 1345, 1528, 1534, 1579, 2375, 2379, 2685, 2881
脹, 217, 647, 2899
脽, 1976
脾, 58, 97, 276, 957, 1447, 1523, 2218, 2903
腂, 753, 832
腃, 1126
脮, 1777
腆, 49, 1494, 2085
腋, 150, 2521, 2540, 2541
腎, 2218
腑, 632, 1868
腓, 596, 600
腔, 97
腕, 647, 2126, 2138, 2139, 2141
腴, 2701, 2748
舃, 1665
舄, 2307, 2498
舒, 99, 244, 1141, 1178, 1339, 1958, 1970, 2442, 2537, 2889
舜, 1962, 1982, 2271
荆, 2923
莚, 2091, 2092, 2474, 2486
莽, 1351
莿, 319, 320, 1352
菀, 1368, 2138, 2806

菁, 1062, 1069, 1180
菅, 723, 729, 958, 959
萇, 1301, 1335, 2801
菊, 20, 153, 1101, 1591, 2060
菌, 673, 850, 1137, 1182, 1193
菑, 567, 2848, 3120
菓, 186, 439, 679, 745, 748, 844, 845, 1239, 1429, 1823, 1973, 2516, 2540, 2618
菔, 1507
菖, 205, 206, 673
菘, 321, 2013
萬, 1194
菜, 134, 176, 179, 187, 744, 824, 1131, 1191, 2540, 2669, 2772
菟, 2118
菡, 765
菩, 164, 276, 341, 424, 622, 1167, 1541, 1549, 1550, 1738, 1779, 2066, 2253, 2302, 3098, 3108
菫, 1052
華, 61, 86, 93, 156, 183, 186, 213, 223, 299, 331, 332, 347, 362, 416, 424, 518, 569, 583, 585, 608, 616, 672, 732, 746, 749, 777, 788, 825, 826, 828, 830, 832, 844, 854, 1050, 1061, 1105, 1239, 1315, 1341, 1353, 1361, 1395, 1414, 1436, 1505, 1566, 1738, 1759, 1763, 1779, 1830, 1902, 1928, 1978, 2042, 2144, 2246, 2273, 2318, 2339, 2349, 2402, 2412, 2413, 2506, 2516, 2531, 2540, 2543, 2727, 2772, 2805, 2891, 2893, 2955, 2968, 3043, 3107, 3108, 3134, 3170
菰, 702, 1958
菱, 1266, 1267, 3139
菲, 596, 599, 1830
菴, 15, 16, 1351, 2366, 2491, 2492, 2660
菷, 3056
菸, 2473
菼, 2053
菽, 1955, 1958
萁, 1577
萃, 37, 331, 332, 824, 826, 1925, 3146
萄, 2060
萆, 185
萇, 206, 207, 215, 472, 844
萊, 179, 1191
萌, 72, 1350, 1368, 1403, 1517, 1831, 2964
萍, 1534, 1535
萎, 655, 1293, 1482, 1543, 2139, 2205, 2206, 2207, 2513
萑, 730, 1664
萸, 2747
著, 4, 14, 66, 89, 138, 200, 227, 278, 328, 366, 399, 415, 427, 466, 488, 507, 594, 646, 649, 658, 748, 760, 854, 937, 983, 1052, 1069, 1125, 1135, 1145, 1252, 1263, 1350, 1361, 1464, 1468, 1483, 1549, 1552, 1581, 1636, 1646, 1673, 1678, 1724, 1736, 1782, 1802, 1804, 1918, 1925, 1937, 1965, 1973, 2048, 2284, 2349, 2368, 2411,

2421, 2433, 2457, 2556, 2572, 2602, 2605, 2611, 2629, 2634, 2654, 2685, 2719, 2726, 2745, 2765, 2779, 2826, 2856, 2863, 2894, 2922, 3028, 3029, 3031, 3093, 3098, 3102, 3112, 3116, 3166

虛, 137, 2437

蚰, 1633, 1637

蛒, 1337

蛕, 2702

蝗, 1803

蛘, 2507

蛙, 701, 1390, 2134

蛛, 276, 3061

蛟, 1000, 1002, 2233

蛣, 1019

蛤, 755

蛭, 449

衆, 10, 28, 39, 68, 85, 107, 133, 164, 168, 178, 197, 215, 228, 240, 246, 260, 270, 278, 282, 314, 325, 328, 359, 361, 374, 388, 393, 410, 415, 427, 487, 492, 516, 524, 547, 565, 624, 651, 655, 670, 682, 690, 704, 748, 758, 836, 840, 858, 913, 938, 939, 952, 995, 1010, 1035, 1091, 1106, 1119, 1136, 1162, 1180, 1191, 1220, 1231, 1284, 1307, 1321, 1340, 1368, 1389, 1401, 1407, 1457, 1487, 1573, 1618, 1625, 1636, 1646, 1656, 1666, 1687, 1714, 1718, 1725, 1736, 1768, 1782, 1794, 1801, 1821, 1825, 1836, 1848, 1890,1894, 1918, 1935, 1947, 1960, 1972, 1979, 1982, 2010, 2032, 2081, 2111, 2118, 2135, 2141, 2148, 2218, 2249, 2263, 2274, 2286, 2298, 2320, 2368, 2371, 2396, 2426, 2432, 2448, 2454, 2494, 2510, 2530, 2545, 2558, 2561, 2604, 2611, 2634, 2651, 2655, 2680, 2683, 2691, 2719, 2790, 2793, 2808, 2823, 2826, 2903, 2922, 2963, 2980, 2989, 3038, 3040, 3041, 3042, 3045, 3048, 3049, 3052, 3059, 3072, 3080, 3134, 3139, 3151, 3152, 3154, 3168

衖, 1292

街, 796, 1016, 1331, 1642, 1968, 2366, 2407

袴, 1171

袵, 1051, 1694

袷, 1594

袿, 2657

裀, 2651

裁, 172, 173, 174, 234, 547, 968, 1023, 1028, 1729, 2629, 2847, 2848

裂, 1256, 1258, 1520, 1546, 2328, 2892

裝, 3107, 3108

裹, 749

覃, 368, 2048, 2051, 2052

視, 56, 197, 281, 407, 471, 671, 718, 727, 732, 737, 879, 979, 990, 1220, 1479, 1601, 1630, 1892, 1905, 1915, 1920, 1922, 2011, 2335, 2341, 2355, 2393, 2478, 2888, 2917, 3148

覘, 201

觚, 702, 703, 2467

舐, 283, 429, 432, 433, 434, 703
訴, 486, 819, 927, 934, 2252, 2354, 2398, 2399, 2462
訶, 2, 300, 303, 447, 494, 653, 672, 764, 766, 773, 775, 782, 786, 788, 790, 926, 1148, 1150, 1315, 1327, 1414, 1422, 1475, 1540, 1600, 1738, 1857, 1984, 2021, 2036, 2128, 2294, 2387, 2406, 2605, 2766, 3063, 3105
訷, 1825
訹, 278, 2442, 2443
診, 799, 2931
註, 107, 635, 935, 1069, 1127, 1536, 1590, 1659, 3072, 3093, 3096, 3101
証, 2642, 2948
詢, 699
詀, 706, 2886
詁, 703, 706, 1022
該, 656, 969, 2450
詆, 432, 434, 822
詈, 1233, 1340, 1840, 2477, 3152
詳, 1512
詎, 374, 1107, 1109, 1117, 1976, 3144
詐, 115, 204, 601, 819, 1118, 1175, 1563, 1810, 1858, 1977, 2225, 2504, 2879, 3165
詑, 200, 935, 1592, 2130
詒, 363, 365, 2568
詔, 205, 670, 1175, 1231, 1400, 1409, 1412, 1694, 1798, 1858, 2546, 2653, 2770, 2901, 2904, 2905, 2907, 3015, 3017
評, 41, 232, 375, 818, 927, 1534, 1536, 2354, 2462
詖, 93
詘, 3127
詛, 707, 1103, 2636, 3148, 3149
詞, 270, 298, 299, 300, 301, 302, 318, 447, 610, 775, 1983, 2011, 2012, 2014, 2049, 2096, 2102, 2158, 2353, 2460, 2624, 2651, 2688, 2766, 2980, 3061
詠, 656, 992, 1341, 1991, 2055, 2217, 2462, 2472, 2683, 2685, 2859, 3099
象, 262, 382, 386, 863, 906, 952, 956, 1235, 1291, 1340, 1368, 1409, 1488, 1767, 2199, 2252, 2366, 2370, 2386, 2428, 2473, 2498, 2500, 2510, 2576, 2684, 2787, 3051, 3069, 3104, 3109
貂, 445, 446
貯, 277, 637, 1844, 1873, 2719, 3101
貰, 729, 1896, 1923
貳, 130, 524, 547, 1028, 1248, 1473, 1481
貴, 51, 68, 173, 380, 396, 602, 646, 696, 737, 738, 740, 890, 1032, 1132, 1179, 1222, 1282, 1530, 1536, 1784, 1876, 1936, 2276, 2325, 2328, 2571, 2708, 2824, 2870, 2881, 2925, 3047, 3075, 3098, 3153
貶, 37, 2878

買, 44, 504, 584, 956, 1341, 1342, 1354, 3028, 3152
貸, 362, 366, 547, 553, 875, 1354
貺, 1176, 1177, 2568
費, 93, 444, 602, 617, 740, 1218, 1512, 2273, 2276, 2689
貼, 2088
貽, 2042, 2568, 2901
貿, 148, 444, 791, 796, 843, 875, 960, 1188, 1263, 1341, 1342, 1354, 3031, 3121
賀, 775, 788, 790, 875, 943, 949, 956, 1341, 1414, 1638, 2047, 2385, 2856, 2858
賁, 68
趁, 230, 635, 1633
超, 220, 234, 266, 635, 750, 1156, 1257, 1582, 1651, 1798, 2085, 2086, 2192, 2428, 2519, 2821, 2903, 2906, 3150
越, 221, 254, 257, 277, 636, 753, 1449, 1587, 1654, 1699, 1918, 2089, 2204, 2219, 2309, 2458, 2815, 2821, 2823, 2849, 2907
跋, 23, 27, 29, 30, 145, 151, 492, 553, 554, 566, 601, 615, 628, 884, 990, 1302, 1421, 1518, 1537, 1577, 1954, 1959, 2127, 2130, 2131, 2166, 2897, 2964, 3109
跌, 448, 615
跎, 152, 2129, 2130, 2879
跏, 616, 648, 654, 944, 953, 999
跑, 1505, 1514, 1548
跓, 1085, 1179, 3080, 3096, 3097, 3101
跔, 1099
跕, 2088
跖, 616, 2994
跗, 615, 635, 636
跙, 341
跚, 1777
跛, 29, 141, 145, 146, 151, 495, 706, 1327, 1355, 1523, 1540, 1577
距, 17, 297, 1109, 1117, 1119, 1120, 3101
軨, 1267
軫, 739, 1727, 2889, 2931
軯, 797, 3106
輩, 1900
軷, 29
軸, 290, 461, 1310, 1315, 2420, 3014, 3055, 3074
軻, 1148, 1315
軼, 1010, 2503, 2622
辜, 702, 703, 710, 1592, 1901, 2413
逭, 843, 1979
逮, 254, 341, 360, 401, 511, 756, 891, 983, 1239, 1371, 1479, 1630, 1651, 1829, 2065, 2093, 2121, 2202, 2804, 3073
週, 753, 3055
進, 100, 207, 242, 254, 341, 396, 621, 757, 828, 899, 910, 985, 998, 1053, 1054, 1055, 1058, 1069, 1137, 1143, 1228, 1480, 1606, 1616, 1618,

1620, 1661, 1721, 1753, 1818, 1865, 2017, 2095, 2121, 2169, 2185, 2203, 2216, 2297, 2322, 2400, 2407, 2430, 2461, 2516, 2571, 2661, 2684, 2704, 2804, 2862, 2932, 3047, 3084, 3101, 3103, 3110

逵, 243, 341, 1178, 1301

透, 438, 2165, 2205

逿, 508

逸, 342, 400, 433, 449, 594, 906, 1056, 1130, 1321, 1377, 1378, 1480, 1576, 1625, 1806, 1878, 2014, 2091, 2118, 2261, 2461, 2539, 2566, 2613, 2614, 2615, 2621, 2635, 3012, 3136

逹, 2202

郵, 1448, 2702

鄁, 1360

鄂, 2949

酟, 701, 703, 2082

酡, 367

酢, 329, 1094, 1171, 2388, 3171

酣, 760

酤, 444, 701, 703, 1093, 1643

酥, 297, 1200, 1719, 3172

量, 12, 76, 100, 133, 140, 207, 213, 239, 380, 405, 476, 506, 644, 720, 751, 757, 792, 909, 927, 939, 996, 1034, 1058, 1072, 1118, 1199, 1217, 1224, 1245, 1247, 1248, 1250, 1312, 1410, 1431, 1552, 1568, 1588, 1733, 1787, 1831, 1847, 1887, 1913, 1953, 1971, 1997, 2050, 2145, 2185, 2218, 2220, 2258, 2330, 2334, 2340, 2355, 2403, 2407, 2455, 2470, 2543, 2619, 2625, 2635, 2642, 2646, 2674, 2752, 2761, 2797, 2801, 3028, 3047, 3150

釿, 452, 1039, 2663

鈃, 2413

斢, 2381

鈆, 1598

鈇, 616

鈌, 487, 1127, 1129, 1662, 1663

鈍, 245, 296, 487, 1227, 1469, 1583, 2019, 2088, 2123, 2306, 2514, 3160

鈎, 447, 696, 1099, 1487, 1605, 3096

鈐, 1267, 1604

鈑, 145

鈒, 2306

鈔, 219, 221, 223, 709, 932, 1004, 1381, 1761

鈕, 697, 988, 991, 1494

鈘, 146, 2605, 2964

鈚, 1524

鈞, 447, 1135, 1137

鈠, 1242

鈧, 1146

開, 13, 16, 92, 127, 135, 204, 380, 390, 397, 465, 616, 656, 723, 746, 960, 1008, 1012, 1139, 1142, 1183, 1224, 1365, 1375, 1402, 1453, 1465, 1526, 1663, 1728, 1830, 1847, 1970, 2097, 2234, 2240, 2278, 2308, 2323, 2328, 2495, 2646, 2689, 2697, 2823, 3054, 3055, 3134

閎, 798
閏, 1728, 2042
閑, 92, 207, 222, 465, 724, 790, 937, 964, 974, 1087, 1118, 1142, 1182, 1367, 1465, 1467, 1663, 1825, 2237, 2261, 2323, 2324, 2326, 2458, 2649, 2690, 2823
閒, 1663, 2237, 2324
間, 11, 15, 100, 126, 204, 232, 400, 404, 466, 512, 558, 685, 711, 723, 743, 850, 899, 959, 973, 991, 1012, 1033, 1140, 1151, 1182, 1183, 1257, 1331, 1364, 1402, 1465, 1517, 1626, 1663, 1680, 1728, 1779, 1879, 1895, 2027, 2097, 2233, 2239, 2323, 2340, 2364, 2391, 2487, 2709, 2790, 2914, 2955, 3001, 3034, 3050, 3084, 3153
閔, 92, 1390, 1392, 1777, 2365
陲, 293, 294, 2132
陽, 26, 131, 215, 295, 384, 462, 1321, 1406, 1727, 2056, 2060, 2294, 2504, 2505, 2506, 2507, 2655, 2675, 2748, 3053
陿, 430, 2309, 2310
隃, 2326, 2749
隄, 429, 2065, 2330, 3002
隅, 589, 673, 1035, 1504, 2506, 2746, 2747, 2748, 2750, 2757, 2783
隆, 5, 428, 610, 939, 998, 1290, 1839, 2113, 2654, 2669, 2951, 3039
隈, 680, 1179, 2165, 2166, 2206
隊, 485, 2330, 2808, 3112
隋, 228, 494, 495, 497, 1304, 2057, 2376
隍, 846
階, 89, 91, 288, 298, 482, 1012, 1016, 1033, 1139, 1142, 1181, 2330, 2385, 2622, 3047
雁, 1306, 1488, 2368, 2386, 2498, 2671
雄, 302, 331, 485, 845, 1073, 1327, 2428, 2501, 2684, 3154
雅, 67, 686, 797, 1381, 1848, 1954, 2120, 2183, 2190, 2381, 2428, 2471, 2472, 2842, 2869, 2969, 3029, 3145
集, 135, 180, 238, 279, 288, 331, 335, 396, 439, 482, 493, 603, 746, 777, 834, 857, 892, 910, 915, 932, 1000, 1002, 1020, 1055, 1064, 1116, 1118, 1131, 1166, 1187, 1205, 1312, 1385, 1459, 1549, 1592, 1779, 1805, 1845, 1847, 1924, 1942, 1952, 1967, 1971, 2258, 2295, 2400, 2429, 2543, 2641, 2642, 2646, 2677, 2761, 2824, 2838, 2844, 2861, 2927, 2983, 2988, 3049, 3063, 3084, 3102, 3104, 3161
雇, 472, 710, 717
雰, 606
雲, 49, 54, 124, 282, 444, 564, 606, 609, 651, 692, 734, 800, 1051, 1113, 1160, 1165, 1198, 1203, 1240, 1250, 1268, 1307, 1848, 1921, 1979, 2051, 2057, 2280, 2311, 2336, 2437, 2454, 2759, 2836, 2838, 2839, 2841, 2880, 2881, 3037, 3057, 3135

靫, 201

項, 98, 245, 452, 488, 645, 1073, 1085, 1547, 1622, 1626, 1792, 1820, 1981, 1994, 2107, 2368, 2439, 2573, 3121

順, 40, 84, 189, 226, 285, 323, 398, 452, 488, 495, 514, 562, 571, 618, 721, 795, 975, 1021, 1022, 1105, 1206, 1284, 1313, 1337, 1375, 1480, 1523, 1689, 1691, 1726, 1761, 1846, 1871, 1946, 1980, 2015, 2030, 2084, 2090, 2098, 2169, 2185, 2241, 2319, 2328, 2341, 2393, 2397, 2401, 2408, 2424, 2428, 2430, 2438, 2458, 2459, 2462, 2488, 2540, 2777, 2809, 2928, 3113, 3115

須, 40, 107, 207, 228, 317, 325, 365, 370, 382, 383, 399, 409, 453, 488, 563, 566, 572, 598, 645, 660, 718, 784, 928, 936, 1023, 1073, 1081, 1093, 1152, 1282, 1296, 1314, 1622, 1626, 1635, 1646, 1710, 1867, 1946, 1958, 1967, 1981, 2016, 2031, 2095, 2107, 2183, 2224, 2329, 2362, 2370, 2401, 2431, 2437, 2441, 2567, 2610, 2649, 2735, 2750, 2769, 2778, 2785, 2809, 2959, 3069, 3145, 3163

飧, 2019

飩, 488, 2123

飯, 50, 134, 421, 583, 584, 625, 1077, 1865, 2273, 2509, 2514, 2558, 2663, 2664, 2751, 2775, 3107

飫, 586

飲, 50, 269, 298, 585, 838, 884, 1546, 1774, 2105, 2119, 2558, 2663, 2753, 2778

馭, 2780, 2783, 2788

馮, 610

髡, 1181, 2074

黍, 1372

十三畫

絳, 3121

象, 2120

貼, 2087

鈃, 1352

𠍮, 1004

嗝, 1282, 1286

嗡, 273

嘌, 654, 1208, 1232, 1233, 1529

嗼, 1927, 2379

塼, 148, 149, 153, 3103

轂, 700

㥬, 1513

𢘑, 256

轂, 700

搹, 2379

搯, 3002

暋, 1390

暎, 1975

睺, 799

榡, 1451, 1455, 1456

楧, 3004

樗, 508

椳, 254

糂, 3108

䕻, 959

踈, 938, 939, 1958, 1960, 1961, 1972

亂, 37, 303, 373, 460, 483, 712, 719, 852, 864, 878, 884, 932, 1174, 1196, 1306, 1495, 1719, 2001, 2072, 2104, 2159, 2380, 2674, 2693, 2752, 2838, 2845, 2847, 2948, 2956

亶, 1297, 2051, 2887

傪, 182

催, 330, 1659, 2120, 2681

傭, 1156, 2433, 2613, 2680, 2720

傲, 19, 20, 225, 593, 888, 2166, 2704, 2731

傳, 49, 102, 148, 153, 228, 248, 284, 287, 322, 361, 363, 401, 602, 631, 632, 634, 638, 647, 648, 781, 797, 910, 931, 1243, 1304, 1311, 1421, 1553, 1620, 1656, 1687, 1715, 1766, 1894, 1904, 1925, 1941, 1948, 2119, 2206, 2386, 2400, 2405, 2444, 2630, 2641, 2667, 2817, 3104, 3107

傴, 632, 1293, 1294, 1498, 1503, 2043, 2245, 2472, 2765

債, 217, 888, 942, 1036, 1180, 1263, 1628, 2033, 2444, 2871, 2881

傶, 1563

傷, 215, 217, 606, 644, 760, 1002, 1179, 1296, 1527, 1784, 1785, 1975, 2020, 2029, 2056, 2104, 2370, 2506, 2508, 2613, 2615, 2892

傺, 258

僙, 765

傾, 40, 187, 267, 392, 452, 488, 644, 717, 766, 994, 1269, 1578, 1622, 1623, 1626, 1671, 1958, 2397, 2438, 2459, 2508, 2573, 2665, 2840

僀, 477

僂, 1292, 1293, 1294, 1296, 2765

僄, 1529

僅, 174, 918, 1052, 1053, 1550

僈, 1347, 2737

僉, 763, 1598, 1599, 1658, 2320, 2496

僊, 638, 2316, 2320

䢈, 763, 764, 1345, 1355, 3140

剷, 204

剸, 3015

剹, 1771

剽, 1528

剾, 1162

剿, 1004

募, 1442, 1443, 1444, 2684

勠, 1303, 1304

勢, 351, 449, 616, 664, 769, 862, 941, 1130, 1251, 1586, 1590, 1618, 1678, 1759, 1806, 1846, 1853, 1887, 1896, 1924, 1989, 2229, 2640, 2712, 2917, 2989, 2994

勣, 938, 942

勤, 271, 390, 460, 461, 476, 483, 486, 495, 560, 726, 837, 843, 967, 1018, 1054, 1056, 1060, 1070, 1198, 1200, 1203, 1236, 1342, 1460, 1471, 1530, 1569, 1584, 1616, 1618, 1625, 1632, 1641, 1662, 1681, 1760, 1772,

1981, 2055, 2334, 2397, 2408, 2430, 2455, 2456, 2457, 2626, 2654, 2657, 2777, 2780, 3012, 3064, 3155

勦, 1004, 1201

厩, 1095, 2311

厫, 19

喋, 201

喿, 180, 667, 2864

嗄, 4

嗅, 244, 266, 1488, 1503, 2434

嗇, 1765, 1766

嗌, 5

嗏, 192, 1499

嗒, 339, 2039, 2122

嗓, 1761

嗔, 225, 226, 245, 943, 1032, 2301, 2325, 2871, 2984, 3166

嗗, 703, 705

嗚, 330, 1409, 1451, 2252

嗛, 2324

嗜, 106, 216, 367, 494, 1202, 1576, 1925, 2665, 3099

嗟, 199, 335, 492, 1016, 1361, 1779, 2054, 2055, 2291, 2496, 2847, 2877

嗢, 218, 339, 491, 774, 1297, 1450, 1503, 2133, 2227, 2252, 2277

嗣, 300, 637, 942, 2011, 2012, 2444, 3112

嗤, 244

嗦, 2024

園, 255, 285, 674, 744, 795, 839, 1136, 1137, 1260, 1380, 1867, 1890, 2191, 2730, 2790, 2792, 2796, 2798, 2803, 2806

圓, 101, 227, 409, 488, 624, 637, 708, 736, 744, 840, 964, 1165, 1345, 1375, 1380, 1406, 1467, 1660, 1663, 1775, 2020, 2100, 2114, 2119, 2152, 2191, 2237, 2448, 2585, 2650, 2730, 2792, 2795, 2796, 2797, 2802, 2810, 2890, 2926, 2928, 2985, 3054, 3133

堙, 2656

堉, 914, 915

塊, 739, 836, 866, 1172, 1179

塋, 2672, 2673

塌, 2041

塑, 1848

塔, 53, 237, 339, 344, 418, 834, 1133, 1165, 1853, 2010, 2039, 2040, 2041, 2057, 2370, 2544, 2731, 2773

塖, 494

塗, 38, 274, 342, 467, 495, 498, 638, 730, 815, 992, 1290, 1418, 1431, 1461, 1476, 1477, 1738, 1798, 2105, 2110, 2111, 2112, 2113, 2114, 2753, 2847, 2872, 3017

塘, 2057, 2058

塚, 952, 1367, 1517, 2019, 3041, 3042, 3103

塜, 1517, 3041, 3042

塝, 46, 590

塞, 763, 973, 1374, 1739, 1740, 1763, 1877, 2023, 2286, 2491, 2566, 2882

塠, 168, 294, 484, 485, 3016

塡, 2084
塢, 2252, 2270, 2277
塭, 967, 2490
塯, 1144, 2331
填, 444, 488, 607, 1515, 1543, 2050, 2082, 2084, 2307, 2935, 2987, 3030, 3032
奧, 20, 572, 2424, 2642, 2760, 2823, 2926
奨, 995, 996
媱, 178, 914, 1296, 2048, 2164, 2513, 2658, 2659, 2778
媲, 99, 1181, 1525
媵, 1846, 2063, 2676
媸, 244
媻, 1507, 1540, 2021
媾, 700
媿, 1179, 1180, 2227
嫁, 637, 865, 1360, 1364, 3125
嫂, 1533, 1762
嫇, 1408
嫈, 1408
嫉, 473, 759, 907, 914, 1598, 1850, 2614, 2659, 2776
嫌, 774, 852, 889, 958, 1464, 1599, 2324, 2659, 2986
嫐, 1464, 1489
寖, 1057, 1619
寗, 1493
寘, 741, 1408, 2084, 3030
寛, 130, 729, 735, 1076, 1172, 1178, 1407, 1429, 1631, 1942, 2444, 2625, 2730, 2806
寑, 1619
尟, 2326
尠, 1143, 1799, 2320, 2326, 2930
嵞, 2112
嵠, 1564, 2292, 2293
嵩, 261, 666, 2013
嵬, 2117
嵯, 335, 336
幌, 847
幍, 2059
幹, 660, 661, 662, 663, 664, 1171
廅, 508, 1297, 2435, 2464
廉, 229, 958, 1024, 1240, 1241
廋, 683, 1953, 2759
廌, 991, 3030
彀, 706, 1497
彙, 858
徬, 1513
徭, 2513
微, 20, 26, 84, 225, 229, 242, 324, 390, 514, 616, 790, 807, 850, 989, 1005, 1009, 1070, 1141, 1160, 1204, 1345, 1383, 1387, 1412, 1423, 1523, 1528, 1601, 1799, 1825, 1828, 1916, 2085, 2166, 2167, 2168, 2185, 2205, 2303, 2307, 2319, 2393, 2479, 2489, 2496, 2555, 2777, 2797, 2912, 2937, 2958, 3150
想, 56, 128, 226, 275, 281, 301, 399, 426, 506, 510, 563, 598, 681, 714, 728, 854, 1014, 1059, 1098, 1117, 1157, 1162, 1336, 1398, 1486, 1489, 1494, 1624, 1635, 1764, 1806, 1820,

1881, 1974, 1990, 1997, 2030, 2161, 2163, 2190, 2286, 2290, 2335, 2341, 2355, 2362, 2393, 2409, 2417, 2507, 2509, 2533, 2560, 2627, 2635, 2638, 2679, 2809, 2949, 2959, 2989, 2990, 3012, 3082, 3141

惷, 297, 2808, 3110

惹, 301, 791, 1238, 1331, 1594, 1677, 1721, 2289

愁, 4, 59, 181, 263, 1161, 1165, 1227, 1371, 1463, 1667, 2217, 2693, 2938

愆, 414, 989, 1125, 1598, 1599, 2491, 2544

愈, 166, 200, 276, 762, 1487, 2020, 2680, 2748, 2755, 2775, 2782, 2784, 2785, 2787, 2788

愍, 4, 5, 60, 95, 301, 413, 506, 656, 712, 717, 1162, 1390, 1392, 1450, 1497, 1997, 2163, 2219, 2258, 2289, 2291, 2626, 2654, 2657, 3047

意, 10, 54, 63, 101, 226, 236, 240, 282, 382, 399, 409, 415, 440, 456, 467, 477, 507, 510, 564, 667, 686, 695, 827, 834, 854, 856, 858, 863, 901, 931, 935, 1076, 1083, 1085, 1088, 1091, 1134, 1160, 1172, 1190, 1202, 1218, 1223, 1226, 1252, 1336, 1337, 1383, 1461, 1487, 1561, 1572, 1588, 1614, 1689, 1711, 1765, 1782, 1802, 1808, 1821, 1835, 1878, 1881, 1890, 1903, 1917, 1927, 1930, 1947, 1960, 1991, 1996, 1998, 2009, 2031, 2039, 2090, 2101, 2165, 2183, 2200, 2204, 2215, 2218, 2224, 2231, 2261, 2269, 2286, 2303, 2304, 2336, 2348, 2350, 2362, 2394, 2410, 2445, 2447, 2473, 2480, 2494, 2516, 2541, 2545, 2560, 2567, 2584, 2600, 2603, 2610, 2612, 2620, 2624, 2633, 2635, 2638, 2653, 2666, 2679, 2693, 2715, 2770, 2810, 2826, 2834, 2870, 2891, 2900, 2919, 2961, 3001, 3009, 3017, 3070, 3079, 3103, 3133, 3138, 3151

慜, 1354

愚, 93, 246, 301, 507, 508, 752, 793, 843, 863, 879, 1059, 1252, 1487, 1947, 1998, 2095, 2272, 2325, 2337, 2437, 2621, 2629, 2749, 2750, 2753, 2781, 2826, 3048, 3103

愛, 5, 77, 120, 245, 278, 411, 467, 473, 552, 684, 724, 769, 794, 801, 843, 1032, 1081, 1311, 1484, 1530, 1582, 1587, 1603, 1629, 1642, 1671, 1719, 1725, 1778, 1874, 1935, 1936, 1937, 1953, 1965, 1980, 1982, 2025, 2047, 2103, 2164, 2245, 2301, 2624, 2658, 2692, 2706, 2775, 2799, 2823, 3046, 3127

感, 60, 182, 235, 241, 608, 660, 661, 683, 756, 766, 767, 833, 871, 876, 943, 969, 1367, 1368, 1384, 1562, 1564, 1843, 1863, 1879, 1941, 2165, 2321, 2677, 2901, 3128

愧, 166, 181, 721, 847, 852, 930, 1179, 1180, 1493, 1598, 1999, 2218,

2571, 2821
慺, 2013
㤞, 914
愴, 284, 292, 1665
愵, 1481
憎, 166, 2384, 2385, 2386
愷, 1142
慱, 49, 148, 149, 150, 151, 638, 648, 1540, 1766, 1919, 2119, 3103, 3104
愾, 2307
慄, 123, 1232, 1233, 1529, 2013
慆, 2059, 2498
慈, 5, 59, 89, 136, 300, 302, 321, 347, 411, 422, 504, 505, 509, 549, 556, 702, 758, 854, 859, 1240, 1245, 1390, 1616, 1677, 1729, 1778, 1891, 1901, 1968, 2192, 2301, 2502, 2624, 2630, 2806, 3005, 3011, 3020, 3049, 3119, 3120, 3134
慊, 889, 958, 1157, 1599, 2324
慌, 844, 845, 847, 1388
慍, 2841
戡, 1143, 1144
戢, 183, 910, 1017, 1143, 2499, 2564
戦, 269, 2890
搆, 232, 449, 699, 700, 706, 997, 1812, 2507, 2795
捦, 2932
搉, 330, 1660, 1665
搊, 30, 262, 3142
搋, 285, 438
搌, 1483
損, 131, 251, 488, 572, 601, 607, 644, 796, 833, 879, 971, 1070, 1122, 1144, 1204, 1387, 1547, 1676, 1773, 1785, 1806, 1851, 1953, 1955, 1981, 2017, 2020, 2030, 2434, 2616, 2617, 2620, 2840, 2872, 2909, 2930, 2937, 2953, 3003
搏, 148, 149, 150, 204, 284, 287, 446, 481, 648, 1719, 2119
搐, 278
搒, 45, 46
搓, 196, 199, 335
搔, 1762
搕, 1148, 1149
搖, 192, 293, 294, 461, 633, 844, 851, 909, 1520, 1529, 1725, 2309, 2512, 2513, 2568, 2659, 2695, 2932
搗, 386, 389
搘, 91, 2968, 2983, 2984
搙, 1498, 2932
搜, 328, 1520, 1953
搢, 1056, 1060
搣, 1384, 1386
搥, 168, 294, 295, 330, 484, 485, 2092, 2120, 3029, 3111
搦, 1499, 1736
搨, 2040, 2041
搩, 672, 1019, 2878, 2911
搬, 38
搭, 201, 339, 343, 2039, 2040, 2041
搯, 251, 480, 1506, 2059, 2105,

3060
掮, 815, 827
搵, 2244
搸, 2930
携, 1123, 1125, 1137, 2385, 2989
搼, 45, 1657, 1658
搽, 196, 2109
搾, 2871
摂, 1811
敫, 616, 1004, 2512
敬, 5, 82, 92, 94, 261, 279, 431, 452, 593, 611, 660, 690, 691, 693, 711, 735, 738, 741, 799, 837, 976, 1008, 1060, 1071, 1072, 1075, 1078, 1081, 1087, 1095, 1116, 1155, 1187, 1219, 1379, 1390, 1535, 1617, 1625, 1626, 1680, 1731, 1760, 1772, 1902, 1929, 1971, 1980, 2055, 2247, 2302, 2313, 2337, 2364, 2388, 2400, 2508, 2509, 2559, 2630, 2636, 2654, 2681, 2692, 2776, 2808, 2864, 2940, 3019, 3047, 3063, 3083, 3119, 3154
敭, 616
数, 1960
媥, 40
斟, 1255, 2000, 2930
新, 56, 137, 272, 484, 570, 691, 990, 1100, 1291, 1501, 1575, 1631, 1771, 1844, 1979, 2000, 2335, 2397, 2398, 2399, 2401, 2472, 2740, 2845, 3069
旔, 989
暄, 2445, 2446
暇, 1223, 2311, 2494, 2787, 2809
暈, 849, 2744, 2827, 2839, 2841, 2842
暉, 742, 848, 849, 850, 2207, 2292, 2517, 2518, 2519, 2624
暌, 1179
暍, 774, 1154, 2521
暎, 1413, 2669, 2675, 2676
暐, 2206, 2207, 2208
暖, 1498, 1499, 1715, 1716, 1725, 2446
暗, 15, 16, 18, 41, 466, 990, 1362, 1407, 1409, 1498, 1625, 2233, 2491, 2656, 2880, 2983
暘, 2505, 2507
會, 51, 70, 185, 190, 217, 279, 323, 347, 475, 482, 511, 521, 558, 636, 685, 696, 761, 777, 806, 851, 853, 854, 857, 862, 863, 910, 1012, 1039, 1041, 1050, 1055, 1094, 1140, 1271, 1281, 1311, 1410, 1465, 1484, 1532, 1540, 1639, 1656, 1680, 1803, 1807, 1830, 1853, 1865, 1971, 2047, 2094, 2214, 2219, 2233, 2320, 2476, 2515, 2619, 2651, 2751, 2776, 2781, 2784, 2787, 2817, 2828, 2971, 3021, 3049, 3084, 3153, 3166
棰, 192, 295
椯, 149, 2119
椰, 2521
楻, 647
椳, 2166
椶, 3139

椷, 966
椸, 1858, 2130, 2568
椹, 1694
椻, 2499
椽, 287, 461, 928, 1129, 2800, 2808, 3117
椿, 295, 1131, 3109
楂, 2878
楇, 879
楊, 215, 1015, 1247, 1286, 2041, 2056, 2504, 2505, 2506, 2507, 2613
楑, 93, 1179
楓, 608, 609
楔, 2379, 2388
楗, 966, 985, 987, 988, 1604
楘, 1341
楙, 1354
楚, 277, 583, 814, 1370, 3016
楜, 815
楝, 974, 1243
楞, 706, 772, 1207, 1293, 1349
楠, 700, 1458
楡, 2105, 2748, 2749
楣, 1360
楨, 2926, 2930
楩, 683, 1528
楪, 450, 451, 2542
楫, 915, 2564
楬, 1024
業, 18, 32, 56, 85, 88, 124, 137, 179, 188, 214, 239, 282, 326, 358, 399, 415, 426, 486, 501, 507, 523, 551, 564, 598, 630, 672, 695, 714, 747, 757, 763, 766, 780, 825, 827, 829, 854, 909, 913, 952, 958, 1057, 1068, 1072, 1081, 1099, 1170, 1191, 1206, 1251, 1434, 1461, 1464, 1480, 1543, 1550, 1552, 1588, 1593, 1635, 1653, 1701, 1702, 1781, 1813, 1820, 1841, 1846, 1878, 1886, 1892, 1897, 1903, 1947, 2033, 2082, 2095, 2141, 2290, 2308, 2336, 2348, 2410, 2414, 2453, 2456, 2457, 2512, 2517, 2541, 2542, 2545, 2555, 2627, 2632, 2639, 2642, 2662, 2690, 2706, 2753, 2769, 2785, 2802, 2810, 2826, 2841, 2900, 2919, 2960, 3045, 3051, 3121, 3152, 3164
楯, 487, 488, 1360, 1994, 2433, 2459
楴, 434
極, 5, 13, 108, 156, 255, 404, 429, 432, 629, 653, 711, 762, 777, 806, 880, 892, 905, 906, 908, 971, 1007, 1053, 1082, 1106, 1118, 1125, 1130, 1251, 1253, 1287, 1308, 1344, 1453, 1470, 1483, 1566, 1591, 1616, 1652, 1668, 1812, 1928, 1942, 1961, 1971, 2292, 2339, 2380, 2414, 2436, 2452, 2502, 2559, 2569, 2737, 2800, 2804, 2851, 2938, 3001, 3140, 3150
楷, 89, 1139, 1142, 3003
楹, 1144, 1299, 2510, 2672
楺, 1704
楼, 1561
楽, 2823
概, 658, 1039, 1139, 1142, 1509

歃, 2387
歆, 1798, 1827, 2399
歇, 673, 1594, 1725, 2281, 2379
歳, 183, 2335
歲, 171, 181, 184, 506, 588, 864, 874, 1018, 1482, 1596, 1684, 1819, 1844, 1896, 1972, 2008, 2017, 2018, 2315, 2322, 2820, 2849, 3036, 3136
殛, 909, 910, 2938
殿, 15, 236, 445, 691, 1069, 1183, 1241, 1303, 1383, 1970, 2010, 2057, 2062, 2084, 2091, 2654, 2881, 3142
殿, 2076
毀, 37, 47, 431, 460, 475, 550, 566, 601, 711, 835, 852, 1178, 1361, 1546, 1623, 1662, 1932, 1971, 2289, 2858
毓, 2785
毹, 1332, 1961
毺, 1332, 1961
髭, 789, 791
溏, 2058
源, 787, 795, 1081, 1246, 1252, 1284, 1502, 1659, 1673, 1825, 1952, 2092, 2263, 2320, 2439, 2470, 2495, 2642, 2685, 2790, 2792, 2793, 2798, 2904
準, 635, 914, 949, 1106, 2184, 2561, 2983, 3115
溜, 1281, 1284, 1286, 1290, 3120, 3121
溝, 697, 2366
溟, 131, 866, 1407, 1408, 2790
溠, 298, 766
溢, 5, 400, 730, 971, 1196, 1284, 1370, 2614, 2615, 2617, 2622, 2634, 2641, 2672
溥, 49, 649, 989, 1552, 1553, 1715, 1725
溧, 1233
溪, 57, 766, 1053, 2287, 2292, 2294, 2305
溫, 1490, 2227
溱, 326
溶, 1701
溷, 866, 1620
溺, 284, 1308, 1345, 1476, 1481, 1489, 1499, 1736, 2771
滀, 278
滁, 273
滂, 46, 1348, 1513
滄, 180, 182, 183
滅, 28, 83, 142, 181, 183, 205, 214, 237, 242, 267, 274, 397, 405, 476, 483, 525, 559, 571, 661, 751, 807, 836, 864, 869, 874, 878, 887, 907, 911, 937, 969, 989, 991, 1023, 1030, 1038, 1058, 1079, 1086, 1111, 1130, 1216, 1222, 1296, 1336, 1358, 1359, 1377, 1384, 1390, 1425, 1460, 1489, 1529, 1546, 1564, 1584, 1605, 1652, 1668, 1671, 1760, 1772, 1779, 1798, 1831, 1843, 1880, 1892, 2002, 2053, 2095, 2122, 2164, 2165, 2214, 2247, 2249, 2258, 2270, 2286, 2322, 2372, 2387, 2454, 2499, 2543, 2588, 2619, 2631, 2655,

2774, 2801, 2822, 2906, 2908, 2948, 2956, 2971, 2995, 3021, 3085, 3161, 3167

滊, 2307

滑, 705, 827, 1725, 2218

滓, 230, 445, 1081, 2873, 2901, 3127

滔, 1239, 1327, 2331

煄, 2458

煆, 482

煇, 849

煉, 461, 1243, 1244

煌, 846, 847, 1505

煎, 140, 966, 968, 989, 990, 1600, 3081

煵, 1798

煏, 572

賫, 1965

煒, 849, 2207, 2545

熙, 954, 2292, 2293, 2566

煖, 313, 1498, 1500, 1678, 1716, 1725, 1726, 2227, 2446, 2473, 2808, 2872

煗, 220, 1498, 1499, 1716, 1725, 2227, 2473, 2874

煙, 1000, 1114, 1299, 2101, 2446, 2472, 2473, 2498, 2500, 2656

煜, 2450, 2773, 2783, 2784

煤, 1360

煥, 10, 842, 844, 1015

煦, 48, 2238, 2441, 2443, 2906

照, 18, 110, 197, 258, 343, 410, 443, 594, 627, 716, 728, 734, 849, 909, 983, 1145, 1406, 1552, 1646, 1670, 1724, 1775, 1801, 1814, 1873, 2042, 2073, 2293, 2336, 2426, 2443, 2494, 2498, 2518, 2585, 2611, 2675, 2691, 2869, 2888, 2901, 2902, 2905, 2906, 2976, 3009, 3083, 3096

煨, 848, 1219, 2168, 2206

煩, 20, 138, 166, 421, 450, 452, 488, 571, 572, 721, 852, 1000, 1002, 1150, 1166, 1268, 1463, 1464, 1680, 1797, 1974, 1980, 2015, 2020, 2026, 2327, 2414, 2437, 2693, 2948

煬, 215, 2292, 2507

熅, 2227, 2827

爺, 634, 1196, 2384, 2527, 2530

𤖻, 450, 2086

牒, 123, 221, 273, 449, 450, 451, 939, 966, 1025, 1337, 1401, 1491, 2086, 2389, 2429, 2546, 2751, 2950

犍, 964, 984, 985, 988, 989, 991, 1015, 1603

犎, 609

献, 2336

猷, 399, 2507, 2706, 2949

猾, 827

猿, 799, 1881, 2795, 2796, 2798

獅, 1856, 1857, 3153

瑀, 2760

瑄, 2445

瑇, 366

瑋, 2206

瑍, 844

瑕, 853, 864, 2311, 3044, 3051

瑗, 841, 1632, 2808
瑯, 2381, 2471, 2527, 2749
瑙, 1213, 1464
瑚, 816
瑛, 2669, 2670
瑜, 1231, 1260, 1314, 1767, 2105, 2726, 2747, 2749, 2754, 2782, 2925
瑞, 284, 480, 1345, 1727, 1980, 2334, 2341, 2619, 2678
瑟, 60, 89, 120, 191, 276, 856, 862, 1335, 1523, 1616, 1763, 1765, 1766, 1809, 1895, 2290
瑯, 1197, 2471
嘗, 383
甞, 189, 208, 216, 379, 658, 1794, 2057, 2216, 2893
畫, 1058, 1984
當, 13, 87, 102, 154, 189, 209, 216, 232, 278, 307, 315, 333, 343, 363, 371, 376, 383, 384, 393, 401, 420, 422, 485, 489, 511, 587, 616, 639, 646, 666, 675, 691, 709, 722, 724, 734, 740, 781, 857, 897, 975, 993, 1012, 1039, 1081, 1143, 1150, 1187, 1203, 1248, 1250, 1256, 1282, 1334, 1360, 1379, 1459, 1468, 1565, 1587, 1600, 1616, 1667, 1695, 1700, 1729, 1766, 1778, 1784, 1785, 1794, 1795, 1823, 1828, 1876, 1953, 1957, 2002, 2016, 2026, 2035, 2056, 2057, 2058, 2089, 2096, 2104, 2144, 2192, 2209, 2282, 2301, 2317, 2355, 2364, 2444, 2475, 2509, 2542, 2547, 2566, 2586, 2607, 2616, 2624, 2676, 2682, 2697, 2721, 2760, 2804, 2808, 2891, 2893, 2913, 3049, 3061, 3122, 3128, 3137, 3160
暇, 3112
畹, 2139
疊, 995, 999, 1301
痰, 369, 374, 376, 2048, 2888
痱, 602
痲, 1339
痳, 1260
痴, 245
痹, 93
痺, 58, 93, 1523
痼, 717
痾, 3, 139, 1148, 2471
痿, 2206, 2207
瘀, 2473, 2731
瘁, 331, 332
瘂, 1148, 2471, 2657
瘃, 145
盞, 2889
盟, 730, 1368, 1403, 1926, 2005, 2477
睒, 1777, 1824, 2494, 2498, 2676, 3007
睚, 2471
睛, 1062, 1069, 1625
睞, 1191
睠, 1123, 1126
睢, 799, 2169
督, 466, 472, 1838
睥, 93, 97, 1523, 1525
睦, 1301, 1443, 1444, 1980

睧, 866

睨, 1480, 2471

睪, 667

睫, 1021, 1062, 1360, 1774, 2121, 2800

睹, 462, 470, 471, 472, 494, 1868

矮, 4

硺, 3118

碁, 885, 1569, 1578

碃, 1593

碇, 99

碊, 181

碌, 1302, 2826

碍, 5, 400, 789

碎, 836, 1059, 1383, 1525, 1546, 1673, 2018, 2274, 2320, 3153, 3156

碑, 93, 1023

碓, 485, 1665, 2184, 2428

碗, 2139

祺, 1578

祿, 287, 629, 1302, 1304, 2214, 3147

禁, 2351

禀, 133, 1240, 1262, 1334, 1590, 2509, 3001, 3153

禁, 277, 572, 584, 606, 693, 1030, 1052, 1057, 1060, 1084, 1450, 1495, 1986, 2027, 2086, 2308, 2543, 2846, 2897, 2908, 3056, 3152

禅, 415

禽, 818, 857, 1488, 1616, 1618, 1759, 1954, 2537, 2759

稑, 1303

稔, 971, 1689, 2019

稕, 3115

稗, 37, 58, 93, 661, 1522

稙, 2990

稚, 294, 295, 331, 1121, 1461, 2183, 2471, 3029, 3032, 3112

稜, 1207, 1266, 1267, 1430

稟, 133, 1262, 1592

稠, 263, 264, 447, 2306

稡, 3147

窞, 375

窟, 692, 1128, 1129, 1165, 1302, 1631, 1638, 1920, 2251, 2451, 2514, 3020

窠, 222, 1148

窣, 1121, 1335, 1771, 3147

竪, 431, 572, 959, 1052, 1225, 1815, 1946, 1969, 1970, 1974, 2249, 2449, 2797

竫, 1077

筞, 187

筠, 1135

筥, 1104

筦, 729

筩, 1528, 2102, 2103, 2690

筫, 3030

筭, 135

筮, 1857, 1925, 1927, 2250

筯, 1052, 3102

筰, 628

筲, 1608, 1994

筴, 954, 955

節, 167, 343, 396, 405, 437, 438,

579, 899, 939, 1004, 1022, 1029, 1312, 1600, 1985, 2229, 2868, 2895, 3002

粮, 1247, 1251, 2893

粱, 1247

粲, 180, 182

粳, 683, 1061, 1063, 1145, 2676

絛, 2059, 2086

絹, 164, 451, 1122, 1126, 1857, 2374, 3004

絺, 245, 439, 606, 2285, 2292, 3018

綄, 1130

綃, 1126, 2374

綆, 683

綉, 2434

綋, 798

綍, 3139

綏, 1015, 1727, 2103

經, 76, 135, 136, 167, 203, 239, 249, 279, 288, 296, 308, 343, 371, 397, 413, 416, 424, 437, 442, 449, 452, 454, 469, 480, 487, 525, 558, 570, 603, 621, 626, 644, 665, 678, 685, 692, 699, 711, 720, 743, 766, 798, 841, 862, 864, 892, 911, 935, 942, 958, 997, 1000, 1004, 1008, 1017, 1020, 1022, 1030, 1041, 1061, 1062, 1063, 1071, 1073, 1074, 1106, 1107, 1123, 1124, 1130, 1159, 1173, 1215, 1217, 1234, 1304, 1309, 1312, 1316, 1334, 1335, 1344, 1395, 1402, 1459, 1516, 1532, 1535, 1567, 1584, 1623, 1656, 1658, 1668, 1690, 1693, 1706, 1772, 1787, 1795, 1801, 1857, 1869, 1912, 1929, 1959, 1986, 1997, 2000, 2005, 2014, 2015, 2017, 2072, 2144, 2152, 2157, 2166, 2169, 2214, 2216, 2229, 2234, 2238, 2252, 2258, 2391, 2407, 2415, 2430, 2443, 2444, 2447, 2472, 2474, 2487, 2495, 2513, 2522, 2543, 2552, 2574, 2625, 2630, 2639, 2641, 2652, 2659, 2670, 2678, 2704, 2709, 2722, 2729, 2737, 2752, 2767, 2800, 2818, 2829, 2851, 2891, 2914, 2940, 2950, 2986, 3004, 3006, 3039, 3043, 3050, 3056, 3063, 3084, 3094, 3101, 3113, 3148, 3161

綘, 610, 998

罙, 1825

罨, 2491

罩, 1101, 1492

罪, 56, 276, 507, 524, 555, 581, 599, 703, 720, 748, 753, 758, 852, 879, 1035, 1170, 1252, 1321, 1461, 1499, 1598, 1782, 1821, 1838, 1867, 1882, 1904, 1982, 2010, 2349, 2396, 2530, 2537, 2545, 2694, 2720, 2765, 2780, 2901, 2923, 3046, 3049, 3052, 3072, 3151

置, 12, 14, 101, 137, 140, 236, 291, 524, 592, 719, 758, 879, 1101, 1119, 1252, 1340, 1341, 1353, 1380, 1442, 1573, 1588, 1888, 1965, 2106, 2118, 2202, 2263, 2437, 2445, 2567, 2666, 2745, 2855, 2878, 2925, 2930, 2986, 3010, 3019, 3028, 3030, 3092, 3100, 3151

署, 1964, 1965, 2917, 3099

群, 183, 350, 611, 817, 1136, 1137, 1418, 1525, 1639, 1665, 2292, 2354, 2426, 2504, 3050

羨, 317, 467, 1361, 1781, 2322, 2336, 2433, 2632, 2720, 3119

義, 85, 128, 163, 174, 184, 200, 203, 220, 236, 240, 242, 269, 282, 288, 325, 362, 427, 438, 440, 441, 515, 564, 605, 658, 715, 752, 825, 879, 887, 895, 928, 935, 958, 1010, 1027, 1031, 1068, 1108, 1124, 1134, 1148, 1160, 1170, 1202, 1218, 1226, 1230, 1257, 1353, 1361, 1368, 1387, 1399, 1472, 1526, 1587, 1591, 1605, 1685, 1765, 1782, 1792, 1821, 1835, 1841, 1846, 1852, 1857, 1872, 1878, 1881, 1893, 1897, 1903, 1930, 1947, 1960, 1982, 1991, 1998, 2073, 2095, 2112, 2135, 2204, 2215, 2231, 2248, 2291, 2294, 2298, 2348, 2395, 2399, 2480, 2510, 2535, 2545, 2560, 2566, 2567, 2570, 2572, 2600, 2603, 2610, 2620, 2628, 2629, 2636, 2641, 2643, 2649, 2690, 2725, 2770, 2802, 2826, 2834, 2849, 2919, 2923, 2928, 2961, 2964, 3001, 3022, 3037, 3124, 3135, 3151

犠, 2705

聖, 52, 262, 321, 351, 397, 414, 425, 669, 732, 858, 874, 959, 994, 1118, 1133, 1159, 1217, 1251, 1404, 1570, 1622, 1645, 1660, 1684, 1728, 1733, 1780, 1790, 1832, 1841, 1845, 1847, 1896, 1953, 2029, 2090, 2146, 2163, 2259, 2325, 2381, 2403, 2408, 2416, 2478, 2524, 2839, 2917, 2928, 2940, 2951, 2957, 3008, 3022, 3044, 3047, 3051, 3126, 3154, 3167

聘, 243, 691, 1533

肄, 1235, 1236, 2012, 2622

肆, 320, 438, 1051, 1235, 1334, 1664, 1989, 2008, 2011, 2622

腄, 295, 1607

腥, 1976, 2403, 2413

腦, 1075, 1463, 1464

腧, 1970

腨, 150, 285, 915, 1975, 3103

腩, 1458, 1461

腫, 139, 2073, 2102, 3042, 3046

腭, 508, 509

腮, 1740

腰, 62, 2293, 2511, 2516

腷, 93

腸, 216, 647, 1784, 1817, 2012, 2065, 2435, 2492, 2505, 2793

腹, 93, 216, 217, 404, 626, 629, 640, 647, 1333, 1341, 1359, 1364, 2041, 2106, 2138, 2218, 2640, 2899

舅, 1098, 1840, 2684

艇, 2092

莱, 179, 1191

莬, 2118

菻, 430, 1633

萬, 36, 168, 186, 369, 491, 584, 588, 604, 747, 894, 1018, 1091, 1223, 1340, 1345, 1346, 1347, 1426, 1443,

1596, 1685, 1862, 1946, 2008, 2140, 2268, 2314, 2409, 2416, 2555, 2635, 2849

蒴, 1797

萼, 508

落, 274, 345, 376, 496, 551, 749, 866, 951, 956, 1200, 1238, 1263, 1324, 1325, 1326, 1668, 1733, 1761, 1823, 2001, 2773, 2785, 2824, 2842, 2852

葀, 1350

葂, 2139

葅, 3143, 3148

葆, 50, 51

葇, 1352

葉, 2541

葉, 18, 114, 152, 179, 186, 188, 196, 222, 239, 366, 449, 450, 589, 624, 682, 747, 749, 825, 827, 1009, 1035, 1061, 1212, 1428, 1521, 1593, 1670, 1727, 1813, 1858, 1878, 2043, 2086, 2088, 2110, 2399, 2413, 2469, 2517, 2540, 2544, 2545, 2546, 2624, 2861, 2912, 2969, 3099, 3120, 3154

葍, 628

葙, 2341, 2350, 2351, 2641

葚, 1694, 2462

葛, 130, 673

葡, 73, 144, 153, 626, 1549, 1550, 2060

蓋, 696, 776, 1057, 2616

董, 459, 845, 2101, 2454, 2456, 2457, 3046

葥, 988

葦, 825, 826, 1352, 2168, 2206

葩, 826, 1505

葪, 938, 940

葫, 1483

葬, 359, 827, 1098, 1761, 2860

葱, 321

葳, 184, 2166

葵, 179, 192, 1179

葷, 865, 2455, 2457

葺, 886, 1592

蒂, 365, 439

虜, 1297, 1300, 1301, 1336, 1414

虞, 1324, 1603, 2749, 2750, 2771

號, 4, 19, 232, 424, 480, 587, 590, 744, 766, 768, 769, 772, 811, 1100, 1250, 1395, 1437, 1589, 1668, 1730, 1785, 2068, 2070, 2075, 2281, 2378, 2637, 2689, 2734, 2760, 2914, 3123, 3134

蛸, 1797

蛹, 2686

蛻, 829, 1989, 2126

蛾, 501, 502, 2233, 2605, 2673

蜀, 766, 1965, 2673, 3081, 3118

蜂, 96, 609, 792, 2233, 2775

蜆, 1478, 2498

蜇, 776, 1928, 2907

蜈, 2264

蜉, 628

蜊, 1214

蜋, 1197, 1487

蜎, 1717, 2446, 2790

衙, 2450, 2466

裌, 954

裹, 631, 746, 749, 750, 1061, 1125, 1216, 1217, 1218, 1466, 1527, 1787, 1902, 2349, 2436, 3034, 3038

裒, 48, 50

裓, 673

裔, 1587, 1784, 2624, 2669

裕, 699, 721, 1156, 2730, 2784

裘, 262, 1116, 1634, 1637, 1642, 1797, 3014

裙, 101, 1102, 1181, 1665

補, 147, 153, 175, 270, 277, 629, 631, 632, 638, 1157, 1344, 1547, 1549, 1550, 1553, 1797, 1826, 1967, 2760, 2990, 3112

裝, 473, 2233, 2860, 2891, 3108

裟, 1541, 1672, 1739, 1769, 1771, 1773, 2024, 3109

裡, 678, 1218

覞, 2087

觜, 3127

解, 12, 82, 90, 114, 126, 181, 202, 232, 267, 274, 279, 283, 292, 303, 405, 413, 475, 482, 512, 621, 648, 656, 664, 711, 815, 828, 841, 853, 899, 927, 951, 976, 994, 1012, 1022, 1024, 1029, 1033, 1055, 1065, 1078, 1127, 1148, 1187, 1200, 1201, 1215, 1228, 1255, 1386, 1395, 1402, 1470, 1523, 1558, 1779, 1823, 1845, 1856, 1869, 1879, 1929, 1985, 2015, 2027, 2054, 2072, 2125, 2134, 2194, 2220, 2275, 2297, 2313, 2320, 2340, 2376, 2387, 2388, 2407, 2441, 2452, 2476, 2495, 2522, 2559, 2569, 2625, 2751, 2800, 2803, 2818, 2900, 2971, 2988, 3021, 3034, 3153, 3161

觥, 1179

訾, 2789, 2881, 3121, 3126

詢, 733, 1635, 2460, 2461, 2462, 2546, 2623

詣, 47, 389, 390, 502, 636, 669, 859, 1021, 1098, 1252, 1472, 1628, 1806, 1881, 2061, 2154, 2224, 2276, 2366, 2386, 2546, 2622, 2641, 2643, 2686, 2769, 2853, 2983, 3001, 3003, 3009, 3017, 3069

試, 242, 502, 1038, 1627, 1880, 1898, 1925, 1989, 2387, 2685, 3162

詧, 196

詩, 469, 1313, 1857, 1870, 1905, 1961, 2007, 2061, 2767, 3065

詫, 200, 1983, 2124, 2127, 2130, 2877

詬, 700, 1500

詭, 204, 739, 740, 741, 1984, 2435

詮, 233, 1066, 1217, 1313, 1656, 1658, 1659, 1982, 2049, 2137, 2221, 2306, 2445, 2477, 2559, 2738, 2767, 2951, 3101

詰, 670, 706, 859, 915, 932, 1020, 1022, 2265, 2307, 2766

話, 700, 832, 1022, 1500, 2049, 2766

該, 259, 434, 468, 656, 735, 760,

797, 889, 1130, 1139, 1311, 1808, 1828, 1910, 1984, 2049, 2103, 2277, 2386, 2501, 2685, 2800

詳, 440, 695, 819, 928, 982, 1027, 1244, 1536, 1828, 1977, 1990, 2049, 2098, 2223, 2320, 2341, 2352, 2353, 2397, 2504, 2505, 2509, 2641, 2642, 2643, 2949, 2975, 3163

詵, 740, 1825, 1988

詶, 263, 264, 265, 485, 2461

詷, 2102

詹, 2501, 2886, 2888

詺, 1396, 1409, 1412, 1658, 2905, 3064

詿, 720

誁, 1530

誂, 2087

誄, 1204

誅, 276, 1204, 2388, 2503, 3061, 3147

誇, 47, 1171, 2049, 2250

誠, 86, 234, 236, 238, 241, 502, 587, 673, 871, 1028, 1036, 1069, 1081, 1237, 1384, 1450, 1616, 1623, 1627, 1762, 1843, 1876, 1879, 1925, 1983, 2166, 2325, 2390, 2472, 2630, 2672, 2774, 2950, 3005, 3011, 3061

豊, 609, 1218

豋, 936

豢, 844

豦, 279

貇, 1157, 1354, 2415

貲, 233, 318, 939, 3120, 3121, 3126, 3127

賂, 37, 857, 1302

賃, 875, 1263, 2882, 3031

賄, 51, 173, 857

資, 54, 253, 318, 875, 890, 942, 1350, 1473, 1530, 1810, 1838, 1878, 2298, 2325, 2414, 2572, 2771, 2774, 2780, 3032, 3052, 3119, 3120, 3121, 3122, 3137

賈, 51, 444, 701, 717, 955, 1341, 1342, 1784

賊, 37, 173, 181, 237, 246, 400, 431, 494, 635, 647, 989, 990, 1018, 1031, 1376, 1482, 2873, 2921

賎, 181, 989, 990, 1631, 2873, 3006

趌, 914

趍, 254, 1640, 1651

趒, 257, 258

趒, 221, 2087

跟, 679, 682, 705

跡, 279, 389, 698, 887, 899, 928, 938, 990, 1055, 1336, 1702, 1959, 1961, 1985, 2071, 2790, 2804, 2914, 3005, 3063, 3139

跢, 30, 151, 340, 490, 493, 494, 495

跣, 741, 2326, 2727

跦, 1957

跧, 1658

跨, 1149, 1171

跪, 37, 54, 335, 566, 740, 741, 924, 939, 1119, 2164

跬, 276, 1179

路, 150, 151, 183, 397, 413, 416, 632, 671, 676, 705, 938, 954, 1261, 1268, 1297, 1302, 1303, 1305, 1317, 1324, 1325, 1326, 1337, 1565, 1762, 1959, 1961, 2041, 2111, 2133, 2366, 2407, 2430, 2767, 2777, 2915, 3034, 3115, 3121

跱, 253, 1587, 3005, 3017, 3028, 3097

跳, 446, 990, 2059, 2060, 2087, 2164, 2822

軾, 1924

較, 1006, 1010, 1128, 2102, 2378

輅, 739, 1238, 1302, 1305, 1309, 1982, 3161

輈, 3053, 3055

載, 174, 224, 240, 272, 362, 366, 477, 875, 1023, 1101, 1483, 1872, 1972, 2019, 2201, 2841, 2848, 2849, 2855

輊, 1623

辞, 300

辟, 96, 97, 98, 99, 152, 303, 1179, 1476, 1525, 1526, 1665, 1666, 2018, 3152

辠, 3152

農, 845, 1494

逼, 73, 89, 107, 635, 750, 949, 1342, 1370, 1544, 1598, 1883, 1926, 2093, 2499, 2840, 2864, 3073

逾, 516, 1611, 2017, 2700, 2744, 2747, 2748, 2753, 2754, 2782, 2784

遁, 96, 108, 395, 487, 489, 1055, 2084, 2094, 2571

遂, 101, 148, 361, 398, 747, 757, 874, 900, 909, 1342, 1368, 1454, 1480, 1571, 1664, 1915, 2014, 2019, 2095, 2236, 2379, 2460, 2513, 2647, 2662, 2712, 2762, 2781, 2805, 2839, 2863, 3073, 3111, 3112, 3132

遄, 2118

遆, 438, 2068

遇, 137, 399, 610, 624, 651, 748, 752, 757, 843, 983, 1050, 1068, 1218, 1336, 1342, 1347, 1504, 1592, 1927, 1998, 2122, 2237, 2325, 2414, 2603, 2716, 2750, 2780, 2783, 2860, 2987

遊, 19, 110, 176, 399, 465, 468, 516, 594, 625, 757, 909, 928, 1054, 1056, 1191, 1654, 1922, 2083, 2095, 2307, 2309, 2410, 2448, 2546, 2601, 2700, 2701, 2704, 2705, 2731, 2741, 2805, 2853, 2885, 2924, 3147

運, 73, 342, 361, 461, 728, 758, 866, 1136, 1239, 1240, 1587, 1825, 1897, 1998, 2096, 2204, 2781, 2836, 2839, 2840, 2989

遍, 35, 37, 73, 99, 101, 102, 107, 108, 115, 120, 164, 167, 259, 393, 438, 572, 579, 629, 750, 796, 850, 957, 1019, 1057, 1121, 1295, 1297, 1344, 1359, 1392, 1457, 1468, 1527, 1530, 1551, 1605, 1622, 1639, 1654, 1906, 1926, 1976, 2092, 2093, 2152, 2192, 2288, 2350, 2404, 2448, 2458, 2460,

2513, 2546, 2684, 2704, 2803, 2840, 2843, 2906, 2907, 2939, 2968, 3005, 3053, 3056

過, 73, 81, 100, 108, 293, 337, 396, 404, 431, 443, 475, 505, 508, 596, 666, 678, 700, 711, 725, 745, 750, 756, 809, 815, 842, 850, 854, 1057, 1073, 1088, 1094, 1106, 1166, 1187, 1234, 1250, 1311, 1344, 1385, 1432, 1566, 1606, 1648, 1763, 1795, 1805, 1850, 1869, 1876, 1895, 1910, 1927, 2094, 2121, 2202, 2307, 2311, 2608, 2618, 2624, 2646, 2689, 2737, 2746, 2749, 2780, 2804, 2822, 2824, 2840, 2862, 2900, 2907, 3033, 3039, 3047, 3150, 3155

遏, 1, 108, 508, 750, 787, 850, 1487, 1927, 2121, 2780, 2787, 2907

遐, 1391, 2310, 2311, 2692, 2805

遑, 108, 845, 846, 1680

遒, 1342, 1636, 2095

道, 4, 16, 73, 100, 108, 183, 202, 235, 238, 278, 307, 327, 341, 347, 360, 362, 379, 386, 390, 392, 393, 400, 402, 411, 416, 423, 439, 453, 465, 474, 482, 487, 489, 556, 596, 620, 691, 697, 709, 744, 750, 758, 765, 822, 827, 859, 871, 926, 928, 931, 959, 975, 1007, 1032, 1053, 1055, 1057, 1074, 1084, 1109, 1132, 1165, 1217, 1221, 1227, 1302, 1309, 1335, 1342, 1344, 1371, 1384, 1393, 1401, 1459, 1479, 1531, 1565, 1600, 1606, 1614, 1616, 1636, 1642, 1651, 1679, 1687, 1762, 1766, 1778, 1817, 1847, 1888, 1901,1909, 1926, 1933, 1936, 1983, 2014, 2026, 2050, 2051, 2093, 2096, 2106, 2111, 2121, 2125, 2192, 2256, 2295, 2313, 2327, 2338, 2380, 2405, 2429, 2435, 2452, 2474, 2475, 2505, 2513, 2542, 2571, 2607, 2624, 2630, 2677, 2697, 2708, 2766, 2804, 2807, 2808, 2823, 2828, 2840, 2862, 2907, 2913, 2923, 2927, 2939, 2950, 2953, 2984, 2986, 3033, 3042, 3061, 3134, 3144, 3153, 3155, 3166

達, 100, 339, 341, 343, 347, 360, 393, 610, 756, 773, 859, 890, 983, 1024, 1143, 1178, 1191, 1227, 1239, 1371, 1381, 1479, 1606, 1676, 1677, 1808, 2041, 2051, 2093, 2127, 2131, 2202, 2288, 2331, 2405, 2413, 2474, 2571, 2621, 2704, 2803, 2862, 2950, 2970, 2988, 3018, 3155

違, 84, 97, 101, 110, 124, 342, 361, 381, 399, 581, 610, 636, 752, 760, 843, 846, 984, 1027, 1056, 1239, 1240, 1251, 1267, 1365, 1371, 1464, 1480, 1521, 1606, 1663, 1673, 1676, 1806, 1916, 1927, 1967, 1981, 2017, 2095, 2122, 2168, 2191, 2197, 2202, 2571, 2632, 2679, 2713, 2796, 2805, 2863, 2908, 3029, 3111

鄒, 277, 2674, 3142

鄔, 168, 1488, 2252, 2270, 2277, 2524, 2773

鄉, 2351

酧, 263

酩, 1200, 1409

酪, 671, 1200, 1324, 1326, 1515, 2275, 2702

酬, 263, 265, 343, 717, 2411, 2461, 3146

鈴, 452, 697, 988, 1263, 1267, 1278, 1568, 1604, 1659

鈷, 146, 696, 703, 705, 706, 1207, 1605, 2727

鈸, 150, 1087

鈹, 1521, 1523

鈿, 444, 2084, 2306

鉀, 446, 2464, 2948

鉅, 295, 1118

鉆, 1409, 1605, 1776, 2087, 2930

鉉, 2450

鉋, 50, 56, 696, 1548, 1727

鉎, 1832, 1840

鉐, 1864

鉒, 1052

鉓, 1925

鉗, 664, 1604, 1605, 2102

鉚, 1353

鉛, 295, 1598, 2102, 2660

鉞, 2443, 2823

鉡, 42

鉢, 19, 29, 39, 61, 69, 134, 141, 145, 150, 151, 428, 585, 609, 1024, 1315, 1424, 1509, 1518, 1536, 1540, 1604, 1667, 1855, 1958, 2105, 2556, 2676, 2695, 2734, 2926, 3061

鉤, 447, 696, 697, 698, 988, 991, 1099, 1107, 1137, 1164, 1267, 1494, 1506, 2033, 2136

鉦, 2936, 2937

鉫, 1715

銃, 1727

鉶, 1782

閘, 674, 2878

鬧, 465, 907, 961, 1193, 1248, 1465, 1898, 2631

閛, 1517

閜, 2312

閞, 110

閟, 91, 93, 1367

隨, 324, 494, 497, 2017, 2739

隒, 2326, 2495

隔, 266, 551, 672, 673, 738, 888, 935, 939, 960, 1701, 1812, 2900, 3128

隕, 1406, 1670, 2840

隖, 2252, 2277

隘, 5, 2634

隙, 1301

雉, 800, 889, 1461, 3029, 3030

雊, 1641

雋, 1125, 2293

雍, 135, 1321, 2680, 2681

零, 1205, 1263, 1267, 1278, 1655, 2113, 2839

雷, 48, 380, 444, 506, 1203, 1204, 1297, 2454, 2758, 2839, 2934

雹, 48, 444, 739, 1553, 1554, 2454, 2838, 2934

電, 48, 444, 445, 737, 1203, 1478,

1840, 2092, 2295, 2864, 2934
霅, 383
靖, 1069, 1078, 1083, 1086, 1621, 2013
竫, 1087
靳, 99, 1057
靴, 2451
靶, 30
靷, 2664
韮, 301, 1090, 1093, 1094
韵, 2841
頊, 2370, 2440
頌, 68, 317, 450, 571, 735, 936, 1021, 1067, 1098, 1108, 1269, 1307, 1314, 1438, 1926, 1930, 1981, 1989, 2014, 2015, 2055, 2196, 2260, 2328, 2441, 2498, 2675, 2686, 2831, 2859, 3048
頎, 1578, 1622
預, 443, 488, 724, 834, 888, 1207, 1269, 1933, 2276, 2329, 2371, 2439, 2675, 2765, 2784, 2787, 3155
頑, 93, 265, 488, 727, 737, 879, 1547, 1923, 2016, 2137, 2335, 2369, 2750, 2930
頒, 38, 40, 717, 1268, 2015, 2311
頓, 315, 392, 452, 471, 488, 571, 737, 887, 989, 1077, 1205, 1207, 1469, 1622, 1626, 1886, 1980, 2015, 2020, 2085, 2106, 2121, 2327, 2338, 2386, 2437, 2440, 2775, 2808, 2817
飲, 50, 93, 134, 163, 169, 375, 427, 481, 585, 586, 626, 715, 728, 838, 884, 995, 1242, 1269, 1361, 1464, 1563, 1662, 1716, 1867, 1925, 2011, 2012, 2089, 2398, 2517, 2558, 2660, 2664, 2669, 2753, 2778, 2826, 2961
飧, 179, 181, 1864
飴, 1867, 2012, 2568
飶, 93
飻, 2089
飼, 246, 299, 300, 585, 1852, 1866, 2011, 2012, 2219, 2362, 2568, 2752
飽, 50, 884, 1129, 1852, 2362
飾, 257, 585, 592, 1022, 1053, 1080, 1237, 1343, 1774, 1819, 1874, 1898, 1906, 1924, 1925, 2341, 2441, 2471, 2489, 2512, 2514
馻, 605, 606, 651, 1552
馱, 254, 342, 358, 491, 494, 1449, 2046, 2129, 2130, 2502
馲, 956, 2123, 2125, 2126, 2131
馳, 73, 150, 247, 248, 253, 814, 1131, 1640, 1641, 1884, 2131, 2780
馴, 2462
骭, 664
髡, 1181
髟, 740, 1363
鬽, 628, 1487, 2374
鳩, 146, 262, 1089, 1099, 1116, 2500
麀, 955, 2692
麁, 135, 229, 238, 270, 278, 327, 489, 650, 756, 875, 907, 957, 1301, 1303, 1413, 1600, 1642, 1667, 1678,

1959, 1969, 2121, 2306, 2435, 2547, 2630, 2805, 2907, 3046
䶈, 1478
䵷, 1390
鼎, 453, 1838
鼓, 67, 104, 150, 152, 255, 460, 705, 706, 707, 1517, 1630, 1840, 1910, 1971, 2308, 2362, 2645
鼠, 517, 618, 1491, 1965, 2427
嗟, 2290
慥, 485
睖, 1022
餅, 585

十四畫

僨, 547, 1481
僤, 2000
剴, 420, 1286
嘟, 742
嘗, 2380, 2564
嚓, 1614
堅, 2564
嫩, 1726
廱, 2681
弊, 994, 996, 2860
憒, 189, 1180, 1623, 2870, 2871
摬, 741
搗, 386, 1489
搢, 858, 864
粧, 1623
膈, 915
蓤, 1772, 2024
秫, 1186
蔦, 1482
蓋, 1193
馱, 254, 1888, 2130, 2131
僎, 3104
像, 46, 296, 426, 623, 645, 728, 952, 956, 998, 1117, 1206, 1291, 1368, 1571, 1764, 1767, 1899, 1921, 2306, 2347, 2362, 2367, 2370, 2412, 2560, 2572, 2782, 2787, 2802, 2863, 3051, 3109
僑, 701, 1002, 1606
僔, 3156
僕, 93, 165, 450, 631, 644, 765, 796, 807, 1052, 1156, 1548, 1550, 1551, 1885, 2058, 2102, 3131, 3143
僖, 2293, 2303
僗, 1198
僚, 227, 258, 1125, 1179, 1253, 1254
僝, 201
僞, 49, 502, 807, 829, 848, 1160, 1637, 1764, 2088, 2164, 2197, 2205, 2207, 2227, 2512, 2555, 2713, 3051
僠, 42, 568
僣, 1605, 1785, 2088
僤, 495, 2123
僥, 104, 1001, 1004, 1675, 2376, 2413
僦, 329, 1098
僧, 52, 104, 128, 136, 190, 207, 217, 265, 288, 397, 406, 414, 491, 517, 622, 644, 815, 857, 862, 956, 971, 1036, 1067, 1076, 1116, 1475, 1601,

1766, 1799, 1832, 1856, 1885, 1936, 2007, 2014, 2040, 2050, 2090, 2145, 2214, 2370, 2401, 2430, 2695, 2738, 2762, 2874, 2876, 2877, 2931, 3022, 3050, 3065, 3086, 3138, 3154

僨, 607

僫, 505, 508

僭, 989

僮, 292, 1052, 1550, 2101, 2102

兢, 1062, 1069, 1087

寫, 2389

凘, 2000

凳, 243, 422, 428

劃, 830, 832

劄, 2878

勩, 1125

匱, 397, 741, 762, 1180, 1181, 1618, 1632, 2571, 2882

厭, 12, 230, 246, 506, 552, 853, 910, 1523, 1761, 1806, 1975, 2330, 2337, 2464, 2496, 2499, 2501, 2502, 2627, 2679, 2703, 3109, 3151

厮, 186, 1999, 2000

嗶, 772

嗷, 19, 1005, 2379

嗺, 3149

嗼, 1429, 1430

嗽, 1143, 1774, 1970

嗾, 844

嘅, 1143

嘆, 844, 1016, 1460, 1930, 1982, 2016, 2054, 2055, 2377, 2379, 2859, 3087

嘉, 443, 850, 947, 948, 954, 1078, 1953, 2301, 2304

嗺, 4

嗷, 2379

嘌, 1233, 1529

嘍, 1293

嘑, 813

嘔, 292, 1503, 1504, 1640, 2065, 2521

嘖, 226, 2770, 2870, 2871

嘗, 189, 208, 217, 379, 1795, 1935, 2010, 2893

嘘, 508, 1143, 1298, 2437, 2440

嘍, 1541, 1544

嘚, 400

嘞, 1207, 1617

嘌, 1209

嘷, 768, 2637

圖, 86, 743, 774, 1341, 1380, 1532, 1606, 2098, 2111, 2112, 2113, 2114, 2191, 2230, 2797

團, 150, 285, 743, 2114, 2119, 2191, 2649, 2796, 2797, 3054, 3103, 3145

㕓, 884

塵, 5, 203, 228, 229, 245, 278, 327, 473, 608, 679, 734, 776, 832, 886, 958, 991, 1017, 1057, 1083, 1224, 1234, 1236, 1301, 1355, 1372, 1388, 1623, 1629, 1762, 1879, 1901, 1957, 1968, 1970, 2057, 2114, 2166, 2256, 2306, 2311, 2435, 2473, 2502, 2654, 2676, 2692, 2907, 2927, 2953, 3081,

3170
塸, 1503, 1504
塹, 181, 791, 887, 2388
塼, 149, 3103, 3104, 3107
塽, 1976
塾, 1964
塿, 1294
墁, 1347
墂, 123
境, 104, 108, 215, 229, 271, 416, 440, 559, 679, 711, 726, 795, 834, 836, 887, 976, 996, 1008, 1036, 1074, 1075, 1083, 1087, 1088, 1096, 1143, 1423, 1630, 1652, 1797, 1798, 1828, 1880, 1895, 1902, 1982, 1986, 2040, 2090, 2115, 2334, 2340, 2415, 2625, 2638, 2801, 2874, 2900
墇, 1085
墉, 2680
墊, 445, 1924
墋, 230
墌, 2994, 3002
墎, 742, 749, 1183
墓, 330, 885, 1339, 1370, 1442, 1443, 1444, 1562, 1740, 2276, 2899
墖, 2040
增, 85, 190, 200, 207, 258, 325, 410, 646, 795, 834, 836, 971, 990, 1016, 1070, 1083, 1085, 1191, 1230, 1388, 1487, 1607, 1625, 1674, 1676, 1767, 1785, 1835, 2040, 2050, 2225, 2276, 2570, 2617, 2639, 2717, 2869, 2874, 2876, 2877, 2931, 3023, 3139, 3141, 3154, 3155
壽, 207, 264, 265, 425, 467, 612, 862, 909, 954, 1059, 1118, 1199, 1230, 1411, 1486, 1561, 1727, 1946, 1952, 1953, 2019, 2059, 2168, 2302, 2460, 2632, 3040, 3103
夐, 2428
夢, 437, 442, 841, 977, 1133, 1136, 1305, 1346, 1347, 1368, 1370, 1388, 1478, 1707, 2241, 2278, 2543, 2839
夤, 2658, 2660
奩, 1241, 1243
奪, 392, 400, 493, 607, 910, 1023, 1098, 2125, 2202, 2460, 2864, 3103
獎, 994, 997, 2860
嫗, 1200, 1481, 1640
嫚, 1342, 1348
嫜, 2893
嫟, 1481
嫠, 1215
嫡, 431, 1927
嫩, 1195, 1468
嫫, 2669
嫰, 1468
寞, 1408, 1429, 1431
察, 190, 196, 260, 453, 549, 620, 936, 937, 938, 1253, 1373, 1615, 1633, 1770, 1822, 1828, 1922, 2404, 2676, 2735, 2793
寠, 1119, 1121
寡, 719, 764, 1407, 2001, 2444, 2730, 2848, 3030

寢, 644, 650, 1363, 1619, 2278
寤, 216, 508, 1133, 1363, 2275, 2278, 2869
寥, 1253, 1254
實, 14, 20, 50, 52, 56, 71, 121, 164, 239, 280, 309, 333, 351, 383, 397, 440, 455, 462, 465, 537, 561, 597, 617, 622, 685, 705, 729, 735, 741, 760, 937, 978, 1120, 1159, 1172, 1191, 1217, 1225, 1296, 1313, 1323, 1342, 1408, 1492, 1570, 1588, 1614, 1632, 1703, 1708, 1733, 1785, 1828, 1853, 1864, 1866, 1873, 1874, 1880, 1915, 1921, 1930, 1943, 1988, 2073, 2083, 2159, 2169, 2221, 2247, 2325, 2355, 2436, 2478, 2544, 2567, 2589, 2619, 2621, 2626, 2631, 2635, 2655, 2693, 2703, 2711, 2739, 2750, 2859, 2870, 2917, 2925, 2928, 2940, 2984, 3022, 3032, 3121, 3131, 3135, 3138
寧, 13, 451, 455, 783, 1346, 1404, 1474, 1475, 1478, 1492, 1493, 1568, 1588, 1707, 1877, 1962, 1977, 2091, 2247, 2786
寨, 763, 2435, 2882, 3139
對, 11, 126, 248, 279, 319, 332, 335, 343, 347, 364, 390, 423, 431, 439, 470, 481, 485, 486, 505, 549, 569, 587, 608, 619, 628, 634, 664, 926, 976, 994, 999, 1032, 1096, 1155, 1203, 1215, 1457, 1459, 1469, 1520, 1616, 1704, 1760, 1778, 1812, 1829, 1868, 1905, 1973, 2071, 2163, 2193, 2239, 2313, 2323, 2338, 2388, 2406, 2677, 2697, 2781, 2822, 2865, 2900, 2926, 3014, 3016, 3151
屢, 1293, 1294, 1297, 1333, 1334, 1965
屣, 650, 884, 1121, 1333, 1577, 1774, 2304, 2305
嶂, 2573, 3139
嶂, 2901
嶋, 1487
幔, 1347, 1348, 1349, 2327
幕, 694, 1347, 1413, 1442, 1443
幖, 122, 123, 1529
幘, 1354, 2871
幛, 2901
幣, 95, 431
廓, 167, 700, 742, 749, 866, 1183, 1197, 1217, 1548, 2055
廔, 1293, 1333
廕, 2657, 2669
廖, 1255, 2497
廗, 366, 2295
弊, 57, 58, 92, 94, 95, 97, 125, 138, 243, 997, 1651
彯, 1528, 1529
彰, 107, 120, 168, 269, 304, 616, 667, 1077, 1563, 1572, 1854, 2016, 2056, 2329, 2399, 2675, 2891, 2892, 2900, 3117
德, 49, 55, 68, 80, 183, 232, 248, 266, 287, 322, 327, 395, 402, 411, 416, 423, 445, 474, 505, 509, 556, 620, 629, 639, 688, 732, 750, 803, 827, 833, 834,

854, 859, 939, 1028, 1063, 1084, 1107, 1118, 1120, 1132, 1137, 1153, 1221, 1344, 1348, 1401, 1469, 1497, 1607, 1620, 1667, 1677, 1766, 1778, 1826, 1829, 1844, 1852, 1855, 1888, 1891, 1928, 1968, 2089, 2101, 2192, 2213, 2256, 2273, 2400, 2406, 2414, 2441, 2443, 2457, 2492, 2542, 2572, 2616, 2624, 2635, 2644, 2666, 2688, 2760, 2800, 2806, 2808, 2823, 2874, 2910, 2927, 2950, 2953, 3018, 3020, 3039, 3049, 3140, 3153, 3159, 3160, 3170

徵, 225, 242, 243, 450, 481, 689, 850, 1095, 1321, 1461, 1632, 2167, 2413, 2634, 2730, 2826, 2930, 2937, 3029, 3139

徹, 66, 224, 225, 411, 908, 1077, 1737, 2059, 2166, 2169, 2244, 2496, 2912, 2937

慤, 1157, 2645

慹, 2938

慈, 863, 2462

愼, 166, 226, 452, 888, 1053, 1112, 1531, 1624, 1785, 1981, 2084, 2438, 2928, 2931, 2935

愿, 2795, 2808, 2810

慇, 1392, 1618, 1665, 2219, 2654, 2657, 2808

態, 95, 1157, 1472, 2046, 2073, 2428, 2659, 2777

慓, 122, 123, 1233, 1528, 1529, 2013

慘, 180, 182, 185, 230, 1761, 2863

慚, 181, 197, 989, 1179, 1996, 2307, 2388, 2433, 2857, 2889

慞, 846, 2639, 2891, 2893, 2901

慟, 460, 2055, 2104

慠, 19, 20, 549

慢, 20, 47, 93, 226, 365, 657, 751, 853, 977, 1001, 1122, 1172, 1195, 1207, 1342, 1343, 1344, 1346, 1347, 1348, 1349, 1388, 1479, 1676, 1805, 2157, 2275, 2327, 2384, 2638, 2752, 2840, 2841, 2988

慣, 289, 729, 730

慥, 3109

慪, 1503

慯, 215, 1785

慱, 288, 2120

慳, 914, 958, 1262, 1263, 1460, 1598, 1969, 2291, 2415, 2876

慴, 1811, 1813

慷, 1146

慽, 1563

憀, 1253

截, 173, 174, 482, 836, 1023, 1130, 2849, 3117

搴, 1598

摎, 1001, 1089, 2233

摏, 259

摐, 321, 3142

摑, 672, 744

摓, 610

摕, 700

摖, 330

摘，244，386，430，431，2065，2245, 2701, 2880, 2911
摙, 1019, 1483
撐, 231
摘, 244, 1618
摜, 729
摝, 1292, 1303, 1304
摠, 3140
摢, 2878, 2880
摥, 231
摧, 294, 330, 331, 822, 834, 998, 1323, 1458, 1659, 1673, 2119, 2120, 2681, 3111
摬, 1087, 1626
摭, 972, 2994
摱, 1348
摳, 1162, 1503, 1961, 2491
摴, 273, 1298
摶, 121, 149, 284, 288, 2119, 3103
摷, 202, 1004
摸，442，796，843，1139，1412，1413, 1421, 3110
摺, 1139, 1185, 1811
摻, 182, 185, 201, 1759, 2863
摽，122，123，411，449，1529，1783, 1811, 2051, 2054
撿, 999, 2157
撤, 147, 224, 225, 1737
敲, 431, 918, 1462, 1546
斠, 1010
斡, 664
旗, 826, 1062, 1569, 1580, 1581, 2157, 2885
暝, 1407, 1408, 1409
暠, 670, 2050
暢，215，219，1057，1075，1623，1651，1983，2075，2501，2506，2635，3104
曆, 336, 1234, 1236, 1383
朅, 1018, 1024, 1614
榍, 408, 2379, 2387
榎, 2923
榑, 150, 284
榏, 1372, 1375, 1761, 2538
榕, 1375
榘, 1104
榛, 1260, 1456, 1615, 1616, 2930
榜, 45, 46, 1513
榦, 664
榨, 2880
榭, 1974, 2387, 2388
榮，188，197，320，590，723，769，1164，1198，1263，1339，1701，2670，2672, 2673, 2674, 2682, 3117
榰, 924, 2968, 2983
榱, 331
榲, 2244
榴, 941, 1282, 1286, 3003
榻，273，389，1725，1813，1961，2040, 2041
榼, 778, 1148, 1149, 1503
槀, 666, 667
槁, 667, 1023
槃, 39, 40, 42, 115, 451, 481, 572, 626, 839, 911, 1026, 1212, 1447, 1460,

1507, 1509, 1511, 1541, 1630, 2887
槄, 2059
槅, 673
槙, 2930
槈, 1495
㮚, 915
槊, 1247, 1994, 2034
構, 17, 232, 699, 700, 707, 796, 997, 1812, 2119
槌, 168, 294, 295, 485, 988, 2184, 3029, 3111
槍, 191, 290, 295, 1580
槎, 196
槐, 832, 833, 850
榏, 2443
槖, 68, 1506, 2131
歉, 971
歌, 671, 672, 683, 773, 782, 949, 954, 2054, 2660, 2776
歰, 1766
歷, 108, 202, 229, 256, 336, 476, 1216, 1234, 1236, 1237, 1259, 1333, 1337, 2407, 2464, 2553, 2678, 3140
殞, 131, 181, 1122, 1359, 1428, 2020, 2439, 2461, 2759, 2840
殟, 2133, 2227
毾, 1332, 2041
氳, 606, 1591, 2827
瘩, 2278
滌, 430, 1077, 2086, 2429
滎, 1200, 1701, 2672
滮, 122
滯, 366, 440, 853, 1699, 1825, 2075, 2901, 3031
滰, 999
滲, 941, 1260, 2861, 2862
滴, 430, 438, 827, 1093, 1927, 2068, 2122, 2651, 3028, 3031
滷, 1300, 1301
滿, 41, 50, 67, 109, 249, 259, 405, 413, 629, 650, 673, 732, 738, 847, 909, 941, 1079, 1096, 1111, 1130, 1236, 1248, 1283, 1295, 1310, 1343, 1344, 1346, 1347, 1367, 1402, 1432, 1466, 1527, 1550, 1671, 1779, 1812, 1818, 1831, 2075, 2104, 2194, 2221, 2235, 2328, 2334, 2634, 2684, 2710, 2737, 2759, 2797, 2809, 2843, 2906, 2932, 3140, 3144
漁, 1299, 1954, 2747, 2750
漂, 122, 124, 1233, 1528, 1529, 1555, 2049, 2473
漄, 2471
漆, 201, 1428, 1563, 1671, 3115
漉, 327, 430, 941, 1302, 1303, 1336, 1738
漊, 1295, 1540
漏, 5, 108, 280, 447, 460, 483, 486, 521, 559, 673, 738, 932, 960, 1025, 1058, 1205, 1213, 1227, 1248, 1283, 1295, 1296, 1298, 1333, 1344, 1402, 1476, 1481, 1494, 1527, 1554, 1624, 1811, 1887, 1986, 2095, 2104, 2194, 2247, 2258, 2684, 2777, 2801, 3041, 3063, 3118
漑, 658, 730, 929

1484, 1533, 1582, 1633, 1641, 1654, 1667, 1695, 1705, 1717, 1721, 1730, 1799,1803, 1830, 1868, 1885, 1891, 1910, 1996, 2026, 2078, 2084, 2094, 2169, 2257, 2391, 2531, 2587, 2607, 2708, 2732, 2734, 2736, 2746, 2749, 2751, 2828, 2849, 2902, 3160

膀, 45

獄, 17, 282, 419, 468, 692, 881, 1367, 1881, 2089, 2308, 2490, 2774, 2779, 2785

𤢎, 721

獍, 1085, 1087

獐, 1087, 2892

瑠, 1213, 1283, 1284, 1285

瑣, 254, 1771, 2033, 2034, 2935

瑤, 53, 564, 1181, 2513

瑦, 2270

瑪, 1339, 1340

瑫, 2059, 2305

瑭, 2058

瑰, 737, 738, 1547

瑱, 444, 445, 2084, 2085

瑳, 335, 3156

瑶, 2513, 2519

甂, 1503, 1593

甈, 2245, 3058

甄, 959, 1529, 2929, 2930

睗, 219

疐, 3103

疑, 12, 181, 246, 263, 325, 333, 393, 481, 552, 645, 757, 790, 834, 909, 982, 1021, 1068, 1130, 1162, 1173, 1206, 1235, 1236, 1281, 1302, 1370, 1371, 1408, 1461, 1479, 1492, 1586, 1602, 1635, 1773, 1792, 1917, 1930, 1991, 2016, 2055, 2071, 2167, 2208, 2237, 2311, 2567, 2569, 2571, 2572, 2592, 2628, 2632, 2638, 2778, 2802, 2975, 2989, 2997, 3152

瘇, 3042, 3046

瘉, 139, 2785

瘍, 2508

瘓, 1952

瘕, 246, 2311

瘖, 246, 2653, 2657, 2669

瘧, 199, 1499, 1514

皷, 707

盡, 12, 60, 90, 100, 108, 120, 136, 156, 229, 293, 320, 341, 380, 396, 424, 476, 552, 607, 657, 691, 751, 757, 787, 830, 843, 862, 880, 907, 909, 911, 930, 937, 976, 1023, 1041, 1055, 1057, 1061, 1075, 1078, 1166, 1199, 1251, 1386, 1470, 1619, 1631, 1643, 1700, 1779, 1829, 1830, 1912, 1929, 1942, 1953, 1957, 1969, 2001, 2085, 2104, 2142, 2194, 2258, 2289, 2297, 2302, 2388, 2391, 2436, 2449, 2464, 2588, 2616, 2678, 2749, 2751, 2851, 2904, 2927, 2936, 2995, 3006, 3039, 3050, 3058, 3084, 3140

監, 227, 764, 967, 992, 1192, 1196, 1261, 2139, 2292, 2487, 2490

睡, 14, 226, 293, 295, 494, 852, 1375, 1443, 1866, 1979, 2118, 2132,

2249
瞈, 2748
暇, 2311
暉, 742, 848
睺, 775, 799, 821, 825, 1326, 2428, 2828
暄, 2446
瞡, 2085
睽, 1179
睾, 635, 667
睿, 1125, 1727, 1924, 2841
晉, 1355, 2276
硾, 3112
碠, 458
碣, 935, 1023
碧, 93, 98, 1336, 2771
碩, 718, 1546, 1547, 1622, 1864, 1994, 2015, 2727
碪, 1146, 2926, 2930
磁, 1464
磁, 299, 302
褚, 2923, 3101
禋, 1220, 2657
禍, 271, 467, 629, 751, 759, 879, 1504, 2164, 2353, 2851, 3151
禎, 647, 2926, 2930
福, 55, 63, 67, 70, 102, 108, 153, 202, 232, 270, 403, 413, 467, 505, 628, 631, 636, 637, 640, 646, 647, 679, 688, 743, 745, 852, 879, 1107, 1150, 1219, 1222, 1311, 1606, 1778, 1826, 1853, 2012, 2264, 2338, 2406, 2443, 2501, 2509, 2543, 2552, 2624, 2702, 2730, 2862, 2872, 3021, 3043, 3049, 3062, 3151
禑, 1504, 2264
禓, 2507
禔, 2068, 2983, 2990
禘, 434, 438, 2066
稭, 1017
種, 10, 26, 36, 54, 121, 168, 203, 233, 240, 241, 277, 282, 292, 399, 419, 427, 438, 440, 461, 547, 565, 579, 630, 682, 728, 748, 888, 940, 950, 952, 964, 975, 983, 1022, 1027, 1068, 1085, 1101, 1108, 1148, 1207, 1218, 1219, 1231, 1247, 1367, 1388, 1461, 1473, 1532, 1587, 1623, 1646, 1654, 1660, 1670, 1687, 1714, 1759, 1782, 1807, 1814, 1827, 1836, 1848, 1857, 1873, 1878, 1882, 1886, 1891, 1897, 1904, 1932, 1972, 1974, 2010, 2032, 2050, 2052, 2073, 2101, 2154, 2165, 2191, 2225, 2238, 2298, 2336, 2349, 2420, 2424, 2432, 2456, 2457, 2500, 2545, 2556, 2561, 2573, 2634, 2636, 2705, 2719, 2745, 2803, 2826, 2838, 2844, 2846, 2901, 2922, 2923, 2930, 2952, 2963, 2980, 2989, 2990, 3028, 3038, 3040, 3041, 3042, 3048, 3052, 3072, 3092, 3107, 3125, 3136, 3139
稱, 124, 188, 231, 234, 243, 266, 283, 368, 401, 422, 468, 629, 668, 670, 671, 700, 772, 784, 887, 937, 943, 997, 1024, 1063, 1081, 1120, 1148, 1227, 1254, 1393, 1444, 1478, 1507, 1536,

1633, 1719, 1724, 1765, 1797, 1805, 1811, 1840, 1844, 1906, 1970, 2016, 2025, 2054, 2192, 2324, 2338, 2353, 2364, 2404, 2435, 2506, 2530, 2602, 2676, 2828, 2849, 2858, 2874, 2887, 2925, 2927, 2949, 3042

竂, 2747, 2750, 2754

竭, 320, 480, 774, 775, 787, 788, 935, 1015, 1016, 1023, 1024, 1078, 1154, 1210, 1575, 1603, 1614, 2364, 2379, 2380, 2545

端, 289, 439, 480, 511, 1023, 1077, 1142, 1311, 1344, 1533, 1663, 1727, 2101, 2613, 3002, 3043, 3062, 3107

竰, 1213

筵, 997, 2091, 2474, 2486, 2487, 2808

箄, 1506

箅, 94

箆, 94, 1506, 1521, 2309

箇, 521, 621, 675, 678, 707, 751, 760, 973, 1028, 1040, 1680, 2102, 2552, 2645, 2955

箋, 966, 967

箎, 819

箏, 1840, 2019, 2458, 2937

箒, 864, 1131, 1738, 1762, 2899, 3056

箔, 150

箕, 885, 1500, 1577, 1580, 2927

算, 114, 135, 186, 265, 425, 660, 927, 1141, 1255, 1495, 1607, 1734, 2450

箚, 2878

箜, 3006

箟, 36

管, 383, 722, 728, 729, 958, 959, 2139, 2169, 2193, 2673

箥, 152

箪, 368, 2462

箸, 1052, 1857, 1925, 2893, 2963, 3101, 3102

粹, 328, 332, 1928, 2019, 3126

粻, 2893

精, 15, 148, 171, 249, 257, 559, 659, 888, 916, 1055, 1062, 1069, 1073, 1078, 1085, 1146, 1247, 1485, 1567, 1617, 1619, 1620, 1624, 1625, 1627, 1719, 1797, 1845, 1929, 1956, 2165, 2407, 2660, 2684, 2771, 2807, 2871, 2886, 2940, 3105, 3150

粿, 745, 1323

綖, 610, 1842, 2336, 2487, 3051, 3142

綜, 1022, 1244, 1334, 2000, 2103, 2139, 3139

綅, 1235, 1258, 2984

綠, 1301, 1302, 1335, 2801

綢, 263, 264

綣, 1661

綦, 1578

綩, 655, 1130, 2137, 2138, 2139, 2841

綫, 606, 2336

綬, 1953

維, 245, 697, 799, 824, 1067, 1107, 1126, 1321, 1327, 1331, 1523, 1673, 2183, 2190, 2204, 2566, 2844, 2845, 3004, 3029, 3113

綰, 729, 2139

綱, 13, 664, 665, 866, 1064, 1326, 1450, 1465, 1494, 2151, 2157, 2306, 2817, 3151

網, 5, 218, 459, 633, 649, 664, 665, 666, 708, 713, 961, 999, 1021, 1126, 1347, 1352, 1450, 1467, 1494, 1507, 1697, 1703, 1842, 2142, 2152, 2157, 2158, 2159, 2307, 2790, 2932, 3138, 3140

綴, 298, 493, 2311, 2952, 3112

綵, 101, 147, 175, 176, 177, 178, 179, 648, 750, 968, 1015, 1335, 1380, 2000, 2487, 2800, 3061

綶, 750

綷, 1336

綸, 99, 678, 1307, 1308, 1309, 1312, 1376, 2000

綺, 46, 649, 936, 941, 1574, 1577, 1580, 1589, 2559, 2562, 2564, 2604

綻, 457, 458

綽, 298, 648

綾, 841, 1267, 2103, 2233

綿, 826, 1053, 1375, 1376, 2000, 2336, 2430, 2877

緂, 53, 2049, 2053, 2084, 2444

緇, 864, 1636, 1766, 2701, 3056, 3120, 3121

緉, 1250

緊, 97, 896, 958, 1052, 1652, 2325, 2565, 2639, 2926, 2930

緋, 600

緎, 2785

緑, 179, 648, 712, 798, 1301, 1302, 1335, 2505, 2801

緒, 801, 1021, 1379, 1801, 2081, 2442, 2443, 2838, 3058, 3069, 3081

署, 16

罰, 283, 554, 555, 1132, 2239, 3151

翟, 431

翠, 332

翡, 601

聚, 5, 87, 183, 326, 327, 332, 413, 424, 559, 712, 911, 939, 1118, 1215, 1219, 1325, 1332, 1365, 1391, 1463, 1535, 1643, 1647, 1652, 1760, 1840, 1942, 1953, 2072, 2090, 2166, 2337, 2380, 2498, 2522, 2559, 2612, 3043, 3050, 3059, 3150

聞, 15, 16, 18, 92, 101, 190, 205, 252, 257, 281, 283, 313, 324, 399, 408, 414, 465, 466, 484, 491, 519, 523, 562, 598, 623, 646, 724, 727, 729, 738, 743, 858, 863, 961, 974, 979, 1013, 1027, 1049, 1093, 1127, 1141, 1202, 1230, 1365, 1367, 1368, 1405, 1465, 1486, 1579, 1663, 1728, 1734, 1841, 1854, 1881, 1916, 1946, 1990, 2030, 2041, 2090, 2095, 2098, 2190, 2198, 2223, 2230, 2233, 2242, 2261, 2290, 2324, 2366, 2479, 2488, 2592, 2643, 2662,

2690, 2706, 2713, 2725, 2740, 2797, 2823, 2832, 2888, 2958, 2975, 3022, 3036, 3150, 3163

肇, 96, 2904, 2907

腐, 632, 633, 2433

腿, 2121, 2494, 2511

膀, 45, 150

膂, 1332, 1333

膈, 673, 674

膊, 149, 150, 151, 625, 1975, 3056, 3103

膋, 1198

腈, 915

膏, 666, 667, 668, 705

臧, 184, 662, 1031, 1388, 2860

臺, 184, 229, 362, 421, 666, 815, 885, 1461, 1571, 1799, 1921, 2042, 2043, 2057, 2564, 2839, 3170

與, 20, 33, 107, 200, 276, 314, 320, 325, 382, 388, 409, 427, 442, 443, 477, 486, 492, 516, 517, 564, 578, 612, 635, 646, 657, 665, 669, 695, 715, 724, 730, 748, 750, 819, 856, 895, 902, 939, 995, 1027, 1035, 1050, 1083, 1093, 1106, 1113, 1117, 1119, 1134, 1153, 1198, 1226, 1281, 1284, 1454, 1468, 1473, 1487, 1572, 1581, 1587, 1597, 1602, 1646, 1650, 1670, 1673, 1711, 1735, 1793, 1796, 1807, 1852, 1854, 1867, 1872, 1886, 1917, 1947, 1952, 1991, 1998, 2010, 2014, 2017, 2032, 2033, 2100, 2147, 2154, 2164, 2200, 2253, 2262, 2366, 2387, 2425, 2433, 2453, 2473, 2516, 2585, 2601, 2611, 2617, 2621, 2650, 2663, 2700, 2716, 2726, 2744, 2746, 2753, 2755, 2756, 2759, 2760, 2765, 2770, 2782, 2784, 2787, 2789, 2834, 2906, 2921, 2928, 2961, 2965, 2975, 3019, 3070, 3125, 3164, 3168

舞, 366, 633, 1105, 1405, 1423, 1994, 2261, 2270, 2271, 2322

萠, 1507

莵, 2118

蒔, 1870, 1874

蒙, 550, 650, 951, 1188, 1350, 1368, 1369, 1370, 1765, 2017, 2235, 2367, 2370, 2801, 3042

蒜, 375

蒟, 2772

蔑, 822, 879

蒭, 270, 276, 326, 492, 1632, 1765

蒯, 938, 940

蔽, 1507

蒱, 153, 628, 1549, 1550

蒲, 49, 153, 1345, 1549, 1550

蒵, 2305

蒸, 236, 359, 909, 1678, 2937, 3052

蒺, 914

蒻, 1736

蒼, 182, 183, 1665

蒿, 667, 668, 767, 1347

蓄, 278, 2443

蓆, 366, 2295, 2298

蓉, 1701

蓊, 321, 1689

蓋, 51, 179, 199, 343, 505, 569, 657, 664, 758, 787, 790, 792, 825, 957, 1020, 1057, 1124, 1166, 1375, 1495, 1778, 1829, 1830, 2133, 2157, 2492, 2540, 2616, 2899, 2900, 3058, 3098

蓍, 1857, 2968

蓏, 718, 719, 1323

蓐, 169, 616, 1495, 1719, 1724

蓑, 1673

蜚, 59, 599, 600

蜜, 51, 83, 197, 1159, 1186, 1286, 1372, 1373, 1374, 1375, 1700, 2050, 2516, 2861

蜾, 1578

蜩, 2086

蜫, 1181

蜮, 502, 2785

蜯, 45, 46

蜱, 93, 1524, 2861

蜴, 2635

蜹, 1367

蜺, 1478

蝄, 2157

蜼, 202

蜽, 1185, 1186

蝕, 644, 1866, 1874, 2665

蝫, 3081

裨, 37, 86, 93

裩, 1181

裭, 2127

裰, 493

裳, 214, 626, 1637, 1796, 1925, 2070, 2624, 2894

裴, 68, 600, 1515, 3108

裵, 1506

裸, 37, 93, 450, 719, 1203, 1323

裹, 745, 749, 750, 1149, 1219, 1465, 2134, 3047

裼, 2507

製, 125, 224, 320, 570, 997, 1027, 1256, 1259, 3015, 3030, 3104

裾, 1102, 1665

褚, 277, 2923, 3101

覡, 2250, 2298

誋, 924

誌, 935, 1694, 2502, 3013, 3031, 3072

認, 128, 1688, 1694, 2401, 2501, 2588

諾, 2545

誐, 152, 241, 380, 502, 508, 653, 1445, 1465, 1491, 1503, 1738, 1808, 1879, 2130, 2246, 2499, 2638

誑, 204, 593, 735, 859, 1117, 1159, 1173, 1174, 1175, 1459, 1809, 1976, 1986, 1999, 2151, 2159, 2207, 2252, 2354, 2880

誓, 351, 368, 483, 506, 550, 630, 741, 1015, 1526, 1552, 1806, 1813, 1892, 1922, 1926, 2284, 2809, 2845, 2910, 2958, 3104

誘, 47, 808, 824, 859, 1175, 2434, 2731, 2770

誙, 1066

誚, 1608, 2372, 2387

語, 33, 47, 125, 242, 269, 300, 345, 390, 399, 459, 486, 503, 555, 564, 593, 624, 646, 669, 670, 671, 702, 715, 766, 772, 808, 824, 832, 859, 881, 928, 935, 936, 983, 992, 1010, 1021, 1023, 1038, 1068, 1129, 1163, 1175, 1250, 1303, 1304, 1314, 1412, 1437, 1500, 1587, 1628, 1659, 1842, 1904, 1982, 1991, 2015, 2032, 2049, 2154, 2201, 2224, 2237, 2244, 2276, 2277, 2278, 2280, 2336, 2348, 2379, 2395, 2480, 2545, 2546, 2568, 2623, 2629, 2634, 2644, 2653, 2685, 2753, 2759, 2765, 2815, 2834, 2859, 2905, 2921, 2949, 2952, 2961, 3045, 3070, 3091, 3101, 3119, 3122, 3139, 3152, 3164

誡, 205, 241, 257, 502, 621, 774, 874, 889, 1029, 1034, 1036, 1173, 1879, 1898, 1925, 1948, 2165, 2630, 3063

誣, 601, 1067, 1433, 1623, 1658, 1928, 2250, 2252, 2692, 2880

誤, 324, 598, 714, 1023, 1049, 1412, 1576, 1697, 1810, 1990, 2049, 2252, 2270, 2275, 2276, 2277, 2570, 2747

誥, 668, 670, 1022, 1311, 2622, 2766, 2905, 2948

誦, 44, 47, 153, 204, 233, 251, 263, 284, 312, 317, 322, 324, 389, 447, 469, 611, 713, 797, 991, 997, 1021, 1067, 1154, 1314, 1397, 1486, 1626, 1627, 1813, 1856, 1892, 1989, 2015, 2016, 2095, 2222, 2430, 2462, 2575, 2622, 2642, 2684, 2685, 2686, 2768, 2784, 2827, 2859, 2905, 2948, 3057, 3060, 3067

誨, 511, 758, 817, 852, 854, 858, 997, 1096, 1311, 2027, 2388, 2461, 3001, 3016

說, 727, 807, 1084, 1313, 1809, 1930, 1982, 2049, 2141, 2230, 2275, 2767, 2831, 2951, 2989

説, 47, 56, 71, 84, 115, 120, 128, 200, 214, 220, 228, 233, 239, 242, 268, 271, 281, 288, 303, 312, 317, 323, 344, 367, 398, 407, 417, 425, 440, 459, 469, 472, 501, 514, 550, 562, 581, 597, 601, 623, 644, 656, 685, 713, 727, 738, 740, 757, 776, 807, 819, 824, 826, 829, 852, 858, 859, 866, 874, 889, 900, 911, 927, 930, 932, 933, 952, 974, 979, 997, 1009, 1021, 1026, 1038, 1059, 1067, 1071, 1084, 1097, 1113, 1130, 1141, 1152, 1157, 1159, 1172, 1176, 1220, 1225, 1230, 1284, 1291, 1307, 1313, 1345, 1358, 1365,1370, 1391, 1397, 1404, 1412, 1464, 1471, 1515, 1570, 1581, 1586, 1592, 1627, 1630, 1645, 1658, 1670, 1734, 1773, 1809, 1813, 1819, 1825, 1828, 1833, 1846, 1848, 1853, 1856, 1858, 1871, 1880, 1892, 1903, 1915, 1927, 1928, 1930, 1946, 1960, 1964, 1967, 1968, 1972, 1977, 1979, 1982, 2014, 2015, 2038, 2049,

2055, 2090, 2124, 2126, 2141, 2196, 2221, 2230, 2236, 2241, 2248, 2260, 2277, 2287, 2298, 2328, 2330, 2335, 2341, 2388, 2401, 2408, 2416, 2427, 2430, 2438, 2445, 2462, 2478, 2494, 2495, 2524, 2532, 2544, 2555, 2570, 2575, 2590, 2626, 2632, 2642, 2643, 2668, 2689, 2712, 2731, 2739, 2767, 2777, 2783, 2801, 2807, 2809, 2821, 2825, 2831, 2853, 2859, 2863, 2906, 2917, 2948, 2951, 2958, 2975, 2989, 3014, 3019, 3032, 3036, 3066, 3087, 3122, 3141, 3152, 3162

豪, 20, 148, 666, 768, 769, 772, 1634, 1924, 2042, 2276, 2514, 2630

貌, 32, 266, 567, 680, 977, 1107, 1157, 1206, 1354, 1360, 1381, 1438, 1477, 1522, 1960, 2072, 2136, 2340, 2391, 2488, 2493, 2722, 2862, 3129

賑, 297, 1095, 1761, 2932, 2934, 2938

賓, 130, 131, 636, 734, 1785, 1876, 2435

賔, 131, 1531

賕, 173, 1634, 1637

賖, 1802, 2752

赫, 256, 257, 691, 693, 791, 1566, 1678, 2315, 2608

趕, 662

趙, 221, 298, 1587, 1654, 2907

跎, 2879

跽, 741, 939

踁, 1075, 1085

踄, 169

踈, 1958, 1959, 1960, 1961, 2013, 2861

踉, 679, 1245, 1247, 1252

踊, 419, 884, 1491, 1991, 2095, 2518, 2684, 2685, 2686, 2688, 2827

䵷, 2538

輒, 298, 335, 438, 905, 1623, 1646, 1654, 1814, 2090, 2348, 2889, 2910, 2912, 3106, 3151

輓, 2137, 2139

輔, 148, 150, 153, 222, 632, 635, 3049, 3105

輕, 49, 55, 219, 229, 298, 460, 909, 914, 989, 1053, 1066, 1310, 1603, 1619, 1622, 1725, 1805, 1845, 1999, 2120, 2221, 2252, 2652, 2845, 2910, 2911, 2931, 3044, 3047, 3106

辣, 319, 1119, 1186, 1959, 2396

遘, 699, 700, 997

遙, 294, 361, 581, 610, 645, 757, 1074, 1075, 1480, 1639, 2475, 2513, 2924

遛, 1290

遜, 1675, 2019, 2020, 2311, 2462, 2908, 3074

遞, 108, 438, 448, 756, 1121, 1239, 1479, 1528, 1606, 2014, 2068, 2094, 2804, 2843

遠, 77, 125, 163, 207, 269, 314, 342, 361, 399, 564, 753, 758, 928, 984, 1054, 1059, 1191, 1250, 1371, 1377, 1381, 1383, 1406, 1552, 1587, 1650,

1676, 1677, 1807, 1810, 1904, 1918, 1922, 1923, 2017, 2019, 2112, 2168, 2204, 2208, 2244, 2376, 2410, 2414, 2426, 2439, 2475, 2513, 2680, 2683, 2793, 2803, 2806, 2863, 3029, 3048, 3074, 3143

遣, 274, 342, 384, 388, 406, 649, 668, 977, 1059, 1180, 1239, 1584, 1597, 1606, 1641, 1648, 1866, 1895, 2014, 2017, 2185, 2203, 2289, 2443, 2571, 2662, 2711, 2752, 2822, 2863, 2904, 2908, 3110, 3161

遥, 610, 1068, 1074, 2513, 2781

鄙, 79, 86, 265, 461

鄘, 616

鄞, 1618

鄣, 168, 1842, 2892

鄥, 2252

酵, 1010, 1199, 3172

酷, 1171, 1200, 1499, 1850, 3172

酸, 265, 975, 2019, 3172

酻, 1205

鉸, 1004, 1006, 2378

鉺, 518, 524

鉼, 134, 632, 1535, 1536

銲, 609, 1335, 1352, 1432, 1433

銀, 32, 224, 409, 488, 665, 1051, 1087, 1304, 1605, 2034, 2102, 2294, 2494, 2660

銅, 445, 666, 717, 1051, 2089, 2098, 2102, 2103, 2660, 2734

鉞, 2443

銑, 1727, 2304, 2326

銓, 1143, 1267, 1658, 1659

銕, 2569

銖, 631, 3061

銘, 670, 933, 1066, 1363, 1371, 1383, 1396, 1409, 1412, 1598, 1863, 2015, 2229

銚, 1178, 2514

銛, 1121, 1262, 2320, 2984

銜, 259, 762, 2322, 2324, 2326, 2409, 2748, 2783

銣, 1715

閡, 11, 277, 789, 798, 2134, 3054

閣, 15, 93, 466, 673, 674, 723, 725, 765, 960, 1183, 1302, 1364, 1517, 1662, 2205, 2239, 2487

閤, 15, 673, 674, 723, 1364, 2474

閦, 283, 466, 790, 1777, 2487

閧, 1392

閨, 737, 790, 2323

閩, 1392

隙, 275, 673, 794, 1156, 1613, 2298, 2307

際, 197, 242, 273, 331, 396, 416, 428, 743, 909, 936, 938, 941, 960, 998, 1017, 1022, 1290, 1424, 1470, 1578, 1590, 1614, 1895, 2042, 2307, 2326, 2339, 2470, 2588, 2654, 2751, 2798, 2900

障, 12, 37, 94, 96, 115, 168, 203, 228, 276, 282, 292, 410, 440, 565, 673, 720, 753, 905, 939, 995, 998, 1081, 1085, 1412, 1597, 1761, 1904, 2032, 2298, 2420, 2545, 2717, 2847, 2891,

2892, 2893, 2899, 2901, 2908, 2932, 2942, 2975, 3045, 3071, 3106, 3165

隱, 906, 1087, 2219, 2238, 2329, 2655, 2665, 2826

雌, 302, 306

雑, 54, 337, 1641, 2399, 2843

雒, 1324, 1326

韴, 1629

静, 202, 1078, 1083, 2948

韎, 1431, 2134, 2451

韜, 3149

鞞, 42, 43

鞁, 64, 67

鞅, 1203, 1972, 2502, 2503

韶, 1798, 2901, 2905

頗, 77, 83, 145, 327, 329, 433, 509, 571, 717, 850, 1107, 1206, 1315, 1357, 1418, 1514, 1531, 1541, 1544, 1546, 1547, 1552, 2107, 2573, 2849

領, 38, 40, 228, 441, 452, 488, 502, 717, 737, 766, 932, 1025, 1072, 1116, 1229, 1267, 1268, 1269, 1278, 1626, 1733, 1980, 2015, 2107, 2328, 2438, 2557, 2571, 2654, 2665, 2675, 2752, 2784, 2809, 3075

頚, 452, 1085, 2107, 2369

颯, 608

颭, 29, 30

餅, 134, 136, 223, 248, 584, 683, 1380, 2750

餉, 585, 1462, 1872, 2362

餌, 520, 524, 941, 1604

馛, 94

馝, 94

馸, 2402

駉, 1699, 2012, 2645

駁, 38, 145, 150, 760

駃, 1131, 1885, 1888, 2130, 2131, 2510

駄, 146, 254, 358, 1432, 2129, 2131

駆, 1640

髣, 593, 1343

髦, 566, 567, 1351, 1352, 1442, 3122

髪, 148, 481, 566, 593, 940, 1181, 1343, 1517, 2440

魠, 245

魁, 1178, 1179, 1364

魂, 265, 866, 1547, 1827, 2220

鳳, 608, 612, 845

鳴, 218, 683, 799, 812, 836, 1006, 1403, 1409, 1488, 2251, 2252, 2656, 3039

鳶, 2790

麼, 151, 280, 433, 476, 490, 1234, 1320, 1339, 1350, 1351, 1355, 1362, 1372, 1413, 1414, 1418, 1422, 1423, 1424, 1429, 1443, 1826, 2021, 2235, 2522

麽, 1339, 1413, 1415, 1419

鼻, 73, 99, 265, 283, 463, 517, 959, 1345, 1522, 1547, 1817, 1936, 2286, 3033

齊, 83, 94, 127, 350, 666, 747, 766, 890, 941, 952, 977, 1017, 1030,

1098, 1126, 1188, 1247, 1262, 1306, 1552, 1569, 1578, 1580, 1840, 2013, 2097, 2136, 2318, 2453, 2489, 2624, 2626, 2774, 2869, 2880, 3014, 3021
猿, 1197
莚, 1269
墪, 1237

十五畫

僆, 2041
僑, 468, 3059
儁, 1504
噍, 915, 1774
嗒, 2040
噝, 550
審, 1606
幗, 276
憘, 2637
懂, 830, 879
搣, 3032
撌, 468, 2062
槃, 707
膸, 1342, 1367
蔆, 1267
蕒, 1626
螿, 68
艑, 1148, 1594
毅, 246
僵, 995, 1548
價, 51, 63, 131, 717, 956, 1341, 1342, 2984
僻, 96, 98, 99, 429, 1026, 1116, 1525, 1526, 1535
僾, 10
儀, 46, 177, 382, 415, 426, 450, 887, 1321, 1550, 1606, 1881, 2248, 2410, 2445, 2489, 2520, 2560, 2567, 2572, 2632, 2636, 2643, 2769, 2802, 2869
儁, 2386
儂, 1494
億, 63, 415, 624, 784, 1462, 1597, 1972, 2039, 2102, 2141, 2261, 2402, 2628, 2635, 2639, 2644, 2695, 3045, 3070, 3091
儅, 379, 383, 384, 2058
儆, 1072
儇, 836
儈, 1172
儉, 413, 956, 971, 972, 1307, 2105, 2326
儋, 368, 2488
儌, 888, 1005
澿, 1060
凜, 1262
劇, 279, 390, 460, 909, 1017, 1119, 1120, 1121
劈, 98, 152, 1520, 1525
劉, 1054, 1282, 1286, 1772, 2902
劊, 1172
劍, 146, 444, 696, 972, 988, 991, 1012, 1087, 1241, 1242, 1690, 1694
勰, 1997
勱, 1342
勳, 414, 2455, 2456, 2457
匳, 1240

厲, 458, 735, 1192, 1231, 1233, 1235, 1236, 1237, 1965
嘩, 827
嘬, 915, 3156
嘮, 1198, 1200
嘯, 2378, 2379
嘰, 886
噣, 3081
嘲, 222, 223
嘴, 502, 3149
嘵, 2376
噺, 2000
嘷, 769, 772, 811, 2637
嘸, 1434
嘹, 1253
嘺, 1005
噫, 2293, 2303
嘿, 793, 1208, 1432
噀, 2021
噁, 503, 505, 2390
噃, 1511
噈, 329
噉, 320, 374, 375, 660, 1145, 1468, 1642, 1703, 1760, 1772, 1773, 1865
噌, 189, 1296
噍, 1010, 1801
噎, 18, 481, 2497, 2521, 2637, 2639
噏, 755, 1004, 2282, 2293
噔, 420
噛, 244, 255, 298, 1490, 1491, 1599, 2515
嘖, 1516
圓, 1620
墀, 254, 2271
墜, 419, 485, 495, 499, 646, 1593, 1952, 2019, 2204, 2331, 3112
墝, 1677
墟, 881, 2058, 2437, 2440
墠, 1782, 1783
墡, 1780, 1782, 1783, 2040
墤, 1172, 1180
墨, 443, 608, 792, 1431, 1812, 2455
墩, 742
墮, 80, 98, 273, 322, 389, 494, 495, 496, 639, 717, 725, 958, 1139, 1325, 1623, 1721, 1830, 2084, 2094, 2113, 2125, 2249, 2429, 2639, 2677, 2736, 2990, 3006, 3112
墯, 495, 499
墳, 68, 607, 737, 1084, 1144, 1442, 2400
嫽, 1252
嫣, 737
嬈, 406, 1307, 1462, 1464, 1489, 1675, 1676, 1677, 1797, 1798, 2247, 2512
嬉, 1563, 1781, 2292, 2293, 2303, 2304, 2747
嬌, 1001, 1002, 1005
審, 190, 197, 381, 567, 1105, 1156, 1701, 1828, 1866, 1877, 1921, 2278, 2673

寫, 704, 935, 1467, 1622, 1806, 1854, 1958, 2099, 2252, 2284, 2307, 2368, 2386, 2389, 2473, 2500, 2762, 2863

寬, 735, 1172

寮, 18, 51, 197, 719, 1253, 1255, 1608

層, 189, 190, 616, 857, 1766, 2874, 3046, 3156

履, 644, 647, 650, 717, 884, 1121, 1126, 1217, 1229, 1251, 1333, 1778, 1811, 2304, 2328, 2386, 2388, 2704, 2938, 2994

屧, 2388

嶔, 1615

嶕, 1002

嶝, 420, 428

嶠, 1606

嶢, 2514

幞, 626, 630, 631, 1548, 2351

幟, 258, 292, 1882, 1898, 3031

幡, 31, 146, 148, 260, 291, 567, 568, 569, 570, 628, 784, 864, 1509

幢, 51, 183, 259, 291, 452, 568, 569, 849, 1511, 1590, 1786, 2039, 2058, 2076, 2101, 2102, 2338, 2402, 2638, 2899, 2900, 3031, 3042, 3046, 3096

幣, 94, 95

廛, 202, 203, 1209

廝, 256, 2000

廟, 186, 336, 1197, 1382, 1383, 2350, 3054

廠, 218

廡, 2271

廢, 147, 229, 245, 365, 475, 549, 551, 602, 734, 1178, 1195, 1515, 1523, 1629, 1657, 2569

廣, 126, 156, 183, 206, 235, 265, 279, 327, 380, 413, 424, 475, 480, 490, 551, 572, 582, 591, 666, 683, 710, 732, 734, 751, 796, 797, 845, 847, 887, 1012, 1025, 1075, 1110, 1172, 1177, 1183, 1233, 1235, 1240, 1297, 1302, 1337, 1383, 1412, 1413, 1423, 1429, 1527, 1629, 1730, 1853, 1876, 1928, 1969, 2026, 2165, 2193, 2295, 2441, 2447, 2495, 2608, 2677, 2732, 2737, 2889, 2907, 3053, 3108

彈, 202, 368, 375, 1311, 1783, 2661, 2948

影, 72, 177, 734, 1072, 1252, 1517, 2071, 2285, 2329, 2371, 2413, 2500, 2506, 2628, 2674, 2675, 2785, 2892

徵, 2168

德, 403, 415, 505, 2635

慕, 57, 691, 694, 794, 1351, 1353, 1413, 1421, 1429, 1435, 1437, 1438, 1442, 1443, 1444, 2276, 2824

慚, 181, 255, 1179

憖, 572, 1390, 1391, 1392, 1688

慝, 506, 1480, 2061, 2063

慤, 1630, 1665, 2657

慧, 31, 51, 60, 121, 183, 279, 301, 321, 396, 404, 413, 454, 475, 505, 509,

558, 711, 797, 843, 854, 855, 857, 859, 876, 887, 1012, 1028, 1033, 1098, 1127, 1132, 1227, 1251, 1336, 1348, 1459, 1481, 1484, 1536, 1552, 1590, 1616, 1622, 1688, 1765, 1767, 1779, 1847, 1853, 1924, 1997, 2094, 2193, 2286, 2301, 2312, 2366, 2391, 2424, 2452, 2516, 2624, 2630, 2638, 2651, 2667, 2677, 2749, 2797, 2824, 2914, 2927, 2971, 3021, 3043, 3103

慫, 2013

慮, 109, 280, 735, 843, 1162, 1205, 1268, 1297, 1299, 1301, 1335, 1336, 1920, 1997, 2028, 2104, 2286, 2337, 2436, 2625, 2678

慰, 254, 813, 1000, 1132, 1391, 1771, 2218, 2219, 2626, 2665, 2666, 2841

慶, 5, 218, 229, 280, 476, 735, 1219, 1236, 1603, 1629, 1942, 2771

慼, 329, 661, 767, 878, 1164, 1562, 1563, 2499

慾, 1223, 2779, 2785, 3136

憂, 10, 21, 60, 263, 266, 477, 507, 572, 645, 682, 1170, 1179, 1464, 1487, 1503, 1629, 1676, 1719, 1761, 1947, 1975, 1976, 2043, 2068, 2291, 2303, 2315, 2617, 2692, 2695, 2715, 2881, 3106

憃, 259, 3110

憅, 2457

憇, 1593

憈, 2436

憉, 1517

憋, 95, 125

憍, 20, 93, 226, 666, 791, 832, 1001, 1002, 1005, 1051, 1099, 1348, 1598, 1606, 1641, 1801, 1829, 2291

憎, 190, 836, 915, 1125, 1349, 1768, 2048, 2292, 2875, 2876, 2877

憏, 258

憐, 4, 301, 1052, 1238, 1240, 1261, 1262, 1316, 1391, 2710

憒, 571, 607, 741, 864, 1180, 2693, 3050

憓, 856

憔, 702, 1000, 1002, 1607

憕, 420

憘, 292, 2292, 2293, 2294, 2303, 2304, 2638

憚, 202, 340, 375, 376, 1459, 2840

憜, 496

憟, 1233

憢, 1084

憣, 147, 567, 568, 569, 570, 796

憤, 20, 189, 607, 1180, 1623

憧, 259, 291, 732, 2102, 2638, 2893, 3042

憪, 1391, 1392, 1453, 1728, 2291

憬, 846, 1071, 1072, 1262

憮, 633, 2271

憯, 1605

戮, 276, 1001, 1023, 1303, 1304, 1772

戲, 13, 165, 727, 1178, 1881,

2307, 2440, 2753

握, 1451

摩, 72, 142, 151, 229, 256, 424, 433, 476, 491, 550, 551, 735, 776, 849, 885, 1100, 1287, 1291, 1320, 1339, 1346, 1350, 1351, 1355, 1362, 1372, 1412, 1413, 1415, 1419, 1421, 1423, 1425, 1429, 1432, 1445, 1446, 1478, 1547, 1642, 1738, 1818, 1902, 2021, 2128, 2168, 2258, 2288, 2428, 2441, 2537, 2678, 2733, 2908, 3134

摯, 2989, 3032

摹, 1367, 1412, 1413, 1443

擊, 707, 885, 888, 942, 1073, 1082, 1312, 1840, 1924, 2057, 2306, 2307, 2955

撅, 1126, 1128, 1132

撈, 1197, 1198, 1254

撎, 2635

撐, 233

撑, 234

撒, 225, 1737, 1760

撓, 133, 771, 1353, 1462, 1463, 1607, 1675, 1676, 1677, 1798, 1954, 2845

撕, 729

撗, 222, 736, 796, 1177

撙, 2704

撚, 994, 1483

撛, 1391

撜, 420, 1761, 2938

撞, 262, 3110

撟, 1005

撢, 2054

撣, 202, 368, 375

撥, 29, 37, 39, 93, 147, 224, 283, 420, 549, 551, 552, 554, 886, 1039, 1179, 1515, 1548, 1761, 1811, 1843, 2105, 2475

撩, 1252, 1253, 1254, 1450

撫, 631, 633, 636, 915, 1776, 2270, 2271, 2878, 2994

播, 141, 146, 148, 151, 339, 568, 569, 796, 1544, 2521, 3042

撮, 55, 335, 844, 1101, 1120, 1642, 1811, 2054, 3028, 3115, 3146, 3150, 3156

撰, 913, 935, 1055, 1305, 1479, 1794, 1961, 1967, 2442, 2450, 2642, 2654, 2863, 3014, 3031, 3101, 3104, 3107, 3149

撲, 147, 149, 1506, 1548, 1550, 1553, 2543, 2615

撹, 1004

敵, 431, 660, 1215, 1224, 1487, 1545, 1662, 1808, 1969, 2076, 2890, 2900

敷, 19, 39, 164, 185, 375, 550, 616, 650, 828, 1004, 1007, 1139, 1309, 1545, 1548, 1552, 1553, 1661, 1724, 1760, 1924, 1970, 2026, 2249, 2313, 2512, 3103, 3170

數, 14, 56, 101, 122, 128, 158, 164, 167, 233, 281, 481, 550, 562, 616, 644, 707, 713, 853, 858, 909, 918, 927, 1000, 1009, 1018, 1059, 1067, 1082,

1118, 1152, 1206, 1251, 1288, 1293, 1294, 1333, 1334, 1442, 1513, 1541, 1575, 1596, 1618, 1645, 1709, 1734, 1797, 1809, 1841, 1846, 1866, 1930, 1960, 1961, 1970, 1989, 2007, 2030, 2055, 2090, 2167, 2267, 2308, 2341, 2430, 2478, 2502, 2524, 2570, 2609, 2632, 2635, 2674, 2762, 2853, 2875, 2917, 2924, 2969, 3019, 3044, 3051, 3076, 3095

毆, 1504, 1640

蜇, 3075, 3118, 3156

蔪, 1057

嘀, 1367

暫, 181, 716, 990, 1611, 1623, 1927, 2291, 2308, 2516, 2857

暭, 2640

暮, 1358, 1418, 1429, 1442, 1443, 1562, 2259, 2281, 2539

暴, 48, 57, 120, 593, 690, 1071, 1348, 1443, 1553, 1554, 2617, 2749, 2811, 3136

樣, 589, 2510

槤, 1241

槧, 2889

槨, 723, 742, 749

槫, 619

槮, 180, 1759

榷, 331

槵, 842, 844, 1293

槔, 667

槽, 185, 2860

槾, 1349

槿, 730, 796, 1052

樀, 2911

樁, 295, 461, 3109

樂, 10, 14, 56, 92, 101, 152, 178, 215, 240, 282, 382, 410, 415, 427, 459, 507, 517, 523, 682, 716, 728, 738, 741, 748, 749, 759, 821, 838, 922, 1068, 1081, 1153, 1170, 1200, 1230, 1237, 1387, 1443, 1464, 1473, 1501, 1509, 1511, 1534, 1636, 1641, 1654, 1670,1673, 1701, 1821, 1835, 1842, 1852, 1893, 1947, 1966, 1982, 2096, 2104, 2213, 2217, 2249, 2263, 2303, 2309, 2325, 2350, 2364, 2411, 2426, 2453, 2457, 2510, 2517, 2540, 2545, 2617, 2629, 2634, 2653, 2666, 2680, 2688, 2734, 2765, 2779, 2788, 2803, 2810, 2821, 2823, 2827, 2836, 2846, 2855, 2935, 2961, 2975, 2985, 3045, 3051, 3083, 3099, 3141, 3165

樅, 321, 2012

樇, 2433

梜, 1976

樊, 572, 606, 1507

樏, 1204

樑, 1247

樒, 1373, 1374, 1375

樓, 17, 590, 726, 1015, 1198, 1207, 1254, 1282, 1292, 1293, 1294, 1297, 1309, 1316, 1334, 1423, 1540, 1561, 1973, 2042, 2107

樔, 222

樗, 273

樘, 240, 2058

標, 122, 123, 124, 125, 175, 185, 321, 449, 595, 1120, 1139, 1195, 1233, 1255, 1336, 1413, 1529, 1783, 1855, 1891, 1928, 1973, 1995, 2051, 2054, 2087, 2327, 2337, 2657, 2878, 3140

樝, 2878

樞, 91, 276, 909, 1162, 1637, 1961, 1974, 2520

樟, 2891

樠, 1342

模, 1139, 1412, 1413, 1421

樣, 472, 1070, 1302, 1813, 2510, 2938

樤, 2086

横, 67, 700, 734, 735, 736, 796, 835, 847, 908, 999, 1069, 1173, 1283, 1342, 1412, 1413, 1659, 1812, 2205, 2990

樫, 967

樬, 2012

歎, 56, 184, 221, 446, 486, 623, 727, 766, 824, 837, 844, 958, 1021, 1082, 1173, 1361, 1460, 1563, 1618, 1662, 1853, 1989, 2045, 2054, 2105, 2308, 2328, 2379, 2397, 2503, 2506, 2660, 2675, 2777, 2789, 2818, 2859

歐, 1503, 1504, 1639, 1640, 2765

歒, 431, 2076

殢, 3031

殤, 1785

毅, 924, 2471, 2636

氂, 1332, 1333, 1961

氅, 1215, 1352, 1353

滕, 2063, 2064, 2293

漿, 223, 909, 994, 995, 997, 999, 1372, 2216

潁, 2675

潑, 550, 1515, 1537, 2059

潔, 1019, 1020, 1024, 1078, 1245, 1246, 1590, 1614, 1858, 2818, 2887, 2994

潘, 1507

潙, 737

潛, 1605

潜, 329, 989, 1060, 1605, 1658, 1823, 1921, 2075, 2088, 2385, 2859

潟, 2307, 2386

潠, 2021

潢, 846, 2142

潤, 188, 743, 991, 1080, 1196, 1245, 1392, 1690, 1716, 1726, 1728, 1832, 1972, 1982, 2097, 2488, 2647, 2790, 2872, 3050

潦, 1200, 1253, 1255, 2250

潧, 2876, 2931

潬, 375, 418, 2048, 2049, 2050

潭, 376, 866, 2048, 2049, 2051, 2083

潮, 222, 767, 815

潯, 2460

潰, 72, 737, 1180, 3137

潴, 3072

潼, 461, 2102

澁, 265, 374, 492, 813, 1154, 1464, 1765, 1766, 1769, 1858, 1921

澂, 242
澄, 242, 420, 428, 449, 1077, 2950, 3004, 3150
澆, 32, 549, 771, 785, 1001, 1738, 1797, 2299, 2318, 3117
澇, 1197, 1200, 1253
澋, 799
澌, 320, 1059, 2000, 2001
澍, 351, 1972, 1974, 2070, 3087, 3095, 3102
澎, 1518, 3095
澐, 2839
澓, 152, 630, 640, 650
澗, 960, 991, 2790
潛, 1605
潰, 1516
熛, 123, 124
熟, 44, 56, 329, 417, 487, 514, 888, 909, 1056, 1096, 1206, 1397, 1670, 1678, 1773, 1833, 1958, 1962, 1980, 2165, 2524, 2771, 2892, 2989, 3081
熠, 1811
熨, 2789, 2841
熬, 19, 223, 1063
熱, 483, 606, 666, 763, 783, 864, 884, 1000, 1096, 1162, 1464, 1586, 1590, 1669, 1671, 1678, 1736, 1772, 1798, 1924, 1962, 1964, 2088, 2315, 2454, 2498, 2911, 2988
熲, 1089, 2675
熳, 1348
爴, 744, 822, 1131
牕, 290, 1464
牖, 617, 2720
犛, 771, 1213, 1351
獎, 994
獒, 19
獖, 1122
獚, 846
獠, 1253, 1259
獣, 102, 630, 1488, 1833, 1947, 1954
瑩, 959, 992, 1088, 1701, 2545, 2669, 2672, 2673, 2674
璀, 730
璃, 1213, 1216, 1284, 1285, 1316, 2760, 2982
璅, 1762, 2034, 2861
璇, 2448, 2449
璋, 2207, 2893
畿, 886, 918, 2565
瘙, 1761, 1762
瘜, 2286, 2293
瘞, 2636, 2860
瘟, 508, 2227
瘠, 915, 1952, 2701
瘡, 182, 290, 292, 1499, 1523, 1762, 2104, 2568
瘢, 40, 1509
瘤, 1286, 1294
瘥, 197, 201, 867, 1199, 1499, 2784
瘨, 441
皺, 853, 996, 1547, 3058, 3059
盤, 39, 41, 42, 840, 1507, 1509,

1511
瞋, 5, 171, 225, 226, 245, 265, 411, 422, 441, 505, 520, 571, 647, 852, 853, 1371, 1375, 1401, 1407, 1409, 1497, 1817, 1867, 1979, 1980, 2001, 2047, 2091, 2192, 2327, 2388, 2390, 2658, 2707, 2766, 2927, 2935, 3098
瞎, 2309
瞑, 16, 1375, 1378, 1379, 1408, 1409
確, 485, 866, 867, 1238, 1665
碼, 1340
碾, 1483, 1546
磋, 335, 1016, 2843
磎, 2293
磐, 1507, 1509, 1511, 1678
磑, 1421, 1665
磓, 295, 485
磔, 224, 1018, 1237, 1935, 2285, 2878, 2911
磕, 1149
磤, 1237
禛, 2930
禝, 939, 1206
禠, 438
禢, 2041
稷, 939, 1807, 1979, 3043
稸, 93, 278, 630, 2443
稹, 2931
稺, 3030
稻, 400, 629, 1061, 2701, 3042
稼, 287, 954, 956, 1494, 3043
稽, 886, 915, 927, 1588, 2858
稾, 667
稿, 667, 791
穀, 700, 703, 706, 707, 743, 815, 816, 1149, 1171, 1608, 1760, 1971, 2105, 2989
穂, 2019
窮, 52, 285, 406, 483, 503, 550, 552, 691, 721, 763, 790, 909, 989, 990, 1059, 1089, 1182, 1203, 1530, 1614, 1631, 1700, 1808, 1877, 2280, 2310, 3150
窯, 2060, 2514
窰, 2060, 2514
窳, 2771
窴, 1408
箑, 294, 2897
箭, 292, 966, 968, 990, 991, 1364, 1599, 1600, 1808, 2321, 3147
箱, 188, 916, 2341, 2350, 2351
箴, 184, 376, 2930
箷, 1858
箹, 3009
篁, 847
範, 503, 586, 739, 1469
篅, 287, 289, 368
篆, 1661, 2368, 3104
篇, 99, 437, 1022, 1313, 1527, 2827, 2830
篋, 20, 292, 954, 955, 1039, 1123, 1173, 1305, 1480, 1614, 2384, 2806
篌, 800
糂, 1759
糅, 3, 1323, 1702

糇, 800, 1069

糈, 1070

糉, 3141

糊, 815, 816

緘, 967, 969, 1385, 1843, 2322, 2785, 2931

線, 610, 1021, 1067, 1244, 1262, 1334, 1376, 1605, 1619, 1842, 2000, 2033, 2336, 2487, 2802, 3137

緛, 1716

緜, 1376

緝, 665, 886, 1126, 1592

緞, 3141

締, 439

緣, 121, 253, 409, 468, 748, 2348, 2650, 2803, 2818

緤, 1032, 1244, 2088, 2387, 2541

緦, 3141

編, 99, 107, 115, 1311, 1526, 1527, 2204, 2306, 2434

緩, 806, 841, 941, 1172, 1267, 1942, 1953, 2024, 2795, 2800

緬, 1379

緺, 1126

緯, 2207, 2208

緰, 2106, 2754

緱, 697, 2680

練, 228, 461, 648, 974, 992, 1193, 1194, 1243, 1244, 1671, 1856, 1959, 2905, 3105

緹, 1053, 2067, 2070

緻, 164, 203, 225, 296, 3032, 3100

縕, 2842

縆, 202

緑, 66, 85, 168, 174, 175, 177, 179, 236, 246, 253, 282, 284, 287, 314, 325, 365, 409, 415, 427, 440, 450, 468, 484, 486, 564, 589, 601, 624, 646, 649, 682, 716, 728, 738, 748, 780, 784, 808, 819, 841, 863, 895, 918, 952, 983, 1010, 1021, 1022, 1027, 1059, 1068, 1085, 1108, 1120, 1130, 1170, 1202, 1244, 1284, 1296, 1302, 1304, 1335, 1350, 1387, 1406, 1412, 1473, 1572, 1625, 1636, 1673, 1677, 1735, 1761, 1765, 1767, 1814, 1821, 1835, 1842, 1846, 1883, 1931, 1959, 1972, 1977, 1992, 2009, 2020, 2032, 2073, 2103, 2125, 2201, 2224, 2237, 2244, 2263, 2329, 2330, 2337, 2362, 2371, 2384, 2395, 2410, 2426, 2432, 2443, 2444, 2449, 2486, 2489, 2500, 2535, 2540, 2545, 2558, 2561, 2567, 2573, 2601, 2629, 2634, 2650, 2683, 2716, 2744, 2753, 2785, 2798, 2799, 2805, 2818, 2826, 2834, 2869, 2875, 2952, 2961, 2984, 2989, 3003, 3017, 3023, 3040, 3045, 3051, 3060, 3106, 3120, 3141, 3142, 3164

縄, 1842, 2157, 2604, 2674

縆, 683

罵, 472, 506, 1071, 1233, 1340, 1598, 2235, 2684, 2870, 3028, 3126

罷, 31, 77, 1523, 1524

罰, 465, 555, 2061

羮, 683
羯, 429, 502, 558, 774, 787, 792, 950, 1015, 1023, 1024, 1208, 1495, 1535, 1591, 1727, 1777
翦, 968, 971
翜, 258
翩, 1528
翫, 50, 671, 755, 1142, 2135, 2136, 2140, 2141, 2379, 2821
翬, 849
耦, 879, 1504
膒, 647
膓, 217, 219, 647, 1784, 2218, 2390
膖, 1513
膚, 616, 1297, 1351, 1700, 1704, 2511, 2680
膜, 424, 626, 1412, 1413, 1415, 1429, 1431, 2675, 2676
膝, 54, 97, 705, 1124, 1171, 1191, 1294, 1341, 1563, 1826, 1846, 2064, 2293, 2385, 2511, 2541
膞, 3103
膠, 1001, 1412, 1521, 1554, 1777
膢, 1293, 1294, 2765
舖, 1639
蒋, 628, 994, 996
蓬, 192, 609, 610, 1517, 1518, 1974
蓮, 341, 749, 757, 766, 825, 826, 924, 1053, 1239, 1335, 2349, 2737, 2841, 2923
蓰, 1774, 2301, 2304
蓴, 2119
蓺, 2641
蓻, 1103
蓽, 93
蔆, 1267
蔍, 1302
蔑, 1012, 1370, 1388, 2108
蔓, 673, 1346, 1347, 1348, 1351, 1370, 2013, 2443
蔔, 73, 152, 617, 628, 1549, 1550
蔕, 365, 439
蔗, 328, 2264, 2908, 2924
蔘, 1825
蔚, 2219, 2789
蔞, 1293
蔟, 329
蔡, 179, 192, 1179, 1615
蔢, 1541
蔦, 389, 1482, 1488, 1489
蔫, 1482
蔬, 1959, 1960, 1961
蔭, 658, 1740, 2068, 2653, 2655, 2656, 2669, 2826, 2842, 3051
蔻, 1164
蔵, 183
蔽, 92, 94, 95, 125, 218, 915, 993, 1055, 1760, 2639
虢, 744
蝌, 1148
蝎, 19, 284, 1024, 1928, 2380
蝗, 2446, 2790
蝗, 796, 845, 846, 847
蝘, 2496

蝝, 2799
蜎, 827
蝠, 630
蝢, 488, 2386
蝦, 2309
蝭, 2070
蝮, 609, 630, 647, 1351, 2795
蝳, 366
蝴, 815, 816
蝶, 1803
蝺, 1647
蠅, 847, 1842, 2673, 3070
螂, 1197
衝, 259, 796, 1457, 2012, 2324
褅, 438
複, 631, 640, 647, 651
褊, 99, 102, 108, 1526
褋, 449, 450, 451, 2087, 2800
褌, 202, 1181
褎, 48, 2434
褐, 276, 653, 789, 791, 1014, 1024, 1354
褒, 48, 50, 628, 1629, 1974, 2434
褓, 50, 54
覢, 1777
覩, 390, 433, 435, 462, 470, 472, 473, 474, 725, 916, 975, 1060, 1077, 1132, 1144, 1309, 1630, 1729, 1891, 1922, 2084, 2331, 2376, 2970
觭, 1589
誕, 322, 374, 822, 1783, 1808, 2322, 2474, 2880
誰, 204, 293, 611, 783, 824, 832, 880, 1023, 1117, 1175, 1291, 1313, 1460, 1607, 1627, 1734, 1833, 1962, 1976, 1977, 1989, 2015, 2120, 2169, 2185, 2221, 2260, 2438, 2478, 2739, 2767, 2845, 2880, 2917, 3048, 3066, 3113
課, 447, 1157, 2220, 3063
諈, 1640
誶, 2019, 2462
諣, 2152, 2156, 2158, 2242
誹, 47, 80, 557, 596, 601, 853, 1173, 1506, 1777, 2461, 2659
誼, 838, 1239, 2445, 2457, 2495, 2567, 2633, 2636, 2644, 3048
誾, 16
調, 204, 222, 263, 264, 300, 331, 393, 445, 446, 447, 459, 775, 784, 960, 989, 998, 1109, 1135, 1348, 1702, 1979, 1983, 2014, 2016, 2071, 2085, 2086, 2157, 2220, 2338, 2475, 2688, 2704, 3053, 3062
諂, 204, 374, 1175, 2014, 2059, 2219, 2497, 2766, 2879
談, 47, 120, 144, 374, 418, 469, 484, 656, 832, 997, 1021, 1129, 1190, 1314, 1421, 1777, 1810, 1811, 1989, 2049, 2052, 2055, 2130, 2277, 2478, 2512, 2768, 2935, 2952, 3067
請, 242, 460, 469, 560, 776, 818, 823, 843, 862, 927, 997, 1022, 1056, 1070, 1080, 1083, 1127, 1157, 1411, 1581, 1608, 1620, 1621, 1624, 1626, 1662, 1675, 1696, 1809, 1880, 1926,

1977, 1987, 2014, 2017, 2037, 2195, 2219, 2221, 2353, 2388, 2575, 2622, 2638, 2668, 2672, 2752, 2767, 2859, 2882, 2923, 2948, 2995, 3064, 3122, 3149

諫, 459, 1983, 3062

諍, 47, 376, 440, 459, 819, 1060, 1071, 1073, 1081, 1083, 1087, 1175, 1315, 1334, 1536, 1793, 1881, 1904, 1992, 2015, 2355, 2495, 2623, 2642, 2644, 2680, 2891, 2901, 2936, 2948, 3023, 3071, 3152

諎, 2871

諏, 1101, 3142

諐, 1598, 1599

諒, 1245, 1250, 1252

論, 47, 83, 108, 139, 167, 200, 204, 219, 221, 271, 303, 323, 397, 417, 437, 440, 442, 455, 476, 480, 503, 525, 559, 604, 629, 644, 699, 726, 783, 807, 818, 823, 859, 899, 927, 932, 936, 974, 997, 1066, 1107, 1120, 1123, 1124, 1304, 1308, 1309, 1311, 1334, 1337, 1365, 1386, 1402, 1411, 1412, 1433, 1471, 1527, 1532, 1584, 1591, 1599, 1617, 1627, 1655, 1658, 1804, 1812, 1856, 1859, 1877, 1880, 1902, 1929, 1960, 1986, 2011, 2014, 2015, 2017, 2028, 2049, 2194, 2220, 2229, 2240, 2310, 2365, 2400, 2438, 2477, 2543, 2588, 2631, 2641, 2643, 2737, 2749, 2752, 2754, 2767, 2781, 2787, 2818, 2829, 2845, 2862, 2891, 2915, 2948, 2951, 3016, 3043, 3063, 3106, 3161

諙, 832

諛, 992, 1314, 1816, 2748, 2754, 2787

諸, 4, 15, 26, 28, 46, 47, 56, 85, 135, 139, 153, 164, 173, 194, 204, 215, 242, 246, 265, 270, 272, 276, 277, 282, 314, 322, 337, 359, 391, 399, 410, 415, 427, 440, 441, 448, 468, 469, 477, 484, 492, 507, 565, 566, 598, 624, 630, 646, 655, 679, 704, 706, 716, 728, 753, 763, 787, 819, 824, 830, 836, 864, 881, 888, 895, 908, 913, 916, 928, 931, 935, 940, 983, 997, 998, 1003, 1014, 1021, 1023, 1031, 1038, 1069, 1098, 1117, 1121, 1129, 1143, 1145, 1161, 1170, 1172, 1175, 1200, 1216, 1231, 1252, 1256, 1281, 1291, 1296, 1310, 1315, 1345, 1367, 1401, 1412, 1473, 1500, 1573, 1597, 1622, 1625, 1628, 1629, 1646, 1666, 1670, 1687, 1714, 1718, 1736, 1740, 1759, 1782, 1796, 1810, 1827, 1836, 1842, 1846, 1848, 1854, 1858, 1863, 1873, 1882, 1897, 1918, 1947, 1953, 1957, 1958, 1960, 1974, 1977, 1979, 1982, 1993, 2002, 2019, 2032, 2039, 2049, 2081, 2100, 2126, 2168, 2202, 2225, 2244, 2249, 2264, 2269, 2276, 2284, 2298, 2316, 2336, 2384, 2386, 2402, 2403, 2411, 2432, 2439, 2442, 2443, 2444, 2445, 2485, 2494, 2510, 2537, 2545, 2546, 2556, 2561, 2602, 2617, 2621, 2623, 2624, 2644,

2656, 2704, 2719, 2720, 2745, 2746, 2753, 2765, 2770, 2771, 2803, 2846, 2847, 2848, 2860, 2871, 2891, 2901, 2922, 2923, 2930, 2952, 2963, 2968, 2980, 2994, 3004, 3017, 3028, 3038, 3046, 3052, 3060, 3061, 3081, 3092, 3100, 3107, 3120, 3122, 3134, 3154

踠, 93, 2136

踔, 73, 1524

豎, 959, 1497, 1970

豬, 3072

貌, 694, 1157, 1302, 1381, 1438, 1478, 1763, 1899, 2136, 2403, 2488, 2572

賙, 448, 3055

賚, 890, 1191

贊, 205, 1181, 1483, 1605, 2076, 2304, 2325, 2856, 2859, 3023, 3121

賜, 172, 216, 219, 320, 890, 2004, 2011, 2012, 2233, 2294, 2506, 2622, 2808, 2877

賞, 130, 217, 381, 717, 741, 890, 1785, 2856, 2894, 2912

賢, 53, 408, 959, 967, 1195, 1366, 1430, 1685, 1688, 1848, 1878, 1970, 2308, 2325, 2329, 2335, 2447, 2462, 2494, 2565, 2862, 2928, 3009, 3069, 3121, 3154

賣, 602, 636, 890, 956, 1341, 1342, 1784, 1877, 2870, 2871

賤, 173, 990, 1166, 1605, 1631, 2219, 2448, 2873, 2890

賦, 647, 689, 989, 1857, 2873

質, 12, 256, 864, 885, 983, 1341, 1354, 1530, 1785, 1878, 2130, 2274, 2325, 2442, 2871, 3000, 3020, 3031, 3121, 3122

賭, 470, 471, 472

赭, 2923

趠, 297, 298, 2087

趣, 55, 221, 225, 254, 280, 318, 390, 397, 424, 506, 550, 636, 662, 689, 739, 909, 1008, 1022, 1118, 1206, 1303, 1585, 1640, 1644, 1647, 1651, 1654, 1784, 1841, 1880, 1953, 1964, 1972, 2113, 2217, 2365, 2392, 2430, 2501, 2544, 2559, 2622, 2822, 2823, 2910, 2911, 2956, 2988, 3007, 3012, 3035, 3044, 3050, 3083, 3142, 3143, 3144

踏, 329, 339, 422, 787, 1102, 2039, 2041, 2331, 2498, 2754, 3143

踐, 181, 329, 990, 1305, 1605, 1811, 2326, 2889

踑, 885, 1580

踒, 4, 2002, 2245

踔, 220, 222, 297, 298, 1603, 2087, 2994, 3118

踖, 915, 1179

踘, 1102

踝, 753, 832

踞, 741, 887, 1100, 1117, 1119, 1120, 1303

踟, 248, 254, 276, 2970

踠, 2137, 2138, 2139

踡, 1124, 1507, 1659

踼, 2065
踣, 150, 1325
踦, 1577, 2605
踧, 329
踪, 3139
躶, 1323
輗, 1478
輙, 298, 660, 794, 905, 1623, 1646, 1654, 2858, 2869, 2911, 2912, 3107
輛, 1694
輜, 3122
輝, 848, 849, 2207, 2518, 2519
輞, 631, 1310, 2158
輟, 225, 298, 493, 2910, 3112
輥, 742
輦, 67, 224, 667, 1105, 1241, 1303, 1483, 2788, 2841
輩, 62, 67, 74, 185, 223, 278, 422, 595, 672, 826, 1011, 1136, 1483, 1900, 2110, 2192, 2624, 2891
輪, 114, 183, 223, 292, 424, 452, 559, 631, 648, 657, 664, 680, 994, 1008, 1207, 1217, 1222, 1267, 1283, 1294, 1302, 1307, 1308, 1309, 1312, 1317, 1373, 1529, 1623, 1787, 1961, 1986, 2050, 2191, 2412, 2430, 2915, 3055, 3105
遨, 19, 223, 999
適, 101, 109, 219, 381, 390, 430, 431, 752, 785, 881, 998, 1784, 1796, 1851, 1874, 1926, 1930, 1981, 2070, 2095, 2513, 2626, 2678, 2781, 2880, 2912, 2923
遭, 185, 958, 1134, 1239, 1342, 2204, 2781, 2860, 2861, 2863
遮, 16, 97, 110, 125, 230, 276, 328, 343, 361, 463, 477, 753, 774, 908, 928, 938, 975, 1031, 1299, 1302, 1304, 1413, 1418, 1480, 1641, 1770, 1804, 1808, 1927, 1967, 1969, 2091, 2105, 2204, 2680, 2805, 2886, 2901, 2907, 2921, 2923, 2924, 3152
遯, 487, 489
遭, 438
遷, 130, 700, 757, 1595, 1597, 1598, 1658, 1664, 2316, 2318, 2731
鄧, 146, 420, 428, 1286, 1469, 2521, 2858
鄭, 742, 2858, 2949, 3154
鄮, 2858
鄯, 167, 1780, 1782
鄰, 1261
鄱, 569, 1507
鄲, 2890
醃, 2473
醅, 1515
醇, 296, 297
醆, 374, 2049
醉, 952, 1027, 1094, 1205, 1376, 2018, 2664, 3153
醋, 329, 2325, 3171
錄, 146
銷, 2034, 2373, 2374, 2377, 2450, 3106
銼, 336

錕, 794

鋇, 68

鋌, 295, 458, 2091, 2092

鋎, 766

鋒, 45, 146, 480, 609, 999, 1433, 2096

鋡, 760, 763

鋤, 276, 2663, 3097

鋦, 1103

鋨, 502

鋩, 1349, 1351

鋪, 153, 616, 1548, 2374, 2926

鋭, 488, 862, 1727, 1987, 2125, 2821, 2823

鋰, 1521

閫, 187, 674, 960, 1182, 1365, 2330, 2488

閬, 1197

閭, 765, 1299, 1331, 1332, 1365, 2205, 2235, 2240

閪, 1182

閱, 2821, 2823

閲, 466, 790, 863, 983, 1117, 1728, 1962, 2244, 2539, 2821, 2823

闈, 1193

闃, 961, 2084

隣, 45, 1240, 1261, 1262, 1265, 1309, 1316, 2307, 2545, 2588, 2666

隤, 1179, 2020, 2121

隥, 242, 243, 422, 428, 609, 2938

霄, 795, 2374, 2377, 2934

霅, 2880

霆, 444, 2092

震, 49, 228, 229, 444, 461, 651, 1161, 1306, 1461, 1842, 2311, 2513, 2929, 2932, 2934, 2935, 2942, 3045

霈, 332, 1515, 2280

霊, 2436

靚, 1627

靠, 1147

鞈, 674

鞊, 915, 1022

鞋, 2386

鞍, 15, 18

韃, 2208

韯, 231, 2308

頞, 502, 508, 509, 1206, 1547

頟, 502

頡, 816, 1547, 1820, 2386

頣, 2107

頦, 755, 1149, 2137, 2488

頫, 632, 2087

頬, 266, 502, 509, 766, 1072, 1206, 2107

養, 200, 207, 276, 301, 341, 345, 388, 426, 550, 605, 612, 624, 658, 678, 824, 844, 1056, 1113, 1124, 1125, 1247, 1372, 1383, 1591, 1631, 1675, 1761, 1781, 1784, 1810, 1835, 1843, 1854, 1867, 1903, 1953, 2014, 2217, 2274, 2337, 2509, 2517, 2576, 2617, 2632, 2665, 2672, 2679, 2825, 2959, 3069, 3099, 3151, 3154, 3164

餒, 509, 884, 1465, 2205, 2219

餓, 501, 502, 508, 884, 889, 1053, 1500, 2558, 2751, 2785

餔, 153, 165, 169, 1549
餘, 42, 134, 146, 169, 173, 174, 215, 272, 275, 282, 318, 427, 450, 509, 523, 546, 586, 605, 615, 646, 784, 808, 819, 858, 931, 939, 998, 1014, 1027, 1050, 1051, 1068, 1099, 1267, 1290, 1314, 1411, 1473, 1526, 1563, 1602, 1656, 1666, 1673, 1676, 1686, 1728, 1735, 1759, 1767, 1793, 1801, 1804, 1814, 1825, 1846, 1863, 1867, 1925, 1947, 1956, 1966, 1972, 2012, 2024, 2039, 2048, 2081, 2089, 2112, 2135, 2183, 2200, 2224, 2269, 2306, 2315, 2348, 2420, 2441, 2545, 2558, 2561, 2568, 2621, 2655, 2660, 2663, 2665, 2680, 2716, 2734, 2744, 2748, 2750, 2754, 2757, 2765, 2778, 2802, 2921, 2961, 3045, 3070, 3138
馨, 700
駘, 663
駈, 253, 1640, 1641, 2402
駊, 151, 1544
駏, 1107
駐, 1640, 1641, 3081, 3093, 3097, 3102
駑, 1496
駒, 696, 1099, 1102
駕, 791, 955, 956, 1070, 1082, 1309, 1339, 1505, 2311, 2539
駘, 2042, 2043
駃, 1131, 1886, 1888, 2504, 2510
駛, 254, 351, 908, 1131, 1138, 1172, 1885, 1888
駝, 254, 956, 1544, 2127, 2129, 2131
駞, 2131
駟, 2008, 2012, 2130
髫, 2086
髮, 95, 481, 556, 566, 940, 1181, 1259, 1343, 1352, 1379, 2106, 2440, 3139
髯, 2488
髶, 2076
髲, 95, 566
髴, 593, 2440
鬧, 1367, 1465, 2323
魃, 30, 245, 2511
魄, 817, 866, 1544, 1547, 1827
魅, 30, 389, 707, 740, 1179, 1250, 1363, 1423, 2273
魣, 2305
魯, 185, 190, 255, 429, 1296, 1297, 1301, 1303, 1696, 2652, 2747
鳺, 1103
鴆, 284, 367, 1236, 1828, 2935
鴈, 2368, 2500, 2679
鴉, 2374, 2464
鴎, 1504
黿, 327
麨, 19, 134, 223
麩, 68, 223, 1654
麪, 1380
麪, 223
麴, 1380, 1640
麾, 848, 849, 1414
黎, 521, 1192, 1210, 1213, 1214,

1215, 1229, 1235, 1237, 1298, 1605, 1831, 2844, 2937
齒, 201, 230, 255, 293, 1490, 1491, 2465, 2542, 2667, 2902, 2994
頚, 1072
髻, 940

十六畫

嚜, 359, 667, 769, 772, 812, 836, 1590, 2068, 2637
噫, 1677
壅, 2681
嫯, 1822
憷, 1052
擕, 2434
橞, 2089
檏, 1294
甑, 1529
竈, 1290
蕲, 152, 2000
蕑, 958, 990
蕕, 2204
儐, 130, 131, 217
儒, 885, 1677, 1715, 1717
儓, 2043
儔, 263, 264, 287, 389
儕, 889
儗, 1493, 2638
儘, 429, 1766
儛, 2271
儜, 1445, 1492
儞, 231, 417, 433, 521, 927, 992, 1209, 1455, 1474, 1475, 1478, 1490, 1717, 2141, 2306, 2428, 2523, 2662, 3032, 3161
冀, 20, 90, 936, 940, 958, 1246, 1956, 2185, 2619, 2761
凝, 12, 280, 323, 790, 888, 971, 1173, 1251, 1479, 1492, 1958, 2566, 2570, 2573, 2638, 2704, 3031
劑, 940, 941, 1578, 1921, 2880
劒, 146, 696, 988, 991, 1241, 1599
勳, 414, 459, 461, 865, 1618, 2454, 2455, 2457, 2462, 3048
叡, 135, 856, 1727, 1760, 2079
噞, 2326, 2496
噟, 2680
噠, 339, 341
噲, 2887, 2888
噢, 1503, 2772
噤, 1001, 1052, 1060, 1061, 1268
噦, 863
器, 146, 397, 604, 815, 836, 887, 998, 1080, 1112, 1159, 1268, 1303, 1532, 1535, 1584, 1591, 1593, 1614, 1866, 2079, 2111, 2117, 2195, 2302, 2489, 2670, 2895, 2916, 3167
噩, 508
噪, 180
噫, 5, 775, 2521, 2565, 2628, 2638, 2640
噬, 1925, 1927, 2305
噭, 840, 1010
噱, 2451
噲, 722

噵, 388, 395, 400, 2475

噶, 146

嚔, 1740

圜, 840, 2797

墻, 569

墼, 887, 1475, 2858

墾, 1157

壁, 96, 98, 152, 415, 445, 1521, 1525, 1526, 1855

壃, 995, 996, 2490

壅, 121, 294, 608, 2245, 2681

壇, 215, 373, 398, 836, 1159, 1310, 1726, 1783, 2042, 2048, 2050, 2051, 2129, 2370, 2472, 2875, 3036

壈, 1262

壊, 832, 833, 834, 1084, 1385, 1545, 1674, 2876

壌, 836

奮, 493, 607, 666, 766, 800, 910, 1098, 1616, 2461, 2506, 2934

嬐, 2320

嬖, 1490, 1526

嬴, 1204, 2673

學, 12, 58, 61, 214, 239, 333, 399, 409, 426, 437, 515, 550, 635, 728, 747, 772, 909, 952, 1027, 1031, 1081, 1105, 1133, 1147, 1296, 1487, 1571, 1635, 1764, 1767, 1828, 1903, 1916, 1936, 2090, 2142, 2237, 2298, 2377, 2394, 2409, 2431, 2434, 2451, 2544, 2714, 2764, 2825, 2942, 3069, 3124, 3135, 3154, 3163

寰, 124, 756, 840, 1407

導, 154, 386, 392, 393, 400, 423, 474, 485, 487, 827, 993, 1936, 1953, 2084, 2096, 2823, 3153, 3155

嶫, 2545

嶮, 1245, 1308, 2326, 2327

嶰, 1027

嶲, 2293

廨, 1027, 2450

廪, 133, 368, 1262

廩, 1262

彊, 993, 995, 996

彛, 2460

徼, 888, 1005, 1642

憊, 66, 68

憑, 610, 862, 1534, 1536, 2386

憖, 2669

憗, 2669

憙, 854, 2303, 2304

憨, 1390

憩, 1594, 2286, 2449

憲, 53, 2337

憶, 63, 85, 263, 292, 834, 1085, 1263, 1349, 1464, 1625, 1646, 1888, 2190, 2215, 2276, 2362, 2502, 2605, 2612, 2617, 2628, 2635, 2638, 2640, 2658, 2679, 2821, 3045

憹, 1462, 1463, 1494

憺, 232, 292, 368, 374, 376, 1505, 2048, 2083

憾, 369, 661, 763, 766, 767, 793

懊, 888

懀, 2227

懁, 836

慟, 1618
懅, 274, 1109, 1119, 1120, 1121, 1122
懆, 182, 185, 1761, 2864
懈, 181, 836, 852, 1027, 1031, 1179, 1195, 1834, 2046, 2286, 2388, 2499, 2679, 3090, 3153
懊, 19, 20, 793, 851, 1462, 2693, 2772
懌, 765, 1931, 2615, 2638, 2821, 2872
懍, 1072, 1262, 1530, 1613
憎, 1766
懷, 258, 666, 832, 834, 835, 1613
戰, 29, 86, 205, 368, 465, 887, 918, 1881, 1954, 1970, 2309, 2322, 2890
撻, 277, 988, 2041, 3149
撼, 766
撽, 1005, 1608
撾, 752, 2041, 2245, 3102
撿, 971, 972, 1183, 1241, 1242, 1483, 1616, 1618, 1805, 2327, 2501, 3140
擁, 252, 330, 331, 335, 880, 1095, 1240, 1324, 1479, 1657, 1659, 1660, 1740, 2120, 2219, 2680, 2681
擂, 1205
擅, 202, 1783, 2050, 2051
擇, 124, 184, 253, 431, 618, 1070, 1172, 1762, 1782, 1814, 1931, 1972, 2054, 2355, 2602, 2642, 2820, 2871, 2873, 2881, 2952, 3029, 3104
擉, 3118
擋, 379, 383, 384
操, 123, 185, 2863
擐, 290, 844, 1928, 2449
擑, 910, 1017
擒, 244, 1333, 1605, 1616, 1618, 1805, 2506, 2988
擔, 248, 368, 369, 636, 1690, 1783, 1805, 1926, 2054, 2273, 2368, 2488, 2490, 2512, 2557, 2887, 3105
擕, 1137
擗, 89, 98, 149, 152, 1520, 1524, 1525, 1526, 1531
據, 28, 82, 123, 147, 239, 249, 280, 323, 335, 459, 656, 712, 806, 836, 930, 969, 1006, 1102, 1105, 1117, 1119, 1120, 1121, 1395, 1627, 1641, 1812, 1830, 1948, 1959, 1986, 2020, 2330, 2559, 2631, 2818
整, 257, 1215, 2672, 2938, 2942, 2946
旛, 291, 568, 569
暹, 1056, 1323, 1598, 2129, 2320
暿, 2305
曀, 2521, 2637, 2640
暨, 930, 1039, 3006
曄, 2207, 2545
曆, 336, 1236
曇, 53, 491, 562, 1159, 1346, 1454, 1767, 2050, 2839
曈, 292
曉, 853, 1004, 1155, 1202, 1405, 1465, 1872, 1916, 2126, 2137, 2139,

2290, 2376, 2494
嚅, 2446
曓, 1251
檅, 2994
樵, 1000, 1002, 1606, 2277, 3119
樸, 631, 1548, 1551, 1553
樹, 122, 124, 125, 186, 333, 389, 414, 486, 584, 609, 631, 720, 723, 747, 749, 869, 959, 1034, 1103, 1118, 1194, 1260, 1269, 1286, 1294, 1351, 1370, 1437, 1499, 1819, 1878, 1906, 1970, 1972, 1973, 1976, 2050, 2067, 2350, 2387, 2507, 2517, 2541, 2712, 2739, 2848, 2930, 2969, 3036, 3044, 3055, 3060, 3066, 3096, 3170
樺, 832
樻, 1180
樽, 2885, 3156
橃, 29, 146, 552, 554, 1536
橈, 1353, 1675
橋, 480, 630, 666, 1002, 1005, 1606, 1614
橐, 2131
橑, 2040
橕, 2058
橖, 2058
橘, 1103
橙, 243, 420, 421, 428, 2938, 2950
橛, 1126, 1131, 1975, 2510, 2932, 3096
機, 123, 185, 229, 349, 555, 661, 679, 746, 883, 885, 886, 889, 918, 976, 1120, 1479, 1573, 1660, 1812, 1845, 1879, 1948, 1973, 1979, 2063, 2072, 2166, 2272, 2391, 2572, 2630, 2800, 3140
樣, 788
橦, 292, 2102, 3110
橧, 2877
橪, 1673
横, 1412
橱, 2434
歔, 60, 2440, 2665
歕, 1516
歘, 284, 813, 2440, 3116
歙, 1811, 2282
歷, 1236, 1237, 1580, 3034
殨, 1180
殪, 2219, 2564, 2840
殫, 367, 368
潞, 1305, 1337, 1960
澟, 1262
澠, 1181, 1842
澡, 180, 185, 186, 382, 1442, 2081, 2300, 2861, 2862, 2863, 2864
澣, 764, 766, 842, 1477
澤, 421, 494, 849, 1081, 1728, 1931, 1972, 2114, 2505, 2520, 2638, 2642, 2872, 2881, 3127
澥, 2388
澮, 863
澰, 1244
澱, 444, 445
澳, 20
澸, 369, 661

澹, 374, 376, 2049, 2083
澿, 1052
激, 225, 885, 888, 1001, 1005, 2512
濁, 45, 243, 284, 467, 468, 566, 1154, 1213, 1284, 1477, 1481, 1965, 2056, 2104, 2218, 2780, 2949, 3118, 3127
濃, 1494
濄, 751
澮, 1766
濊, 2227
熷, 2876
熹, 2294, 2303
熾, 256, 258, 284, 384, 758, 1384, 1667, 1797, 1843, 1879, 1898, 2497, 2654, 2984, 3031, 3061
熿, 847
燀, 849
燁, 2207, 2545
燃, 421, 791, 869, 1002, 1669, 1670, 1798, 1831, 1843, 2936
燄, 870, 1431, 2486, 2490, 2498, 2500
燈, 219, 258, 420, 428, 458, 480, 549, 571, 709, 1114, 1142, 1200, 1254, 1299, 1401, 1667, 1671, 1695, 1797, 2349, 2485, 2495, 2497, 2950, 3020, 3074, 3170
燉, 487
燋, 267, 1000, 1002, 1606, 1668, 1798
燌, 606, 607
燎, 1201, 1254, 1255
燒, 223, 258, 421, 443, 483, 491, 571, 584, 606, 807, 836, 911, 978, 1001, 1061, 1084, 1157, 1254, 1387, 1460, 1462, 1498, 1669, 1671, 1675, 1676, 1677, 1678, 1797, 1798, 1805, 1995, 2373, 2376, 2446, 2498, 2562, 2589, 2906, 2989, 3015, 3039
燔, 572, 1463, 1797
燕, 958, 1408, 1673, 2473, 2497, 2500, 2501, 2502, 2623
燖, 1196
燗, 2498
燙, 384
獦, 678, 1259
獨, 39, 248, 283, 371, 403, 467, 468, 508, 639, 697, 935, 1120, 1253, 1370, 1469, 1527, 1631, 1678, 1795, 1876, 1928, 2062, 2110, 2156, 2169, 2331, 2492, 2495, 2547, 2675, 2702, 2800, 2803, 2811, 3074, 3118
獪, 1172
璧, 2564
璜, 1551
璝, 737
璞, 1551
璟, 1072
璠, 383, 569, 1776
璣, 130, 886, 887, 888, 3060
瓢, 822, 1528, 1529
甌, 122, 1162, 1503, 1535
甍, 1369
甎, 3103, 3104

瘭, 124, 1528

瘲, 3141

瘮, 262, 1254, 2784

瘴, 2901

瘵, 332, 2882

瘻, 1293, 1295, 1296, 2207, 2278

癐, 200, 1291, 2655, 2657, 2658, 2669

皞, 667

盥, 729, 730, 731, 1335, 1368, 1978, 2137, 2760

盧, 51, 280, 617, 1237, 1294, 1296, 1297, 1298, 1299, 1300, 1316, 1327, 1336, 1414, 1936, 2436, 2440, 2749

瞖, 2565, 2637, 2640

瞙, 1431, 2676

瞋, 1982

瞞, 1342, 1343, 1367, 1422

瞟, 1529

瞢, 190, 1350, 1369, 2877

磚, 153, 3103, 3104

磣, 182, 230, 2863

磧, 1593

磨, 229, 899, 1004, 1136, 1339, 1356, 1362, 1372, 1413, 1415, 1418, 1424, 2678

確, 331

磬, 706, 755, 825, 1509, 1629, 1630, 1631, 1841, 2289

禦, 2780, 2783, 2788

穄, 940

穅, 1145

穆, 1438, 1443, 1444, 1759

穇, 1777

穈, 1372

穌, 1163

積, 176, 206, 232, 711, 862, 887, 888, 898, 910, 937, 938, 942, 1069, 1593, 1624, 1648, 1797, 2020, 2291, 2414, 2444, 3043, 3137

穎, 1089, 1206, 2329, 2675

穩, 2238, 2665

窶, 1119, 1121, 1333

竊, 2276, 2280

窺, 737, 1178, 1631

窴, 222, 1149

築, 188, 494, 913, 1245, 1440, 3102

篔, 3032

篗, 800

篙, 667

篤, 423, 472, 956, 1339, 1340, 1489, 2400, 2683, 3098

篥, 445

篦, 97

篩, 1022, 1774, 1856

篪, 819

篭, 1291

簪, 3149

糰, 2387

糒, 68

糖, 384, 1146, 2058

糗, 2893

縈, 1701, 2033, 2670, 2674

縉, 1056, 1060

縊, 720, 2639
縋, 2487, 3112
縰, 942
縎, 707
縒, 196, 298, 335, 2379
縓, 1659
縕, 2841, 2842
縗, 1974, 1975, 2352, 2434
縘, 941
縚, 2024, 2059, 2336
縛, 28, 49, 120, 148, 149, 150, 182, 203, 248, 288, 404, 482, 618, 638, 647, 890, 892, 942, 1019, 1025, 1064, 1087, 1115, 1139, 1243, 1421, 1423, 1470, 1540, 1553, 1589, 1590, 1631, 1715, 1965, 2125, 2157, 2208, 2289, 2295, 2306, 2307, 2369, 2444, 2605, 2667, 2708, 2800, 2849, 2913, 3098, 3104, 3105, 3107, 3113
縝, 2929, 2932
縞, 667
縟, 1725
縠, 707, 815, 816
縡, 2641
縢, 2063, 2064
縣, 453, 658, 1363, 1376, 1802, 2337, 2449
縦, 322, 325, 1593, 3141
罃, 2669
罹, 1214, 1216, 1316, 1327, 3152
羲, 2288, 2294, 2566, 2632, 2793
翰, 764, 766, 1961
耨, 232, 1229, 1495, 1575, 1724
耩, 997
聬, 1332
膩, 547, 864, 1474, 1481, 2994
膫, 1254
膭, 737, 1180
膰, 1544
膱, 2994
膲, 910, 1000
膳, 472, 1331, 1783, 1784, 1807, 2051, 2085, 2514, 3107
膸, 1490
臻, 326, 552, 2085, 2930
興, 20, 272, 442, 645, 669, 687, 906, 1105, 1113, 1133, 1225, 1291, 1405, 1571, 1586, 1594, 1615, 1637, 1792, 1857, 2031, 2292, 2397, 2399, 2402, 2424, 2425, 2428, 2557, 2610, 2755, 2762, 2863, 2873, 2928, 3048, 3051
舘, 723, 729
艘, 185
蓁, 1214, 1215
蕀, 910, 915
蕂, 1848
蕃, 179, 567, 569, 608, 2375, 2424
蕈, 2462
蕉, 1000, 1001
蕊, 1727, 2541
蕋, 2541
蕑, 967, 973
蕕, 2702, 2706
蕖, 1635, 1641

蕘, 2514
蕙, 863
蕜, 601
蕞, 335
蕡, 1180
蕤, 807, 1727
蕨, 1131
蕩, 49, 215, 383, 384, 639, 2056, 2507, 2672, 2841
蕪, 2261, 2264, 2271
蕫, 459
蕭, 1458, 2374, 2375
虤, 57
虢, 2890
螄, 2681
螉, 2245
融, 260, 284, 673, 1701, 1702, 2072, 2271, 2504, 2697, 2782, 2797, 3028, 3038
螝, 1521
螘, 2605
螟, 1254, 1409
螢, 1701, 2673
螥, 183
衞, 93, 259, 796, 824, 1016, 1334, 1905, 1968, 2219, 2326, 2409, 2681, 2783, 2788, 2822, 3057
衡, 223, 453, 796, 1061, 2320, 2406, 2783
褥, 616, 1112, 1447, 1495, 1719, 1724, 1725, 2249, 2295, 2887, 2931
褫, 256, 439, 2565
褰, 973, 975, 1105, 1598, 1599, 1974
覦, 1513
覽, 1194, 1195, 2325
親, 230, 231, 301, 367, 471, 726, 737, 977, 1018, 1060, 1133, 1173, 1291, 1471, 1517, 1621, 1630, 1662, 1923, 1929, 1960, 2203, 2235, 2334, 2341, 2398, 2400, 2494, 2570, 2844, 2845, 2876, 2928, 3147, 3154
諈, 2125
諜, 449, 450, 997, 2353
諝, 2440
諠, 838, 2445, 2446, 2636
謚, 1927, 2951
諦, 47, 114, 167, 202, 212, 347, 395, 412, 423, 435, 439, 482, 620, 709, 724, 891, 910, 926, 1085, 1165, 1217, 1311, 1334, 1364, 1389, 1545, 1778, 1855, 1876, 1879, 1962, 1976, 1983, 2068, 2070, 2071, 2090, 2353, 2400, 2517, 2630, 2641, 2642, 2766, 2824, 2891, 2900, 2913, 2927, 2948, 2950, 3021, 3031, 3033, 3042, 3062
諧, 15, 486, 1014, 1016, 1605, 2386, 2623, 3069
諫, 200, 228, 486, 992, 1157, 1243, 1599, 1787, 1985, 2220, 2948, 3061, 3063
諭, 631, 1198, 1310, 1314, 2443, 2748, 2754, 2782, 2787
諮, 1500, 1629, 2771, 2906, 3072, 3119, 3120, 3121, 3122
諱, 764, 863

諳, 15, 18, 997, 1069, 1553, 1878, 2233, 2622, 2642
諴, 242, 2325
諵, 1458, 2841
諶, 230, 1433
諷, 300, 468, 608, 610, 1528, 2016, 2988
諺, 656, 2497, 2499, 2501, 2683
諾, 706, 1022, 1303, 1499, 1500, 1677, 2090, 3064
諿, 2221
謀, 450, 1413, 1421, 1433, 1627, 2066, 2137, 2252, 2570, 2767
謁, 215, 936, 1015, 1024, 1154, 2507, 2545, 2863
謂, 18, 50, 56, 84, 114, 231, 233, 274, 277, 300, 337, 407, 426, 440, 448, 468, 562, 570, 598, 630, 635, 645, 655, 669, 714, 740, 743, 776, 783, 819, 863, 874, 901, 927, 935, 979, 1013, 1027, 1117, 1171, 1176, 1218, 1314, 1345, 1354, 1358, 1365, 1398, 1405, 1427, 1472, 1492, 1500, 1628, 1658, 1710, 1767, 1802, 1810, 1813, 1848, 1881, 1916, 1930, 1960, 1977, 1990, 2030, 2049, 2073, 2095, 2098, 2103, 2168, 2183, 2197, 2214, 2218, 2219, 2242, 2261, 2275, 2299, 2329, 2335, 2356, 2388, 2409, 2416, 2439, 2479, 2560, 2576, 2592, 2622, 2626, 2642, 2649, 2698, 2713, 2740, 2753, 2768, 2781, 2813, 2818, 2831, 2859, 2863, 2869, 2875, 2880, 2906, 2918, 2948, 2952, 3003, 3022, 3029, 3044, 3067, 3101, 3118, 3141
謔, 13, 2309, 2437, 2454
豫, 47, 1846, 1947, 2276, 2348, 2368, 2513, 2535, 2744, 2765, 2775, 2782, 2784, 2785, 2786, 2788, 2802, 3125
賴, 1185, 1192, 1316
趦, 3122
踰, 487, 1711, 1962, 2041, 2106, 2700, 2748, 2749, 2754, 2759, 2782, 2784, 2787, 3143
踱, 2994
蹁, 489
踳, 297
踴, 2684, 2685, 2686, 2688, 2827
踵, 150, 832, 2755, 3041, 3045
踹, 150, 285
踺, 990
踼, 2041, 2057, 2065
蹀, 450
蹂, 1702, 2688
蹄, 440, 772, 938, 1954, 2070
輭, 1500, 1553, 1702, 1716, 1727
輯, 335, 707, 886, 915
輲, 517
輳, 326
輶, 2705, 2706
輸, 664, 766, 1267, 1308, 1310, 1311, 1921, 1961, 1979, 2105, 2749, 2754, 3106, 3162
輻, 628, 629, 630, 637, 703, 1309
辦, 38, 43, 110, 115, 136, 1096,

1935, 3159
辧, 111, 115, 120, 401, 1479, 1633, 2617, 2862, 3159
辨, 37, 43, 44, 102, 110, 115, 116, 120, 134, 135, 136, 302, 449, 520, 775, 875, 941, 1024, 1032, 1096, 1104, 1132, 1311, 1401, 1433, 1495, 1507, 1526, 1565, 1590, 1592, 1928, 1953, 1976, 1983, 2049, 2134, 2254, 2327, 2398, 2429, 2606, 2688, 3104, 3113
遲, 253, 254, 907, 1479, 2121, 2184, 2202, 2205, 2320, 3073
遵, 110, 388, 428, 1637, 2298, 3103, 3154, 3155
遶, 101, 342, 1123, 1178, 1546, 1675, 1676, 1677, 1798, 2514, 2705, 2804, 2843, 2863
選, 176, 197, 2449, 2863, 2908, 3104
遺, 73, 186, 399, 602, 719, 741, 1010, 1099, 1180, 1480, 1821, 1886, 2183, 2199, 2203, 2205, 2479, 2568, 2571, 2863, 2975, 3111
遼, 1252, 1253, 1254, 1675, 2017, 2203, 2908
鄴, 2544, 2545, 2675
鄶, 1172
醍, 2070, 2413
醎, 659, 848, 2325, 2490
醐, 816, 2070
醒, 1133, 2276, 2403, 2413, 3153
鋋, 2092
鋸, 145, 1105, 1121
鋼, 664, 666, 2102, 2157
錀, 1309, 1311
錂, 1268
錄, 1959, 2801
錍, 94, 1409, 1433, 1506, 1521
錐, 336, 730, 2926, 3110, 3112, 3115
錔, 2041
錕, 1521
錙, 290, 3121
錞, 297, 487
錟, 2498
錠, 421, 454, 458, 2091
錡, 1574, 2605
錢, 146, 173, 181, 487, 524, 956, 990, 1050, 1087, 1267, 1605, 1606, 1675, 2088, 2105, 2349, 2823
錦, 146, 1052, 1102, 1333, 1376, 1665, 2984
錧, 729, 1958
錫, 320, 2056, 2294, 2508
錬, 1243, 1244, 1798, 3105
錮, 706, 708, 717, 1103, 2097
錯, 66, 336, 337, 915, 1035, 1139, 1412, 1849, 1925, 2018, 2277, 2291, 2871, 3149
録, 146, 183, 450, 636, 892, 911, 932, 1008, 1066, 1123, 1231, 1301, 1302, 1304, 1306, 1409, 1812, 1864, 1958, 2086, 2277, 2306, 2641, 2660, 2752, 2801, 3061, 3104
鎊, 337, 590
鉼, 631

闐, 206
闒, 866, 2474, 2491
閻, 16, 205, 283, 466, 674, 964, 1183, 1332, 1366, 1777, 2243, 2269, 2324, 2487, 2490, 2495, 2501
闕, 283, 508, 509, 1154, 2324, 2787
閹, 866
閾, 1367, 1388, 2787
閿, 2238
闍, 1, 11, 15, 202, 204, 206, 283, 341, 464, 465, 466, 674, 743, 765, 1210, 1315, 1364, 1449, 1564, 1662, 1677, 1729, 1801, 1803, 1807, 2041, 2239, 2380, 2487, 2521, 2823, 2907, 3053
闌, 1388
隧, 2019, 3112
隨, 3, 71, 106, 109, 214, 228, 233, 274, 293, 312, 317, 324, 398, 407, 414, 417, 435, 449, 494, 495, 497, 582, 644, 647, 656, 727, 783, 879, 894, 909, 974, 998, 1059, 1084, 1105, 1130, 1295, 1397, 1472, 1536, 1547, 1571, 1586, 1628, 1645, 1691, 1702, 1709, 1803, 1813, 1871, 1927, 1946, 1977, 1980, 1981, 1989, 2017, 2030, 2057, 2095, 2098, 2111, 2113, 2128, 2170, 2206, 2222, 2236, 2325, 2330, 2335, 2366, 2375, 2393, 2431, 2439, 2459, 2460, 2512, 2575, 2591, 2655, 2666, 2678, 2689, 2695, 2698, 2712, 2752, 2762, 2781, 2801, 2821, 2853, 2952, 2975, 2990, 3017, 3044, 3067, 3073, 3106, 3110, 3112, 3142
隩, 20
險, 5, 275, 759, 967, 971, 2326, 2327, 2434, 2495, 2655
隸, 274, 885, 1213, 1216, 1235, 1236, 1237, 1327, 1702, 1885, 2011, 2522, 2570, 2622, 2675
雔, 265
雕, 445, 446, 447, 671
霍, 866, 879, 881, 882, 1122, 1316, 2013
霏, 600
霑, 383, 998, 1306, 2883, 2887
霓, 1478, 2000, 2311, 2486
霆, 1973, 3096, 3102
霖, 1260, 1261
靜, 454, 711, 732, 937, 1070, 1073, 1077, 1078, 1083, 1085, 1100, 1386, 1395, 1535, 1619, 1621, 1627, 1629, 2323, 2666, 2689, 2936, 2940, 2948, 3144
鞔, 1342, 1346, 1349, 2133
鞕, 99, 2675
鞘, 1608, 1994
鞙, 1123, 1126
頤, 1547, 2107, 2447, 2573
頭, 74, 95, 132, 255, 260, 274, 357, 418, 430, 441, 452, 463, 465, 480, 502, 566, 567, 578, 592, 689, 718, 989, 1026, 1072, 1085, 1102, 1146, 1163, 1192, 1206, 1232, 1294, 1326, 1380, 1418, 1438, 1520, 1531, 1547, 1601,

1645, 1761, 1790, 1820, 1841, 1937, 1975, 2016, 2051, 2063, 2068, 2071, 2091, 2105, 2106, 2329, 2341, 2369, 2393, 2439, 2441, 2490, 2605, 2675, 2756, 2809, 2869, 3003, 3036, 3056, 3145, 3150

頬, 2573

頥, 2093

頳, 2923

穎, 1531, 2675

頡, 816

頷, 502, 760, 766, 1268, 1615

頸, 452, 502, 1072, 1085, 2107, 2369, 2511, 2808, 3170

類, 488, 2121

頻, 488, 509, 737, 1157, 1192, 1205, 1206, 1522, 1531, 1980, 2574, 2675

頼, 320, 323, 960, 1015, 1185, 1191, 1192, 1206, 1210, 1215, 1316, 1409, 1761, 1895, 2107, 2674, 2710, 2808, 2824

頽, 392, 488, 583, 651, 2121, 2434, 2488, 2675

餐, 180, 181, 182, 298, 1864, 2019, 2059, 2089

餔, 1784, 2512, 2514, 3113

餛, 866

䭚, 590, 1925

餟, 3113

餅, 134, 585

餢, 169

餧, 1465, 1867, 2219, 2227, 2569

館, 725, 729

馞, 72, 150

駢, 994, 1528

駴, 1700

駧, 461

駭, 150, 656, 755, 760, 2012, 2138, 3147

駮, 38, 150, 760, 1004

駱, 253, 956, 1200, 2126, 2127

骸, 705, 755, 760, 2041, 2072

骻, 1171

骼, 674, 1204

髦, 566, 567, 1353, 2467, 3122

髻, 332, 566, 723, 896, 939, 940, 1020, 1028, 1343, 2308, 2309, 2950, 3140

頣, 488, 1333, 2076, 2439

鮀, 2129

鮐, 2043

鴐, 955

雞, 257

鴗, 1023, 1236

鴛, 875

鴝, 1641, 1642, 2671

鴞, 2375

鷗, 245, 1089, 2464

鳴, 370, 376

鴡, 376

鴣, 2277

鳶, 975, 1306, 2503, 2504

鴨, 2464

塵, 328, 477, 3081

麮, 1654

麵, 1380, 1779
黔, 1431, 1432, 1605, 1980, 2537
黕, 2936
默, 18, 218, 283, 443, 444, 792, 793, 1086, 1208, 1340, 1382, 1408, 1431, 1432, 1444, 1668, 2130, 2249, 2312
黙, 1431, 2890
黚, 2538
亂, 230, 1589
龍, 26, 167, 262, 367, 525, 869, 932, 1070, 1096, 1216, 1268, 1291, 1292, 1306, 1470, 1630, 1681, 1775, 2299, 2398, 2747, 2839, 3063, 3138
龜, 125, 737, 738, 1390, 1763, 2131
噭, 774, 2379
螆, 244

十七畫

嗩, 2324, 2326, 2409
嚀, 1237, 2570, 2640
嬖, 2776
懂, 881, 2013
斛, 1102
曦, 2283, 2294
檬, 1641
櫂, 3118
檫, 1616
癀, 2121
償, 63, 66, 130, 217, 383, 384, 756, 1785, 2058, 2877, 2881, 2893
儡, 1203, 1204
儨, 3032
儩, 320, 2001, 2012
優, 4, 10, 645, 808, 1349, 1462, 1503, 1504, 1615, 1676, 1767, 1785, 2494, 2498, 2617, 2693, 2695, 2715, 2789, 2869
儲, 66, 277, 2751, 3081
勵, 1103, 1233, 1235, 1236, 1238, 1617, 1662, 1965, 2776, 3007, 3083
嚀, 1474, 1493, 3081
嚂, 1195
嚇, 791, 2315
嚊, 769, 2434, 3156
嚌, 1017, 2880
嚏, 449, 2076
嚐, 217
嚜, 2292
壎, 2457
壑, 791, 866, 2826
壓, 93, 107, 230, 1483, 2463, 2464, 2496, 2499
嬬, 1716, 1726
嬭, 1455, 1478, 1719
嬰, 2426, 2669, 2670, 2671, 2674, 2675
嬲, 1489, 1840
孺, 755, 1719, 2090
寱, 205, 448, 2640, 2644
屨, 1121, 1333, 3120
嶷, 277, 2167, 2573
嶺, 441, 609, 1269, 2282, 2490, 2820
嶽, 1775, 2453, 2496, 2785, 2826

嶾, 2666

幪, 1368, 1370

幬, 276

彌, 39, 67, 123, 146, 232, 424, 512, 521, 797, 930, 1203, 1257, 1320, 1365, 1371, 1376, 1383, 1388, 1409, 1478, 1522, 1823, 2085, 2327, 2662, 2737, 2777, 2785, 2892, 2925

徽, 261, 849, 2166, 2937

懃, 333, 460, 483, 486, 1008, 1056, 1070, 1198, 1391, 1617, 1618, 1662, 1823, 2195, 2457, 2657, 3141

懇, 930, 1157, 1354

應, 56, 85, 88, 107, 137, 144, 163, 215, 219, 230, 246, 272, 282, 321, 373, 382, 409, 415, 427, 433, 477, 516, 589, 598, 602, 605, 686, 695, 715, 728, 736, 744, 757, 780, 795, 819, 880, 895, 908, 931, 941, 949, 1014, 1054, 1068, 1099, 1108, 1143, 1145, 1153,1176, 1226, 1230, 1234, 1236, 1239, 1261, 1399, 1418, 1421, 1472, 1535, 1579, 1618, 1670, 1689, 1734, 1782, 1835, 1878, 1900, 1917, 1947, 1982, 1998, 2031, 2046, 2090, 2154, 2163, 2200, 2204, 2224, 2237, 2272, 2291, 2348, 2362, 2371, 2376, 2388, 2410, 2432, 2439, 2480, 2499, 2500, 2556, 2558, 2567, 2585, 2600, 2610, 2628, 2634, 2639, 2640, 2649, 2668, 2670, 2671, 2676, 2681, 2715, 2741, 2764, 2778, 2781, 2793, 2826, 2834, 2853, 2938, 2942, 2952, 2961, 2985, 3012, 3048, 3074, 3108, 3138, 3164, 3171

懋, 1353, 1355, 2692

懚, 2666

懞, 1368, 1369

懦, 844, 1500, 1715, 1719, 1725, 1736

戲, 165, 727, 852, 990, 1178, 1298, 1886, 2303, 2308, 2337, 2437, 2769, 2802, 3019

戴, 173, 345, 365, 366, 368, 608, 661, 723, 918, 1828, 2508, 2848, 2849

擊, 224, 888, 942, 2032, 2308

擎, 224, 244, 937, 1015, 1071, 1105, 1418, 1625, 1700, 1934, 2894

擘, 35, 96, 97, 146, 147, 152, 1505, 1520, 1525, 1671

擟, 102

擠, 941

擡, 1597, 2042, 2043, 2635

擢, 131, 331, 447, 1135, 2905, 3118, 3119

擣, 248, 264, 386, 389, 391, 1965, 2043, 3102

擦, 1450

擩, 284, 1719

擬, 12, 28, 65, 277, 417, 671, 887, 1120, 1326, 1479, 1492, 1496, 1576, 2570, 2638, 2730, 2767

擭, 368, 744, 800, 822, 880, 1135, 3115

擯, 130, 131, 329, 1980, 2020

斀, 2500, 2640

斂, 697, 972, 973, 991, 1241,

1242, 1243, 1245, 1304, 1531, 1979, 2665

嬖, 95, 97

斲, 1142, 2663, 2664, 3075, 3118, 3156

曎, 2640

曒, 1004, 1005

曕, 2501, 2888

曖, 10, 1498

曙, 472, 1965, 3058

橿, 995, 996, 2051

檀, 124, 215, 342, 374, 376, 481, 562, 700, 723, 996, 1220, 1610, 1783, 1813, 1849, 1974, 2050, 2051, 2052, 2053, 2067, 2129, 2130, 2882, 2883, 2885, 3044

檄, 225, 1608, 2298

檈, 2449

檊, 664

檎, 295, 1616, 1618

檐, 201, 369, 1660, 2488, 2888

檔, 383

繫, 885

檗, 152, 734

檘, 1521

檛, 3102

檜, 863, 1172, 2051

檝, 915, 2994

樌, 956

檠, 1625

檡, 2871

檢, 17, 550, 971, 972, 1241, 1242, 1244, 1483, 1561, 1598, 1805, 1864, 1985, 2326, 2378, 2501, 2737, 2828, 2889

檦, 123

櫛, 1022

歛, 185, 972, 991, 1241, 1242, 1245, 1933, 2214

歝, 2640

殭, 995, 996

殮, 1242, 1244

氈, 451, 883, 2488, 2886, 2887

氊, 2887

澀, 1766

澩, 2454

濕, 561, 658, 759, 796, 1103, 1327, 1490, 1594, 1723, 1726, 1738, 1766, 1826, 1851, 1858, 1914, 2113, 2227, 2298, 2373, 2540, 2773, 3120

濘, 1474, 1493

濚, 2674

濛, 1368, 1369

濜, 1058

濟, 27, 173, 273, 301, 333, 480, 823, 889, 939, 941, 976, 1215, 1515, 1578, 1605, 1620, 1721, 1858, 2049, 2159, 2218, 2299, 2372, 2429, 2462, 2659, 2849, 2856, 2880, 3021, 3050

濠, 769

濡, 827, 1481, 1553, 1702, 1715, 1725, 2446

濤, 144, 389, 1284, 1304, 2059, 2061

濩, 823, 881, 882

濫, 730, 967, 992, 1193, 1195,

1196, 1261, 1307, 1811, 2841
澮, 225, 941, 1605, 1727, 2462
濮, 1551
濯, 601, 730, 2388, 2873, 2891, 3118, 3119
濱, 130, 1408, 3121
瀫, 707
濶, 1183
營, 382, 723, 729, 1198, 1552, 1636, 1701, 1804, 1887, 2122, 2673
燠, 20, 21, 844, 2788
燥, 57, 182, 230, 791, 1797, 2862, 2863, 2864
燦, 182
燧, 909, 2019
燩, 487
燬, 1336
燭, 284, 421, 468, 1114, 1186, 1966, 3052, 3074, 3082
燮, 1976
燰, 10
爵, 1132, 1135, 2789
牆, 62, 291, 1298, 1299, 2680, 2792
犠, 2294, 2572, 2632
獮, 2327
獯, 2458
獰, 880, 1492
獲, 331, 360, 404, 550, 643, 799, 806, 809, 822, 823, 830, 832, 873, 879, 881, 897, 907, 976, 1135, 1413, 1626, 1660, 1885, 1942, 2337, 2366, 2641, 2677, 2681, 2702, 2760, 2858, 3018, 3058, 3063
璨, 182, 938
璫, 382, 383, 1325
環, 738, 756, 833, 835, 840, 844, 1677, 2351, 2451
甑, 2877
癀, 847
療, 139, 262, 274, 483, 1252, 1254, 2509, 2516, 3016
癃, 1290, 1291
痛, 2326
癈, 245, 365, 550, 551, 602, 673, 1254, 1515, 2205, 2509, 2907
皤, 1422, 1541, 1544
盪, 383, 384, 1548
瞯, 1982
瞦, 2305
瞨, 1551
瞪, 242, 428, 2887
瞬, 10, 857, 1409, 1465, 1822, 1982, 2450
瞰, 764, 1145, 2489
瞳, 260, 2101, 2102
瞶, 741, 1180
矯, 480, 740, 1001, 1002, 1005, 1606, 2159, 2380
矰, 2877
磲, 968, 1641, 2018
磴, 422, 428, 431
磷, 368
磺, 847
磽, 230, 1675
礁, 994, 1002

禨, 888
禪, 93, 202, 203, 204, 234, 238, 243, 270, 346, 367, 368, 375, 393, 436, 439, 447, 453, 466, 524, 556, 599, 629, 648, 848, 890, 1215, 1594, 1774, 1783, 1826, 1928, 2051, 2352, 2353, 2404, 2429, 2641, 2704, 2798, 2891, 2939, 3020, 3042, 3055, 3103, 3148
穉, 1451, 3030, 3032
穗, 414
穜, 3044
竂, 1254
篠, 655, 2376
篿, 854, 858, 864, 2206, 3056
篵, 321
篸, 1766, 2856
篼, 463
篾, 1388
簀, 1180, 1388
簁, 321, 1292, 1774, 2301, 2304
簇, 329
篴, 2863
簏, 1305, 1614
簒, 330, 763, 1442, 1577, 3149
築, 1245
糜, 1339, 1372, 1415
糝, 1753, 1759, 1777, 2024
糞, 290, 601, 608, 940, 1489, 1888, 2618, 2849
糨, 1052
糟, 1094, 1146, 1172, 2860
糠, 1063, 1070, 1145, 2058
縫, 610, 942, 2336
縮, 328, 2024
縱, 321, 325, 328, 453, 1479, 2304, 2487, 2602, 2803, 2818, 2892, 3040, 3049, 3139, 3141, 3142, 3143
縲, 1203
縳, 3104
縵, 203, 841, 1334, 1342, 1343, 1346, 1347, 1348, 1349, 2912
縶, 450, 1761, 2308, 2911, 2994
縷, 665, 1066, 1293, 1294, 1295, 1296, 1332, 1333, 1842, 2136, 2208, 2336, 2671, 2984
縹, 1528, 1529
縺, 203, 1240
縻, 1372
總, 124, 253, 256, 273, 321, 335, 571, 665, 692, 716, 780, 813, 854, 866, 879, 910, 972, 1014, 1021, 1035, 1069, 1101, 1121, 1173, 1180, 1183, 1380, 1464, 1689, 1740, 1814, 1848, 1976, 2000, 2063, 2090, 2103, 2202, 2274, 2291, 2349, 2362, 2421, 2602, 2612, 2745, 2771, 2803, 2818, 2846, 2901, 3004, 3046, 3072, 3083, 3139, 3140
績, 124, 203, 864, 887, 938, 942, 2444, 2932, 3149
繁, 203, 490, 571, 572, 885, 942, 1390, 1507, 1531, 1876, 2307, 3120
繂, 1336
繄, 2565, 2639
繅, 1762, 2034
繆, 1383, 1412, 1444, 1526
繇, 2512, 2514

繊, 2320
繡, 1053, 2434
罄, 1509, 1629, 1630, 1631, 1841
罅, 2316
罽, 319, 555, 941, 1389
翳, 94, 651, 864, 1368, 2473, 2521, 2564, 2565, 2617, 2637, 2639, 2656, 2666, 2673, 2900
翼, 258, 1267, 1969, 2224, 2450, 2600, 2621, 2622, 2640, 2758
耬, 1294
聯, 1239, 1241, 3113
聰, 290, 321, 411, 1138, 1154, 1842, 2089, 3140
聲, 3, 6, 42, 71, 214, 233, 280, 309, 397, 455, 504, 519, 578, 592, 700, 703, 707, 812, 843, 886, 894, 1009, 1026, 1034, 1038, 1087, 1105, 1118, 1141, 1163, 1326, 1397, 1524, 1526, 1579, 1589, 1590, 1601, 1621, 1629, 1630, 1631, 1644, 1649, 1754, 1760, 1763,1804, 1819, 1825, 1832, 1840, 1870, 1902, 1914, 1958, 2090, 2135, 2229, 2235, 2241, 2328, 2350, 2362, 2399, 2416, 2443, 2478, 2532, 2554, 2631, 2652, 2662, 2767, 2777, 2824, 2894, 2957, 3036, 3044, 3135
聳, 261, 323, 1959, 2013
聴, 321, 2236
膺, 296, 2428, 2670, 2679
膽, 226, 369, 1177, 1783, 2887, 2889
膾, 857, 1172, 1179
膿, 1494, 2750, 2899
臂, 96, 97, 151, 152, 957, 1333, 1520, 1525, 1526, 1785, 1933, 2368, 2670, 2807, 2900, 3056
臃, 2681
臆, 415, 2293, 2428, 2612, 2636, 2639, 2640, 2670
臈, 674, 1185, 1186
臉, 972, 973, 1242
臊, 1761, 1825
臨, 380, 413, 899, 967, 1116, 1260, 1261, 1264, 1410, 1491, 1721, 1929, 2326, 2327, 2430, 2776, 2887
舉, 1104, 1507, 1869, 2761
艚, 185
艱, 967, 1157, 1459, 2489
薠, 2787
藴, 184
薁, 20
薄, 46, 49, 148, 150, 151, 154, 169, 287, 365, 383, 422, 586, 647, 993, 996, 1256, 1505, 1537, 1549, 1553, 1829, 2606, 2615, 2841, 3104
薵, 767, 771
薇, 2168
薊, 938, 940
薑, 995, 996, 1298, 2848
薔, 2353
薖, 1149
薗, 839, 1260, 2796, 2803, 2806
薛, 96, 98, 1740, 2451
薜, 95, 98, 1738, 2451, 2654
薝, 1170, 2886, 2888

薙, 601, 2388
蕳, 276
薦, 550, 800, 984, 991, 2206, 3030
薨, 95, 797, 1369
薪, 888, 1606, 2284, 2399, 2500
薰, 606, 846, 865, 995, 1618, 2455, 2456
薬, 2516, 2823, 2825
薯, 1775
虧, 771, 1178, 1662, 1958, 2307, 2308, 2440, 2639
螯, 19, 776, 1009, 1284, 1927, 2380, 2907
螭, 245
蟒, 441
螫, 19, 125, 1927
螵, 124, 1528
螺, 550, 584, 1111, 1203, 1213, 1315, 1321, 1323, 1516, 1716, 2440, 2799, 3014
螽, 3041
蝨, 2238
蟄, 445, 1388, 1964, 2911, 2994
螟, 2264
蟇, 1339
蠏, 1214
蟒, 647, 1351
蟞, 130
褶, 791
褻, 98, 450, 451, 951, 1678, 2742
褻, 450, 2387, 2389
褾, 123
襄, 750, 1084, 1216, 1219, 1674, 1975, 2351
覬, 941
覯, 700, 725, 2331
觳, 816
膾, 2063, 2064
謇, 972, 973, 975
謌, 672, 2220
謎, 1371, 1372, 2662
謑, 2305
謗, 45, 46, 62, 63, 439, 591, 592, 593, 601, 813, 853, 992, 1175, 1311, 1983, 2016, 2219, 2731, 2765, 2948, 2949, 3061
謙, 231, 455, 823, 958, 1053, 1240, 1599, 1607, 2017, 2324, 2502, 2518, 2641, 2643
謚, 233, 637, 1129, 1196, 1928
講, 232, 307, 469, 611, 697, 700, 823, 859, 997, 1025, 1128, 1312, 1627, 1985, 2017, 2055, 2630, 2641, 2858, 3063
謝, 32, 1284, 1359, 1881, 1974, 2061, 2224, 2386, 2387, 2388, 3069, 3143
謟, 204, 1132, 2059, 2622, 2905
謠, 2253, 2513, 2514, 2658, 2685
谿, 816, 1564, 2294, 2326
豁, 790, 791, 866, 879, 881, 889, 1183, 1665, 1760
豰, 706
豳, 130, 2692
賷, 741

膹, 351, 1848, 2064, 2532

賻, 650, 2877

賽, 1740

趨, 254, 1069, 1584, 1640, 1653, 2773

蹇, 972, 973, 975, 990, 992

蹈, 329, 389, 421, 684, 916, 990, 1302, 2041, 2330, 2686, 2754

蹉, 199, 335, 336, 1016, 1801, 2024

蹊, 1564, 2293

蹋, 389, 832, 2041

蹍, 2889

蹎, 441, 442

蹐, 297, 916

輾, 446, 1483, 2889, 3106

輿, 516, 695, 895, 1105, 1483, 1625, 2425, 2601, 2746, 2755, 2765, 2789

轂, 511, 703, 742, 1010, 2755

轄, 866, 2311, 2312

轅, 504, 1924, 2803

遽, 280, 438, 1119, 1120, 1121, 1122, 2702, 2801

避, 96, 98, 254, 487, 924, 1215, 1524, 1525, 1526, 1535, 2091, 2121, 2310, 2666, 2907

邀, 888, 1005, 2376, 2512, 2516

邁, 751, 1149, 1236, 1342, 2141, 2781, 2842, 3149

邂, 2388

還, 100, 104, 360, 574, 580, 581, 610, 640, 685, 738, 751, 755, 840, 842, 850, 897, 969, 1012, 1033, 1088, 1187, 1205, 1322, 1340, 1371, 1479, 1598, 1663, 1717, 1823, 1911, 2014, 2041, 2121, 2134, 2202, 2257, 2289, 2364, 2406, 2444, 2449, 2460, 2513, 2543, 2566, 2574, 2677, 2760, 2804, 2840, 2862, 3018, 3047, 3084, 3151

鄹, 3142

醢, 2294

醜, 265, 505, 769, 1936, 1952, 2294

醞, 2841

醤, 995, 999, 2490

錘, 192, 295, 796, 3111

鍉, 2065

鍊, 1243

鍐, 1357, 3139, 3140

鍑, 650, 881

鍕, 1136, 1137

鍚, 2508

鍛, 481, 2311

鍜, 482, 2373

鍤, 192

鍦, 2450

鍪, 1433

鍮, 2102, 2105, 2754

鍱, 1326, 1491, 2541, 2546

鍵, 295, 985, 987, 989, 991, 1522

鍼, 509, 991, 2089, 2926, 2931

鍾, 1087, 2012, 2102, 3040, 3041, 3045, 3048

鎡, 299, 3122

闇, 15, 18, 245, 466, 517, 673,

674, 679, 959, 1139, 1364, 1367, 1401, 1409, 1662, 1802, 2084, 2233, 2239, 2323, 2521, 2654, 2749, 2953, 3053, 3061

闔, 2191, 2205

闊, 16, 206, 466, 1079, 1183, 2323

闋, 1663, 1665

闌, 466, 1193, 1194, 1331

隬, 1371

隰, 1858, 2298

隱, 97, 282, 415, 499, 906, 935, 1087, 1291, 1363, 1480, 2219, 2238, 2307, 2329, 2330, 2331, 2432, 2628, 2636, 2639, 2655, 2663, 2665, 2666, 2667, 2806, 2826

隲, 2277

隸, 1216, 1229, 1236, 1237, 1333, 1774, 2570, 2622, 3147

雖, 114, 137, 219, 225, 233, 274, 302, 303, 324, 446, 456, 486, 514, 562, 582, 644, 727, 764, 819, 1067, 1218, 1290, 1314, 1321, 1327, 1397, 1460, 1471, 1486, 1623, 1630, 1658, 1660, 1670, 1702, 1810, 1856, 1871, 1880, 1972, 1977, 2000, 2030, 2073, 2163, 2169, 2185, 2204, 2236, 2399, 2416, 2430, 2439, 2471, 2570, 2575, 2752, 2777, 2845, 2975, 3029, 3044, 3051, 3095, 3113, 3142, 3162, 3167

霜, 132, 1291, 1305, 1975, 2759

霞, 650, 1305, 2311

霧, 2657

鞚, 1162

鞞, 97, 430, 1522, 1523, 1524

鞠, 1101, 1102, 1103

韓, 763, 764, 1135

顄, 767

顆, 678, 729, 746, 749, 1149, 1206, 2107, 2438

顉, 332

顉, 766, 767, 1615, 2496

颸, 1121, 2505

餫, 866

餬, 816

餱, 800

餲, 1465

餳, 2506, 2569

餵, 509, 2227

駿, 150, 1125, 1138, 3139

騀, 502

騁, 243, 1533

騃, 246, 760, 2012, 2501

騂, 1640

鬀, 610, 1517, 1518

鬁, 940

鬠, 2441

鬂, 2076

鬃, 131

鮫, 150, 1002

鮮, 733, 1027, 1080, 1262, 1448, 2319, 2320, 2321, 2326, 2327

鴰, 816

鴳, 2501

鵝, 2508

鴻, 763, 798, 799, 2389

鴿, 672, 776, 816, 889, 2788

鵂, 2433
鵶, 223, 245, 799, 2465
檗, 229, 1302, 1360, 1372, 1415, 2893
麯, 1380, 1640, 1641
黏, 816, 2886
黜, 282, 283, 1432, 2071
黝, 2565
點, 283, 443, 444, 469, 1431, 1432, 2087, 2312, 2537, 2882, 2887, 2932, 3105
鼾, 760, 811
齋, 179, 492, 612, 936, 939, 941, 943, 1031, 1579, 1581, 1594, 2880
齔, 230
龠, 2520
槃, 1737
糲, 246
臛, 600, 1514
蹟, 2573

十八畫

嚓, 1121
懆, 2827
曝, 1564
檞, 122, 123, 124, 125
薓, 1346
蹬, 1647
儭, 230, 231, 724
儱, 1232, 1292
叢, 326, 914, 1118, 1361, 1368, 1600, 1761, 2542
嚏, 449
嚕, 189, 722, 1296, 1298, 1301, 1303, 1316, 1327, 1359
嚘, 4, 2694
嚙, 255, 1490, 1491
嚚, 2660
嚝, 735, 797, 1177, 2495
嚟, 1214, 1215
囊, 36, 37, 366, 608, 616, 750, 815, 1219, 1334, 1450, 1461, 1674
嚮, 219, 2363, 2366, 2371, 2519
壘, 451, 650, 1204, 1205
壙, 995, 1177, 1183
屩, 647, 1126, 1333
彝, 2573
懕, 2500, 2501
懟, 486, 853, 1616, 2806
懣, 1345, 1367
懪, 57
懮, 2696
懱, 1388
懴, 244
擧, 4, 20, 131, 181, 197, 267, 343, 424, 493, 609, 611, 712, 778, 837, 885, 911, 994, 1103, 1104, 1118, 1120, 1133, 1386, 1402, 1434, 1507, 1526, 1584, 1589, 1592, 1656, 1721, 1920, 1929, 2209, 2424, 2449, 2452, 2508, 2531, 2543, 2559, 2709, 2746, 2752, 2755, 2761, 2788, 2936, 2956, 3003, 3115, 3138
擲, 255, 331, 345, 1548, 1982, 2085, 2106, 2111, 2521, 2872, 2880, 2994, 3032, 3100

擴, 796, 1183, 2250
擵, 1417
擺, 1450
擻, 969, 1967
擽, 1307
擾, 887, 1005, 1462, 1464, 1675, 1676, 1677, 1721, 2693, 2695, 2696
擿, 2065, 2245, 2506, 2880, 2911, 2912
擂, 1205
攄, 1962
攅, 329, 2843, 3149
斷, 28, 103, 126, 154, 200, 212, 220, 273, 283, 307, 315, 371, 395, 403, 454, 475, 480, 481, 482, 493, 556, 603, 617, 656, 750, 759, 834, 875, 897, 918, 926, 942, 989, 1012, 1019, 1023, 1025, 1032, 1057, 1127, 1130, 1148, 1165, 1205, 1215, 1254, 1325, 1371, 1384, 1459, 1469, 1512, 1545, 1562, 1563, 1607, 1616, 1662, 1671, 1704, 1761, 1772, 1784, 1812, 1847, 1855, 1885, 1921, 1928, 1983, 1999, 2026, 2036, 2049, 2051, 2071, 2125, 2163, 2257, 2284, 2307, 2337, 2353, 2372, 2398, 2406, 2413, 2444, 2446, 2457, 2542, 2667, 2736, 2775, 2800, 2828, 2889, 2909, 2913, 2950, 2970, 3014, 3016, 3021, 3043, 3062, 3117, 3118, 3148, 3160
旛, 147, 291, 568, 570, 657
曘, 2446
曚, 1368, 1369
曛, 2458
曜, 800, 849, 881, 1035, 1406, 1848, 2217, 2494, 2517, 2518, 2519, 2772, 2773, 2827, 2904, 3082
朦, 217, 438, 1368, 1369, 1370
櫁, 131
檻, 967, 992, 1144, 2490
櫒, 1373, 1374, 1375
櫂, 2120, 2905, 3118
櫃, 741, 1180, 2051
檵, 1179
歟, 318, 427, 715, 811, 1202, 1646, 1793, 1872, 2126, 2325, 2329, 2336, 2425, 2511, 2529, 2535, 2603, 2634, 2756, 2765, 2834, 2848, 2921, 2961
歸, 51, 121, 404, 419, 439, 574, 637, 710, 737, 743, 751, 756, 857, 897, 908, 994, 1003, 1096, 1132, 1219, 1344, 1500, 1561, 1577, 1584, 1589, 1651, 1721, 1827, 1853, 1855, 1965, 2027, 2070, 2121, 2220, 2328, 2608, 2667, 2817, 2955, 3006
殯, 131, 2840
毉, 2564, 2565, 2639
濺, 966
濼, 1327, 1537, 2903
瀇, 1605, 1719, 2858, 3137
濾, 1304, 1336
瀁, 2505, 2510
瀃, 2012
瀅, 2680
瀆, 465, 468

瀉, 1664, 1665, 1806, 2386, 2389
瀑, 57, 1072, 1284, 1553, 1555
燸, 452, 1498, 1716, 1798, 2446, 2473
燣, 791
燻, 2456, 2457, 2458
燼, 1058, 1061, 1298, 1299, 3058
爇, 398, 400, 1953, 2059
燿, 849, 1114, 2518, 2520
爀, 791
獵, 678, 698, 880, 1186, 1259, 1325, 1674, 1954
獶, 1462
獷, 736, 796, 847, 1176, 1177, 1178, 2206
璧, 93, 96, 97, 98, 152, 1525
璵, 2755
璸, 1727
甓, 887
甕, 571, 1516, 1535, 2244, 2245, 2670, 2681
疅, 996
癒, 1306, 2784
癖, 98, 246, 1525, 1526
瘤, 1204
癘, 139, 1192, 1234, 1235, 1236
皦, 1005, 2514
瞹, 1498
瞻, 37, 205, 226, 367, 368, 369, 375, 376, 477, 1126, 1145, 1154, 1239, 1378, 1673, 1783, 2490, 2883, 2886, 2887, 2888, 2889, 3082
瞼, 973, 1242
瞽, 706, 707
瞾, 2907
瞿, 431, 1002, 1100, 1122, 1404, 1637, 1641, 1804, 3119
礎, 277
礒, 1252
礓, 405, 995, 996
礔, 1520
礕, 1520
禮, 37, 65, 292, 303, 570, 622, 629, 735, 828, 932, 956, 1030, 1082, 1116, 1161, 1217, 1219, 1220, 1236, 1278, 1307, 1333, 1457, 1579, 1630, 1776, 1785, 1827, 1923, 2001, 2011, 2072, 2247, 2298, 2328, 2588, 2625, 2652, 2682, 2824, 2845, 2877, 2878, 2915, 2956, 2971, 3028, 3050, 3075, 3097, 3101, 3138, 3148
穉, 3032
穡, 776
穢, 55, 232, 273, 327, 386, 608, 864, 967, 1385, 1855, 1869, 1879, 2018, 2166, 2308, 2311, 2313, 2572, 3043, 3118
穣, 1673
竄, 330
竅, 650, 790, 1608, 1632, 3050
簙, 151
簜, 384
簟, 367, 368, 445, 1506, 2379
簡, 190, 199, 375, 461, 918, 960, 967, 968, 973, 1176, 1193, 1566, 1600, 1967, 2102, 2114, 2228, 2234, 2240,

2323, 2328, 2364, 2438, 2841
簣, 1180, 1181
簧, 847
簪, 1766, 2856
簫, 2103, 2375
糧, 447, 679, 1111, 1232, 1247, 1865, 2509, 3141
繏, 3104
繐, 2013
繒, 190, 864, 1376, 1768, 2877, 3071
織, 649, 937, 942, 1334, 1388, 1882, 2321, 2984
繕, 298, 1780, 1783, 1784
繖, 1759, 1760
繚, 1201, 1252, 1254, 2191
繞, 342, 649, 750, 1252, 1253, 1462, 1675, 1676, 1798, 2103, 2318, 2863
繡, 889, 2434
繢, 864, 942
鐏, 3156
羂, 1123, 1126, 1259, 1291, 1316, 1428, 2157, 2447
翷, 569
翹, 257, 1608
翺, 19, 1773
翻, 19, 120, 263, 287, 441, 511, 567, 568, 569, 573, 579, 583, 599, 616, 651, 976, 1098, 1107, 1206, 1207, 1528, 1627, 1694, 1928, 2338, 2461, 2641, 2828, 3014
瞶, 741, 1180
聶, 1483, 1490
職, 173, 1882, 2073, 2994
臍, 98, 890, 918, 1579, 1580, 2229, 2349, 2427, 2670, 2710, 2881, 3170
臏, 131, 1182
臐, 2458
臑, 1465
臟, 184, 995, 2860, 2874
舊, 32, 70, 442, 493, 584, 607, 657, 704, 911, 1098, 1156, 1268, 1696, 2005, 2283, 2455, 2543, 2678, 2774, 2851, 3063
薩, 49, 96, 152, 341, 430, 622, 1067, 1301, 1321, 1326, 1418, 1490, 1491, 1549, 1575, 1737, 1738, 1771, 2023, 2066, 2290, 2307, 2330, 2656, 2887, 3124, 3162
薰, 459, 865, 2456, 2457, 3151
薳, 757, 2208
𧃘, 1341
薹, 2042, 2043
薺, 1594
薾, 973
蘖, 668, 767, 2516
藂, 326
藉, 723, 887, 910, 914, 915, 916, 1504, 1979, 2399, 2702, 3059
藋, 431
藍, 670, 764, 958, 967, 1061, 1192, 1194, 1195, 1196, 1210, 1261, 1606, 2474
藏, 23, 51, 94, 181, 183, 234, 236,

238, 241, 258, 422, 473, 661, 765, 824, 845, 1023, 1032, 1118, 1123, 1149, 1171, 1304, 1334, 1341, 1344, 1353, 1362, 1364, 1373, 1384, 1600, 1605, 1667, 1740, 1843, 1879, 1928, 1973, 2018, 2085, 2164, 2273, 2489, 2490, 2492, 2516, 2542, 2629, 2666, 2676, 2841, 2860, 2862, 2912, 2930, 2988, 3033, 3107

藐, 1381, 2522

蟟, 1254

蟠, 569, 572, 699, 1509, 1511

蟣, 918, 2605

蟥, 847

蟧, 1199

蟭, 1002

蟢, 1783

蟲, 185, 260, 261, 480, 707, 1367, 1487, 1647, 2607, 2707, 3041, 3046, 3049

蟵, 276, 3061

蟹, 2362

襆, 626, 630, 631, 1553

襈, 3104

襋, 673

襌, 202, 203

襍, 2846

襏, 151

覆, 108, 164, 169, 187, 238, 279, 288, 618, 630, 635, 637, 640, 648, 650, 651, 756, 790, 806, 1295, 1305, 1333, 1384, 1552, 1619, 1694, 1753, 1876, 1891, 2073, 2280, 2311, 2337, 2491, 2934

覲, 471, 726, 976, 1053, 1060, 1203, 1617, 1630, 1923, 2334, 2930

観, 1996

觴, 703, 1785

譬, 1071, 1143, 1629, 1630, 1841

謨, 766, 1357, 1412, 1413, 1417, 1421, 1429, 1430, 1431, 1433, 1443, 2258, 2858

謩, 1351

謪, 2912

謫, 438, 1132, 2065, 2911, 2912

謬, 127, 1383, 1412, 1694, 2277

謳, 1503, 1504

謵, 2298, 2299

謶, 3119

謹, 380, 613, 973, 997, 1052, 1053, 1599, 1616, 1880, 2514, 2950, 3063, 3097

謼, 2454

謾, 889, 1343, 1348, 1349

豐, 420, 609, 1250, 1344, 1494, 2424, 3073

賾, 226, 2573

贅, 1844, 3110

蹔, 2857

蹕, 832

蹙, 329, 1561, 1563

蹜, 329

蹟, 928, 938, 942, 3032

蹠, 329, 938, 1620, 2542, 2994

蹤, 325, 938, 1303, 2304, 3139, 3142

軀, 1639, 1640, 1641, 2072, 2711
軁, 1294
轉, 54, 110, 122, 149, 150, 164, 224, 253, 254, 288, 304, 325, 365, 410, 419, 427, 443, 446, 457, 461, 606, 631, 633, 635, 649, 686, 739, 758, 764, 850, 851, 887, 910, 990, 995, 1010, 1021, 1051, 1108, 1203, 1223, 1244, 1284, 1310, 1376, 1473, 1484, 1529, 1623, 1646, 1657, 1662, 1676, 1699, 1727, 1814, 1842, 1873, 1932, 2057, 2191, 2271, 2308, 2411, 2449, 2745, 2784, 2803, 2810, 2841, 2889, 2911, 2989, 3056, 3103, 3104, 3107
轍, 225, 2911, 2912
邃, 20, 1728, 2017, 2019, 2805
邇, 360, 396, 520, 524, 928, 1053, 1967
邈, 1183, 1354, 1381, 1544, 2512
鄭, 2858
鄺, 203
醨, 1214
醪, 1010, 1199, 1200
醫, 72, 139, 445, 967, 1095, 1857, 2165, 2325, 2380, 2488, 2517, 2556, 2560, 2565, 2637, 2639, 2671, 2861
醬, 995
醯, 2293, 2294, 2306, 3153
釐, 1209, 1214, 1215, 1351, 1353
鍩, 2311, 2312
鎌, 1241, 1599
鎐, 2514
鎔, 1701, 1702, 2259, 2309, 2504, 3102
鎖, 882, 1267, 1994, 2033, 2034, 2373, 2374, 2520, 2546, 2861, 2935, 3149
鎗, 146, 290, 1866
鎙, 1994
鎚, 294, 295, 485, 3111
鎛, 151
鎢, 2253
鎣, 2673, 2674
鎧, 421, 428, 1142, 2088, 2443, 2605, 3043
鎪, 482
鎬, 667
鎭, 68, 146, 457, 1143, 1269, 1783, 2034, 2084, 2375, 2432, 2925, 2935, 2936
鎮, 2935
鎰, 570, 2641
鎻, 1304, 2033, 2034
闐, 444, 445, 1740, 2082, 2084
闑, 1388
闒, 1140, 1142, 2041, 2521
闓, 466, 657, 777, 790
闕, 16, 205, 283, 465, 481, 674, 724, 790, 971, 1107, 1129, 1132, 1141, 1178, 1182, 1183, 1365, 1404, 1526, 1590, 1662, 2082, 2125, 2235, 2241, 2488, 2647, 2787, 2796
闘, 204, 465, 2106, 2688
隳, 850
雘, 2819
雙, 121, 137, 578, 604, 623, 666,

752, 787, 792, 824, 880, 894, 959, 1116, 1249, 1306, 1527, 1637, 1934, 1975, 2341, 2983, 3032, 3047, 3115, 3141

萑, 730

雛, 277

雜, 44, 72, 115, 129, 163, 173, 184, 332, 564, 913, 964, 988, 1081, 1098, 1209, 1213, 1291, 1323, 1461, 1532, 1552, 1631, 1857, 1867, 1977, 2120, 2205, 2337, 2348, 2399, 2428, 2568, 2680, 2717, 2844, 2877, 2880, 3037, 3045

雝, 2680, 2681

雞, 889, 941, 1316, 1459, 2520, 2844, 3153

離, 76, 87, 157, 202, 246, 253, 267, 274, 283, 380, 431, 446, 460, 466, 476, 483, 485, 486, 521, 551, 569, 597, 644, 721, 726, 751, 774, 823, 836, 843, 1008, 1030, 1038, 1056, 1058, 1066, 1102, 1130, 1188, 1203, 1209, 1212, 1213, 1214, 1215, 1217, 1229, 1238, 1278, 1316, 1323, 1386, 1410, 1459, 1470, 1512, 1593, 1600, 1648, 1760, 1772, 1805, 1880, 1895, 1976, 1986, 2066, 2072, 2125, 2167, 2169, 2194, 2258, 2328, 2334, 2400, 2415, 2428, 2433, 2499, 2522, 2568, 2588, 2619, 2631, 2681, 2710, 2737, 2776, 2801, 2804, 2842, 2843, 2844, 2892, 2908, 2915, 3043, 3063, 3152

霤, 1282, 1290

鞣, 1702

鞫, 1102

鞭, 99, 2245, 2676

鞮, 430, 2065

韙, 2071, 2206

題, 124, 718, 1653, 1915, 2067, 2071, 2328, 2570, 2609, 2675, 2784, 2842, 2958, 3005

額, 502, 509, 717, 866, 1004, 1149, 1205, 1269, 1464, 1547, 2071, 2106, 2369, 2440, 2488

顏, 1149, 1192, 2137, 2488, 2809, 2842

顒, 1149, 1608

顓, 3103, 3104

顔, 718, 766, 884, 1149, 1543, 1547, 1631, 1764, 1841, 2107, 2348, 2371, 2413, 2479, 2488, 2490, 2809, 2825

顕, 2327

颺, 740, 1528, 2505, 2506, 2508

飧, 180, 2089, 2665

餹, 2058

餽, 1181

餾, 1286

馥, 94, 151, 651

騅, 838

騋, 738

騎, 239, 597, 922, 937, 956, 1574, 1580, 1589, 2604

騏, 1261, 1580

騐, 2501, 2502

騷, 254, 1761, 1762, 2501
髀, 89, 91, 97, 1004, 1075, 1464, 1521, 1523, 2071, 2293
髁, 1149, 1171
鬈, 1123, 1657
鬩, 1178
魍, 1250, 2158
魎, 1250, 1364
魏, 832, 1055, 1304, 2168, 2207, 2219, 2227
鮽, 2757
鯁, 683
鯉, 1219
鵒, 672, 2788
鵓, 2108
鵐, 245
鵜, 2074
鵝, 502, 792, 816, 1487, 1633, 2246, 2271, 2508
鵠, 792, 816
麌, 2749, 2771
麐, 1137
麔, 1418
黟, 2538, 2565
黠, 443, 1059, 1432, 1624, 2312, 2980, 3022
黿, 222
鼦, 3041
鼬, 2730
齕, 230, 790
𢄼, 287
蹩, 94

十九畫

嚇, 1235, 1236, 1237, 1327, 1492, 2640
懥, 2327
擟, 1005
櫜, 68
寱, 205, 2641
籔, 2931
藺, 1332
戀, 1306
儴, 1461, 1673
儵, 2086, 2433
劖, 201, 203, 204, 2137
嚥, 2497, 2501
嚧, 1296, 1297, 1298, 1316, 1327, 1336, 2440
嚨, 1291
嚩, 16, 30, 142, 169, 648, 1297, 1320, 1324, 1331, 1357, 1421, 1449, 1540, 1544, 2134, 2208, 2877, 2915
嚪, 376
嚫, 230, 231, 935, 1630
嚬, 1531
壚, 1298, 1299, 2057, 2440
壞, 37, 94, 413, 416, 558, 738, 759, 806, 832, 833, 834, 835, 837, 840, 853, 880, 998, 1084, 1110, 1123, 1164, 1166, 1258, 1325, 1494, 1545, 1624, 1671, 1674, 1785, 1797, 1974, 2018, 2020, 2136, 2492, 2538, 2737, 2874, 2876, 3021, 3063
壟, 1292
壠, 1292

夓, 2693

嬾, 495, 1194, 1195, 1468

嬿, 2501

寶, 50, 445, 875, 1577, 1874, 3121

寵, 262, 1292

巃, 1291, 1292

幰, 1349, 2327, 2445

廬, 1098, 1293, 1297, 1298, 1299, 1920

懲, 95, 243, 1157, 2166, 2937, 3015

懵, 764, 1369, 1370, 1375

懶, 1192, 1194, 1195, 2388, 2391

懷, 4, 54, 213, 237, 241, 294, 404, 413, 607, 661, 691, 721, 738, 749, 756, 794, 800, 833, 834, 835, 840, 843, 851, 854, 910, 1122, 1161, 1171, 1194, 1262, 1348, 1624, 1688, 1830, 1976, 2169, 2184, 2391, 2414, 2638, 2709, 2874, 3075

攀, 28, 41, 1105, 1507, 2442, 2789, 2795

擢, 330, 866, 1122

攊, 1236, 1237

攋, 1192

攎, 996, 1298

攏, 1292

曝, 57, 1554, 1564, 1738, 1774, 2058

曠, 735, 736, 1176, 1177, 2447, 2537, 2786

櫌, 922, 1676, 2696

櫎, 847

櫕, 330, 3149

櫖, 1336, 1962

櫚, 1332

櫝, 468, 469

歠, 285, 298, 1865

瀕, 131

瀘, 1298, 1304

瀚, 487, 764, 766, 767

瀛, 1204, 2674

瀝, 1234, 1237

瀧, 1291, 1292

瀨, 1192, 1970

瀔, 707

瀬, 1192, 1194, 1970, 2040, 2771

灉, 569

爆, 57, 1514

爇, 606, 1678, 1736

爍, 57, 145, 1196, 1237, 1238, 1994

爕, 121, 2390

牘, 468, 942

犢, 468, 2062, 2444

獸, 201, 260, 278, 698, 814, 1135, 1302, 1488, 1574, 1616, 1936, 1937, 1947, 1954, 2274, 2367, 2785, 2890

獹, 1298

獺, 2040, 3020

璽, 931, 973, 2305

璨, 1212, 1213, 1238

瓊, 52, 1632

瓣, 44, 2667

瓃, 2670

彊, 996, 999, 2490
疇, 264, 1573, 1955, 2496, 3055
癠, 501
癡, 10, 15, 166, 245, 290, 327, 441, 474, 551, 602, 790, 853, 907, 914, 1095, 1192, 1407, 1413, 1591, 1679, 1952, 2012, 2054, 2250, 2311, 2471, 2569, 2630, 2657, 2660, 2676, 2681, 2970, 3020, 3141
矃, 1493
矅, 2518
矇, 1368, 1369
矉, 1590
矱, 2819
礘, 1594
礙, 10, 15, 58, 94, 99, 245, 263, 278, 393, 400, 422, 458, 482, 485, 524, 650, 657, 709, 723, 744, 750, 789, 834, 875, 959, 1032, 1057, 1071, 1137, 1139, 1205, 1250, 1458, 1479, 1492, 1545, 1631, 1662, 1838, 1906, 2025, 2192, 2217, 2233, 2323, 2459, 2569, 2639, 2861, 2891, 2899, 3083, 3098, 3118, 3151
礛, 968
礝, 1726
禰, 153, 232, 521, 1229, 1455, 1478, 1564
禱, 389, 1574
穧, 1579
穨, 2121
穩, 414, 863, 906, 2238, 2655, 2666, 2825, 3141
穪, 234, 244, 1025, 1148, 1478, 2981
穫, 800, 823, 880, 881
竆, 285
簳, 662, 664
簷, 369, 1916, 2488, 2490, 2888
簸, 141, 146, 151, 152, 1363, 1540, 1615
簹, 383
簽, 1599
簾, 1241
簿, 49, 58, 94, 150, 169, 2463, 2640
繪, 749, 864, 1172, 1195, 2861
繫, 203, 450, 572, 594, 649, 707, 738, 886, 927, 942, 967, 1010, 1021, 1024, 1035, 1052, 1198, 1205, 1296, 1372, 1391, 1446, 1597, 1623, 1677, 1781, 1813, 1825, 1972, 1977, 2040, 2261, 2305, 2306, 2307, 2335, 2544, 2857, 2989, 2994, 3106
繩, 203, 239, 330, 649, 665, 666, 1071, 1130, 1334, 1349, 1461, 1842, 2033, 2158, 2674
繪, 864, 942, 1172, 2336, 2877, 3063
繫, 224, 572, 648, 885, 887, 888, 942, 1812
繭, 182, 973, 2305
繮, 996
繳, 1004, 1005, 2496
繹, 1931, 2641, 2645
羅, 3, 31, 108, 142, 320, 336, 424,

490, 521, 622, 646, 655, 743, 757, 766, 799, 826, 937, 941, 950, 951, 1126, 1129, 1159, 1185, 1192, 1193, 1197, 1198, 1208, 1212, 1214, 1216, 1229, 1235, 1237, 1239, 1240, 1261, 1291, 1294, 1297, 1298, 1308, 1315, 1321, 1322, 1323, 1324, 1327, 1347, 1365, 1373, 1414, 1423, 1445, 1446, 1455, 1460, 1474, 1540, 1546, 1584, 1738, 1767, 1965, 2005, 2021, 2128, 2145, 2204, 2235, 2386, 2490, 2518, 2522, 2539, 2553, 2646, 2680, 2695, 2752, 2801, 3028, 3123, 3150, 3152

羆, 31, 1524, 2428

羶, 1024, 1777

羸, 202, 303, 637, 1174, 1203, 1315, 1321, 1323, 2167, 2652, 2672, 2674

羹, 683, 881, 1361

臏, 1182

臘, 674, 1185, 1186, 1259, 1767, 2370, 2758

豐, 2402

艥, 915

艷, 826, 2498, 2499, 2501, 2502

藪, 326, 1972

藕, 916, 1504

藜, 1211, 1215

藝, 450, 767, 1103, 1157, 1388, 1736, 1964, 2623, 2640, 2641, 2834, 2838

藤, 1846, 2063, 2064, 2086, 2293

藥, 186, 239, 332, 426, 467, 747, 749, 826, 1057, 1338, 1604, 1701, 1727, 2141, 2439, 2513, 2516, 2539, 2541, 2544, 2565, 2735, 2825, 3154

藩, 567, 569

藪, 550, 969, 1293, 1298, 1972, 2747

藷, 3072

蟷, 382, 383

蟹, 2389

蟺, 202, 1783

蟻, 502, 918, 1367, 2605, 2633

蠃, 1323

蠄, 1616

蠅, 1842, 2674

薑, 199, 1233, 1237, 2380

蠉, 2446, 2790

蠋, 1965, 2380

蠍, 1928, 2380, 2907

襖, 19

襜, 201, 2488

襞, 98, 152, 1520, 1524

襟, 834, 1051, 1052, 1057, 1655, 2878

覇, 31

覈, 650, 790, 1608, 1614, 1631, 2298

覶, 1321

覷, 1654

謿, 222, 223

譁, 827, 832

證, 12, 39, 240, 243, 314, 325, 410, 420, 421, 440, 448, 484, 551, 824, 881, 935, 983, 992, 995, 1068, 1098,

1315, 1345, 1407, 1461, 1473, 1592, 1622, 1632, 1654, 1659, 1836, 1846, 1873, 1881, 1888, 1947, 1982, 1992, 2032, 2049, 2071, 2073, 2164, 2201, 2225, 2276, 2330, 2336, 2355, 2366, 2395, 2397, 2402, 2420, 2432, 2473, 2502, 2545, 2611, 2623, 2634, 2636, 2642, 2644, 2745, 2753, 2770, 2803, 2860, 2901, 2936, 2938, 2943, 2949, 2989, 2999, 3009, 3037, 3040, 3071, 3122

譊, 1676

譌, 501, 503, 1337

譎, 1132, 2911

譏, 226, 864, 886, 887, 889, 918, 1879, 2324, 2642, 2754

譑, 1005

譓, 856

譔, 1305, 3104, 3107

譖, 1433, 2860, 2874

識, 15, 84, 139, 171, 183, 205, 214, 229, 231, 242, 250, 258, 263, 280, 284, 397, 417, 440, 455, 468, 469, 502, 506, 561, 662, 680, 695, 818, 823, 864, 874, 887, 889, 918, 927, 933, 997, 1030, 1034, 1038, 1067, 1080, 1084, 1133, 1159, 1313, 1387, 1560, 1564,1606, 1627, 1684, 1718, 1763, 1780, 1809, 1813, 1827, 1846, 1851, 1878, 1898, 1925, 1926, 1927, 1930, 1977, 1988, 2037, 2073, 2095, 2205, 2221, 2247, 2275, 2286, 2341, 2388, 2393, 2408, 2524, 2626, 2631, 2641, 2643, 2689, 2801, 2812, 2831, 2849, 2917, 2951, 2975, 2989, 2994, 3017, 3031, 3032, 3044, 3065, 3087, 3099, 3109

譙, 1002, 1607

譚, 1930, 2049, 2052, 2642

譛, 1605, 2860, 2874

譜, 15, 1552, 1553, 2386, 2440

豶, 607

贇, 2827

贈, 650, 2568, 2877

贊, 2858, 2859

贋, 2501

蹬, 242, 243, 420, 421, 428

蹰, 265

蹲, 487, 741

蹴, 329, 1292, 2085

蹵, 329

蹶, 98, 1129, 1132

蹷, 1132

蹻, 2039, 2041

蹻, 1608

躇, 276, 277, 335

軄, 2994

轒, 2706, 3122

辭, 37, 44, 114, 232, 266, 299, 302, 375, 802, 827, 1025, 1155, 1198, 1219, 1306, 1337, 1500, 1526, 1868, 1886, 1983, 1996, 2219, 2228, 2475, 2766, 3033, 3060

辴, 205

邊, 10, 46, 73, 99, 107, 187, 386, 393, 480, 572, 579, 750, 786, 938, 959,

975, 993, 1055, 1057, 1083, 1180, 1220, 1250, 1269, 1335, 1362, 1379, 1487, 1526, 1606, 1667, 1762, 1817, 1906, 1970, 2025, 2192, 2315, 2460, 2530, 2573, 2621, 2624, 2780, 2799, 2807, 2811, 2823, 2953, 3033

鎩, 1773

鏁, 2033, 2034, 2546, 2861

鏂, 1504

鏃, 882, 2451, 3147

鏄, 3102

鏆, 2451

鏇, 337, 2448, 2450, 3148

鏑, 431

鏒, 1760

鏕, 1305

鏗, 1157

鏘, 1158

鏙, 331

鏜, 2058

鏠, 204

鏡, 150, 421, 445, 726, 732, 992, 1084, 1085, 1087, 1099, 1605, 1621, 1675, 1702, 1727, 2370, 2660, 2906, 3040, 3041, 3096

鏤, 331, 1294, 1295, 1296, 1334

鏨, 2858

鏬, 2316

闐, 1178, 1923

關, 92, 110, 126, 204, 316, 674, 722, 723, 769, 960, 1028, 1139, 1182, 1364, 1392, 1526, 1662, 1663, 1665, 2113, 2233, 2238, 2323, 2406, 2487, 2618, 2677, 2689, 3053

隴, 1292

難, 12, 13, 18, 55, 157, 265, 298, 370, 483, 486, 503, 591, 599, 644, 649, 751, 757, 787, 837, 878, 879, 889, 927, 961, 967, 968, 1026, 1066, 1122, 1167, 1194, 1216, 1304, 1320, 1365, 1386, 1408, 1429, 1447, 1451, 1458, 1471, 1473, 1544, 1546, 1547, 1574, 1617, 1668, 1807, 1845, 1902, 1929, 1972, 1976, 2048, 2054, 2055, 2056, 2120, 2157, 2185, 2212, 2221, 2241, 2330, 2378, 2381, 2398, 2460, 2509, 2570, 2571, 2613, 2614, 2626, 2631, 2710, 2804, 2824, 2830, 2845, 2846, 2940, 3021, 3043, 3113

霚, 1305, 1355, 1614, 2276, 2280

霪, 2660

靡, 600, 602, 933, 1234, 1361, 1372, 1415, 2258, 2295, 2678, 3032

鞴, 37, 68, 1506

鞵, 2386

韜, 389, 630, 2059, 2841

韝, 697

韞, 2841, 2842

韻, 448, 551, 1207, 1292, 1798, 2653, 2685, 2841, 2842

顚, 1792

顗, 484, 1143, 2605, 2805

願, 77, 121, 133, 168, 215, 226, 329, 382, 409, 441, 453, 472, 502, 546, 551, 564, 718, 728, 737, 881, 902, 1014, 1068, 1095, 1098, 1192, 1207,

1269, 1281, 1334, 1345, 1347, 1392, 1399, 1406, 1473, 1487, 1536, 1547, 1563, 1622, 1626, 1628, 1636, 1646, 1670, 1735, 1904, 1926, 1982, 2016, 2020, 2032, 2048, 2056, 2107, 2120, 2121, 2190, 2201, 2249, 2324, 2329, 2336, 2348, 2370, 2395, 2410, 2413, 2432, 2433, 2439, 2441, 2445, 2481, 2494, 2545, 2570, 2629, 2675, 2691, 2704, 2779, 2785, 2795, 2799, 2805, 2808, 2826, 2842, 3048, 3071, 3154, 3164

顙, 1761, 1936

顚, 442, 3105

顛, 203, 226, 347, 392, 441, 442, 502, 1826, 2424, 2630, 2808, 3062, 3105, 3110

類, 61, 67, 177, 262, 280, 480, 482, 488, 509, 559, 571, 584, 616, 792, 1020, 1072, 1191, 1205, 1207, 1224, 1259, 1283, 1293, 1332, 1334, 1354, 1459, 1478, 1531, 1544, 1584, 1652, 1666, 1779, 1812, 1831, 1902, 1929, 1947, 1964, 1971, 1980, 2015, 2019, 2073, 2087, 2097, 2107, 2308, 2328, 2340, 2370, 2412, 2421, 2489, 2522, 2569, 2619, 2631, 2674, 2675, 2737, 2776, 2784, 2801, 2809, 2829, 2842, 2844, 2956, 3043, 3085

飆, 1529, 2514

颼, 1290

饉, 509, 971, 1053, 1180, 1765

鶩, 1071, 2280

騡, 2374

騣, 1353, 3139

髃, 2757

鬉, 3139

鯢, 1070, 1478

鯤, 1181, 1182

鯨, 1070, 1182, 1478

鯰, 1172

鵡, 502, 2271, 2671

鵬, 1504, 1517

鵭, 2253

鴿, 1599, 2757

鵰, 446, 2326

鵲, 1664, 1665

[illegible], 1103

鵛, 245, 2464, 2465

鵷, 889

鵾, 1182

鵓, 2375

鶏, 889

麑, 1424, 1477, 1478

麒, 1580

麓, 1302

麕, 1137

麗, 770, 1220, 1234, 1236, 1237, 1238, 1316, 1402, 1700, 1738, 1774, 2074, 2489, 2889

麴, 1641

黼, 631

黿, 2133

齗, 255, 484, 2389, 2467, 2667

齘, 484, 2389, 2873

龐, 1350, 1351

䅥, 246

二十畫

儸, 1811

嚪, 1193, 1194, 1327

𧂐, 1490, 1491

𢣇, 2947, 2953, 3168

擧, 1507

齾, 1299

櫂, 1665

櫟, 2911

燿, 813, 879, 881, 1660, 2518

藤, 2064

覆, 651

儶, 1052

勸, 128, 257, 271, 331, 460, 597, 727, 828, 837, 1008, 1052, 1056, 1070, 1082, 1123, 1141, 1175, 1280, 1342, 1612, 1617, 1618, 1660, 1661, 2055, 2277, 2408, 2455, 2456, 2559, 2665, 3047, 3083

嚱, 2294

嚲, 494, 1209

嚴, 184, 282, 375, 382, 414, 550, 655, 734, 771, 825, 1006, 1299, 1646, 1728, 1761, 1841, 1878, 1925, 1967, 2055, 2117, 2167, 2337, 2378, 2410, 2449, 2489, 2490, 2496, 2502, 2654, 2673, 2680, 2906, 2946, 3108, 3151

嚼, 1132, 1490, 1491, 2846, 2873, 3149

壤, 656, 834, 836, 856, 1546, 1673, 1674, 2072, 3044

壢, 2863

孃, 1461, 1487, 1673, 1674, 1675, 2351

孆, 2670

孽, 152, 1490, 1491

孾, 2670

寶, 50, 55, 77, 107, 124, 130, 141, 153, 164, 172, 183, 197, 237, 346, 411, 453, 465, 555, 583, 602, 646, 650, 703, 729, 737, 740, 812, 826, 932, 937, 1090, 1132, 1158, 1171, 1216, 1239, 1301, 1551, 1565, 1577, 1632, 1766, 1785, 1874, 1900, 1920, 1925, 2047, 2192, 2272, 2307, 2325, 2337, 2387, 2444, 2513, 2542, 2566, 2617, 2660, 2673, 2766, 2881, 2893, 2925, 3020, 3031, 3033, 3042, 3046, 3049, 3059, 3075, 3121, 3134, 3137, 3150, 3153

巇, 2294

巉, 1129

巖, 441, 2489, 2490

廰, 2089

懸, 263, 720, 733, 928, 1118, 1122, 1245, 1261, 1376, 2337, 2447, 2449, 2450, 2797, 2802, 2892

懺, 181, 183, 205, 231, 241, 482, 556, 852, 1165, 1384, 1933, 2320, 2572

攓, 975, 1599

攔, 1193, 1194

攕, 2321

攖, 1135, 2670

攘, 331, 836, 1461, 1673, 1674,

2352
攙, 201
斅, 2377, 2379
斆, 2379
曤, 881
矑, 1297
曦, 2294
曨, 1292
朧, 1292
櫨, 1298, 1299, 1336, 1641, 1962
櫚, 1194, 2490
櫪, 185, 1237
櫬, 230, 231
櫳, 1292
瀰, 2894
瀸, 968
瀹, 2827
瀼, 836, 1674
瀾, 1194, 1196, 1728, 2790
爐, 1298, 1299, 1300, 1336, 1402, 1535, 1593, 1775, 1798, 2050, 2056, 2749
爛, 2501
獻, 1082, 1155, 1602, 1728, 2309, 2337, 2496, 2499, 2809, 2846
獮, 799, 2327, 2798
瓌, 738, 840, 1179
瓏, 1291, 1292
癢, 290, 2104, 2353, 2507, 2509, 2510
曠, 742, 1177
矍, 1122, 2827
礦, 736, 846, 847, 1177, 1178, 1237, 1551, 1766
礧, 759
礨, 1204
礪, 1237
礫, 1237, 1238, 1593, 1863, 2911
穬, 736, 1177
竇, 51, 465, 467, 468, 795, 1665
競, 1062, 1069, 1075, 1087, 1094, 2159, 2625, 2776, 2948, 2988
籃, 1192, 1194
籄, 741
籌, 74, 94, 232, 263, 264, 422, 696, 1941, 1953, 2970, 3098
籍, 18, 915, 916, 1196, 1217, 2033
籏, 1580, 1581
籒, 3059
糯, 1495
繻, 1716, 1717
繼, 203, 482, 678, 720, 927, 942, 1020, 1064, 1372, 2103, 2124, 2204, 2305, 2306, 2308, 2444, 3039
繽, 131
繿, 1193, 1194
纂, 330, 484, 1315, 1442, 1443, 3149
罌, 2670
羺, 706, 1144, 1495
耀, 468, 734, 849, 1114, 1406, 1642, 1825, 2518, 2519, 2827, 2906
聹, 1493
聻, 992
臚, 1298, 1299, 1300
臛, 881

艦, 1144
穮, 1606
蘼, 1236
藹, 4, 1186, 2545
藺, 1263
藻, 185, 459, 2862
藾, 1186
藿, 431, 879, 881, 882, 3119
蘂, 1053, 1061, 1727, 2541
蘅, 796
蘆, 229, 1297, 1298, 1300
蘇, 301, 550, 916, 940, 1237, 1460, 1504, 1719, 1739, 1937, 1960, 2275, 2430, 2439, 2517, 2747, 3060, 3172
蘊, 230, 301, 345, 384, 608, 1130, 1193, 1336, 1349, 2201, 2227, 2263, 2495, 2655, 2716, 2841, 3051
蘋, 1206
虈, 2456
蘢, 1292
蠠, 2838
蠓, 1370, 1388
蠕, 1716, 1726
蠖, 881
襤, 1194
襦, 973, 1716
襶, 2464, 2500
覺, 5, 51, 239, 397, 413, 460, 509, 559, 622, 726, 741, 746, 862, 930, 977, 998, 1003, 1008, 1076, 1084, 1088, 1105, 1128, 1132, 1140, 1159, 1172, 1176, 1195, 1201, 1222, 1251, 1376, 1485, 1507, 1568, 1579, 1588, 1664, 1784, 1847, 1876, 1880, 1912, 1982, 2027, 2240, 2258, 2275, 2278, 2302, 2325, 2378, 2424, 2452, 2625, 2709, 2737, 2761, 2798, 2808, 2839, 2951, 2971, 3154
觸, 73, 283, 329, 434, 460, 467, 520, 632, 636, 657, 684, 724, 802, 827, 943, 1002, 1025, 1123, 1132, 1136, 1306, 1457, 1565, 1766, 1785, 1817, 1879, 1901, 1941, 2071, 2295, 2400, 2446, 2775, 2800, 2844, 2848, 2906, 3046, 3074, 3082, 3104, 3118
譟, 2864
譖, 379, 383, 384
譣, 2326
警, 472, 1070, 1072, 1073, 1082, 1084, 1625, 1926, 2932
譫, 205, 2887
譬, 83, 96, 97, 232, 344, 368, 450, 644, 1073, 1520, 1524, 1525, 1526, 1666, 1707, 1899, 1926, 2018, 2219, 2662, 2702, 2781, 2845, 2859, 3064
譯, 269, 440, 477, 570, 819, 824, 863, 913, 935, 997, 1068, 1081, 1124, 1129, 1304, 1314, 1758, 1881, 1931, 1937, 2031, 2224, 2231, 2355, 2502, 2538, 2614, 2621, 2622, 2623, 2641, 2644, 2645, 2770, 2872, 3104
議, 242, 284, 345, 440, 502, 819, 824, 830, 853, 889, 928, 992, 997, 1204, 1220, 1252, 1314, 1563, 1659, 1881, 1926, 1991, 1998, 2190, 2224,

2248, 2355, 2567, 2572, 2633, 2636, 2642, 2644, 2770, 2783, 2802, 2919, 3051, 3055, 3070

讓, 440

贍, 369, 1095, 1783, 2888

贏, 1204, 2672, 2673, 2674

躁, 185, 230, 1247, 1761, 1959, 1961, 2461, 2614, 2863

躃, 98, 152, 391, 1132, 1325, 1524, 1525, 1526

躄, 96, 98, 1520, 1525, 1526, 1561

轖, 3122

轗, 1144

轘, 2803

辮, 44, 99, 111, 115

醲, 297, 1495

醴, 1093, 1220, 1495

釋, 56, 114, 120, 124, 191, 202, 220, 233, 255, 268, 271, 312, 344, 351, 367, 425, 440, 450, 469, 481, 483, 494, 508, 604, 623, 692, 713, 727, 858, 900, 933, 952, 969, 979, 1009, 1026, 1059, 1070, 1087, 1095, 1123, 1127, 1129, 1179, 1206, 1247, 1313, 1397, 1404, 1431, 1460, 1512, 1525, 1586, 1633, 1649, 1662, 1684, 1702, 1802, 1806, 1813, 1827, 1841, 1856, 1862, 1880, 1892, 1927, 1928, 1943, 1960, 1972, 1989, 2038, 2080, 2095, 2111, 2214, 2229, 2241, 2247, 2275, 2284, 2328, 2393, 2408, 2442, 2532, 2540, 2559, 2603, 2620, 2626, 2632, 2638, 2641, 2662, 2703, 2723, 2739, 2752, 2777, 2831, 2863, 2871, 2958, 2989, 3000, 3003, 3036, 3044, 3060, 3073, 3095

鐨, 2877

鐎, 2935

鐃, 1462, 1675, 1727, 2088

鐄, 3149

鐍, 3122

鐏, 3149, 3156

鐐, 1255, 2085

鐓, 487

鐘, 259, 295, 495, 984, 3040, 3041

鐙, 420, 428, 1142, 2937, 2950

鐯, 2856

鐵, 2088

鐗, 1178

鐥, 337

闞, 764, 1178

闌, 841, 864

闡, 204, 465, 678, 723, 959, 1193, 1517, 1526, 1540, 2041, 2205, 2233, 2487, 2796, 2821, 2878

霰, 2337

韠, 97

韛, 37, 68, 697, 1506, 2168

顜, 1342

飂, 1290

飄, 1529

飄, 124, 649, 1528, 1529, 2514, 2930

饋, 1181, 1465

饌, 1783, 1784, 2217, 2512, 3107

饍, 1305, 1780, 1783, 1784, 3107

饑, 509, 884, 889

饒, 50, 690, 1230, 1269, 1462, 1471, 1675, 1677, 1798, 1964, 2424, 2752, 2874

馨, 4, 1841, 2350, 2399

騫, 763, 973, 975, 1599

騰, 331, 369, 1259, 1840, 1846, 1848, 2059, 2063, 2064, 2196, 2293, 2445

騲, 186

騶, 3059

騷, 1762

髆, 150, 151, 1975, 2071

鬠, 2441

鬢, 2441, 2932

鬪, 92, 204, 395, 465, 466, 555, 960, 994, 1292, 1662, 2233, 2487, 2890

鯷, 2071

鯹, 2403

鰌, 2095

鰓, 1740

鰕, 2309

鶩, 1099, 1633

鶘, 817

鶬, 2071

鶚, 509

鶡, 792, 2464

鶣, 772

鶩, 628, 1071, 2280

鹹, 975

䵂, 955

黳, 1372, 1478, 1808

麵, 68, 1380, 1641

黧, 1214, 1215, 1238

黨, 217, 368, 379, 383, 1332, 1965, 2058, 2640, 3049

齚, 16, 790, 1132, 2846, 2873

齝, 246, 1852

齟, 1106, 2880

齠, 230, 1967, 2086

齡, 1235, 1268, 1659

齡, 1235, 1268

龔, 2496

穦, 888, 915

儺, 1238

二十一畫

嚂, 764, 1192, 1195

瓂, 1370, 1715, 2278

攉, 1659

攞, 1103

癩, 2121

糷, 1146

穮, 3119

儷, 1236, 1238

儸, 1322

儺, 1499

孿, 1306, 1335

躧, 2660

嚾, 836

囀, 1292, 1423, 3107

屬, 164, 281, 381, 562, 757, 1101, 1102, 1125, 1231, 1234, 1326, 1333, 1504, 1639, 1813, 1833, 1965, 1981,

2196, 2365, 2371, 2444, 2544, 2620, 2678, 2759, 2782, 2809, 2825, 2889, 2997, 3074, 3081, 3082

巍, 2168, 2227

衢, 1642

懼, 166, 297, 837, 846, 1071, 1120, 1121, 1166, 1642, 1660, 1811, 1842, 2013, 2185, 2518, 2827, 2956, 3118

懽, 460, 836, 837, 1369

懾, 1811, 1813, 1814, 2912

攝, 27, 153, 167, 220, 233, 249, 284, 335, 449, 483, 561, 597, 630, 656, 673, 680, 700, 738, 836, 880, 887, 888, 918, 1015, 1105, 1118, 1120, 1125, 1162, 1183, 1296, 1313, 1321, 1345, 1359, 1391, 1483, 1490, 1491, 1594, 1644, 1660, 1733, 1760, 1783, 1806, 1809, 1811, 1814, 1832, 1856, 1880, 1930, 1932, 1933, 1948, 1965, 1967, 1981, 1988, 2072, 2104, 2105, 2120, 2277, 2290, 2308, 2341, 2378, 2421, 2430, 2506, 2517, 2541, 2559, 2589, 2631, 2703, 2711, 2863, 2871, 2901, 2909, 2912, 2932, 2951, 2957, 2989, 3003, 3032, 3044, 3065, 3141, 3156

攔, 1194, 1196

囊, 491, 569, 1346, 1422, 1446, 1447, 1449, 1451, 1458, 1461, 1462, 1500, 2050, 2351

櫺, 1268

櫻, 2670

櫼, 205

欒, 2666

欀, 331, 1673, 2351

欄, 1193, 1194, 2490

欅, 1106

濯, 373, 730

灌, 725, 730, 731, 822, 881, 1001, 1142, 1737, 2457, 3119

爚, 2827

爛, 864, 974, 1194, 1195, 1196, 1316, 1593, 1728, 2472, 2498, 2501

爝, 1000, 1011, 1132, 1135

犧, 2294

瓔, 1294, 2669, 2670

瓖, 2351

癧, 1237

癨, 882

癩, 139, 441, 442, 1192, 1236

矔, 881

矑, 1299

礭, 1665

礰, 1237, 1238, 1593

竃, 737

竈, 2864

籐, 2064

籓, 568

糲, 327, 1238

纇, 1626

纈, 1021, 2386

纉, 2860, 3149

纊, 735, 1178

續, 107, 233, 284, 466, 469, 649, 757, 888, 942, 1021, 1067, 1130, 1206,

1231, 1677, 1695, 1878, 1899, 1964, 2081, 2224, 2329, 2443, 2649, 2714, 2802, 2805, 2859, 2875, 3149

纖, 231, 2089

纏, 202, 203, 443, 648, 1063

羼, 1665, 1848, 2292

羸, 1315

蘖, 152, 501, 502, 671, 1024, 1490, 1491, 1738, 2541

蘗, 95, 152, 1192, 1490, 1491, 1738

蘘, 1673, 1674

蘚, 2327

蘞, 1243

蘡, 2670

蘢, 1360

蘭, 231, 367, 823, 960, 974, 1193, 1194, 1196, 1239, 1243, 1263, 1316, 1323, 1459, 1507, 1623, 2796, 2803, 2822

蘯, 384

蘊, 776, 1928, 2380

蠛, 1388

蠟, 1186

蠟, 1186

蠡, 857

蠢, 259

蠣, 1237

襪, 1431, 2133, 2134

覼, 726, 1321

覽, 175, 726, 729, 862, 977, 992, 1193, 1195, 1969, 1986

譴, 1372, 1606, 2203, 2911

護, 28, 47, 246, 248, 279, 316, 404, 432, 468, 475, 502, 550, 636, 643, 650, 711, 730, 806, 812, 817, 820, 822, 838, 880, 881, 882, 941, 992, 997, 1007, 1053, 1175, 1227, 1303, 1357, 1421, 1459, 1484, 1528, 1566, 1599, 1627, 1660, 1675, 1805, 1809, 1812, 1879, 1923, 1976, 1984, 2016, 2027, 2046, 2049, 2115, 2217, 2219, 2220, 2277, 2310, 2385, 2400, 2489, 2642, 2645, 2656, 2671, 2681, 2731, 2758, 2760, 2776, 2795, 2858, 2950, 3049, 3063, 3119, 3160

譸, 263, 3053, 3055, 3059

譺, 13, 447

譽, 233, 322, 689, 1106, 1134, 1992, 2056, 2453, 2756, 2765, 2785, 2788

贐, 1061

贊, 2325

贓, 184, 1302, 1482, 2874

躊, 265

躋, 889, 940, 941

躍, 297, 838, 2398, 2518, 2520, 2688, 2827, 2846, 3118

躝, 1582

轜, 517

轝, 1106, 1483, 2746, 2788

轞, 992

轟, 797, 1516

辯, 23, 37, 44, 97, 102, 111, 115, 136, 302, 331, 401, 439, 1024, 1389, 1421, 1446, 1468, 1599, 1928, 1983,

2125, 2327, 2353, 2400, 2910
醻, 265
鐩, 2019
鐫, 1123
鐮, 1241
鐱, 991, 1599
鐴, 96
鐵, 146, 258, 295, 509, 616, 631, 729, 882, 1023, 1142, 1491, 1596, 1605, 1864, 2080, 2088, 2102, 2569, 2785, 2926, 2931, 3106, 3148
鐶, 290, 697, 840, 2451
鐷, 2541
鐸, 151, 494, 609, 1267, 2451, 2641
鐹, 742
鐺, 382, 383
鐻, 2238, 2244, 3139, 3140
闢, 97, 204, 790, 1141, 1525, 1526, 1663
闤, 841
闥, 16, 339, 342, 466, 737, 1193, 2041, 2046, 2205
露, 157, 280, 650, 1159, 1268, 1282, 1303, 1305, 1306, 1326, 1332, 1361, 1380, 1540, 1784, 2053, 2280, 2311, 2337, 2759, 2809, 2839, 2872, 2883, 2887
霹, 98, 1268, 1520
韡, 2451
響, 1530, 1841, 2350, 2355, 2362, 2366, 2371, 2653
顖, 1607
顧, 40, 96, 276, 431, 708, 710, 717, 725, 837, 857, 892, 1191, 1268, 1344, 1378, 1547, 1622, 1980, 1994, 2106, 2137, 2282, 2438, 2488, 2784, 2808
飇, 123, 124, 2473, 2499
飜, 263, 567, 569, 570, 1507
饑, 863
饗, 181, 2089, 2355, 2362, 2363, 2366, 2371
驉, 1305
騾, 1306, 1315, 1321
驀, 1432
驁, 2280
驂, 180
驃, 124, 1528
驅, 253, 1504, 1528, 1639, 1640, 1641, 2131, 2501, 2704
髎, 1254
髏, 1294, 2072, 2511
鬘, 131, 349, 473, 566, 567, 841, 940, 1343, 1346, 1347, 1348, 1349, 1575, 1760, 1966, 2438, 2440
魑, 245, 265, 739, 1423, 2158
魔, 139, 229, 246, 349, 431, 476, 506, 584, 618, 622, 666, 735, 740, 849, 1351, 1357, 1364, 1417, 1421, 1423, 1428, 1717, 2210, 2380, 2499, 2678, 2801, 2858, 2956
鰈, 724
鶂, 182, 183
鶱, 975
鶴, 509, 672, 731, 788, 792, 816,

889, 1306, 1664, 2671

鶻, 2520

鷀, 2500

鴰, 245, 672, 889, 2520

鶍, 2501

鷄, 889, 927, 2287, 2520, 3029

鷈, 2071

[illegible], 1808, 1814, 1864

鼙, 2692, 2892, 2893

黮, 2936

黯, 18, 2936

蘬, 1524

齎, 889, 1187, 1191, 1341, 1342, 1461, 1578, 2032, 2489, 2587, 2870, 2880, 3115, 3121

齜, 201

齠, 244, 910, 1490, 1491, 1662, 1664, 2308

齩, 2515

瀿, 659, 1507

霻, 2436

䭠, 972

黏, 2886

𢤱, 231

曤, 1011

灞, 31

二十二畫

儻, 214, 217, 381, 383, 384, 874, 1785, 1796, 2058, 2809

儼, 1598, 2489, 2496

鞎, 205

囇, 1237, 1238, 1305, 1738, 1774

囈, 2640, 2644

囉, 3, 320, 490, 508, 730, 774, 1185, 1208, 1237, 1297, 1298, 1301, 1318, 1323, 1324, 1327, 1331, 1422, 1445, 1446, 1450, 1462, 1499, 1738, 2305, 2877

囊, 1020, 1461, 2131

囋, 329

圝, 1306

孌, 121

孿, 1306

巒, 1306, 2625

巔, 441, 452

彎, 2662

懿, 706, 1509, 1841, 2644, 3122

攞, 147, 887, 1303, 1317, 1323, 1324, 1331, 1422, 1446, 2235, 2312, 2508, 2681

攡, 246

攤, 2048

攦, 1238

欇, 1813, 1814

權, 18, 280, 331, 476, 727, 823, 836, 837, 879, 880, 1034, 1123, 1124, 1165, 1396, 1606, 1607, 1657, 1659, 1660, 1662, 1739, 2120, 2169, 2430, 2678, 2681, 3044

歡, 248, 404, 558, 661, 725, 769, 795, 833, 836, 837, 838, 1215, 1616, 1629, 1630, 1661, 1857, 2054, 2301, 2391, 2397, 2587, 2660, 2665, 2760, 2776, 2808, 2827, 3082

氍, 1642

灑, 622, 730, 941, 1093, 1237, 1238, 1304, 1321, 1586, 1737, 1738, 1766, 1769, 1774, 2086, 2259, 2300, 2861, 2872, 3137
灘, 2048, 3055
瓘, 730, 731
瓤, 1674
疊, 449, 450, 1204, 1205, 1811, 2389, 2402, 2542, 2887
癬, 2450
癭, 2670, 2675
癮, 2667
皭, 1011
禳, 1673, 1674, 2351, 2510
禴, 2827
穰, 1673, 1674
穱, 1121
籗, 3119
籐, 2064
籙, 916, 1304, 1306
籚, 1298, 1300
籟, 1192
籠, 1144, 1183, 1291, 1292
糴, 430, 2087
纑, 1297, 1334
纓, 202, 203, 229, 648, 750, 1019, 1063, 1074, 1178, 2307, 2454, 2793, 2798, 2800, 2900, 3042
罏, 1299, 1300
羇, 890
聽, 205, 255, 321, 357, 381, 407, 414, 440, 506, 594, 834, 1009, 1118, 1141, 1144, 1218, 1241, 1261, 1266, 1404, 1472, 1624, 1848, 1946, 2030, 2089, 2236, 2381, 2401, 2431, 2626, 2638, 2678, 2712, 2777, 2841, 2888, 3087, 3141, 3170
聾, 1181, 1291, 1292, 2258, 2471
臟, 184, 2860
蠹, 480, 2131
襯, 230, 231
襰, 1192
襲, 1098, 2298, 2299, 3048
覿, 726, 916
讀, 465, 467, 468, 610, 942, 997, 1053, 1304, 1364, 1618, 1627, 1857, 1879, 1983, 2016, 2049, 2444, 2461, 2766, 2856, 2858, 2870, 2954
讁, 2871, 2912
讃, 34, 68, 205, 233, 469, 624, 689, 728, 766, 824, 992, 997, 1016, 1421, 1550, 1605, 1628, 1842, 1881, 1992, 2016, 2054, 2056, 2076, 2225, 2386, 2462, 2745, 2770, 2842, 2857, 2858, 2874, 2934, 3071, 3149
贖, 1964, 2444, 2877
躐, 1259
躑, 2994, 3032
躓, 489, 2670, 3032, 3113
躕, 277
轡, 444, 1516, 2624
轢, 1238, 1812, 3105
鑄, 2060, 3102
鑊, 416, 650, 730, 823, 881, 1135, 2088, 3112, 3140
鑌, 130, 131

鑑, 967, 992, 1144, 1158, 1196, 1300

鑒, 481, 967, 992, 1195, 1197, 2673, 2674, 2861, 2950

鑓, 3111

霽, 942, 2280

霾, 1341

霫, 1355

韉, 991

韁, 996

顩, 766

顫, 205, 2890

颸, 1765, 1766

饕, 385, 2059, 2752

驢, 1332, 2437

驎, 1261, 1262

驕, 1001, 1002, 1005

鬚, 132, 453, 566, 567, 723, 940, 1142, 1343, 2074, 2076, 2107, 2206, 2439, 2440, 2932, 3122

鬻, 2789

鰺, 1825

鰻, 1262

鱉, 125

鷙, 3032

鶴, 731

鷞, 845

鵃, 2757

黰, 2932

齪, 298

龔, 691, 2299

龕, 693, 1144

二十三畫

囐, 2490

巙, 187, 1334

夔, 3107

巘, 2337, 2496, 2846

巖, 184, 441, 1299, 2013, 2470, 2485, 2489, 2490

巘, 2336, 2337, 2490, 2496, 2846

𡾼, 2496

戀, 5, 121, 301, 1245, 1306, 1312, 1335, 1443, 1671, 1942, 1997, 2678, 2807, 3011

戄, 1122

攣, 98, 224, 841, 1245, 1306

攪, 1005, 1132, 1195, 1196

攫, 880, 1004, 1103, 1131, 1135

曬, 1237, 1238, 1555, 1738, 1773, 1774, 1856, 3119

欏, 1323, 1324

欐, 2911

欒, 1306, 2388, 2824

欒, 1306

玁, 2327

玃, 1135

癰, 331, 1494, 2681

竊, 518, 689, 790, 1612, 1614, 1632

籢, 1240

籣, 974, 1194

籤, 1599

籥, 2517, 2520, 2827

虆, 1491

纓, 1344, 2670, 2671, 2674, 2758

纔, 171, 172, 173, 174, 204, 928, 1063, 1676, 1679, 1822, 1926, 2573, 2848, 2865, 3142
纕, 2352
纖, 2320
蘸, 2891
蘿, 1191, 1317, 1322, 1323
虁, 1179
蠰, 1461, 1673, 1675
蠱, 260, 262, 707, 710, 2050, 2537, 3016
蠲, 283, 1123
蠳, 2671
覊, 890
讁, 205, 376, 2059
變, 5, 102, 108, 120, 245, 278, 306, 329, 473, 520, 549, 572, 579, 827, 843, 859, 890, 1006, 1028, 1081, 1109, 1158, 1220, 1245, 1306, 1334, 1364, 1423, 1516, 1527, 1545, 1598, 1629, 1876, 1906, 1941, 1974, 2024, 2093, 2316, 2390, 2489, 2617, 2676, 2799, 2803, 3031, 3042, 3104, 3143
讋, 1814, 2912
讌, 1810, 2497, 2500, 2502
讎, 120, 262, 263, 265, 277, 1458, 1976
讐, 262, 263, 265, 2806
贙, 2451
躘, 1292
邏, 1317, 1322, 1323, 1324, 1331, 2662
邐, 1220, 2165
醼, 2497, 2502
鑕, 3032
鑚, 330, 337, 631, 882, 1139, 1443, 2034, 2856, 2860, 3149
鑛, 124, 458, 736, 1176, 1177, 1178, 1353, 1484, 2374
鑞, 1185, 1186
鑠, 320, 623, 1200, 1994, 1995
鑢, 1300, 1336
鑣, 124, 1305
靨, 2546
顯, 88, 114, 120, 124, 242, 344, 373, 481, 484, 488, 570, 667, 686, 714, 718, 727, 901, 931, 974, 980, 1027, 1098, 1149, 1178, 1206, 1225, 1268, 1269, 1305, 1337, 1405, 1438, 1472, 1531, 1649, 1653, 1813, 1858, 1892, 1930, 1981, 1990, 2016, 2055, 2071, 2073, 2090, 2107, 2261, 2327, 2335, 2409, 2412, 2425, 2431, 2439, 2449, 2488, 2495, 2502, 2524, 2642, 2649, 2666, 2674, 2778, 2782, 2809, 2892, 2952, 2959, 3048
饜, 2501, 2502
驗, 114, 254, 362, 414, 972, 973, 992, 1261, 1314, 1487, 1641, 2090, 2326, 2501, 3102
驚, 271, 760, 954, 956, 1070, 1073, 1082, 1162, 1407, 1625, 1772, 2064, 2280, 2397
驛, 1699, 2642, 2645, 2725
髑, 283, 468, 1147
髓, 601, 705, 1413, 2034, 2073

體, 12, 53, 71, 97, 128, 135, 146, 150, 203, 241, 255, 272, 355, 365, 381, 414, 425, 440, 468, 486, 562, 610, 623, 664, 680, 755, 783, 819, 900, 1022, 1026, 1067, 1080, 1084, 1133, 1220, 1260, 1294, 1323, 1432, 1461, 1464, 1472, 1486, 1494, 1574, 1635, 1640,1641, 1670, 1709, 1808, 1819, 1846, 1853, 1871, 1881, 1916, 2071, 2090, 2092, 2222, 2248, 2329, 2341, 2393, 2409, 2412, 2416, 2428, 2470, 2499, 2524, 2560, 2609, 2620, 2632, 2869, 2948, 2952, 2958, 3022, 3044, 3106, 3109

鬢, 841

禳, 1673, 1674

鱒, 2119

鱓, 202, 1783, 2389

鱗, 1261, 1262

鷦, 1002, 2374, 2433

鶉, 1409

鷰, 2502

鷲, 329, 1096, 1099, 1488, 1633, 2434, 2500, 2820

鷴, 2326

鷳, 2326

麟, 932, 1260, 1261, 1262

黐, 246

黲, 230

黨, 2565

齮, 2605

齯, 1477

齰, 2873

蘷, 428, 1369

鬻, 2789

豔, 2501

二十四畫及以上

纛, 1461

礐, 1307

囑, 278, 670, 1205, 1293, 1333, 1966, 2306, 3059, 3081

囒, 1196

囓, 907, 1490, 1491, 2315

攬, 992, 1004, 1005, 1194, 1195, 1462, 1463, 1597, 1812, 2325

欖, 2827

灟, 3074

癲, 441, 442, 1192, 2084

矖, 1774

矗, 284, 1976

鑵, 61, 729, 730, 731, 1300, 2454, 2681, 3056, 3156

羈, 890

艷, 826, 2073, 2486

蠶, 182, 260, 261

蠷, 1639

衢, 397, 796, 1005, 1016, 1642, 1968

襵, 1814, 2912

襻, 1106

讒, 171, 180, 204, 740, 2462, 2879

讓, 133, 697, 823, 1674, 1675, 2388, 2509

讖, 205, 231, 1599, 1879, 2320,

3061
躞, 2390
釀, 297, 1487, 3137
鑪, 1297, 1299, 1300
靂, 1238
靃, 882
靄, 4, 2827
靆, 2093
靈, 280, 674, 1058, 1224, 1244, 1260, 1263, 1265, 1267, 1268, 1278, 1297, 1302, 1305, 1336, 1847, 2056, 2436, 2454, 2839, 2934, 2956, 3047, 3170
韤, 1331, 1423, 1431, 2133, 2134
韇, 469
韘, 1531, 2441
驟, 956, 2127, 2131
騍, 3059
鬢, 131, 566, 1343, 2440, 2932, 3122
魘, 1418, 2496, 2500, 2501
鱠, 1172
鱢, 864
鱣, 1777
鷹, 2498, 2500, 2671
鷺, 1306
鹽, 730, 836, 967, 975, 1193, 2040, 2325, 2454, 2485, 2488, 2490, 2498
鼊, 19, 125
齅, 266
鼉, 2245
齲, 1647
齵, 1647
齶, 508, 509, 2667
齷, 2249, 2250
囕, 1194, 1195
顲, 297, 441, 3110
斸, 3075
欖, 1195
欗, 1194
鬱, 96, 606, 2219, 2252, 2640, 2694, 2696, 2789
灣, 2136
爤, 3074
籬, 289, 729
籮, 1317, 1323
糶, 2087
蠢, 400
臠, 719, 1376, 1580
蠻, 1344
襻, 1507, 3043
羈, 890
觀, 197, 231, 270, 283, 380, 396, 439, 471, 486, 505, 640, 679, 700, 723, 724, 725, 729, 730, 731, 732, 737, 756, 822, 837, 854, 916, 976, 1007, 1025, 1060, 1064, 1069, 1087, 1123, 1132, 1144, 1158, 1206, 1215, 1219, 1291, 1307, 1364, 1384, 1395, 1470, 1484,1536, 1584, 1616, 1630, 1643, 1661, 1688, 1828, 1895, 1922, 1984, 1996, 2016, 2054, 2072, 2090, 2125, 2233, 2301, 2308, 2331, 2339, 2355, 2377, 2397, 2398, 2406, 2429, 2452, 2517, 2559, 2572, 2677, 2776, 2800,

2808, 2914, 2950, 2970, 2995, 3006, 3033, 3062, 3160

讙, 838, 843

躡, 389, 673, 1491, 1812, 2041

釁, 451, 959, 2402

鑮, 151

鐵, 956, 968

鑰, 1311, 2034, 2517, 2520, 2827

鑱, 201, 203, 204

顱, 1300

饟, 1675

髖, 1182

鬣, 1259, 1352

贙, 2379

鼈, 125, 130, 737, 2131, 2133

鼉, 737, 2131

氎, 451

矚, 369, 472, 1333, 1784, 1966, 2888, 3074, 3082

籰, 2827

讚, 672, 2056

躧, 2304, 2305

釃, 1487

鑵, 730, 731, 882, 1593

鑷, 1491, 1812

鑲, 329, 1268

鸗, 2299

驢, 1297, 1300, 1332, 2131

驕, 2064

驥, 943, 1261, 2640

髗, 1300

黶, 443, 2496, 2500, 2546

纜, 1195

髒, 2086

蠾, 3075

讜, 383, 2058

豔, 2073, 2501

釅, 2502

鑼, 1198, 1323

鑽, 330, 2843, 2860, 3149

鑾, 1306

鸕, 1300

黷, 468, 469, 470

戇, 259, 441, 3110

欞, 1268

豓, 2498, 2501, 2502

鑿, 942, 992, 1994, 2861, 3170

钀, 1491

钁, 882, 1135, 2088

驩, 836, 838

鸚, 2671

齽, 1061

齏, 2605

爨, 329, 330

讟, 469, 470

钃, 3075

驪, 1216, 1236, 1302

鬱, 2218

鸛, 731, 792

鸜, 1641, 1642

鱺, 1236

鸝, 1818

鸞, 1245, 1306, 2671

𪎊, 1267

鱻, 2321

麤, 327, 328, 1302